本书系国家社科基金青年项目
"戏仿理论的嬗变轨迹与历史形态研究"
(项目编号:10CZW003)和湖南省"湖湘青年英才"
人才支持计划项目阶段性研究成果

戏仿理论的嬗变轨迹与历史形态研究

龚芳敏 著

中国社会科学出版社

图书在版编目(CIP)数据

戏仿理论的嬗变轨迹与历史形态研究/龚芳敏著.—北京:中国社会科学出版社,2021.10
ISBN 978-7-5203-8868-9

Ⅰ.①戏… Ⅱ.①龚… Ⅲ.①文艺理论—研究 Ⅳ.①I0

中国版本图书馆 CIP 数据核字(2021)第 159905 号

出 版 人	赵剑英
责任编辑	安　芳
责任校对	张爱华
责任印制	李寡寡

出　　版	中国社会科学出版社
社　　址	北京鼓楼西大街甲 158 号
邮　　编	100720
网　　址	http://www.csspw.cn
发 行 部	010-84083685
门 市 部	010-84029450
经　　销	新华书店及其他书店
印　　刷	北京明恒达印务有限公司
装　　订	廊坊市广阳区广增装订厂
版　　次	2021 年 10 月第 1 版
印　　次	2021 年 10 月第 1 次印刷
开　　本	710×1000　1/16
印　　张	18
字　　数	291 千字
定　　价	98.00 元

凡购买中国社会科学出版社图书,如有质量问题请与本社营销中心联系调换
电话:010-84083683
版权所有　侵权必究

序

龚芳敏博士的学术专著《戏仿理论的嬗变轨迹与历史形态研究》即将付梓。她嘱我为她的著作写个序，尽管事务缠身，但我还是爽快地答应了下来。原因有三：其一，龚芳敏博士是我的硕士研究生，学生要求导师给她的著述作序引荐，导师实在没有理由拒绝。其二，她对于戏仿问题的思考始于跟随我攻读硕士研究生期间，我们对戏仿问题有过较为深入的讨论，对她研究的这个课题还算熟悉。其三，硕士毕业之后，她主动适应学院学科专业结构调整要求，转向了传播理论和健康传播研究，但在"主业"之余，还花费了大量时间和精力将有关戏仿及戏仿理论的研究这项"未竟的事业"画上了完满的句号，并将硕士期间的研究推向了深入。作为导师，也理应为这种执着与坚持点赞。

龚芳敏博士对于戏仿理论的思考与研究缘于 21 世纪初在文艺领域中乱花迷眼的戏仿现象。时光回溯 10—15 年，那时各种极具中国特色的戏仿现象——"戏说""大话""恶搞"在媒介技术社会化的背景下，借助文学艺术的影视化浪潮，以形态各异的视觉化形式充斥在人们的眼前，给人有话语狂欢的快感，也有价值迷失的困惑。这种现象声量巨大，覆盖面广，关注度高，但理论界却对其缺乏较为深入、系统和全面的研究。对这种现象的理论阐释也一度显得十分苍白，甚至还有一种强烈的无力感。龚芳敏博士与戏仿问题正是在这种学术语境下"相遇"，并迅速成为理论界积极解读、系统阐释、全面讨论戏仿现象的新生力量。

龚芳敏博士最先是从文艺传播学的视角来观照 21 世纪影视领域中"井喷"式迸发的戏仿现象的。她主要讨论影视领域中戏仿现象出现的社会背景、发生语境、现实形态与文化影响等问题，是将戏仿作为晚近文艺传播学领域中出现的一种重要的传播现象来审视的。对戏仿问题的研究基本上还是一种"外部"研究，认为当时影视领域中的戏仿现象与其所处的社会、历史、文化与美学环境紧密相关，是这种"大语境""大时代"的产物。客观来说，这种研究基本还没有切入戏仿与戏仿理论的"内部"问题，讨论还仅仅停留在现象层面。如果要将戏仿问题的阐释与研究进一步朝纵深推进，那就必须从"外部"研究转向"内部"研究。

沿着这条思路，龚芳敏博士对于戏仿问题的讨论开启了从现象分析到学理研究，从感性观察到理性思考的转型。这种转型显然符合青年学人成长的一般性规律，也是青年学人学术发展的必由之路。在其学术研究转型过程中，她重点关注戏仿何以可能的方法、机制以及在理论史上形成的各种具体的戏仿理论形态，并将理论史为何如此走向的背后深层原因与价值逻辑作为重要的研究问题。基于此，十年前，龚芳敏博士以"戏仿理论的嬗变轨迹与历史形态研究"为题，设计论证成当年的国家社科基金申报项目，并有幸获得立项资助。这种学术研究的支持机制保障了她十年如一日地持续对这一问题的思考和探究。呈现在我们面前的这本20余万字的《戏仿理论的嬗变轨迹与历史形态研究》正是龚芳敏博士这十年来对戏仿及戏仿理论问题的系统思考和深入研究，是她对戏仿问题从"外部"研究转向"内部"研究的学术结晶。

通览全书，总体来看，这部著作有三个鲜明的特点：其一，对戏仿理论的研究有着自觉的历史意识。通过龚芳敏博士认真细致的梳理发现，对戏仿理论的分析与讨论，历史久远，可以追溯到古希腊。而且每一个历史时期对戏仿理论的建构与言说，都受制于当时的历史条件、认知水平和文化语境。基于此，在人类历史上就产生了形态各异的戏仿理论，并依据一定的理论逻辑构成了一个较为清晰的戏仿理论谱系。而理清其理论谱系，描述其嬗变发展的历史规律，正是本书要达成的重要学术目标之一。龚芳敏博士按照历史与逻辑相一致的原则，以动机论、方法论、机制论、效果论、价值论为分析节点，在国内外同类研究着墨不多、讨论不够充分的地方进行了充分地分析与讨论，形成了有关戏仿理论嬗变轨迹与历史形态的诸多新观点、新结论。

其二，对戏仿理论形态的分析建立在坚实的诗学经验上。龚芳敏博士对戏仿理论的分析与讨论不是纯粹的逻辑推演和形而上思辨，而是与中西方文艺史上大量经典的戏仿作品结合起来。尤为重要的是，她十分重视作家、艺术家关于戏仿的只言片语式的表述对于戏仿理论建构的价值，将作家文论作为戏仿理论的一种具体形态来观照，赋予它们与哲学家、美学家、批评家文论的同等学术地位。这种处理显然与她从事戏仿研究的学术历程有关。她从戏仿现象研究进入戏仿理论的讨论，大量的戏仿经验事实是她阐释和讨论戏仿理论的基础，同时也使她对理论的讨论具有大量的诗学经验支撑，使相应的阐释既具有鲜明的理论性，同时也具有丰富而具体的可感性，初步实现了理论与实践的相互印证和相互阐发，将理论与实践进行了妥帖的结合。在本书的阅读中，我们能够感受到理论的张力和经验的鲜活之间的相得益彰。

其三，对戏仿理论的思考与研究具有强烈的现实关怀。戏仿理论与戏仿实践相伴随，同其他的理论话语相比较，其对文艺现实的介入性显得更为突出，甚至可以说，戏仿理论建构就是直接服务于戏仿实践的阐释和理解的。这一点，也十分突出地体现在龚芳敏博士这本著作中。她在所有的理论话语的讨论与分析中，都是直接回应当时历史语境中戏仿实践的阐释需要，将能否解决戏仿实践中的"疑难杂症"作为检验戏仿理论合理性、合法性和有效性的唯一标准。尤为重要的是，在总体戏仿理论的视域下，基于中国戏仿实践的特殊性，以及中国文化与历史语境的特殊性，在这本著作中，龚芳敏博士将有关"戏说""大话""恶搞"的理论思考概括为具有中国特色的戏仿理论形态，认为它们是中国理论界对世界戏仿理论话语的独特贡献，成为戏仿理论的有机组成部分，丰富和发展了戏仿理论。无疑，这是一种立足中国经验、着眼人类理论建设的崭新学术判断，彰显了中国学人的思想格局、学术胸襟和现实关怀。

学术研究是思想与思想的对话，是灵魂与灵魂的碰撞，沉浸其中自有快乐。学术研究也是一件"苦差事"，要有"衣带渐宽终不悔"的执着，要有"板凳要坐十年冷"的坚韧。对于女性学人来说，更是如此，在兼顾事业与家庭之间，同男性相比，她们要付出更多。龚芳敏博士对于戏仿理论的研究在她的研究经历中，在一定意义上说，已经成为一种"历史形态"，但在这个领域研究中所获得的研究思路与研究方法将影响其整个学术研究生涯，并让其受益。最后，祝愿她在新的学术征程中能百尺竿头更进一步。

是为序。

简德彬

2020 年 7 月 10 日

目　　录

引　论 ………………………………………………………………（1）

第一章　戏仿动机论的历史建构与范式转变 ……………………（53）
　第一节　模仿说与戏仿动机 ………………………………………（54）
　　一　模仿说的理论主张 …………………………………………（54）
　　二　模仿说视域中的戏仿动机 …………………………………（57）
　　三　模仿说视域中戏仿动机论的局限 …………………………（59）
　第二节　表现说与戏仿动机 ………………………………………（60）
　　一　表现说的理论资源 …………………………………………（61）
　　二　表现说视域中的戏仿动机 …………………………………（64）
　　三　表现说视域中戏仿动机论再评价 …………………………（68）
　第三节　形式说与戏仿动机 ………………………………………（70）
　　一　形式说兴起的理论背景 ……………………………………（71）
　　二　形式说视域中的戏仿动机 …………………………………（74）
　　三　形式说视域中戏仿动机论的反思 …………………………（79）
　第四节　批判说与戏仿动机 ………………………………………（80）
　　一　批判说兴起的理论背景 ……………………………………（80）
　　二　批判说视域中的戏仿动机 …………………………………（83）
　　三　批判说视域中戏仿动机论再审视 …………………………（88）

第二章　戏仿方法论：从滑稽模仿到盗猎模仿 …………………（92）
　第一节　滑稽模仿：升格与降格 …………………………………（93）
　　一　升格：卑微的崇高化 ………………………………………（95）

二　降格：崇高的卑微化 …………………………………（97）
　　三　升格与降格的美学意义 ………………………………（99）
　第二节　讽刺模仿：讽刺批判与价值重构 …………………（101）
　　一　构建与源文本的讽刺关系 ……………………………（102）
　　二　转向源文本社会内容的批判 …………………………（104）
　　三　面向生存世界的价值重构 ……………………………（107）
　第三节　盗猎模仿：文本盗猎与自我表达 …………………（109）
　　一　剥离历史的拼贴与篡改 ………………………………（109）
　　二　价值虚空的文本盗猎与征用 …………………………（113）
　　三　在复制的缝隙中表达 …………………………………（117）

第三章　戏仿机制论：转述、倒置与夸张 ………………………（121）
　第一节　戏仿的转述机制 ……………………………………（121）
　　一　转述机制：戏仿的逻辑前提 …………………………（122）
　　二　被意识到的转述：戏仿的存在条件 …………………（124）
　　三　转述中的变调 …………………………………………（127）
　第二节　戏仿的倒置机制 ……………………………………（134）
　　一　自然属性的倒置 ………………………………………（136）
　　二　社会角色的倒置 ………………………………………（140）
　　三　情感态度的倒置 ………………………………………（144）
　第三节　戏仿的夸张机制 ……………………………………（149）
　　一　语言层面的夸张 ………………………………………（151）
　　二　结构层面的夸张 ………………………………………（153）
　　三　人物层面的夸张 ………………………………………（157）

第四章　戏仿效果论的逻辑展开与历史形态 ……………………（161）
　第一节　戏仿与滑稽感 ………………………………………（162）
　　一　心理优势与滑稽效果 …………………………………（162）
　　二　期待落空与滑稽效果 …………………………………（165）
　　三　文本不协调与滑稽效果 ………………………………（168）
　第二节　戏仿与讽刺感 ………………………………………（170）

一　戏仿性讽刺与一般性讽刺 …………………………………（170）
　　二　戏仿性讽刺与主体态度 ……………………………………（173）
　　三　戏仿性讽刺的历史嬗变 ……………………………………（176）
　第三节　戏仿与自由感 …………………………………………（179）
　　一　戏仿与狂欢 …………………………………………………（180）
　　二　戏仿与批判 …………………………………………………（182）
　　三　戏仿与创新 …………………………………………………（185）

第五章　戏仿价值论：从古典到后现代 …………………………（190）
　第一节　古典时期：含混与矛盾中的价值建构 …………………（191）
　　一　在赋魅与祛魅之间 …………………………………………（191）
　　二　再阐释与文学记忆的强化 …………………………………（194）
　　三　严肃题材的补充与平衡 ……………………………………（196）
　第二节　现代时期：批判与反思中的否定与革新 ………………（198）
　　一　对源文本和戏仿自身的价值否定 …………………………（199）
　　二　暴露形式技巧与推动形式创新 ……………………………（202）
　第三节　后现代时期：超越源文本的文化政治抵抗 ……………（206）
　　一　揭示源文本中隐含的文化暴力 ……………………………（207）
　　二　重建超越源文本的文化政治抵抗 …………………………（209）
　　三　后现代语境中戏仿价值的再审视 …………………………（212）

余论　戏仿理论的中国形态 ………………………………………（217）
　第一节　面向历史叙述的戏说理论 ………………………………（218）
　　一　戏说理论的实践基础 ………………………………………（219）
　　二　对新历史主义的理论征用 …………………………………（221）
　　三　面向历史叙述的游戏态度 …………………………………（224）
　第二节　面向经典文本的大话理论 ………………………………（227）
　　一　着力大话文本特征的解读 …………………………………（227）
　　二　聚焦大话的精神指向 ………………………………………（230）
　　三　深描大话的价值悖论 ………………………………………（233）
　第三节　面向热门话题的"恶搞"理论 …………………………（236）

一 "恶搞"意涵及兴起条件的探讨 …………………………（236）
  二 "恶搞"的策略与手段分析 ……………………………（242）
  三 "恶搞"的价值叩问与学理反思 ………………………（245）

参考文献 ………………………………………………………（250）

后　记 …………………………………………………………（270）

引　　论

　　戏仿（parody）是当前文艺理论、美学与文化批评领域中一个炙手可热且意涵十分丰富的理论术语。它既古老又年轻，说其古老，因为从词源学来考察，戏仿这一术语可以被追溯到古希腊时期。公元前4世纪古希腊文艺理论家亚里士多德在《诗学》中的第2章就使用了"parodia"[①] 这一术语，并认为萨索斯人赫革蒙（Hegemen）是最先从事滑稽诗（即戏仿诗）写作的作家，因此他是戏仿第一人。正是在赫革蒙的努力推动下，滑稽诗才成为当时一种独立的艺术样式，并忝列为一种独特的竞赛项目；说其年轻，是因为对戏仿的系统关注和全面阐释，以及其成为文艺理论领域研究和讨论的热门话题却是晚近的事情。戏仿这个概念不同于文艺理论史上其他古老的已经成为文艺"博物馆"中的瞻仰对象，与我们日常的艺术生活不再关联，失去生命力的"死概念"。相反，它却与所有的新语汇、新概念、新理论一样，虽然古老但却依然焕发出勃勃生机，并且不断生长出新的时代内涵。当前，戏仿这个概念仍然强劲地介入我们的理论言说中，实实在在地影响着我们的话语表达、艺术体验和审美感受，成为我们理解世界、自我和他者的一座重要的桥梁，重构了我们今天对文艺存在方式、表现形态和意义表达的理解和认知。

　　历史地看，对戏仿的理论观照，应该与戏仿的实践有深刻的关联。从已有的文献来看，戏仿最先出现在文学领域，上述亚里士多德对赫革蒙滑稽诗的讨论与分析，就聚焦于当时影响十分巨大的史诗领域。基于此，有很多的翻译甚至将"parody"直接对译成"滑稽模仿史诗"。对亚里士多

[①] 1996年由商务印书馆出版陈中梅译注的亚里士多德的《诗学》中，译者将"parodia"翻译成"滑稽诗"。

德诗学有过深入研究的豪斯霍尔德在此基础上认为戏仿是"一种中等长度的叙事诗,具有史诗格律,使用史诗词汇,表现的是轻松、讽刺或者模仿英雄气概的(mock-heroic)主题"①。与这一界定相对应的戏仿作品,我们今天可以阅读到最早和最完整的文本应该是公元前5世纪被认为是赫革蒙所创作的《蛙鼠大战》,这个戏仿文本是模仿荷马的《伊利亚特》。这是一场来自青蛙和老鼠的小动物之间的战争。《蛙鼠大战》在形式上使用六音部诗行,里面存在大量的传统的形容词、典雅用语和民谣式的调子。这场战争的角色安排、叙事方式、战争发动的原因,以及情节冲突、对话的语气、双方的角力都跟《伊利亚特》中的特洛伊战争有着惊人的相似,只不过其中的英雄人物被这些小动物置换了而已,崇高主题被这些琐细的主题置换了而已。英国文艺批评家玛格丽特·罗斯结合《蛙鼠之战》这个文本指出,在古希腊这个特定的文化时空里"'parodia'可以模仿英雄史诗的形式和内容,通过重写情节或者人物创造幽默(humour)效果,以致与作品更'严肃'的史诗形式形成滑稽对比,并且/或者通过将史诗更严肃的方面和角色与日常生活或者动物世界滑稽低级不适宜的角色混合,创造喜剧"②。

  从文体学视角来看,在文学内部,戏仿是从对英雄史诗这种当时具有极为重要影响的文体的模仿开始的。随着时代的演变以及文体自身的变化与发展,戏仿的对象从英雄史诗逐步溢出,慢慢地涉及其他的文体或者文类上。诸如古希腊著名的喜剧家阿里斯托芬的《青蛙》就是对古希腊悲剧的戏仿。戏仿一方面可以是内容层面的,诸如对故事情节的模仿;另一方面可以是形式层面的,诸如,《青蛙》中就有模仿合唱团对观众的致辞等。其后,对小说和诗歌的戏仿也越来越普遍。诸如,塞万提斯的《堂吉诃德》就是对浪漫的骑士文学在形式、风格与情节上的整体戏仿。斯特恩的《项狄传》也是戏仿之作,是对小说创作技巧的戏仿,就连爱尔兰作家詹姆斯·乔伊斯的被视为意识流小说代表的《尤利西斯》其实也是一部戏仿之作。据考证,这部作品是对荷马史诗《奥德

---

① Fred W. Householder, Jr, "Parody", *Journal of Classical Philogy*, Vol. 39, No. 1, 1944, p. 3.
② [英]玛格丽特·罗斯:《戏仿:古代、现代与后现代》,王海萌译,南京大学出版社2013年版,第13页。

赛》的戏仿。上述戏仿文本主要以经典文本或者接受面广、在具体的社会时空中影响力大的文本作为戏仿对象，并在其基础上进行再次创作。从历史的角度来看，戏仿古已有之，作品繁多而且十分普遍。如果以戏仿作为切入点，我们甚至可以写作一部戏仿文学史，形成一种不同于传统文学史的叙述方法和叙述视野。

戏仿从文学领域诞生，在文学内部从模仿史诗肇始，逐步拓展到悲剧、小说、诗歌、散文等文体，慢慢地形成了声势巨大的戏仿思潮，受到了文学批评界和文学理论界的广泛关注。其实，戏仿在文学内部向其他文类拓展的同时，作为一种艺术创作手法也好，作为一种艺术思维方式也罢，也在迅速地向其他的艺术门类拓展。诸如，在雕塑艺术领域中，戏仿的例子也不在少数，很多雕塑艺术家就戏仿了阿格桑德罗斯父子于公元前1世纪创作的"拉奥孔"雕塑，这尊雕塑表现的是拉奥孔父子三人受到蟒蛇缠身，处于极度惊恐和痛苦中的精神状态和身体表情，具有极强的崇高感。意大利文艺复兴后期的威尼斯画派的代表人物提香则对这尊经典的雕塑进行了戏仿，在提香的雕塑中受难的父子三人变成了一只巨猿和两只小熊，原作中的痛苦被进一步夸大，给人感觉具有极强的滑稽感和讽刺感。音乐中同样也存在戏仿，诸如斯特拉文斯基的《仙女之吻》就是对柴可夫斯基音乐的戏仿。在今天，各种影视艺术对经典作品的戏仿可谓俯拾即是，诸如《大话西游》就是对《西游记》的戏仿，网络短剧《一个馒头引发的血案》则是对影视大片《无极》的戏仿等。

历史地看，现代以来，尤其是20世纪60年代以降，戏仿向各种文化领域拓展的速度、广度和深度都超越了历史上的任何时候，产生了一种史无前例的文化影响，掀起了一股声浪巨大的戏仿思潮，形成了各种各样的戏仿观念和戏仿理论，丰富和发展了20世纪的文艺理论，引起了理论界和批评界的高度关注和持久讨论。

一 戏仿意涵的历史考察

戏仿是一个域外概念，是从西方文艺批评理论中引入中国理论语境的，属于"舶来品"。批评家贝利斯（Martha Bayless）曾指出："戏仿是一个特别难以捉摸的文学术语，而且批评家在关于它的精确定义的问题上很少能达成共识。"① 汉语语境中的"戏仿"对应的英文单词为"parody"。根据1589年英国学者塞缪尔·约翰逊编撰的《牛津英语大辞典》(Oxford English Dictionary)中"parody"词条的描述,其意义有两个维度:其一,认为戏仿是一种诗或者文,其特点是对已有的作家或者作品的模仿,以表达一种荒谬或者不合适的主题,是一种滑稽的模仿;其二,认为戏仿是一种拙劣的或者低级的模仿。前一种释义指出了戏仿的特点,并着眼于引发的接受效果来界定戏仿,后一种释义主要从模仿的水平的高低来讨论戏仿,是对模仿本身的评价和判断。德国文学批评家阿尔弗雷德·利德(Alfred Liede)在《德国文学史辞典》中尽管没有从价值维度来评判戏仿,但他也认为戏仿是一种特殊的模仿形式,他指出:"戏仿是一种有意识模仿的特殊形式,最重要的是这是学习或完善一种技巧或风格的练习。"② 阿尔弗雷德·利德是在古典模仿论的视域中讨论戏仿,认为戏仿同其他的模仿形式一样,主要还是为了习得某种写作技巧与技能,看到了戏仿与其他模仿方式的相似性,但在差异性上讨论得不充分。

从词源学或者语词的使用史角度来看,"parody"来自古希腊文"parodia",即亚里士多德在《诗学》中描述和指称赫革蒙滑稽诗时使用的术语。在古希腊语境中,"parodia"是一种较为客观中性的术语,或者说它是一种状态描述的术语,其意涵在当时大多数被表述为"相对之歌"。但豪斯霍尔德在1944年发表于《古典文献学杂志》中的一篇题为《戏仿》③的专门研究论文中否定了《牛津英语大辞典》以及利德尔和斯各特编撰的《希腊语—英语词典》(A Greek-English Lexicon, revised edn, Oxford, 1935)对"parody"的定义和意义描述,认为上述两部经典的权威辞典的释义主要来源于亚里士多德《诗学》中对赫革蒙对模仿经典史诗作品进行创作的描述,即将仿制作品称为"相对之歌",后来的大多数的辞典的释义基本上源于此。但是亚里士多德、赫革蒙以及相应的评论家诸如阿忒那奥斯赋

---

① Martha Bayless, *Parody in the Middle Ages: The Latin Tradition*, Ann Arbor: University of Michigan Press, 1996, p.2.

② Alfred Liede, "Parodie", in *Reallexikon der deutschen Literaturgeschichte*, 2nd edn (Berlin and New York, 1977), Vol.3, pp.12–72, 13f.

③ Fred W. Householder, Jr, "Parody", *Journal of Classical Philogy*, Vol.39, No.1, 1944, p.3.

引 论

予这个词语的具体语境意义却没有得到很好的继承、挖掘和阐释。豪斯霍尔德根据戏仿在西方文艺中的使用和语源学特征,通过充分的研究认为,"parody"除了是一种"相对之歌"之外,更为重要是以史诗的形式特征来进行创作,但又不同于史诗的庄严、崇高和审美风格和价值取向,它显得更为轻松、幽默、滑稽,在审美价值取向上带有强烈的反崇高性。

戏仿在古希腊时期的书写形式"parodia",是由前缀"para"和词根"odes"组成,其中"odes"是歌曲的意思,但前缀"para"却有着两种完全不同的语义指向,本身具有很强的矛盾性和含混性,其中的一种语义是:伴随,在旁边(beside);另一种语义则是:反对与对抗(counter/against)①。也就是说,在古希腊时期,同一个"parodia"可以表征着两种完全相反的意义,而且这两种完全相反的意义蕴含在同一个词语之中,这种说法与豪斯霍尔德的观点相互印证。这也直接投射出当时文艺创作者对戏仿在创作中产生的作用和功能在认知上的模糊性和矛盾性。回到古希腊与古罗马文艺创作与批评实践的史实语境,我们发现,戏仿一般是在两个维度上被使用:其一是以"相对之歌"的意义使用;其二是以"滑稽模仿"的意义使用。而且,在古典时期,西方文艺创作与批评界对于戏仿的使用也基本沿着这两种差异甚大的意义表征来展开。

"现代语言学之父"瑞士语言学家索绪尔在《普通语言学教程》中阐述的语言学原理昭示:任何一种语言都是一种能指与所指相结合的符号存在物,但能指与所指的结合又具有随意性和约定俗成性。能指和所指的结合在一定的语境中是相对稳定的,也只有这样,我们才能够以语言为媒介进行表情达意。但是,如果放到纵向的历史语境中,我们就会发现能指与所指之间的关系是存在一定的发展性、嬗变性的,戏仿(parody)也不例外。戏仿"parody"这个能指在语言和文化的发展过程中其变化可能很小,甚至不变(但在不同的语系,或者同一语系中不同的语言之间的符号形式会存在差异),但其意涵会随着历史社会的发展以及人类对戏仿现象的理解和认知的变化而发生变化。因为"parody"这个语符的意义是人们根据自己想要表征的意涵赋予其上的。赋予其上的意涵如果能够得到相应的语

---

① Linda Hutcheon, *A Theory of Parody: The Teachings of Twentieth-Century Art Forms*, New York: Methuen, 1985, p.32.

言共同体内的人们的认可和尊重，其赋意就成功了。诸如，今天很多老语词在新的文化环境中被赋予了新的意义，像"打酱油"在网络空间和日常交往中表达的意义就明显不同于此前的词典意义，而是表达"此事与我无关，我只不过是路过，顺便看看热闹"或者"对这个事情我不抱有特定的目的，仅仅来凑凑热闹而已"。从历史的视角来看，"parody"这个古老的术语，其意涵也有非常明显的发展变化，也正是因为其核心意涵的历史演变与发展，才导致戏仿理论及其存在形态的历史嬗变。

据考证，1516年斯卡利杰尔（J. C. Scaliger）发表的《利博利九月诗学》（*Poetics Libri Septem*）推动了"parody"意涵的现代转变。斯卡利杰尔将戏仿描述为相对之歌或者歌唱歌曲，但是这种相对之歌颠倒或者转变了史诗原来吟唱者的内容和形式，使其意义变得十分荒谬（ridicula）。斯卡利杰尔对戏仿意涵的这一阐释影响了后来众多的作家、读者和评论家对戏仿的理解和意义建构。在英语世界中，更多的评论家将其意涵理解为"荒诞"甚至是"嘲弄性的取笑"。玛格丽特·罗斯认为：正是因为斯卡利杰尔"使用拉丁字'荒谬'（ridiculus）来描述戏仿的滑稽层面可以说引起了一些英语批评家至少以不必要的更否定的态度来看待戏仿，因为荒谬一词在英语里与嘲笑相联系，这样它更容易最终沦为戏谑"[1]。此后的18世纪的艾萨克·迪斯累利（Isaac D'Israeli）将幻想以及恶意嘲笑视为戏仿的具体存在形式，而约瑟夫·艾迪生（Joseph Addison）将戏仿降格为戏谑等无疑强化了文艺理论与文艺批评界对"parody"的滑稽、戏谑意涵的理解。正是受这一样影响，邓提思（Dentith）认为，此后的英国批评界将戏仿视为："夸张琐碎小事嘲弄严肃主题的滑稽讽刺作品。"[2] 加拿大批评家琳达·哈琴则认为："人们对戏仿的贬低和蔑视从此蔓延下来。"[3] 戏仿（parody）具有滑稽的意义并不断得到强化应该是从文艺复兴时期开始的。在当时尤其是后来的主体性思想和浪漫主义思潮的影响下，人们对于这种以模仿为主要手段的文艺创作的认可度越来越低，将其与寄生、懒惰、不

---

[1] ［英］玛格丽特·罗斯：《戏仿：古代、现代与后现代》，王海萌译，南京大学出版社2013年版，第8页。
[2] Simon Dentith, *Parody*, London and New York: Routledge, 2000, p. 32.
[3] Linda Hutcheon, *A Theory of Parody: The Teachings of Twentieth-Century Art Forms*, New York: Methuen, 1985, p. 14.

高明等意涵关联起来，慢慢地，戏仿就成为一种以滑稽作为表现特征的不高明的模仿。

为了将"parody"的意涵弄得更清楚，将与其关联非常紧密的词汇进行比对不惜为一种重要的路径和方法。在英语世界里，与"parody"意思十分相近，有时还被互换使用的词语是"burlesque"。"burlesque"的辞典意义主要是"滑稽模仿、嘲弄模仿、滑稽歌舞杂剧"等，在词性上既可以作为名词、还可以作为形容词和动词。但在美国，"burlesque"指向的意义，价值色彩更加浓重，其主要的意义是"指一种歌舞杂剧，表演中的性色彩很显著，多为粗俗的喜剧和脱衣舞场景"①。但文艺批评家约翰·邓普在排除"burlesque"中的色情和低俗的成分后，仍用其来指称"滑稽模仿"。在约翰·邓普的《论滑稽模仿》这本著作中，他认为滑稽模仿（burlesque）包含几种具体形式，分别为：

1. 滑稽模仿（Travesty）——以惟妙惟肖的模仿手法处理某部作品的庄重题材，使其成为降格的滑稽讽刺作品，如拜伦的《天堂的审判》。

2. 休迪布拉斯式嘲讽（Hudibrastic）——同为降格的滑稽讽刺作品，取材范围不只限于前人的作品，如巴特勒的《休迪布拉斯》。

3. 戏仿（引者注：原文翻译为"谐仿文"）（Parody）——以升格的方式滑稽地模仿某一作品（或作者），将这一作品（或作者）的风格移植到较为低贱的主题上，如菲尔丁的《夏美乐》。

4. 模仿诗（Mock-poem）——常为模仿史诗（Mock-epoc），属升格的滑稽模仿作品，模仿对象为一特定的文学体裁，以这一体裁所特有的风格来描写琐屑平庸的主题，如蒲伯的《秀发劫》。②

从上述区分来看，约翰·邓普对"burlesque"的意涵以及涵括的具体形式或者类型主要从升格或者降格来区分，滑稽模仿、休迪布拉斯式嘲讽同为降格作品，而戏仿、模仿诗则同属升格作品。降格作品中的滑稽模仿

---

① ［美］约翰·邓普：《论滑稽模仿》，项龙译，昆仑出版社1992年版，第1页。
② ［美］约翰·邓普：《论滑稽模仿》，项龙译，昆仑出版社1992年版，第2—3页。

与休迪布拉斯式嘲讽的区别是前者仅仅模仿前人的作品,后者的范围则更为宽广。同为升格作品的戏仿与模仿诗,前者是模仿作品或者作者,后者则主要是文体上的模仿,着重于形式上的模仿。显然,约翰·邓普的这种区分过于烦琐和细微,甚至在逻辑上还有点乱。对于在具体的研究使用和类型划分上,显得其可操作性不强,而且也不是十分必要。因此,也就很难获得文艺理论界和文学批评界的广泛认可。从另外一个角度来看,今天理论界所使用的"parody"概念指称的意涵甚至覆盖了其全部的四种类型里表述的具体内涵。这种类型划分的理论建构在今天是否具有适用性和实践性,我们暂且存而不论。但约翰·邓普在《论滑稽模仿》中认为"parody"是"burlesque"的一种具体形式,寓含于"burlesque"之中是毋庸置疑的。从概念的内涵来看,"burlesque"要大于"parody",并且包含"parody"。

但是"burlesque"与"Parody"的区别也应该是明显的。根据胡全生教授在《英美后现代主义小说叙述结构研究》中的考察,"Parody源于希腊文,本义为模仿诗歌(para-ode),而burlesque源于意大利文burla,本义是笑话(joke)、恶作剧(trick)"①。批评家亨利克·马克维奇(Henryk Markiewicz)的考证则进一步明确了两者之间的区别,他发现"burlesque"是16世纪从意大利引入法国的,17世纪时在法国获得了更多的歧义,有时候还具有贬义色彩。"由此我们又可以作如此推理:将'parody'看做'burlesque',就使'parody'具有负面涵义(negative meaning)。于是就出现一种现象:文艺复兴以降至19世纪的批评家多将'parody'当做低劣的(inferior)文学形式,既简单又不严肃。直到20世纪以后,批评家才企图将'parody'与'the burlesque'和'the comic'分开,以便将它视作更为严肃的元小说或'互文'(intertextual)形式。"②从词源学或者语词使用史的角度来看,胡全生教授的研究,将戏仿何以与滑稽、低劣等内涵结合在一起,其意义如何从一种中性概念到负面的评价以及重新回归中性概念作出了清晰的说明,看到了戏仿概念在不同的历史时期与其语言的相互交流中,形成了自身核心意涵的历史

---

① 胡全生:《英美后现代主义小说叙述结构研究》,复旦大学出版社2002年版,第119页。
② 胡全生:《英美后现代主义小说叙述结构研究》,复旦大学出版社2002年版,第120页。

演变和发展过程。

历史地看，不管是从概念的使用史还是从词源学的角度来审视，"parody"从一种中性意义的"相对之歌"滑向后来的"滑稽模仿"甚至价值取向更为明确的"低劣的模仿"的缘由都变得更为明确、清晰和具体。琳达·哈琴指出："戏仿即嘲弄性模仿这一定义有其历史局限性，致使其透射出琐碎轻浮化的负面内涵。"① 客观而言，这两种意涵应该本来就在"parody"这个术语的内核里，只不过在不同的文化时代不同的文艺思想，不同的文化力量激活了其中潜在的意涵，并使之在相应的历史文化时空里得到强化和凸显而已。正如上文所述，戏仿在文艺复兴之后以及20世纪之前，更多地被视为一种贬义的意涵。在一定程度上说，这是与文艺复兴以后的文艺思想变革深刻关联在一起的。从文艺思想史的角度看，西方社会从中世纪走向现代社会，引发了人类思想观念的现代转型。在现代性视域中，人类的主体性和创造性得到了前所未有的强调和激发，人从一种被压抑的边缘走向为"自然立法"的中心舞台。与此相伴随的，在文艺思想领域中出现了浪漫主义、表现说、天才说。在此背景下，文艺研究与文艺批评都将原创性视为主体力量的具体表征，将原创性或者突破成规视为一种重要的价值诉求。在此背景下，创新和标新立异得到了前所未有的尊重和拥戴。相反，在这种文艺价值导向下，西方文艺思想中那种曾经占主导地位的"模仿说"慢慢式微，甚至还被视为一种钳制人类发展和创新的思想观念和思维模式。基于此，在人类冲破宗教禁忌和各种清规玉律的文化时代里，以模仿为主要特征的戏仿，得不到应有的尊重，甚至被放逐和贬低，就不难理解了。

这种状况一直持续到20世纪初，文艺理论从"作家范式"转向"文本范式"，文艺批评界对戏仿意涵的理解，尤其是贬低性的理解，才得到突破性的反转。20世纪以来，在结构主义语言学的影响下，文艺理论的主要流派都前所未有的对文艺文本产生了浓厚的兴趣，投入了空前的研究精力，注重对其形式特点和语言结构的分析和讨论。在具有世界影响的主要文艺理论流派中，从俄国形式主义滥觞，紧跟其后的捷克的布拉格学派、

---

① ［加］琳达·哈琴：《后现代主义诗学：历史·理论·小说》，李杨、李锋译，南京大学出版社2009年版，第48页。

英美的新批评、法国的结构主义、叙事学以及后结构主义等都纷纷聚焦文本结构本身的独特性和独创性之于文学作品的美学意义与美学价值，并将之作为文学的根本性问题来对待。相反，文艺复兴以来的主体性问题、表现说问题、情感论问题、文艺原创性问题在不断地被边缘化，不再成为理论界和批评界讨论的中心话题。与此相呼应的是文学性、陌生化、传统与个人才能、意图谬见、感受谬见、作者之死、零度写作、从作品到文本、元小说、互文性等问题引起理论界和批评界浓厚的兴趣和强烈的关注，成为这个时期文艺理论研究中的热门话语和焦点问题。在这种理论和思想背景下，戏仿（parody）被贬低的状况才得到有效的扭转，尤其是从文本间性的视角来审视戏仿，发现了戏仿对于文本理论的构建，以及缔结现实与传统、个体与历史、暴露文本构建的技巧与奥秘具有前所未有的力量和价值。20世纪以来，理论界和批评界受到文艺理论"文本范式"的客观主义、科学主义的立场和价值观念的影响，此时戏仿也得到了一种更为客观和公允的对待，这期间主要聚焦于源文本与仿文本之间的关系来理解阐释戏仿的意义与价值，来建构新的戏仿理论。

就汉语语境来说，我们对于西方文论的接受是与中国的现代性历程同步的，从时间的角度来看，也就一百年左右的时间。因此，我们对于"parody"意涵的理解，基本上从一种现代意涵，大抵而言是一种20世纪以来的意涵来理解的。中国对于西方文论的接受，起始阶段是借道日俄。对于"parody"的意涵理解和建构，西方古典时期以及文艺复兴到20世纪以前的意涵了解和接受甚少。在汉语语境中，"parody"今天一般被翻译成"戏仿""戏拟""仿拟""滑稽模仿"等，诸如李杨、李锋翻译的由南京大学出版社出版的加拿大文学批评家琳达·哈琴的《后现代主义诗学：历史·理论·小说》（2009）中就将"parody"译成了"戏仿"[①]，其后由王海萌翻译的由南京大学出版社出版的英国文学理论家玛格丽特·罗斯的 *Parody: Ancient, Modern and Post-Modern* 也被对应译成《戏仿：古代、现代与后现代》（2013），但万书元、江宁康翻译的由广西人民出版社出版的美国文学批评家吉尔伯特·哈特的《讽刺论》（1990）中，则将"parody"

[①] [加] 琳达·哈琴：《后现代主义诗学：历史·理论·小说》，李杨、李锋译，南京大学出版社2009年版，第30—50、124—190页。

引　论

翻译成为"戏拟"①，其后邵炜翻译的由天津人民出版社出版的法国文艺理论家蒂费纳·萨莫瓦约的《互文性研究》（2003），也将"parodie"翻译成了"戏拟"②，而由伍晓明翻译北京大学出版社出版的美国叙事学家华莱士·马丁的《当代叙事学》中，"parody"则被翻译成了"滑稽模仿"③，国内研究英美后现代小说成就显著的胡全生教授在《英美后现代主义小说叙述结构研究》中也是将"parody"翻译为"滑稽模仿"④。

在印欧语系中，尤其是表音文字体系中，不管是哪一种语言来表达"parody"，在字形上或者发音上虽然会有一点区分，但都能从字形和发音上看出来它们的同宗同源性，以及意涵的相关性。汉语语境中不一样，由于翻译的差异，导致"parody"对应的汉语语词大相径庭，诸如"戏仿"与"滑稽模仿"，受汉语表意的语义逻辑张力的框定，导致在理解上就出现很大的差异。如果对其没有专门的研究，有时很难将这两个概念关联在一起，甚至将这两个概念描述的对象当成完全不同的事物来对待。尽管如此，近年来在文艺领域出现的大量的戏仿现象，尤其是借助视觉文化，诸如影视和新媒体艺术的推动，戏仿已经从精英阶层走向普罗大众，使我们对其理解有了广泛的现实基础。从此，戏仿进入了人们的生活领域，形成了一种感性而具体的艺术体验，不再是一种纯思的形而上学问题。显然，这对人们对于戏仿的理解和关注，尤其是批评界和研究者对戏仿的深入讨论提供了坚实的地基。虽然，当前有关戏仿的翻译尚未完全统一，影响了汉语学界对戏仿的进一步探讨，但学界对戏仿理解的感性经验越来越丰富，理性认知越来越深入。这些现实的基础与条件，为戏仿理论的研究和建构提供了十分有利的条件。这一些，也客观上助推了戏仿理论的研究在今天不断从边缘状态逐步成为学界关注的核心问题与焦点问题。

---

① ［美］吉尔伯特·哈特：《讽刺论》，万书元、江宁康译，广西人民出版社1990年版，第57—116页。
② ［法］蒂费纳·萨莫瓦约：《互文性研究》，邵炜译，天津人民出版社2003年版，第40—43页。
③ ［美］华莱士·马丁：《当代叙事学》，伍晓明译，北京大学出版社2005年版，第182—184页。
④ 胡全生：《英美后现代主义小说叙述结构研究》，复旦大学出版社2002年版，第117—136页。

二 戏仿与相关概念的比较

为了进一步弄清楚戏仿的意义与内涵，将其与几个相近的概念进行比较，找出它们的相同之处和差异的地方，显然这是准确把握戏仿理论内涵的一种必要的学术路径选择。通过比较，同时也将有利于突显戏仿的内在特征和本质规定性。经过仔细的遴选和认真的比对，在我们看来，弄清楚戏仿与讽刺（satire）、拼贴（pastiche）和反讽（irony）等几个核心范畴的区别与联系，戏仿的意义与内涵会呈现得更为清晰、明了，会让人更加容易把握。

（一）戏仿与讽刺的比较

在很多批评家看来，戏仿具有讽刺、嘲笑的功能，戏仿跟讽刺极为相似，而且往往容易混淆。巴赫金曾在《讽刺》一文中指出："历史上，讽刺与讽拟（即戏仿——引者注）这两个概念是不可分的：一切重要的讽拟，都总具有讽刺性；而一切重要的讽刺，又总与讽拟和谐戏过时的体裁、风格和语言结合在一起（只需要举出充满讽拟和谐戏的普尼梅讽刺、《蒙昧者书简》、拉伯雷与塞万提斯的长篇小说就可以明白）。"[①] 美国叙事学家华莱士·马丁也注意到了这一点："虽然反讽、讽刺和滑稽模仿（即戏仿，在英文版中的'Recent Theories of Narrative'使用的就是'parody'——引者注）之间的区别很容易解释和例证，但是一旦对之详加考察，这些区别往往消失。……简而言之，我们愈是仔细地区分反讽、讽刺和滑稽模仿，它们就愈是显得一致，无论是从概念方面看还是从经验方面看。当我们在一篇叙事中发现其中之一时，其他两个经常就潜伏在它附近，而在那些把种种文类成规混在一起的小说中，它们三个都很普遍。"[②] 巴赫金和华莱士·马丁的论述都充分说明了这两个概念相互交织，彼此纠缠在一起，在实际的使用中不容易区分的情状，但事实上，戏仿与讽刺还

[①]［俄］巴赫金：《巴赫金全集》（第四卷），白春仁等译，河北教育出版社2009年版，第21页。

[②]［美］华莱士·马丁：《当代叙事学》，伍晓明译，北京大学出版社2005年版，第183页。

是有很大的区别，只要仔细比对，这些差异就不难发现。

第一，戏仿与讽刺的对象选择上有比较大的区分。戏仿的对象一般是经典的或者权威的文艺作品或者有很大影响的文艺创作者、艺术家和文艺表达范式、技巧等。"戏仿通过取代不重要或者不那么重要的主体模仿（mimics）作家或诗歌的风格……所以滑稽模仿（在罗斯的著作中，她将戏仿与滑稽模仿做了区分——引者注）和戏仿模仿的是某部具体的作品或风格。"① 这个我们可以从经典的戏仿作品中轻松地看出，诸如《蛙鼠之战》是对《伊利亚特》的戏仿、《尤利西斯》是对《奥德赛》的戏仿、《白雪公主》是对格林童话《白雪公主和七个小矮人》的戏仿、托马斯·品钦的长篇小说《万有引力之虹》则是对传统侦探小说的戏仿、苏童的小说《罂粟之家》是对红色经典梁斌的《红旗谱》的戏仿等。但讽刺的对象就不仅仅局限于经典作家作品了，讽刺的范围要比戏仿宽得多，世界上的万事万物都可以成为讽刺的对象。而且更为重要的是，戏仿体现的是一种后来的文本对历史文本的模仿，主要是一种文本间的关系。但讽刺则更多地指向我们的生活世界。从文艺理论的角度来看"讽刺就是创作主体以饱含炽热忧患激情，将客体对象无价值的喜剧因素撕破给人看"②，但现实生活的讽刺就比文艺作品的范围要更为宏阔。通过比较，我们可以发现，戏仿主要指向历史，讽刺除了指向历史外更多的指向现实。

第二，戏仿与讽刺对指向对象的情感态度不一样。就戏仿来说，戏仿主要的对象是经典的或者接受面广、影响力大的作家作品及其相应的文艺现象。按照戏仿这个概念内在矛盾的意涵，一方面，戏仿有对模仿对象的致敬，戏仿者可以从模仿对象那学习创作的技巧，表达戏仿者对经典作品的敬意。诸如阿里斯托芬对欧里庇得斯的戏仿就带有向经典或者传统致敬的情感态度在里面，但大部分戏仿作品表达的是对模仿作品的嘲弄和取笑。因此，戏仿者的这种情感态度显得更为含混、模糊和摇摆。在某种意义上说，这种情感和心态在戏仿中是矛盾的。讽刺则不一样，讽刺主要是通过这种独特的方式和手段来使讽刺对象的局限、缺点和不足彰显出来，

---

① ［英］玛格丽特·罗斯：《戏仿：古代、现代与后现代》，王海萌译，南京大学出版社2013年版，第54页。
② 佴荣本：《文艺美学范畴研究——论悲剧与喜剧》，南京大学出版社2002年版，第172页。

戏仿理论的嬗变轨迹与历史形态研究

批评事物的荒谬、无聊和可笑，因此在讽刺中，讽刺者的情感态度是单一的、清晰的、直白的、目的性很强，不存在摇摆性，情感态度从始至终都是坚定的。为了达到讽刺对象的目的，在创作中可谓火力全开。

第三，戏仿和讽刺在受众的接受效果上存在很大的分野。戏仿，从其意涵的演变史可以看出，它与滑稽相伴随，戏仿的目的是让读者、受众看到被模仿作品的蹩脚、自作高明、不可一世以及自欺欺人，让人看到曾经被神圣化，被奉为圭臬的作品的不足。戏仿会产生喜剧效果，会引人发笑，但是这种笑的效果比较温和，具有很强的节制性，有中国传统文艺理论中强调的"发乎情止乎礼""温柔敦厚"的意味。如果说，戏仿带有批评的价值取向，但这种批评在某种意义上带有更多的善意的规劝和友情的提醒的意味，是一种带有亲和性的批评。而讽刺则显得更为辛辣和直接，其对被讽刺的对象的批判力度似乎并不在意。在讽刺的价值预设中，只要能达得到讽刺、批评的目的，哪种方式好用，哪种手段奏效，哪种形式合适，哪种语调贴切，讽刺者都会全部使用上，不太甚至不会顾忌讽刺对象的体验与感受。就此而言，讽刺更多的是一种嘲弄和嘲笑，它的杀伤力和毁灭性更强，它的火力也会更猛。如果说戏仿带有一定的建设性，那么讽刺则更多的是一种破坏性。戏仿是一种温和渐进的改良，讽刺则是一种推倒重建的革命。戏仿是一种人民内部矛盾的处理方式，那么，讽刺则将讽刺对象放在自己的对立面，以一种敌我、非此即彼的思维方式来审视对象。

（二）戏仿与拼贴的比较

拼贴的英文单词是"pastiche"，从词语使用史的角度来考察，"pastiche"比"parody"出现得晚。据考察，拼贴来源于意大利语"pasticcio"，意谓"混合"。后被文艺理论界和文艺批评界广泛借用，意为多种已有作品元素、材料、结构、技巧或者风格的混合、杂糅和重组。彼得和琳达·默雷在《艺术与艺术家辞典》（*A Dictionary of Art and Artists*）中认为，拼贴是"一种模仿或者伪造，是由一位艺术家从几部真实作品中提取许多成分，将其再组合，给人的印象是由这位艺术家制作的独立的原创品"[①]。由此而言，拼贴是一种拿来主义，是一种排列组合的艺术，但拼贴"却常被用成戏仿

[①] Peter and Linda Murray, *A Dictionary of Art and Artists*, Harmond Sworth, 1960, p. 234.

的同义词，特别在法国文学中，它一直被用来描述有意识或者无意识的戏仿"①。尽管它们关联紧密，但戏仿与拼贴这两个概念还是存在显著区别，在我们看来，这两个概念的主要区别表现在以下几个方面：

第一，戏仿与拼贴对于源文本（sourse text）的态度不一样。戏仿与拼贴都要同历史文本发生关系，都要与历史上存在的源文本构成热奈特意义上的"超文性"关系，换句话说，都是历史文本的衍生品与派生物。但是戏仿对于模仿的文本主要是一种让其滑稽可笑、目的是暴露其局限、不足和缺陷，成为映照历史文本或者源文本的一面镜子，而且带有极强的批评性和批判性，"戏仿是一种模仿，却又和原文本保持一定的距离，戏仿一方面带给读者似曾相识的喜悦；另一方面又要求读者重新批判地评价"②，诸如视频短剧《一个馒头引发的血案》就是对电影《无极》的不足和做法的批评。但拼贴显然与戏仿不一样，它不像戏仿这样对历史文本抱有一种倾向性明显的价值态度和批判立场，对于历史文本或者素材主要持一种更为中性、中立、无倾向思维态度或者放弃价值评价的立场。因此，拼贴而成的寄生文本对其源文本显得更为中性，让人知道拼贴的文本与其母文本有关，是由其派生出来，但它在价值立场上对母文本没有倾向性的态度。

第二，戏仿与拼贴对于源文本模仿的形式不一样。戏仿在某种意义上说，对于源文本或者历史文本，虽然在表层的素材上进行了更改或者置换，但源文本深层次的内核和特质还保留在戏仿文本中，让人一看就能发现源文本的影子和源文本的风格，诚如琳达·哈琴所说的那样，戏仿是一种保持差异的模仿。但在我们看来，这种差异更多地体现在元素、语境和背景层面上，其深层的结构、模式、内涵或者风格被保留下来了。诸如，《蛙鼠大战》对《伊利亚特》的模仿，虽然角色、场景、具体争夺的对象发生了变化，但故事的情节、冲突和风格都与《伊利亚特》保持着充分的一致。但拼贴不一样，拼贴只是取其模仿对象的素材，而且在拼贴中，拼贴者不需要通过文本符号或者特定场景的暗示，使受众能想起这些元素在源文本的意义和地位，这些拼贴的符号"没有时空上的

---

① ［英］玛格丽特·罗斯：《戏仿：古代、现代与后现代》，王海萌译，南京大学出版社2013年版，第71页。
② Wenche Ommundsen, *Metafictions? Reflexivity in Contemporary Texts*, Melbourne：Melbourne Uniwersity Press, 1993, p.10.

彼此联系，没有部分和整体的关系，无所指也无所言，成了没有所指的能指"①。拼贴更为重要的是运用一些在源文本已经形成了固定意义的符号或者标志，将其运用到新文本中来，通过与新文本（即拼贴文本）中其他的符号、意象的关系，重构一种新的文本关系。在某种意义上说，拼贴更为重要的是借用那些经典文本的经典符号与意象，在某种意义上，主要是能指维度的挪用。拼贴通过来源于不同文本中的能指与能指之间的排列与组合，构建新的语境，形成新的意义。因此，如果说戏仿是一种深层次的模仿，那么拼贴充其量是对一些历史文本符号的借用或者挪用。戏仿关注源文本，强化自身与源文本的联系，拼贴则无视源文本，突显自身与源文本的断裂。

第三，戏仿与拼贴带来的接受效果不一样。戏仿在某种意义上说，带有很强的喜剧性，常常与滑稽、幽默、引人发笑关联在一起。戏仿的作品虽然带有批评的意图和目的，但是这种批评是在笑声中完成的，哪怕是含泪的笑。但拼贴，它是对各种文本元素的综合，更多的是通过拼贴表达出一种对所谓原创性或者主体性的不满而已。在拼贴中，我们看到的是各种此前经典元素的组合或者混搭，它们更像万花筒一样，通过拼贴者的拼贴使其存在的各种样态得以显现，让人看到以前以作家为中心的各种文学理论思想与文学理论主张的虚妄。拼贴在文本层面上，不会像戏仿那样引发喜剧效果，但在对拼贴本身进行思考时，我们会发现人本主义文艺思想和美学的自我中心主义和主体中心主义的局限。美国后现代主义理论家詹姆逊（又译为詹姆逊或詹姆逊）认为："拼贴和拟仿（即戏仿）一样，是对一种特别的或独特的风格的模仿，是佩戴一个风格的面具，是已死的语言的说话，但它是关于这样一种拟仿的中性手法，没有讽刺倾向，没有笑声，而存在着某些较之相当滑稽的模仿对象为平常的东西的潜在感觉，也付之阙如。拼凑法是空洞的戏仿，是失去了幽默感的戏仿。"②詹姆逊的说法同样也强调了戏仿与拼贴的差异，尤为重要的是，强调了拼贴对价值判断和主体态度的放逐。

----

① 胡全生：《英美后现代主义小说叙述结构研究》，复旦大学出版社2002年版，第144页。
② ［美］詹姆逊：《晚期资本主义的文化逻辑：詹姆逊批评理论文选》，陈清侨译，生活·读书·新知三联书店1997年版，第401页。

（三）戏仿与反讽的比较

反讽的英文单词是"irony"，从古希腊文"eironia"演变而来，其原意是古希腊戏剧中的一种特殊的角色类型，这种角色以假装无知而著称，是一种佯装无知的人。在文艺理论批判史上，戏仿与反讽的关系，也同其与讽刺、拼贴一样错综复杂，不易厘清。加拿大批评家琳达·哈琴在其多部论述后现代主义的理论著述中，都将戏仿与反讽混杂在一起交替使用，她甚至认为戏仿是一种手段，反讽则是其要达到的目的。但事实上，二者除了学界公认的联系，区分也是较为明显的。

第一，戏仿与反讽的共同点是实现了字面意义与作家真实意图的分裂。在美国叙事学家华莱士·马丁看来，戏仿的功能或者作用是实现语言表达字面与真实的情景意义不相符合的一种重要方式与手段，跟"反讽、夸张、寓言、嘲弄"具有相似的作用和功能，戏仿打破了"言在此意在此"的语言与意义的一致性，帮助作家实现了"言在此而意在彼"，实现了符号能指与约定俗成的意义的分裂。华莱士·马丁认为，作家运用戏仿与反讽等手段与技巧，实现了一种与其所在时代的社会成规相背离的捣乱性叙事，其目的是为了实现对文学以及社会上存在的各种陈规的挑战，通过戏仿与反讽等"作家们可以从另一个位置上看流行的文学与社会成规，从而对规范的有效性或真实性提出质疑"[1]。

第二，戏仿与反讽的结构形式具有明显的差异。戏仿是对历史文本或者源文本的批评，历史文本和源文本既是批评的对象同时也成为戏仿的具体内容，英国文艺理论家玛格丽特·罗斯指出："戏仿是将批评对象作为自身的一部分，通过对目标持有更含混的态度，通过展现冲突的不同理念或对现实的不同再现，比讽刺家直接地对照现实更为复杂"[2]，但反讽却并不将批评对象置入自身的结构之中，而是将批评的对象视为自身的他者，与其处于对立状态，往往通过一种反向的表达来实现批评、讽刺或者反讽对象的目的。反讽在这一点上跟讽刺极为相似，它们通过言外之意所表达

---

[1] ［美］华莱士·马丁：《当代叙事学》，伍晓明译，北京大学出版社2005年版，第182页。
[2] ［英］玛格丽特·罗斯：《戏仿：古代、现代与后现代》，王海萌译，南京大学出版社2013年版，第89页。

的态度、立场显得更为明了、清晰和简洁，用一种不直露的方式表达鲜明的态度，真可谓爱憎分明。

第三，戏仿与反讽在引起的接受效果上存在差异。戏仿引起的阅读或者接受效果是"滑稽和笑"，作者对戏仿对象更多的是"哀其不幸、怒其不争"，虽然是揭示其缺陷，但内在的意图或者意愿还是希望批评的对象能积极向好，体现出戏仿在批评的同时所隐含的强烈建设性要求或者建构性意图，但反讽则并不一定是为了引起阅读体验中的"滑稽和笑"，它在接受效果中，受众的接受体验更为多样、更为宽泛，涵盖的情感体验的类型和形态显得更为丰富和多元。如果说，戏仿中存在着怜悯和建设的情感态度的话，诸如塞万提斯的《堂吉诃德》对浪漫的骑士小说的戏仿，是为了呈现骑士小说这种叙事模式的蹩脚与僵化。反讽则更多是为了"引起疗救的注意"，是对各种不合理的陋习、时弊和荒唐的价值观念的批判，只不过它们惯常会"正话反说"，用批评来表扬，用表扬来批评罢了，"但是，所指在所说后面应该可以被清楚地了解到"①。在情感态度上，同戏仿的含混性或者暧昧性相比较，反讽则显得更为清晰、坚决和明确。

第四，戏仿与反讽在表达对象的范围上有差异。戏仿主要是面向历史文本或者源文本，是一种文本间的话语游戏，是一种文本能指间的关系重构，而反讽则与讽刺一样，面向我们生存世界的一切内容，指向文本以外或者文本表征的世界。反讽甚至可以被视为讽刺的一种具体存在，只不过反讽更多地体现在"反"的形式或者结构上，体现出言在此而意在彼的意义构架，通过反讽让那些自以为是的人黔驴技穷，看到自己的无知。尽管如此，加拿大学者琳达·哈琴则认为，反讽是一种目的，而戏仿更多的是一种手段。二者之间是一种目的和手段的关系，尤其在后现代文化阶段，戏仿已经成为实现反讽的一种重要的方式与手段。这一点，在琳达·哈琴的《后现代主义诗学：历史·理论·小说》中有十分深刻的论述。

总之，通过戏仿与讽刺、拼贴和反讽这几个极为重要的概念的比较，我们能够更为清晰地把握，更为系统地理解戏仿这个概念的内涵和意蕴。通过比较，戏仿更为清晰地呈现在我们的面前：戏仿主要存在于一种文

---

① 张世胜：《反讽之路：从修辞到文学》，《陕西理工大学学报》（社会科学版）2017年第2期。

本、话语或者艺术与审美领域，它不同于其他几种重要的表意方式与表意手段能涵盖人们所有的表意领域与表意实践，戏仿主要指向文本世界。戏仿更多的是强调一种特殊的审美效果，具有滑稽性和喜剧性，让人们在轻松的氛围中体悟深刻的意蕴。此外，戏仿本身还是一种矛盾的和含混的结构体系，在情感逻辑上与现代逻辑意义上的非此即彼是冲突的，体现出某种辩证性和转换性。戏仿在情感态度的边界上看到了这种对立中的转换，体现了古典思维的含混性及其在现代的延续和发展。

三　戏仿研究的学术史梳理

戏仿作为一种重要的文艺现象或者文艺实践古已有之。随着社会的发展与时代的变迁，今天，戏仿已经变得越来越普遍和多样，与之相伴随的，对戏仿现象的理论思考和学术探索也日益丰富起来，慢慢地形成了丰富的基于戏仿现象的理论建构和相应的理论学说。如果说，对戏仿现象的命名可以视为对戏仿研究的历史起点的话，那么对赫革蒙的戏仿之作进行命名和描述的古希腊哲人亚里士多德可以视为戏仿学术研究史上的第一人。由此而言，理论界对于戏仿的研究史可以毫不夸张地说已有两千多年。如果按照编年史的方法来审视戏仿的学术研究史，显然既无法穷尽也无法具体操作。基于此，我们在对戏仿研究和戏仿理论建构的学术史梳理时，以既有的研究成果，尤其是以现代以来的学术研究成果为核心，以戏仿问题的逐层展开为导向，以重要的思想家、理论家、评论家、作家、学者的主要著述作为分析对象，由浅入深、由元素到体系、由碎片化到系统性来对戏仿研究展开学术史的分析与梳理，以便对戏仿研究的视角、维度和问题以及主要成就进行系统了解和整体把握。

（一）面向文艺文本的戏仿研究

这类研究成果从时间上来说应该是最早的，从数量上来说应该也是最多的。这类研究的一个最为重要的特点就是以具体的戏仿文本为研究对象，进行戏仿文本的细读和分析。亚里士多德以赫革蒙的《蛙鼠之战》为分析对象，对照荷马史诗的《伊利亚特》首先提出戏仿概念属于这类研究的典范。亚里士多德通过阅读发现《蛙鼠之战》与《伊利亚特》在故事情节、叙事手法、角色设置上的相似性，只不过《蛙鼠之战》将《伊利亚特》原来庄严主题进行了琐细化置换，英雄人物动物化，在阅读效果上变得滑稽、诙谐而已。以此思路来审视和观照戏仿问题形成了一个强大的分析路径和研究传统，形成的研究成果可以说是汗牛充栋、俯拾皆是、不胜枚举。

从西方语境来看，从古希腊到中世纪以及现代前期，对戏仿文艺的具体文本研究是一种主导性的研究范式。研究的成果，最先是面对作家个案的。诸如，1891年奥古斯都·T. 默雷的《论阿里斯托芬的戏仿和仿悲剧》(On Parody and Paratragoedia in Aristophanes)，其后这类研究在面向具体的文本或者作家研究进一步纵深拓展的同时，慢慢地转向了戏仿的文学史研究。也就是说，这类成果认为戏仿不仅仅是一种文本现象，而且是一种文学史现象。在具体的文化或者国别中以戏仿为表征的文学构成了一个文学史序列，诸如罗伯特·P. 福尔克与布格斯·格雷（Robert P. Falk，Burges Green）的《美国文学中的戏仿》(American Literature in Parody)[①]、伊斯雷尔·戴维森（Israel Davidson）的《犹太文学中的戏仿》(Parody in Jewish Literature)[②]、格兰尼斯（V. B. Grannis）的《十八世纪法国的戏剧戏仿》(Dramatic Parody in Eighteeth-Century France)等。围绕戏仿文本的研究，在西方还召开了多次专题学术研讨会议，以贝亚特·缪勒主编的《戏仿：维度与展望》(1997)为代表，论文集收录了1995年9月在英国剑桥大学西德尼·苏塞克斯学院举办的同名国际与跨学科学术研讨会与会代表的代表性论文12篇。这些论文主要以具体文本为考察对象，将戏仿视为一种艺术手段或者修辞策略，同国内的文本分析类似。

在中国，对戏仿的研究，目前能查找到的最早的研究文献是1988年张新生发表在《山东外语教学》上的《神话与现实——戈尔丁〈蝇王〉浅析》，他认为《蝇王》的最大的特点是对19世纪英国小说家巴兰坦《珊瑚岛》的戏仿，正是通过戏仿表达了作者对当代西方社会普遍关注的人性问题的关注和积极探索。其后，此类研究同样成为中国戏仿研究的一大主要范

[①] Robert P. Falk and Burges Green, *American Literature in Parody*, New York: Twayne Publishers, 1955.

[②] Israel Davidson, *Parody in Jewish Literature*, Kessinger Publishing, 2010.

式,成果蔚为大观,诸如吴立平的《戏仿罗曼司—戴维·洛奇及其〈小世界〉》(《中国国图书评论》1993年第3期)、徐肖楠的《李冯的戏仿小说》(《作家》1997年第9期)、赵志军的《成规的戏仿——论王蒙的元小说》(《广西社会科学》2003年第9期)、林元富的《论伊什梅尔·里德后现代主义小说的戏仿艺术》(厦门大学出版社2008年版)、谷野平的《霍克斯小说戏仿研究》(光明日报出版社2010年版)等。截至2019年底,目前中国期刊网收录的789篇以戏仿为题名的学术论文中,以作家作品中的戏仿现象或者戏仿叙事为研究对象的成果占到了三分之二之多。在这种研究语境中,以戏仿作为观照视角,对系列作品、作家群或者文学史的研究成果也在不断涌现,诸如王程辉的《英美文学戏仿研究》(苏州大学出版社2014年版)以历史为视角,细致梳理了英美文学中戏仿现象发展的历史,并以具体作家为个案对戏仿的类型、风格与流派进行了详尽的描述和分析,将戏仿艺术效果作为评价的准绳,对威廉·莎士比亚等数十位作家进行了评说,凸显出相应的作家在英语戏仿文学史上的历史与地位。

  面向文艺文本的戏仿研究是一种经验研究,以归纳总结为主要的研究方法与分析路径,阐释了古今中外众多的戏仿作品的个性、特点与艺术成就,给这些戏仿作品以相应的价值定位与历史评价,其研究基本上属于文艺批评范畴。这些戏仿作家或者作品的具体研究与分析给我们提供了丰富多彩的有关戏仿的个案与经验,看到了戏仿对于整个人类文学艺术发展所产生的巨大促进与推动作用,彰显了戏仿对于丰富人类艺术的多样性和多元性所具有的意义与价值。但这类研究成果的局限也是明显的,表现为:其一,这类研究就戏仿作品而讨论戏仿作品,研究的横向视野和纵向深度有待拓展,它们往往都停留在戏仿文本与源文本的比较分析上,大多擅长文本细读,但缺乏一种宏观和开放的视野,对戏仿文本的评价往往容易陷入文本中心主义的困境中。其二,这类研究严格意义上来说是对戏仿理论的运用,一般依据批评界通行的对戏仿理论的阐释或者依照批评者对某一种戏仿理论的理解来对各种戏仿文本进行分析,而对戏仿理论本身的批判性、反思性和建设性则是不够的,对于推动戏仿理论发展的自觉性不强。

(二)作为辞格的戏仿研究

  辞格是一个修辞学术语,"是在言语活动中长期形成的具有特定的功能、特定结构、特定方法、符合特定类聚系统的模式"①，其目的是丰富语言表现的方式，增强语言表达的感染力，提高语言表达的效果。从辞格的发展来看，到目前为止，在修辞学理论与实践中，各类辞格有200多种。作为辞格的戏仿，在某种意义上说，就是将戏仿视为一种同比喻、回环、反复、顶真、借代、通感等一样的辞格，是一种具体的修辞方式与修辞手段，其目的是为了突破表达窠臼，创新表达形式，增强表达效果，使语言表达或者话语生产更具有艺术性和可接受性。文艺作品中使用戏仿是为了更好地达到表达文本意义和作家意图。

  从历史的角度来梳理，将戏仿作为一种辞格来看待，我们依然可以从亚里士多德那里找到源头。亚里士多德在其《修辞学》中讨论戏仿的作用时曾经指出："高尔斯亚说得对：应当用戏谑（即戏仿——引者注）扰乱对方的正经，用正经压住对方的戏谑。"② 在亚里士多德的表述中，"戏谑"是作为一种与"正经"相对立的修辞方式与修辞手段，在演讲中，人们可以通过一种非正经的修辞手段扰乱或者揭露那种所谓的正经或者假正经，从而使对方图穷匕见。古罗马修辞学家昆体良在《雄辩术原理》(Institutio Oratoria)认为戏仿与双关语相似，作为修辞手段的戏仿能通过模仿著名作品，达到逗弄和实现风趣的修辞效果③。豪斯霍尔德认为戏仿从修辞的角度来看，是一种"（a）惊人的突降法式的替代，（b）双关语的替代，（c）相同的双关语，或者只在意义上的替代"④。这种从修辞学的角度来看待戏仿的思想和观点在西方哲学史、语言学史或者文艺批评史上形成了一个强大的修辞论传统，占有极为重要的地位，这种传统和地位尽管在文艺复兴到19世纪时期曾一度衰落过，但在20世纪的"语言学转向"中它们再次强劲复兴，结构主义和形式主义文论对其进行了有力的声援，其影响一直持续到今天。

  在国内，对戏仿的修辞学研究，始于五四新文化运动以后。修辞学家

---

① 吴士文：《修辞格论析》，上海教育出版社1986年版，第13页。
② ［古希腊］亚里士多德：《修辞学》，罗念生译，生活·读书·新知三联书店1991年版，第215页。
③ Quintilian, *Institutio Oratoria*, Vol. 2, p. 491.
④ Fred W. Householder, Jr., "Parody", *Journal of Classical Philogy*, Vol. 39, No. 1, 1944, p. 6.

引　论

　　陈望道在修辞学领域中的开山之作《修辞学发凡》中最早从修辞的角度对戏仿的内涵进行了讨论，他认为："为了讽刺嘲弄而故意仿拟特种既成形式的"① 辞格就叫仿拟格（即戏仿辞格）。陈望道先生是国内修辞学界的泰斗，也是现代修辞学的奠基人，同时也是国内率先从修辞学的角度来审视和研究戏仿的语言学家，其观点影响了后来众多的修辞学研究学者，这些我们可以从后来的众多的研究者对戏拟的定义中见出一斑。诸如，常立、卢寿荣在《李渔小说的仿拟（戏仿）修辞》中指出："仿拟，是指对现成的词语句章经改动个别成分后，临时仿造同一种新的词语、句章的修辞格式。仿拟可分'拟词'、'拟句'、'拟章'、'拟调'、'拟语'等数种。现代意义上的仿拟，往往是有意地利用这种修辞来制造幽默的手法，故又常称为'戏仿'或'滑稽模仿'。"② 吴礼权在《现代汉语修辞学》中认为："所谓仿拟就是比照现成的词语、句子或篇章通过语义、语音或语序上的更换、模仿等手段，临时仿造出一种新的说法。"③ 国内最为系统地从修辞角度来研究戏仿的成果应该是徐国珍女士的著作《仿拟研究》，这部著作从仿拟的定义、结构、构成特点、构成基础、类型、语言学网络、要素网络、辞格网络，风格表现、语体应用、修辞效果、应用策略等多个视角来分析和研究戏拟，分别从理论论述和现实应用层面，通过大量的语言修辞例子来剖析戏拟的机制和机理以及效果特点。这部著作是从修辞学的角度来研究戏仿的集大成者。

　　总体来说，作为修辞格的戏仿或者戏拟，这类研究主要还是着眼于语言表达效果和修辞效果的角度来讨论，主要强调语言表达的语言存在的形式特征，经验和个案研究的特征特别明显。但其局限是仅仅停留在语言学范围内，主要分析的是这种修辞现象的语言学特点。但这类研究一个突出的价值和意义在于：它们强化了戏仿得以可能的语言学机制或者符号学机制的研究，突显了戏仿无论是作为一种修辞现象，甚至是超越语言的其他文化现象，其得以可能的底层逻辑。戏仿的修辞学研究，奠定了或者说筑牢了戏仿理论建构的理论基础。同时戏仿的修辞学研究，在某种意义上也

---

① 陈望道：《修辞学发凡》，上海教育出版社1997年版，第108页。
② 常立、卢寿荣：《李渔小说的仿拟（戏仿）修辞》，《修辞学习》2004年第4期。
③ 吴礼权：《现代汉语修辞学》，复旦大学出版社2006年版，第57页。

在昭示我们，戏仿的语言学基础或者语言学原理是其他文艺或者文化形式中存在的"第一基础或者第一原理"，脱离了这个语言学基础或者原理，戏仿将不具有存在的可能性。

（三）作为叙事手法的戏仿研究

叙事学是一门关于如何讲故事的学问。同一个故事，用不同的方法与技巧来讲，故事就会呈现不同的面相，会产生不同的效果。因此，关于如何讲故事，自从有了叙事这种行为的存在，就一直是人们关心的一个极为重要的理论和实践问题。与此同时，不同的理论家和批评家也开始了叙事理论、叙事方法的思考、归纳和总结。但现代意义上的叙事学应该来说与西方文论中有关民间故事和童话的研究关联深刻。诸如，俄国民间文艺学家弗拉基米尔·雅可夫列维奇·普洛普1928年出版的《故事形态学》就是对俄罗斯故事的叙事类型、叙事特点和叙事模式的分析，此后经过俄国形式主义、法国结构主义，逐渐成为现代文艺理论中一个显赫的学术研究方向，尤其是结构主义学者热奈特所做的学术努力和理论探索，对叙事学的发展起到了巨大的推动作用。

戏仿在叙事学的视野中被关注，最先是被作为一种习得讲故事的方法被讨论。从这个意义上来看，戏仿其实就是模仿的一种具体形态。从西方古代文论中的诸多例子中我们可以看出，模仿是培养人各方面的技巧与技能的一种至关重要的方式与路径。诸如从鸟那儿我们学会了歌唱，从蜘蛛那儿我们学会了织布，从蜜蜂那儿我们学会了盖房子。因此，要学会讲故事的能力，我们必须从那些经典的故事、史诗中去模仿，去模仿它们讲故事的技巧，进而提升个体讲故事的能力与水平。但在学习中，理论家们逐渐发现，人们获得这种讲故事的能力是学习的重要目的或者目标，但在面对模仿的对象，尤其是文学对世界的模仿中，人们至少有两种截然不同的态度：一种是严肃认真、正襟危坐和循规蹈矩的；另一种则是轻松的、调侃的，幽默的，甚至是戏谑的或者是不敬的。但不管模仿者对模仿行为和模仿对象的态度、理解和认知的差异如何，但戏仿都是他们获得叙事能力的重要方式和手段。就此而言，戏仿作为一种获得叙事能力的方式和手段，在其出现伊始就得到了理论界的关注。

20世纪以降，尤其是现代派文学的兴起。作为叙事手法的戏仿，被众多的理论家和作家赋予了一种不仅仅是习得叙事技能的理解、认识和审视。在 20 世纪以来的众多的理论家和作家看来,戏仿通过模仿他者文本,在某种意义上说,就是将他者文本建构自身的方法和技巧暴露出来,使读者更为清晰地看出那些被隐蔽化、神秘化和神圣化的叙事技巧,让它们回归本来面貌。诸如,俄国形式主义批评家什克洛夫斯基就认为斯特恩的《项狄传》的高明之处和重要理论价值就在于:斯特恩通过戏仿这种叙事方式,使小说在形式方面的各类技巧彰显出来。什克洛夫斯基标新立异地指出,"以形式而言,斯特恩是个彻底的革命者;他的突出处是'暴露'他的技巧"[①]。因此,在俄国形式主义理论家看来,戏仿作为一种叙事手法就是一种暴露技巧的技巧。而且,这种手法也无所谓卑劣与崇高、高明与拙劣,它仅仅是一种技术手段或者暴露技巧而已。由此而言,在俄国形式主义理论家的研究视野中,戏仿就是一种无价值取向、无意识形态的中性的、客观的叙事技术。循着这种思路,作为叙事手法的戏仿在某种意义上说,就是通过一种戏仿文本与源文本关系的建构,揭露了小说作为小说的虚构本质和形式特征。罗吉·福勒在《现代西方文学批评术语词典》中就认为戏仿是"最具意图性和分析性的文学手法之一"[②],无疑这是对戏仿作为叙事技巧的一种强化。

此后的众多批评家还从历史的角度来对其进行分析,结合具体文本揭示出了不同时代戏仿叙事理论的继承与发展。尤其是到了 20 世纪 60 年代以后,戏仿在某种意义上还被视为后现代文学进行叙事的一种最为重要、显示度高、影响深远的方式和手段,诸如英国著名文学批评家伯纳德·伯贡奇(Bernard Bergonzi)在《小说的状况》一书中深刻地指出的那样:"几乎所有的后现代主义小说都要依靠戏仿现实主义小说来安身立命,因此它们与后者的关系是一种寄生物和寄主的关系。"[③]伯纳德·伯贡奇的观点并非夸大其词和危言耸听,而是敏锐地发现了后现代小说在叙事上的总体性特征和表征世界的方式,同时还指出了后现代主义小说与现代主义小

[①] [俄]尤里毅·迪尼亚诺夫:《俄国形式主义文论选》,王薇生译,郑州大学出版社 2005 年版,第 277 页。
[②] [英]罗吉·福勒:《现代西方文学批评术语词典》,袁德成译,四川人民出版社 1987 年版,第 193 页。
[③] 殷企平:《英国小说批评史》,上海外语出版社 2001 年版,第 300 页。

说之间依赖与被依赖的关系。但从寄生物与寄主的角度来理解后现代的戏仿文本和现代主义的源文本，伯纳德·伯贡奇在小说的艺术性和价值地位上是更加倾向于现代主义小说的，对后现代主义小说多少表达了自己的质疑和不满。

在国内，这方面的研究成果呈现为对具体文本的分析来讨论作为叙事手法的戏仿，诸如李永东在《论林希小说的革命戏仿叙事与互文性写作》中通过对林希小说文本的分析认为其运用作为叙事手法的戏仿主要通过将源文本的思想观念、话语风格、故事情节、身体修辞等进行局部的转换来实现的，[1] 以此来实现对革命叙事陈规和模式的揭露，进而建构自身的叙事特色，重构一种对革命的认知和理解。程军在《20世纪戏仿叙事的"反向"逻辑》中通过对20世纪中西文学叙事的分析后指出，戏仿叙事作品依赖戏仿进行叙事的过程中通常都遵循一种独特的"反向"或"倒置"的逻辑，对源文本的叙述逻辑及创作意图进行颠倒式的处理，具体手法包括对源文本中"英雄"式主人公的反向塑造、对源文本角色间的权力等级关系的反向设置、对源文本情节叙述模式的反向"突转"[2]，这篇论文总结了20世纪戏仿叙事所遵循的基本原则和主要着力点及其具体策略，与文前所引述的伯纳德·伯贡奇的观点形成一种历史性的呼应。但从历史的角度来看，中国学界对戏仿作为一种叙事手法的研究相对比较晚，研究的深度与广度与西方理论界相比较也还存在较大的差距。中国理论界的戏仿叙述研究还基本上是西方文艺理论观念的归纳、总结和应用，对于中国文艺中的戏仿实践如何丰富和发展戏仿理论所贡献的地方性经验的探讨还有待深入，总结得也不够充分。

（四）作为文体的戏仿研究

中世纪时期，作为文体的戏仿就大规模地出现了。那时，戏仿不仅仅出现在文学领域，而且还涉及各种宗教文献、祷告语、学术著作、人物传奇等，诸如，《西普里安的晚餐》就是按照戏仿的语体规范以一种狂欢的

---

[1] 李永东：《论林希小说的革命戏仿叙事与互文性写作》，《中国现代文学研究丛刊》2015年第8期。

[2] 程军：《20世纪戏仿叙事的"反向"逻辑》，《华北电力大学学报》（社会科学版）2015年第2期。

引 论

姿态对整个《圣经》的一种滑稽的改编,而一部名为《维吉尔语法》的学术著作,则是按照中世纪学院派的学术视野、思想理论和研究方法所奠基的学术传统和学术范式戏仿而成的拉丁语学术著作。对中世纪文学有深入研究的俄国文学理论家巴赫金曾经指出:

> 在拉丁语诙谐文学的进一步发展中,教会圣事和教理的一切方面无一例外地都有了戏仿体的复本。这是所谓的"parodia sacra",亦即"神圣的戏仿",也是至今尚未得到充分理解的中世纪文学的奇特现象之一。保留至今的有为数颇多的戏仿弥撒的作品,戏仿读经、祈福、包括戏仿最神圣的对象的作品等戏仿启应祷文、圣歌、诗篇的作品,还有改写圣经箴言的作品等等。还创作了戏仿体的遗嘱,戏仿体的墓志铭、宗教会议决议等等。这种文学几乎不胜枚举。它整个被奉为一种传统体裁,并在某种程度上为教会所容忍。①

巴赫金的研究无疑揭示了戏仿作为一种文体被理解和看待已经有相当长的历史了,而且作为一种独特的文体现象,以其为载体表达的内容已经涵盖了世俗生活与神圣世界的方方面面,尤其是在神圣生存领域,众多的神圣不可亵渎的文本都无一例外地进入戏仿领域,并形成了自身特有的文体现象,这从后世的价值观念来审视很难理解,以至于巴赫金认为这是"至今尚未得到充分理解的中世纪文学的奇特现象之一"。更让人难以理解的是,"即便是上层的教会人士和神学家也准许自己娱乐消遣一番……他们在自己的单人僧房里撰写戏仿体或者半戏仿体的学术论文"②。从这种意义上而言,戏仿作为文体在中世纪时已经得到了广泛的运用,并得到了当时的宗教文化的接纳和认可,在中世纪的宗教价值观念里,戏仿并未被视为一种不严肃、表达不敬、亵渎神圣的表意行为和文艺实践。因此,在当时宗教文化价值观念对个人行为方式影响十分深刻的时代里,戏仿作为一种独特的文体技术才能得到最为广泛的运用,渗入人类文化表意实践领域中的方方面面。

---

① [俄] 巴赫金:《巴赫金文论选》,佟景韩译,中国社会科学出版社1996年版,第111页。
② [俄] 巴赫金:《巴赫金全集》(第六卷),河北教育出版社1998年版,第16页。

戏仿理论的嬗变轨迹与历史形态研究

文艺复兴时期,"戏仿"(parody)作为一种独特的体裁或者文体的意义得到了进一步的明确并同一种独特的风格结合起来。斯卡利格尔(J. C. Scaliger)在文体学意义上认为"parody"是一种滑稽的题材或者作品,这种理解和认知影响了此后众多的文艺批评家,尤其对于英国的文艺批评家影响更为深远。在英国文学批评史传统中,戏仿就是一种通过对琐细的小事进行夸张从而达到嘲弄严肃主题的文学题材或者文学样式。自此之后,戏仿便同"戏谑""恶作剧""假装"等各种蕴含着贬义色彩的理解和解释关联起来,甚至在相当长的一个时间段,戏仿一直就是一种与严肃、正经、高贵相反的一种文体样式。换句话说,戏仿在某种意义上就是文体意义上的粗俗与拙劣的代名词。诚然,从今天的批评理论来看,文体本身并无优劣和贵贱之分,诸如诗歌并不见得就一定比小说要高贵,戏剧也不一定就比散文更加优美。但我们从文艺理论史的角度来看,从各种文体进入人类的接受视野,它们确实有一种被当时的社会主流意识形态用价值判断的形式进行审查的历史,设置了较为严格的准入机制。诸如,从中国古代文学批评史的角度来看,诗就一直被视为一种正统、高贵和精英的文体和话语系统,但小说就一直被作为一种下里巴人的文学体裁来看待,也一直没有得到主流意识形态和价值观念的认可,直到魏晋后小说才得到应有的重视。戏仿作为一种文体,在文艺复兴之后也遭受到了小说在中国文艺批评史上的同样命运,只不过小说作为一种文体的命运在中国文艺批评上是日趋向好,但戏仿却从此江河日下,直到20世纪这种命运才有所改变。

尽管如此,美国叙事学家华莱士·马丁在《当代叙事学》中认为:"戏仿本质上是一种文体现象——对一位作家或文类的种种形式特点的夸张性模仿,它以语言上、结构上、或者主题上与所模仿者的种种差异为标志,戏仿夸大种种特征以使之显而易见,它把不同文体并置在一起;他使用一种文类的技巧去表现通常与另一类相连的内容。"[①] 华莱士充分认识到,戏仿作为一种文体,它必须建立在一种前文本之上,并必须以前一种文本作为背景。这时戏仿作为文体才能够得以识别和被理解,同时,戏仿是对前文本在某种形式特征上的夸张和突显,使其在受众面前变得更加清

---

① [美]华莱士·马丁:《当代叙事学》,伍晓明译,北京大学出版社2005年版,第183页。

晰和明了。批评家库顿（Cuddon）则从文体创新的角度上，指出戏仿不是简单的重复和再现，而是更为艰难的创新，他认为："戏仿很难做到，既要近似原型，又要刻意扭曲其主要特征，一定要保持这两者的微妙平衡。因此，一般作家视之为次要的艺术手法，因为只有具有独创性的作家才能成功地运用这种手法。其实，绝大部分的戏仿都出自才华横溢的作家之手。"[1] 显然，从对文体的价值判断或者偏好的角度来看，曾一度被贬斥的戏仿文体慢慢地得到了较为客观公允的评价，尤其是到库顿这里，戏仿得到了自文艺复兴以来最为积极和正面的评价，戏仿不再是一种寄生性的文体，而是一种在众多限制的基础上进行艰难或者卓越的文体创新，更加显示了戏仿者对文体的驾驭能力和创新能力，突显和印证了戏仿者的能力和才华。

国内著名学者赵宪章教授在《超文性戏仿文体解读》一文中认为：作为独特文体形式的戏仿，其最为重要的文体特征主要体现为，它建基于一种复合文本的前提下，而且这种被视为一种独特的戏仿文体的文本它不能单独存在，必须通过源文本才能获得自身作为文体的意义与价值。这种观点与华莱士·马丁的观点有异曲同工之妙。赵宪章教授在此基础上进一步指出，"仿文与源文并非一般意义上的互文性对话关系，而是超文性'图—底'关系；前者是再现性的，后者是表现性的。'转述者变调'、'义理置换'、'极速矮化'和'文本格式化'是超文性戏仿的基本张力系统和戏仿机制。它的'语言狂欢'是游离所'叙'之'事'的能指游戏，并通过跳跃性节奏建构了一种机械化和幼稚化的卡通话语结构"[2]。赵宪章教授在互文性理论的基础上进一步深化了学界对于戏仿中文本间的关系，以及产生这种戏仿文体现象的机制和原理的认识。

从事后现代小说研究的胡全生教授在《英美后现代主义小说叙述结构研究》中对于戏仿的理解也主要是从文体学的意义上来进行的，在他看来，作为文体的戏仿主要通过四种形式来实现："一是模仿。模仿原作的文类（genre）、形式、结构、文字、节奏、韵律、风格、口吻等，造成 A 像 B，给人以似曾相识的感觉；二是颠覆或改造。颠覆是在模仿的基础上

---

[1] J. A. Cuddon, *Literary Terms and Literary Theory*, London: The Penguin Group, 1999, p.640.
[2] 赵宪章：《超文性戏仿文体解读》，《湖南师范大学社会科学学报》2004 年第 3 期。

的颠覆；改造则是指对原文在字、句、形、节奏、韵律、风格、题材等方面的改造；三是借用。借用可以说是直接移植，即将彼文本（里的东西）直接移植到此文本里，因此是滑稽模仿最简单、直接的方式；四是拼贴画（collage）和拼凑法（pastiche）。"① 在胡全生教授看来戏仿中的模仿与其他的模仿不同，并非一种简单机械的复制，而是一种"兼具模仿性和戏谑滑稽性"的叙述技巧。通过模仿、颠覆、改造、借用、拼贴画和拼凑法这四种大的方式与方法实现戏仿文体的建构。

在作为文体的戏仿中，也存在各种差异和类型，旅美学者刘康教授在研究和分析巴赫金文艺美学思想的基础上，认为戏仿可以分为："1. 对'他者'语言风格的戏仿；2. 把'他者'话语看成具有社会典型性的语言来戏仿；3. 对其他话语类型、风格的戏仿；4. 以上三种戏仿的综合、混杂的戏仿。"② 国内青年学者张悠哲在《论新时期小说的戏仿艺术》中将戏仿分成"人物性戏仿，故事性戏仿（包括题材、情节、结构等）与文体性戏仿"③。尽管不同思想语境中的学者对作为文体的戏仿理解不一、关注的侧重点也有差异，但从文本的形式特性和文本间的相互关系来讨论戏仿的立足点基本一致。英国文艺理论家玛格丽特·罗斯更是将这种文体学意义上的戏仿称为"总体性戏仿"④。

（五）作为文化精神的戏仿研究

戏仿作为一种文化精神，应该来说，在其出现的那一刹那就存在了。正如我们的考察所发现，戏仿作为一种文体现象，古已有之，那么作为一种文化精神现象的戏仿，也可谓源远流长。我们从戏仿这个单词"parodia"就可以看出，它由前缀"para"和词根"odes"组成，其中"odes"是歌曲的意思，但前缀"para"却有着两种完全不同的语义指向，本身具

---

① 胡全生：《英美后现代主义小说叙述结构研究》，复旦大学出版社2002年版，第130—131页。
② 刘康：《对话的喧声·巴赫金的对话转型理论》，中国人民大学出版社1995年版，第167页。
③ 张悠哲：《论新时期小说的戏仿艺术》，硕士学位论文，扬州大学，2008年。
④ ［英］玛格丽特·罗斯：《戏仿：古代、现代与后现代》，王海萌译，南京大学出版社2013年版，第46—51页。

引 论

有很强的矛盾性和含混性，其中的一种语义是：伴随，在旁边（beside）；另一种语义则是：反对与对抗（counter/against）①琳达·哈琴在《后现代主义诗学：历史·理论·小说》中进一步指出："戏仿既是将其推向神坛，又是对其进行质疑。"②因此，在古希腊时期，戏仿就隐含着戏仿者一种矛盾和复杂的文化心理和文化精神，一方面包含着对经典的致敬；另一方面又孕育着对经典的戏弄。在西方古典时期，尤其是古希腊与古罗马时期，蕴含在戏仿里的这种文化精神的价值取向是含混的和模糊的。这种状态一直持续到中世纪，让人好奇的是，在中世纪，是一种神圣价值占统治地位的时期，在宗教价值观念里，神圣是不可侵犯的，神灵也是不可亵渎的。但是宗教的圣典包括《圣经》却常常遭受戏仿，而且人们戏仿《圣经》，乃至于各种正襟危坐的宗教仪规都不会遭受相应的惩戒。这说明戏仿在中世纪并没有被认为是一种不敬、嘲弄或者否定，而是作为一种模仿的方式或者手段而被看待。这一点我们在前面介绍巴赫金有关中世纪的文学研究中得到了很好的例证和说明。

但这种状态到文艺复兴时期就慢慢发生了改变，我们不难发现，但丁的《神曲》虽然是戏仿《圣经》，但其社会批判功能得到了前所未有的彰显，这可以说是戏仿文化批判精神的肇始与萌芽。纵观西方文学史，人们以戏仿为媒介与桥梁，含蓄、隐晦地表达对当时各种价值观念和文化规范的不满是常有的事情，尤其是那些被置入文化秩序中心的文本与规范。随着现代性的迅猛发展和主体性哲学的强势登场，主体性价值、独特性原则和原创性力量得到了文艺批评家的高度重视，戏仿作为一种社会批判的文化精神和思想力量被相应地削弱。戏仿往往被视为一种重复他者、简单抄袭、否定贬低、嘲弄破坏的文化力量和精神价值来看待。因此在现代，戏仿一直就是一种与拙劣，低级、不正经、不务正业联系在一起，戏仿往往很难得到文艺批评家的关注和重视，甚至不值一提。

但到 20 世纪中后期，戏仿开始作为一种抵抗的力量被看待，显示其对现代性建构起来的等级制度与文化规范的解构与消解，与此同时，彰显

---

① Linda Hutcheon, *A Theory of Parody: The Teachings of Twentieth-Century Art Forms*, New York: Methuen, 1985, p. 32.

② ［加］琳达·哈琴：《后现代主义诗学：历史·理论·小说》，李杨、李锋译，南京大学出版社 2009 年版，第 169 页。

其强大的建构性。王爱松教授在《重写与戏仿：九十年代小说创作的新趋势》①中发现在中国90年代的文学创作中出现了一种新的趋势，那就是对历史前文本的模仿，这种戏仿表现为一方面是一种小说写作艺术的探索，同时也是一种对历史宏大叙事的消解。路文彬教授在《游戏历史的恶作剧——从反讽与戏仿看"新历史主义"小说的后现代性写作》一文中认为戏仿是后现代主义写作的一种形式和策略，戏仿的出现"在很大程度上反映了后现代人将批判娱乐化，以及避免明确理性构筑的心态"。他在文中结合大量的新历史主义小说，发现"戏仿变成颠覆传统经典文本的又一把杀手锏"②。新历史主义小说通过戏仿的方式与手段，对传统经典的宏大叙事模式进行了颠覆和消解。在某种意义上说，路文彬教授从具体文本中揭示了戏仿对文化规范的颠覆与解构的精神指向和价值诉求。

陈后亮博士在《后现代视野下的戏仿研究——兼谈琳达·哈琴的后现代戏仿观》中认为在不同的历史时代戏仿文化价值与文化功能有所不同，如果说现代主义戏仿体现为一种文本的自我指涉，那么到20世纪中期以降的后现代戏仿则体现为一种保持一定距离的重复，"在戏仿历史的同时，将历史观念本身问题化，进而形成更广泛的社会政治批判"③。刘桂茹的《后现代"戏仿"的美学阐释》认为戏仿理论发展到后现代，这种特有文本形态表现为有意向叙事成规和传统惯例进行挑战，在解构与批评中生成新的文本和意义。同时，后现代"戏仿"热衷于将线性的有序的时间模式打破，在当下的类似于"精神分裂"的空间体验中表现后现代的空间逻辑。④蒋花、杜平的《"他者"和戏仿——对抗"文化殖民主义"的策略探讨》以后殖民主义的视角来审视"戏仿"，通过大量的文本书写实践发现，"对英语以及殖民话语进行戏仿运用是第三世界国家反对'文化殖民主义'的利剑……他们（指殖民地作家）都是用体现压迫者意识形态的语

---

① 王爱松：《重写与戏仿：九十年代小说创作的新趋势》，《首都师范大学学报》（社会科学版）2001年第1期。
② 路文彬：《游戏历史的恶作剧——从反讽与戏仿看"新历史主义"小说的后现代性写作》，《中国文化研究》2001年第2期。
③ 陈后亮：《后现代视野下的戏仿研究——兼谈琳达·哈琴的后现代戏仿观》，《武汉科技大学学报》（社会科学版）2010年第4期。
④ 刘桂茹：《后现代"戏仿"的美学阐释》，《学术论坛》2012年第6期。

言来表达被压迫者的声音"①。

戏仿，在此意义上说，众多的研究成果和理论阐释已经将其视为一种对抗权威，反对陈规的重要方式与手段，通过戏仿将那些隐藏的看似合理的不合理性暴露出来，让人感觉到它们的荒谬和可笑。与此同时，戏仿也表达了或者彰显了戏仿主体对于那些文化成规、霸权或者主流价值观念的颠覆与反抗。戏仿，在某种意义上说，就成了那种揭穿"皇帝没有穿衣服"的那个童真的小孩。通过诙谐的方式，表达了对成规的专制性和强迫性的挑战。上述的众多研究成果都无不在这个层面上阐述了戏仿的社会批判价值和审美批判功能，揭示了戏仿对当代文化转型发展的重要推动作用与价值，尤其是重点突出了戏仿对文化权力隐蔽机制的暴露，以及戏仿作为一种卓尔不群的文化价值观念的先锋性、斗争性和独特性。

（六）戏仿的历史研究

如文前所说，戏仿是一个既古老又年轻的概念、范畴和术语。戏仿的内涵、形态和理论建构都是在具体的历史中不断地展开的。对戏仿的研究在某种意义上说就是对戏仿历史的研究。从历史的角度来看，戏仿在不同的历史语境中被不同的文化、不同的价值观念以及不同的理论流派进行了不同的阐释、赋予了不同的意义、形成了不同的理解，建构了不同的戏仿思想，汇聚成了戏仿研究汗牛充栋的理论观念和思想资源，丰富和发展了文学理论、美学理论和哲学理论。

第一，戏仿概念的历史研究。对戏仿概念或者戏仿内涵的历史清理以及变化发展的纵向描述，是戏仿研究的一项基础性工作。很多学者对戏仿的研究一般都是从戏仿概念的考察开始的。查鸣博士在《戏仿在西方文学理论中的概念及其流变》②中从文学理论史与文学批评史的视角，系统梳理和详尽描述了戏仿在西方文学理论中意义和内涵的历史变迁，认为戏仿这一概念是从古希腊的模仿概念演变而来，其现代意涵与理解则是从俄国形式主义开始的。在俄国形式主义看来，戏仿是暴露文学手法的一种方式

---

① 蒋花、杜平：《"他者"和戏仿——对抗"文化殖民主义"的策略探讨》，《当代文坛》2007年第5期。

② 查鸣：《戏仿在西方文学理论中的概念及其流变》，《山东社会科学》2012年第5期。

与手段,是一种彰显技巧的技巧。而将戏仿作为一种世界观来审视的则是俄国的另外一位文艺理论家巴赫金。巴赫金从戏仿中看出了对话性,认为戏仿是作者用他人之话语来表达自我之思想的重要形式。其后就是结构主义基于文本间的关系对戏仿的考察,后结构主义则主要是从结构的消解以及揭示结构中的权力、压制和意识形态力量的视角来审视戏仿。查鸣博士将戏仿的内涵和概念置于西方文学历史语境中来把握,审视各种主流的文学理论范式、流派对戏仿的理解和阐释,这种阐释方式和理论逻辑,有利于从历史线条上把握戏仿内涵的演变和发展。但其研究也会存在一个问题,就是这种先入为主的理论史的视角也会遮蔽很多在文学理论范式意义上不是很突出,但对于戏仿的理解研究和阐释却有十分重要意义和价值的理论观点和思想,这就不可避免地导致对于戏仿概念理解的片面性。

程军博士在关于戏仿的系列研究成果中,集中研究了什克洛夫斯基的戏仿观,将什克洛夫斯基的戏仿理论与俄国形式的陌生化理论与形式理论关联起来进行了论述和阐释[①],其后在《西方文艺批评领域"戏仿"概念的界定》中结合西方文艺批评实践,认为戏仿概念内涵的丰富和界定的艰难主要来自创作方面和理论方面的原因,在此基础上他借用维特根斯坦在思考语言哲学的方法论和思维方式时的思路,认为在众多的现象中去找寻一种万变不离其宗的本质或者坚定而又经得起置疑的内涵是一种错误的思维方式和理论方法,与其如此不如放弃。基于此,他认为应该回到基于现象或者文本层面的戏仿,从"家族相似"的视角来寻找他们的共性或者特征。程军博士认为历史上任何一种戏仿概念的界定都试图以一种一劳永逸的方式来解决戏仿的本质问题,但事实上,每一种界定都是一种历史的界定,都不免打上历史的烙印,这种在具体历史语境中的概念界定所期待的超历史性的价值诉求是一个永远都解决不了的二律背反。但这些历史上对戏仿概念进行界定的理论行为,它们恰又给我们提供了思考如何对戏仿概念进行界定的一个又一个感性而又具体的"事例",为我们思考如何更为科学和有效的界定戏仿的内涵提供了强有力的支撑。在此基础上,程军博士进一步提出应该从戏仿文本与源文本之间的关系、戏仿的喜剧性特征、戏仿作者对源文本的态度以及被戏仿对象的范围等四个维度来审视戏仿概

---

① 程军:《什克洛夫斯基论"戏仿"》,《理论界》2009年第5期。

念和戏仿理论的历史发展与内涵建构。① 程军博士的这篇论文其实以历史上戏仿概念的界定作为分析对象，通过这些界定的分析，试图总结出戏仿的概念界定可以从哪种角度或者视野入手作出了有益的尝试。虽然，他在一种反本质主义或者语境主义思维方式的影响下来分析历史上对戏仿概念的界定，但他最终没有丧失自己的理论立场，没有放弃自己对于戏仿概念的阐释和界定的努力，最后他认为，"戏仿是一种独具特色的文学艺术创作手法和文化实践形式，同时又是一种独特的文艺体裁。它通过对前文本的带幽默滑稽意味的模仿和转换以实现对该文本的形式和主题的致敬、玩味、批评等等复杂矛盾的意图。"②

刘桂茹博士在《"戏仿"：术语辨析及其文学现象》中考察了英国文艺理论家罗吉·福勒在《现代西方文学批评术语词典》、美国叙事学家华莱士·马丁在《当代叙事学》、法国文艺理论家蒂费纳·萨莫瓦约在《互文性》、加拿大后现代主义文学批评家琳达·哈琴在《后现代主义诗学：历史·理论·小说》等重要的理论著述中对戏仿概念的界定，发掘了戏仿概念内涵中那种否定性的含义如何被一步步摒弃的历史演变和建构过程，其概念的内涵又如何逐渐地被作为一种叙事方法、文体现象、文本间关系状态和抵抗的意识形态的内涵建构。在此基础上，她通过戏仿与陌生化、反讽概念的比较得出了她对戏仿概念的阐释和界定。③ 刘桂茹博士对于戏仿概念的历史研究体现出了当前较为盛行的语源学考察和关键词分析方法的结合，同时也体现了戏仿概念与戏仿理论生成的历史性，以及不同理论家建构戏仿概念内涵在入思方式上的个体性和差异性。

邢立丽在《戏仿概念的历史流变和理论内涵》中用关键词的方法和概念考古学的思维方式，从不同的视角和层面来审视戏仿概念的历史流变。邢立丽立足于戏仿概念的内涵与戏仿现象与戏仿实践紧密关联的研究起点上。她主张，戏仿概念的阐释要与古希腊、古罗马、中世纪与文艺复兴的戏仿实践以及现当代的戏仿理论探索联系起来，是建立在这些实践和理论探索的基础上，是对过往的探索和实践的历史梳理和系统反思，是揭示这

---

① 程军：《西方文艺批评领域"戏仿"概念的界定》，《南通大学学报》2013 年第 6 期。
② 程军：《西方文艺批评领域"戏仿"概念的界定》，《南通大学学报》2013 年第 6 期。
③ 刘桂茹：《"戏仿"：术语辨析及其文学现象》，《信阳师范学院学报》（哲学社会科学版）2012 年第 5 期。

个尤为重要的文艺理论概念极为丰富、复杂和矛盾的内涵的一种重要方式和手段。首先，她提出了在修辞学视野中来探讨戏仿概念，与此同时，她将戏仿概念与其相近或者相关的概念进行了辨析，进而明确了戏仿概念的具体内涵。其次，她注意到了戏仿在产生滑稽或者笑的接受效果的事实，主张将戏仿作为一种喜剧的范畴进行内涵阐释，并将之与滑稽、荒诞与反讽进行比较和甄别，进而可以对戏仿概念进行更为有效的界定。再次是从戏仿存在于具体的艺术门类中的经验维度，诸如诗歌、小说、影视、音乐、绘画中来界定和讨论戏仿的概念，参照这些艺术门类中，戏仿文本与非戏仿文本的差异来归纳和总结戏仿的概念。最后是从戏仿的政治文化内涵的角度来描述戏仿概念的内涵。邢立丽对戏仿概念内涵的历史考察，在研究思维和审视的视角上与程军博士在《西方文艺批评领域"戏仿"概念的界定》中十分相似，都在历史的基础上，给我们提供了思考戏仿概念内涵的视角和可能的路径，从而条分缕析地来审视戏仿概念的内涵建构和发展。

第二，戏仿艺术的历史研究。在国外，对戏仿艺术的历史研究的著述不少，大多采取一种文学史的叙事视角来叙述戏仿艺术的作品和成就，其中玛莎·贝利斯的《拉丁传统下的中世纪戏仿》（1996）就是一部较为系统的中世纪的戏仿艺术史研究，"《牛津戏仿全书》的编者约翰·格罗斯（Joan Gross）的概括甚为精辟：《堂吉诃德》以降，戏仿在小说这一新文类的兴起中扮演了重要的角色。从《堂吉诃德》起始，中经《约瑟夫·安德鲁》《项狄传》（也有译成'商第传'或者'项迪传'的）、《名利场》《包法利夫人》《诺山基修道院》，直至《尤利西斯》，完全能以戏仿为主线，写一部另类的小说史"[①]。在国内，王程辉的《英美文学戏仿研究》是一部以英美文学为考察对象的戏仿文学史专著。在这部著作中，作者以历史为线索，以作家为节点，来描述英美文学戏仿的历史面貌和继承发展，是当今汉语学界一部最为系统的描述英美文学戏仿的文学史成果。作者通过考察认为英语文学中的戏仿艺术实践，可以追溯到古希腊时期的嘲讽史诗传统以及阿里斯托芬对欧里庇得斯的模仿。但这部戏仿文学史不是

---

① 张俪萍：《互文性文类视角下的戏仿研究》，《东北师大学报》（哲学社会科学版）2015年第5期。

引　论

一部通史，主要是从文艺复兴到20世纪的戏仿文学书写。在英国方面，从乔叟开始，重点介绍了莎士比亚、乔伊斯、康拉德、伍尔夫、洛奇等作家的戏仿文学作品；美国方面则从惠特曼入手，依次分析了辛克莱·刘易斯、海明威、菲茨杰拉德，以及纳博科夫等人的戏仿作品，但在这部戏仿文学史的叙述中，基本上还是一种传统的文学史写作的思路，主要介绍这些作家的生平，然后重点分析他们的戏仿作品的特点和成就，大多是用一种文艺社会学的分析方法来描述英美世界中的戏仿文学。作者给我们呈现了欧美世界丰富的戏仿文学史实和大量的戏仿文学个案，为我们全面了解欧美世界的戏仿文学提供了一张文学史地图，但对这些点状的历史线索及其内在逻辑的揭示深挖还不够，对于不同时期的戏仿文学之间的相互关联揭示得也不够，因此这部著作从更高要求的维度上说更像一部戏仿文学史研究札记，为此后的戏仿文学史研究提供了很好的基础和深挖的可能性。

步雅芸在《解构"戏仿"：从仿史诗到后现代戏仿》一文中从文学史的角度，考察了戏仿在文学史存在的具体形态，她认为戏仿经过了"从普通的模仿史诗，到带有讽刺意味地模仿，到现代主义中的滑稽模仿，直至后现代主义游戏性颠覆式地滑稽模仿"[①]。刘桂茹的《"戏仿"：术语辨析及其文学现象》一文中除了文前提到的对戏仿概念进行历史考察之外，还对戏仿艺术在中西文艺历史上的发展进行了描述，就戏仿而言，从古希腊时期的对英雄史诗的模仿，到中世纪对神圣文本《圣经》以及拉丁语的学术论著和神学理论的戏仿，以及文艺复兴之后文人诸如塞万提斯的《堂吉诃德》对神圣礼仪的戏仿，现代派对西方古代经典或者史诗的戏仿等，戏仿艺术作品可谓量大面广。而就中国文艺而言，刘桂茹认为中国古代的很多重写行为就属于戏仿，在这个视角下，中国古代的话本小说，拟话本小说、演义小说、续写小说或者翻案小说就是这类戏仿文艺作品，延伸到现代，诸如鲁迅的故事新编、新时期的先锋派小说、20世纪90年代产生的大量的大话、恶搞作品都是戏仿艺术文本或者戏仿艺术作品。唯一需要注意的是，在不同文化场景与历史语境中产生的戏仿艺术，他们的价值指向是有所区别的。刘桂茹提醒我们注意，先锋派的戏仿与产生于网络时代的

[①] 步雅芸：《解构"戏仿"：从仿史诗到后现代戏仿》，《北京第二外国语学院学报》2008年第2期。

那种游戏式的戏仿是完全不同的,前者表达的是对一种文化成规的反叛和调整,后者则是一种我自消遣和娱乐。

张悠哲博士的《新时期以来文学戏仿现象研究》是一部从历史的角度系统反思中国新时期以来的文学戏仿问题的著述。在她的这部博士论文中,戏仿其实已经被作为一种文艺思潮来审视,她深入分析了戏仿在中国语境中兴起的历史文化原因并深刻地看到,戏仿现象在文学中之所以风起云涌是外来思潮与中国本土文艺思潮发展耦合的结果,戏仿源于西方但在中国经过先锋文学的推波助澜已经从一种修辞技巧发展为一种普遍的思维和写作范式,并在21世纪呈现出一定的蜕变,并慢慢地与大众文化进行了结合。在新时期的文学书写中,张悠哲发现,中国文学戏仿主要呈现为对社会典型话语的戏仿,典型人物、类型或者风格的戏仿以及二者的综合的语言杂糅的戏仿等,在此基础上文学从语言层面的戏仿上升为一种语体层面上的戏仿,而在文化价值层面则体现出打破等级制度,呈现出一种复杂和杂糅的文化价值体系,让此前的非此即彼的分析思维和价值观念无所适从,呈现出一种前所未有的矛盾性。[①]

赵倩在《戏仿在中国文学中的历时性承继关系》[②]中认为,中国古典文学中戏仿并不多见,但在蒲松龄的《聊斋志异》以及李渔的小说中已经出现了戏仿,诸如《聊斋志异》中的《书痴》就是对宋真宗《劝学文》的戏仿,李渔的《丑郎君怕娇偏得艳》是对"才子佳人"叙事模式的戏仿。这种发展趋势在五四时期的凌叔华的小说和鲁迅的《故事新编》中得到了强化,尤其是在《故事新编》中,鲁迅通过人物戏仿、体裁戏仿、语言戏仿三种方式使中国文学戏仿达到了一个新的高度。而到当代,中国戏仿文学作品的数量之多、戏仿艺术水平之高、作家参与面之广呈现出一种前所未有的新面貌和新趋势,当代有影响力的主流作家王小波、莫言、余华、刘震云、李冯、徐坤都深耕于此,戏仿文学作品形成了新时期一股重要的文学思潮。赵倩的论文是参照戏仿文艺理论对戏仿的界定和阐释从中国古代、现代和当代各个历史时期截取了几个有代表性的片段来描述中国

[①] 张悠哲:《新时期以来文学戏仿现象研究》,博士学位论文,吉林大学,2013年。
[②] 赵倩:《戏仿在中国文学中的历时性承继关系》,《重庆理工大学学报》(社会科学版)2011年第6期。

文学中戏仿艺术的发生、发展和成熟，描述了中国文学中戏仿艺术发展的一个基本历史面貌。但这种用西方概念去审视中国文学的历史梳理，并没有做到极致，诸如王程辉在《英美文学戏仿研究》这部专门研究欧美文学中戏仿问题的著述中，就顺便讨论了中国文学中的戏仿问题，他认为："戏仿并非舶来品，中国自古就有戏仿"[①]，他随便列举了《唐人绝句选》以及《笑林广记》中记载的有关文学戏仿的例子来进行举证。也就是说，中国学者使用西方的戏仿概念在分析中国文学时，在某种意义上说，存在遮蔽中国戏仿文学经验的可能和弊端。

第三，戏仿理论的历史研究。在国外，很多文艺理论家和批评家对戏仿进行过学理讨论，有影响的专论主要有亚瑟·沙德维尔·马丁的《论戏仿》（On Parody）、约翰·邓普的《论滑稽模仿》、西蒙·邓提思的《论戏仿》（Parody）、琳达·哈琴的《戏仿理论》等，其中对戏仿进行理论史研究最负盛名的是英国学者玛格丽特·罗斯（Margaret A. Rose）。她先后出版过《戏仿/元小说》（Parody/Meta-Fiction）、《戏仿：古代、现代与后现代》（Parody: Ancient, Modern, and Post-Modern），其中尤以后者影响最大。在《戏仿：古代、现代与后现代》中，罗斯分别讨论了戏仿在古代、现代与后现代时期的理论家的理解和阐释。在她的研究中不难看出，在古代戏仿的实践较为丰富，但系统的理论总结和理论形态尚未出现。但是对戏仿理论建构的基本视角和问题意识已经初步诞生。在该著作中，罗斯从大量的戏仿实践中结合词源学的特点，总结了西方古代理论中对戏仿进行定义的主要视角和方法，诸如从词源学的角度，滑稽的效果层面，模仿中的不调和因素、读者的角度、戏仿者的态度、总体戏仿等，正是由于定义戏仿的视角不一样进而导致戏仿理论形态的差异性和多样性。与此同时，罗斯还将戏仿与其关联紧密的几个重要的概念进行了比较，在发现相似之处的同时还见出了彼此之间的差异，以便使理论界和批评界更好把握戏仿的内涵和特点。

尽管如此，在罗斯的理论观照中，在古代时期，戏仿还没有成为一个理论内涵十分丰盈的理论形态，也没有成为一种重要的理论思潮和理论趋势。戏仿发展到现代，情况就发生了重要的变化。戏仿在各种强大的理论

[①] 王程辉：《英美文学戏仿研究》，苏州大学出版社2014年版，第11页。

思潮中自身的理论特色和理论诉求变得更加鲜明和更加突出。现代以来，俄国形式主义，巴赫金学派、接受理论，以及结构主义和后结构主义在戏仿理论的古典形态的基础上，建构了自己独特的问题视域，形成了各种独特的戏仿理论形态和理论思维。此时，戏仿理论体现出了极强的现代性特点和规律，已经具有理论自律和理论的系统性和规范性要求。此后，罗斯将戏仿理论置于后现代语境中来讨论，将戏仿理论与晚期资本主义、后现代主义和文化批评结合起来，形成了戏仿理论的新的理论形态和历史形态。罗斯在《戏仿：古代、现代与后现代》构建了一种宏阔的历史视野，将戏仿理论的发展寓于戏仿文艺发展和应用的实践之中，清晰地描述了戏仿理论在历史上存在的方式和具体形态。

加拿大理论家琳达·哈琴在1980年出版的第一部学术专著《自恋叙事——元小说的悖论》就论及了戏仿，其后又出版了《戏仿理论》(1985)和《后现代主义诗学：历史·理论·小说》(1987)。在这些著述中，琳达·哈琴自觉构建了一种理论史的视野，从历史的视角来审视戏仿理论。她重点关注当前，尤其是后现代文化语境中存在的戏仿理论形态及其相应的价值与功能。《戏仿理论》中琳达·哈琴认为戏仿是建立在反讽的基础上，如果说现代或者前现代戏仿在某种意义上更多地体现为对源文本的一种戏谑的话，那么到后现代更多的是表达戏仿者对于源文本的致敬和敬仰。她对于戏仿的讨论已经溢出了文学，涉及建筑、音乐、电影以及视觉文化等领域，并注重从艺术形式的经验事实和经验个案来构建自己的戏仿理论。《戏仿理论》是一本短小精悍的导论性著作，全书分为六部分，分别为导论、戏仿的定义、戏仿的实用主义幅度、戏仿的悖论、戏仿的编码与解码、结语。

在琳达·哈琴看来，戏仿在20世纪焕发了新的生机具有了新的含义。在20世纪，戏仿更为重要的应该是它的批评功能，而不是注重它的寄生性。琳达·哈琴认为，戏仿是有着一定距离的重复。琳达·哈琴的戏仿理论受启发于玛格丽特·罗斯的《戏仿/元小说》与热奈特的《隐迹稿本》。在琳达·哈琴的视域中戏仿更为重要的是强调差异、强调距离，而不是简单的重复。戏仿在重复原作的基础上一直保持着必要的张力。戏仿往往是以模拟重复的方式，实施着批判和批评的实际。在这个基础上，后现代语境中的戏仿理论，不仅仅是将目标指向原作，而是将批评的指向超越了源

引　论

文本本身，使戏仿与外界或者现实世界发生着某种深刻的关联，产生着实实在在的意义与价值。从这一点看，琳达·哈琴的戏仿理论与其理论生成的社会文化语境是契合的，因为其理论产生的社会历史时期是西方现代性向后现代性转型的历史文化语境。

琳达·哈琴在其后的《后现代主义诗学：历史·理论·小说》中对其在《戏仿理论》中主张的戏仿的实用功能或者对现代的抵抗功能进行了进一步的强化与放大。琳达·哈琴认为，在某种意义上说，戏仿者通过戏仿文本唤起受众对既有的历史、文学、意识形态或者价值规范的质疑和批判，而不是顺从地对之进行照单全收。在琳达·哈琴看来"戏仿是后现代主义一个完美的表现形式，因为它自相矛盾，既包含又质疑了其所戏仿的事物"[①]。在崇尚原创的现代性艺术中，在后现代语境中其创造力已经日渐枯竭。而与之相对的则是一种戏仿式的创造。戏仿是对现代性的原创性和人文主义的个体性的质疑，在琳达·哈琴的眼中，戏仿不仅仅是一种模仿，更是一种创造，是一种与原作保持了距离的重复，是一种非顺从性的重复，相反它是一种批判性的重复。它体现出既遵循规矩同时又破坏规矩的矛盾性，其中蕴含着戏仿者的态度、观点和立场。

在后现代时代，戏仿呈现出与现代性时期自我封闭的相对立姿态，它重新将自己与世界、历史和文化关联起来。尤为重要的打破了现代性这种自律的眼光和视角，用一种他律的视角和眼光来审视历史文化问题，文艺文本包括戏仿文本不再是自我封闭的符号形式游戏，而是将自身与社会生活关联起来的一种总体视野和社会关怀，尤为强调文本对于社会生活和社会意义生产的建构与作用。琳达·哈琴的《后现代主义的政治》（1989）一书中的第四章专门讨论了"戏仿的政治学"（"The politics of parody"，中国台湾地区学者刘自荃在翻译成中文时，将其翻译成"讽拟的政治学"，对照大陆地区的翻译习惯应该为"戏仿的政治学"——引者注），她认为戏仿对现代性坚守的原创性和独创性构成了挑战，戏仿在某种意义上说，并非放逐价值，而是有着其自身独特的价值原则与价值观点，戏仿体现着戏仿者的政治学与意识形态。因此，琳达·哈琴认为："后现代戏仿，是

[①] ［加］琳达·哈琴：《后现代主义诗学：历史·理论·小说》，李杨、李锋译，南京大学出版社2009年版，第14页。

一种对过去的竞争式的修订或者重读,既认同历史再现的力量,又颠覆历史再现的力量。"① 在戏仿的政治学中,琳达·哈琴指出:"后现代戏仿是政治的再现,而矛盾和悖论在于——它既是政治的立法者,也是政治的颠覆者。"

琳达·哈琴与玛格丽特·罗斯一样对戏仿理论的研究注重其历史性和生成的语境性。但她们的区分也是明显的,玛格丽特·罗斯的戏仿理论研究具有通史性,基本上用时间的秩序描述了戏仿理论从古代、现代到后现代的发展历程。琳达·哈琴的戏仿理论研究,尽管具有强烈的历史意识和历史关怀,但这些历史意识和历史关怀隐藏在其理论建构的背景中,她主要聚焦于戏仿在后现代语境中的存在方式和具体形态及其相应的价值功能。她很少详细地讨论古典时期、现代时期的戏仿理论,但在具体建构后现代戏仿理论的时期,我们又能够清晰地发现她对戏仿在其他历史时期的理论形态和价值诉求的特征与内涵的准确把握和理解。正是有了这些理解和把握,她才能在其专门讨论后现代主义文化的各种著述中十分准确地把握后现代戏仿的主要特征和价值指向,建构其不同于历史上和同时代的其他理论家的戏仿理论。颇为有趣的是,琳达·哈琴的戏仿理论被玛格丽特·罗斯在《戏仿:古代、现代与后现代》中专门有所介绍,成为玛格丽特·罗斯描述戏仿理论发展史上的一个重要的节点,同时,琳达·哈琴在表达和建构她的戏仿理论的时候又夫子自道地交代,她深受玛格丽特·罗斯有关戏仿理论研究的影响。她们的戏仿理论的历史观照和当代建构在某种意义正是在这种理论的互文性中相互影响和相互阐发,共同推进了戏仿理论的发展。在我们看来,玛格丽特·罗斯对于戏仿理论的历史发展的勾勒,在某种意义上成了琳达·哈琴戏仿理论研究的历史意识形成的一种重要的思想资源。因此,她在从事后现代戏仿理论研究之际,才有了戏仿理论发展的清晰的理论谱系。

(七) 戏仿的法学研究

戏仿在中西文学艺术领域的存在源远流长、历史悠久,但对戏仿进行集中的法学研究,则是晚近的事。因为,此前的戏仿主要存在于文学领

---

① Linda Hutcheon, *The Politics of Postmodernism*, New York: Routledge, 1989, p.95.

域，接受面相对较为狭窄，基本上是精英圈子、知识分子、文人雅士谈论和把玩的话题。近年来，在技术推进艺术形态变革的语境中，戏仿瞬间实现了自身存在形态的音像化、影视化与视觉化，大规模地出现在各种影像作品和视觉艺术中。随着传播技术与网络媒体的迅猛发展，戏仿作品不再停留于精英文化圈子，与大众文化、流行文化、网络文化迅速结合。借助各种新媒体平台，戏仿作品迅速传播，接受面覆盖了不同年龄、不同文化程度、不同社会身份、不同接受水平的受众，产生了历史空前、前所未有的社会影响。有些戏仿作品还形成了较大的社会轰动效应，诸如《一个馒头引发的血案》，并逐步演变为新媒体事件。正是因为戏仿作品在当前的高关注度和持久的社会影响力，引起了司法机构和从事法律研究的学者对其进行深入研究的兴趣和热情，形成了较为丰富的研究成果。这些成果从法学的视角展开了完全不同于文艺学视角的思考与讨论，提供了很多基于言论自由权、知识产权、著作权等视角的相应理论成果与观点。

第一，戏仿作品是否被保护的研究。在不同的法律体系中，对戏仿的态度是不同的。在英国的版权法体系中，对戏仿的态度是严苛的，认为戏仿不能作为例外，在其 1988 年修订的《版权、外观设计和专利法》中明确指出："作品未经版权所有人的经营许可证或他人授权，作出任何受版权所限制的行为，应视作对著作权的侵犯。"[①] 但美国的法律体系对戏仿则是宽容的，甚至是鼓励的。1990 年美国阿库夫·罗斯音乐公司起诉流行音乐组合"2 Live Crew"演唱的《漂亮女人》侵害了阿库夫·罗斯公司拥有版权的《啊，漂亮女人》的著作权败诉。2001 年美国上诉法院撤销原审判法院对爱丽丝·兰得尔《风起》(*The Wind Done Gone*) 对玛格丽特·米切尔《飘》(*Gone with the Wind*) 因戏仿而作出的中止发行的裁定。LV（法国路易威登马利蒂公司）诉 HDD（Haute Diggity Dog 公司）商标"CV"在形状、颜色和装潢上模仿其著名商标"LV"，构成了对自身商标侵权的诉讼被弗吉尼亚州东区地方法院、第四巡回上诉法院驳回的司法实践，均表明了以批评、调侃、娱乐为目的的戏仿在美国法律体系中是被认可的。澳大利亚的版权法对戏仿同样也是宽容的，1968 年通过、2006 年

[①] 白淑：《著作权法视域中戏仿作品法律问题研究》，硕士学位论文，陕西师范大学，2013 年。

修订的版权法对戏仿的合法性就进行了辩护:"如果以模仿或讽刺为目的,使用文学、戏剧、音乐或艺术作品,或改编的文学作品、戏剧作品或音乐作品属公平处理,不构成作品版权的侵权。"这种宽容,在澳大利亚的立法机关看来是对本国文化中戏仿和讽刺传统的保护。吴高臣在《论戏仿作品的法律保护》中认为戏仿作品有其独创性,这种独创性应该从其对原作的评论性来理解,其目的和意图在于对原作的评论,并不是对原作的复制和演绎,并不构成对原作的著作人身权和著作财产权的侵害,因此戏仿行为和戏仿作品应该受到法律的保护。[1] 不同的法律体系对戏仿的态度差异甚大,这彰显了不同文化体系中处理个体利益和国家利益、经济利益和社会利益的差异,并深刻影响了相应的法律体系对何种价值更应该处于优先地位的判断。

第二,戏仿作品的法理学研究。苏力在《戏仿的法律保护和限制——从〈一个馒头引发的血案〉切入》中认为:《一个馒头引发的血案》代表了一类我国著作权法中没有明确予以规定的戏仿作品;并主张,由于戏仿的娱乐和批评价值,我国著作权法应当基于"合理使用"原则对戏仿予以保护;基于中国的国情,戏仿有可能涉及侵犯个人的人格(名誉)和市场价值(声誉),应当根据情况分别予以适度保护;由于电影产品消费的特殊性,保护戏仿还具有保护消费者权益以及促进当代中国的文化、社会建设的意义。[2] 季卫东在《网络化社会的戏仿与公平竞争——关于著作权制度设计的比较分析》[3] 中指出,2006 年《一个馒头引发的血案》对陈凯歌精心打造的《无极》的戏仿这一事件应引起学界对数码网络化时代如何重新定位、理解和阐释著作权的法理思考,以及如何适应数码网络新时代进行相应的制度创新问题的讨论。在他看来,这种冲突其实是著作权法的专有性与言论表达自由,信息自由流通以及宪法与私法之间的矛盾。季卫东从中国文化史的角度反思,在中国文化中,著作权的保护,作者人格重于经济利益,只要不伤害作者人格,戏仿是被宽容的,中国文化

---

[1] 吴高臣:《论戏仿作品的法律保护》,《法学杂志》2010 年第 10 期。
[2] 苏力:《戏仿的法律保护和限制——从〈一个馒头引发的血案〉切入》,《中国法学》2006 年第 3 期。
[3] 季卫东:《网络化社会的戏仿与公平竞争——关于著作权制度设计的比较分析》,《中国法学》2006 年第 3 期。

引 论

中的版权意识相对比较淡薄。在当前应吸收域外国家的经验，进行相应的制度设置创新进而有效解决这种矛盾。在制度设计上应防止出现限制过严则妨碍了信息流通，过宽则让著作权贬值成为一纸空文的极端现象的发生。

第三，戏仿的法律边界问题。这类研究主要是研究判断何谓戏仿、何谓侵权的问题，是对戏仿度的研究。在何种情况下是被允许的，何种情况下又是越界和被禁止的。程财在《保护作品完整权与言论自由的边界及冲突——以"戏仿"为主线》认为"在戏仿现象中，作品完整权与言论自由之间的冲突充分得到体现"[①]。戏仿是言论自由的表征，而保护作品完整权则反对戏仿。两者之间在价值取向上是背离的，因此，这两个单个维度看来均具有合理性的诉求通过设定一定的边界和限度来避免冲突是一种十分必要的举措。谢渊的《论戏仿的正当性及其限制》其基本思想与程财的观点一致，认为戏仿体现言论自由的宪法精神，但必须确定边界，"否则会构成对原作的不正当竞争或侵犯他人的人格权"，并主张通过"以判例的形式确立戏仿的定义、性质及限制"[②]。

第四，商标戏仿的法学研究。这是对一种具体领域中的戏仿现象的法学研究。李雨峰在《企业商标权与言论自由的界限——以美国商标法上的戏仿为视角》一文中以商标戏仿作为研究对象，认为商标戏仿是对他人商标进行批评、调侃的行为。商标戏仿在商标的专属权与个体的言论自由权之间制造了一种紧张。作者借助美国法院提出的"可替代的其他充分的传播手段""非商业性言论"等进路来解决商标权与言论自由的冲突的经验，认为司法实践应引入"合理使用"的标准来对戏仿进行限定。[③] 张心全的《商标戏仿的法律思考——通过 LV 案重新予以审视》[④] 中，以 LV 诉 HDD 为个案，认为商标戏仿应该具有四个方面的构成要素：1. 需具有戏仿的主

---

① 程财：《保护作品完整权与言论自由的边界及冲突——以"戏仿"为主线》，《太原大学学报》2013 年第 2 期。
② 谢渊：《论戏仿的正当性及其限制》，《重庆理工大学学报》（社会科学版）2014 年第 10 期。
③ 李雨峰：《企业商标权与言论自由的界限——以美国商标法上的戏仿为视角》，《环球法律评论》2011 年第 4 期。
④ 张心全：《商标戏仿的法律思考——通过 LV 案重新予以审视》，《知识产权》2008 年第 1 期。

观目的；2. 模仿需具有相似性，更要具有创造性；3. 能够达到讽刺、幽默的效果；4. 不与毒品、淫秽等明显不良事物相关联。庞敏在《商标戏仿的界定及其保护》中认为商标戏仿是对商标的一种合理使用，应该纳入保护范围，这是对商标专用权的一种限制，不构成商标侵权，是对公众言论自由权的一种保护。商标戏仿界定看其是否属于"商标性商业使用"，如果其使用造成了市场混乱以及对原有驰名商标构成了淡化与玷污，超出了这个限度应该受到商标法的制裁。[①]

诚然，对戏仿的法学研究和司法实践的成果还有很多，要远远超出目前评介到的内容与范围，但戏仿的法学研究的核心问题、基本视角和主要思路基本涵括其中。尽管戏仿的法学研究，无论从学科归属、研究范式、价值指向和现实意义同我们要展开的研究相去甚远、差异巨大，但这个关联不甚紧密的学科对戏仿的研究与思考有利于开阔我们对戏仿理论研究和分析的视野和思路，形成一种更为全面、立体和开放的研究格局，进而推进这项研究走向纵深。这也正是我们在这里花费较大的篇幅来评介戏仿的法学研究成果的目的所在。

四 研究问题、思路与方法

通过上述对戏仿概念的历史考察、戏仿与其相关概念的细致辨析以及戏仿研究史的认真梳理，我们不难发现，无论是从现象上来审视，还是从理论上来考察，戏仿都是一个有着悠久历史、源远流长，十分重要但又缺乏全面和系统研究的文艺理论问题。历史地看，戏仿现象俯拾皆是，戏仿感受五花八门，戏仿思想众声喧哗，戏仿理论博大精深，戏仿研究视角多向多元。面对纷繁复杂的戏仿问题，我们应该如何着手，聚焦哪些问题，用什么样的思路和方法来审视戏仿理论问题，成为我们开展进一步研究的前提条件，也是我们在原有研究基础上对这些问题的研究有所推进所必须认真面对的核心问题。在展开具体的分析与讨论之前，我们必须界定本研究的几个核心概念与问题。

---

① 庞敏：《商标戏仿的界定及其保护》，《中华商标》2013年第4期。

（一）戏仿理论

我们在本研究中所指的戏仿理论是指在文艺理论史和文艺批评实践中对戏仿现象进行理性思考、分析、评价、总结的各种知识、思想与观念的总和。在存在形态上，它们具有一定的逻辑性、抽象性、概括性、解释性和预见性，是对戏仿现象进行阐释的人类思维成果。它们可以是对戏仿现象的整体思考，也可能是对戏仿现象某一个维度的深入剖析。它们在各自的理论语境和理论体系中对戏仿现象提供了一种自圆其说的理解、阐释和说明。从戏仿理论建构的主体来说，我们认为主要包括以下三个维度。

第一，是哲学家、美学家和文艺理论家所构建的戏仿理论。这种戏仿理论的特征是概括性强、抽象性高、概念清晰、逻辑严密，并自成体系。这种戏仿理论甚至是这些哲学家、美学家和文艺理论家在阐释或者展示他们思想理论体系建构中的一个具体问题或者一个理论分支，有力地支撑相应理论家的理论体系和思想体系。这个层面的戏仿理论可以说是戏仿理论的哲学形态或者说是最高理论形态，诸如亚里士多德在《诗学》中阐释的戏仿理论，什克洛夫斯基、蒂尼亚诺夫等形式主义学派在其文学理论中阐述的戏仿理论，詹姆逊、琳达·哈琴等在后现代文化语境中提出的戏仿理论属于这一类。

第二，是批评家层面的戏仿理论。批评家面对具体文本、具体经验和具体现象，他们的批评实践往往从个案分析开始。因此，这个层面的戏仿理论一个重要的特征就是从具体的戏仿文艺文本中分析出来的，而且最先还主要是从手法或者技巧等形式层面来阐释和表达自身对戏仿理论的理解和认知。所以，这种戏仿理论的阐释和建构就具有很强的经验性特点，往往是通过一个又一个具体的经验文本的分析，通过自下而上的方法来归纳总结具有共同特点或者共同规律的戏仿文本的存在特点，进而形成一种基于阐释文本需要和解释文本特征的戏仿理论形态。历史地看，从古到今众多的戏仿文本的个案解读，以及在此基础上形成的有关戏仿的各种理论、主张和学说就属于这一类。

第三，是戏仿艺术家层面的戏仿理论。这一层面的戏仿理论是一种作家论意义上的戏仿理论，是作家根据自己戏仿创作中的经验和做法来讨论或者阐释与建构的戏仿理论，是戏仿理论建构的一种极为重要的路径。这种戏仿理论，可以说是一种零星的，甚至是十分零散的戏仿理论。同第一种戏仿理论的形态学要求相比较，戏仿艺术家层面的戏仿理论显得十分的"不理论化"。因为这类戏仿理论往往是只言片语的，体系性不强，概念的内涵不够清晰，逻辑的周密性也有所欠缺，在理论的品格上还不够成熟，把握起来显得比较分散和零乱。尽管如此，但它们中也有一句抵万句，直抵理论内核的思想和观念。言语不多，但深刻地揭示了戏仿的本质和规律。因此，在本书的研究中，我们把主体对戏仿现象的一种理性的思考和言说，不管是系统的也好，零散的也罢，不管是高屋建瓴的理论逻辑推演，还是一个个经验现象的具体总结，都将之称为戏仿理论，纳入本书研究的范围之内，作为具体的研究和分析对象。

（二）历史形态

美国文化批评家弗雷德里克·詹姆逊在《政治无意识——作为社会象征行为的叙事》的"序言"中作为对研究方法论的提醒与反思，他一再强调"一切都要历史化"，以此来对抗在当前十分盛行的"永恒的""无时间性"的结构主义方法论。詹姆逊的反思和主张对我们研究戏仿理论具有十分很重要的启示意义。在我们看来，戏仿理论是一种具体历史文化情景中的理论建构，因此戏仿理论在不同的历史语境和文化语境中都具有不同的形态。在某种意义上说，每一个理论家、批评家甚至包括艺术家抑或作家对戏仿现象的言说，都是一种具体的历史存在，都与其生存的具体历史文化语境相关联，没有一种能脱离具体历史文化语境而存在的戏仿理论。因此，每一种有关戏仿的理论言说，都是戏仿理论的一种具体的历史存在或者历史形态。

历史地看，戏仿理论的建构在某种意义上几乎与戏仿现象的存在是同步的。第一个对戏仿现象发表评论的人在某种意义上说就是第一个戏仿理论家。正如文前所说，每一理论家对戏仿现象的理论建构都是具体历史文化情景中的建构行为，既受启发于当时的各种理论与思想资源，也受制于当时的认知能力和理解水平，同时还深深地打上了当时的历史与文化烙印。我们甚至可以借用美国文化人类学家吉尔兹的说法，每一个理论家对戏仿理论的建构都是一种"地方性知识"，都是一种具体的理论环境中生长出来的"地方性知识"，都具有自身的地域特点和地域局限性。历史地看，人类生存的自然环境一直都在变，社会环境、人文环境也一直在变。这些变化构成了历史的断裂和节点，同时也形成了戏仿理论的不同历史形态。

戏仿理论在人类复杂的历史语境和文化生态中生成。既存在同一种文化语境中戏仿理论的历史变迁与现实发展问题，还存在跨文化语境下的戏仿理论的理论旅行以及由此而产生的理论间的对话与交往问题。每一种戏仿的理论都是一种具体的和历史的存在。尽管理论建构都有一种超历史的冲动和期待，但它们永远都无法超越自身作为一种历史存在和受制于具体历史文化语境的事实。历史的存在与超历史的诉求，这或许是理论与生俱来的悖论和无奈。恰恰是这种悖论与无奈，说明每一种理论的超历史诉求和普适性期待都是有限的，是一种有限的超历史性和有限的普适性。这种有限性在某种意义上说，正好与吉尔兹、汤姆林森等文化理论家一再强调的"地方性知识"相互印证。

正是基于这种理解，在本书中，我们尊重戏仿理论生成的历史性，突显理论建构的历史背景，将戏仿理论置入具体的历史语境中来分析。如此一来，在我们看来，历史形态是戏仿理论的一种极为重要的规定性和存在方式。戏仿理论的不同形态在其具体维度上可能存在差异，点、线、面、体都是其可能存在的状态，但我们以历史的眼光和历史的视野将其关联起来，来审视它们之间的关联性、逻辑性、继承性和发展性。在尊重历史与逻辑相一致的研究原则下，将不同时期和不同理论家、批评家或者艺术家的有关戏仿的理论言说和理论表达关联起来，在这些复杂的问题语境中，勾勒和描绘戏仿理论其多姿多彩的复杂面相，描述它们之间的相互关联和相互影响。

（三）展开逻辑

戏仿理论是一个众多子理论集合在一起的理论共同体，对其中最为重要的命题或者最为重要的子理论进行分别讨论，不惜为对戏仿理论进行系统研究的一种至关重要的研究路径和方法。循此思路，我们在本书中，围绕戏仿理论的相关讨论，进一步将戏仿理论细化为以下几个子命题，并以此为章节来开展相应的理论研究工作。在我们看来，戏仿首先是一种主体行为，这种主体行为的动力或者动机何在？或者说，是什么驱动艺术家选择戏仿的方式进行戏仿艺术的创作就是本书研究的重要内容，因此，本书在第一章就是对戏仿动机的研究与讨论，就此而言，对戏仿动机的研究也就构成了戏仿理论研究的重要内容之一。戏仿动机的研究，研究对象是艺术家或者作家，借助的是文艺心理学的理论资源和研究视角，探究的是艺术家复杂而丰富的艺术创作的心理世界。但在我们看来，创作动机一方面有其个体性，但同时也有其社会建构性。在不同的历史时代，不同的理论范式中，由于社会性内容的差异和视角的不同，因此建构起来的创作动机理论也会有所差异，从而在戏仿动机方面的理解和阐释也就呈现出一种历史变化与发展的过程。与此相应，也就有了对于戏仿动机的不同理论阐释。在不同的时段里，戏仿动机在内部呈现出相似性的同时会呈现出一个不同的历史变化发展和不同的理论面貌。

  第二个重要的子命题是戏仿方法论，也就是说，通过对不同历史时代的戏仿文本的考察，我们可以发现和总结出戏仿艺术的方法论。这种方法带有一定的工具性和可操作性，只有戏仿文本的创作主体或者戏仿艺术家掌握了一定的戏仿方法，那么他们就一定能够创作出相应的戏仿文本或者戏仿艺术作品。虽然说方法具有超历史性的内容，但在我们看来，方法也是具体历史情境中的产物，虽然在本书的论述中，戏仿方法论的讨论呈现出平面化的特点，但戏仿方法论构成了一种基于具体历史文化的方法论历史应该不成为一个问题。而且随着理论界对戏仿理解的深入，对戏仿方法的阐释也会推陈出新，逐步形成和建构了戏仿理论的方法论史。

  第三个方面是对戏仿文本的内在机制的讨论，这是对戏仿文本的本体分析。戏仿文本之所以被认为是戏仿文本，其成立的逻辑前提是什么，文本有什么特性，戏仿文本与被仿文本之间形成了怎样的关系，文本与文本之间是通过什么机制建立联系等，这些问题，在不同的历史时代与不同的理论家的视野中都有不同的理解和回答。基于对这一些问题的回答，理论家、批评家和艺术家会形成不同的戏仿文本理论。基于此，我们可以这样认为，戏仿理论家对戏仿文本的不同理解形成了戏仿文本的理解史和解释史，建构了戏仿理论历史嬗变的一个重要维度和侧面。聚焦于此，我们在其后的阐释中主要围绕戏仿文本的特征、戏仿文本与源文本的关系，以及由此呈现出来的戏仿文本的各种具体特征和总体形态，戏仿现象得以可能的各种内部机制，以及不同的理论家是如何对其进行阐释和说明的等。也就是说，戏仿文本得以可能的基本原理和基本规律，以此，审视不同时代的理论家对戏仿原理和机制问题的不同看法。

第四个方面是戏仿效果理论，主要着眼于接受者的角度。戏仿文本要产生意义与价值，必须进入接受和传播领域，必须要通过受众才能产生实实在在的作用，20世纪60年代兴起的接受美学给这种研究提供了坚实的学理基础。戏仿效果理论首先是关于有或者无的问题；其次就是效果的层面或者效果的差异的问题。作为一种理论探讨或者理论分析，我们主要着眼于一种学理的梳理，以及理论史上诸多重要的理论家结合戏仿文本的阅读体验对戏仿效果理论的分析和阐述。在本书中，显然我们对于戏仿效果的分析与研究不是一种经验性的实证研究，而是一种基于学理逻辑的理论分析，是对戏仿理论家如何阐释戏仿效果的研究和分析。围绕戏仿理论家关于读者阅读后可能产生什么样的艺术效果，主要从艺术学、美学的角度审视戏仿，甚至可以将戏仿作为一个审美范畴来看待，戏仿到底会产生怎样的效果，给文学艺术作品带来哪些不同的作用和体验。这种基于戏仿的读者接受和体验的差异何在，是我们在梳理戏仿效果理论的历史嬗变中要予以重点关注的。

第五个方面是戏仿价值理论，着眼于戏仿的社会历史功能与价值来讨论。从理论史的角度来看，戏仿价值理论是基于戏仿的一种外围研究，是一种超越戏仿文本的形式分析和结构分析，是一种"向外转"的研究范式，主要着眼于戏仿文本经过受众阅读、阐释和接受之后，所产生的各种文艺、文化和价值维度的影响与意义，尤为强调从一种更为宏阔和长远的文化影响的角度来讨论戏仿的价值与意义。这种对戏仿的观照视角，在戏仿理论形成的历史旅途中，不同的理论家同样也形成了诸多不同的观点和看法，建构了一种戏仿价值论的历史发展链条和学术思想脉络。我们以历史的时间维度为线索，以重要的戏仿理论观点和理论家为节点，来描述不同时期理论界对戏仿价值的不同理解和阐释，并尝试揭示不同理解和理论建构的发展逻辑和相互关联，并以此为基础，分析这种嬗变的历史文化逻辑与原因。

最后，本书要结合戏仿理论的中国形态或者中国话语来开展一定的讨论。正如我们在前面指出的那样，戏仿理论是一种历史性的理论建构，是具体的历史文化情境下的产物。每一种具体的戏仿理论或者戏仿的理性言说都是一种地方性知识和个体性言说。现代意义上的戏仿或者戏仿理论是西方文艺理论中的话语概念或者理论发明。在中国语境中，尽管从事文艺批评的批评家或者理论家按照西方有关戏仿的概念、内涵或者界定，不断地将这种戏仿文艺实践追溯到中国的远古，而且随着相关文献的不断被挖掘，这种追溯的时间会越来越久远。但现代意义上的戏仿在中国的产生应该是晚近的事情，而且这种戏仿理论、戏仿方法或者戏仿思潮与中国本土文化的戏仿实践相结合形成了具有中国特色的本土化的戏仿理论思想和戏仿理论形态，为世界戏仿理论的发展提供了丰富的中国经验和中国个案，这一点显然是不容置疑的。在我们看来，戏仿理论的中国化还形成了独具中国特色的戏仿理论或者戏仿观念，诸如近年来不断在文艺领域涌现的各种"戏说""大话"与"恶搞"。这是戏仿理论在中国化和本土化的过程中，影响中国文艺创作与文艺实践的具体表征，是戏仿理论在中国文艺语境中落地、生根、发芽的具体体现。中国理论界围绕上述现象与问题的研究所形成的理论成果，在某种意义上说，是戏仿理论的中国化果实，给中国文艺带来了新的气象和风格，同时也丰富和发展了戏仿理论和戏仿思想，推动了戏仿实践和戏仿理论的全面深化与持续发展。

第一章 戏仿动机论的历史建构与范式转变

动机，英文单词为"motivation"，来源于拉丁语"motives"，指活动或者行为的内在驱动力或者内在原因，是心理学或者行为科学要关注的一个十分重要的领域与问题。现代心理学认为，"动机是一种由目标或对象引导、激发和维持个体活动的内在心理过程或内部动力，"[①] 是事物之所以可能的内在根据。个体的行为动机极为复杂，往往会因情景和语境的变化而发生变化。在心理学与行为科学领域，人们对动机的研究也慢慢形成了各种不同的思想、学说和观点，聚讼纷纭、莫衷一是，让人不易把握。戏仿作为行为来理解可谓源远流长，从行为论的视角来理解，戏仿"是一种通过对原作的游戏式调侃式的摹仿从而构造新文本的符号实践"[②]。换句话说，戏仿是人类的一种符号操作的实践行为，具有特征鲜明的主体性。加拿大学者琳达·哈琴（Linda Hutcheon）指出："戏仿随文化而改变：它的形式、它与其'目标'（target）的关系、它的意图，在当代北美与在18世纪的英格兰都不会是相同的。"[③] 既然戏仿是一种行为，在人类的历史上已经存在有年，那么人类何以会有这种戏仿行为。戏仿行为存在的主体性意图与主体性因素是什么？这种戏仿行为的具体动机是什么？戏仿行为由个体完成，戏仿的动机因个体而存在差异。在此基础上，戏仿动机的差异会对戏仿文本的形成产生何种影响？每一个时代或者文化语境中的戏仿动机在总体上是否具有相似性？不同的时代或者理论范式或者文化语境中的

[①] 郭德俊：《动机心理学：理论与实践》，人民教育出版社2005年版，第2页。
[②] 汪民安：《文化研究关键词》，江苏人民出版社2007年版，第378页。
[③] Linda Hutcheon, *A Theory of Parody: The Teachings of Twentieth Century Art Forms*, New York: Methuen, 1985, p. 6.

戏仿动机是否具有嬗变性？我们如何给这些戏仿行为的存在提供一种学理性的解释，显然，对这些核心问题的回答构成了戏仿动机理论的不同形态和范式。在本章中，我们遵循历史与逻辑一致的思想，以史论结合为原则，尝试描述和勾勒文艺理论史上主要的文艺理论范式和流派对戏仿动机的阐释与理解，进而构建不同历史时期不同的戏仿动机理论及其相互之间的逻辑关联。

第一节　模仿说与戏仿动机

模仿说是西方文艺理论中最为古老，同时也是最具影响的理论学说。从理论史的角度来考察，其触角可以延伸到古希腊甚至更为久远。西方古典时期的著名思想家赫拉克利特、德谟克利特、色诺芬、柏拉图、亚里士多德对其都有所论述，这些思想和观念在其后不断得到阐述和强化，形成了声势浩大、地位显赫的文艺理论主张，诸如西塞罗的"镜子说"、达·芬奇的"艺术模仿自然说"、别林斯基的"艺术是现实的再现说"，再到苏联时期的"反映论"等。在某种意义上说，上述不同学说都是"模仿说"在不同历史时期的理论变体和现实回响。戏仿与人类的其他模仿行为几乎同时产生，一个方面，它是文艺理论界建构模仿说或者模仿理论的重要理论素材和现实经验；同时，慢慢理论化、体系化的模仿说也给戏仿实践提供了阐释的理论资源和解释路径。显然，对戏仿动机的分析和阐释也涵括其中。

一　模仿说的理论主张

模仿说的历史悠久，理论资源丰富，分支学说多样，理论变体繁杂。在这里，我们无意去作一个详尽的理论史回顾和细致的变体间的差异甄别。但归纳这种理论学说或者理论范式的基本理论主张，分析它们思考问题的路径，审视它们的核心思想，对于我们在其视野中理解其对戏仿动机的解释，将散布在众多的理论典籍中，夹杂在纷繁复杂的理论言说中的戏仿动机思想理论化无疑是有所助益的。通过分析和总结，模仿说的基本理论主张可以从以下几个维度来审视：

第一，模仿是人习得技能的一种重要方式。亚里士多德认为："人从孩提的时候就有模仿的本能。人和动物的一个区分就在于人最善于模仿，并通过模仿获得了最初的知识"①。模仿出于我们的天性，是与生俱来的。在文学艺术领域中，不仅文学中存在模仿，其他的艺术门类中也存在模仿，亚里士多德指出："有人用色彩和形态模仿，展示许多事物的形象，而另一些人则借助声音来达到同样的目的。"② 在模仿说的早期观点中，理论家一再强调模仿与人类学习相应的技巧与技能的关系。古希腊思想家德谟克利特曾经指出："在许多重要的事情上，我们是模仿禽兽，作禽兽的小学生的。从蜘蛛我们学会了织布和缝补，从燕子学会了造房子，从天鹅和黄莺等歌唱的鸟学会了唱歌。"③ 这在某种意义上说，人类的各种生活与生存技能基本都是从模仿的对象中学会的，模仿是人类习得各种技能的重要方式与手段。之于异类是这样，之于同类也是如此。从个体生命的成长史来考察，小孩最先的咿呀学语就是对成人说话的各种发音、遣词造句和表达方式的模仿，再到各种游戏中对超越孩童时代的各种成人行为的模仿也是这样。诸如小孩子做"过家家"的游戏，男孩就是模仿自己的父亲如何去做爸爸，女孩就是模仿自己的母亲如何去做妈妈。在游戏中通过模仿来习得做爸爸和妈妈的技巧。在个体的日常体验中，我们也能够发觉，正在通过对他人的模仿，我们的各项技巧与技能才从不会到会，从拙劣到精湛，从对他人的蹒跚学步到具有自身的个性与特点。

第二，源本具有优先性，摹本则是从属性的。模仿说是西方理论中二元对立思维的具体表征，"一切事物都被归入模仿物和被模仿物这两个范畴之中"④，开启了一种从关系模式或者关系状态来思考、分析和判断问题的研究路径。在模仿说的理论视野中，源本与摹本是相辅相成的。没有无源本的摹本，同时也没有无摹本的源本。源本与摹本只有在一种关系模式中才能存在，源本与摹本是一种相对的关系。在一种关系状态中的摹本可能到另一种关系状态中会转变为源本。在模仿说的理论史中，我们发现，不同的理论家在不同的关系模式中对于何谓源本有不同的说法，诸如柏拉

---

① [古希腊] 亚里士多德：《诗学》，陈中梅译注，商务印书馆1996年版，第37页。
② [古希腊] 亚里士多德：《诗学》，陈中梅译注，商务印书馆1996年版，第27页。
③ 伍蠡甫：《西方文论选》（上卷），上海译文出版社1979年版，第4—5页。
④ [美] 艾布拉姆斯：《镜与灯——浪漫主义文论及批评传统》，郦稚牛等译，北京大学出版社1989年版，第7页。

图认为源本是"理式",现实是摹本。但在现实与艺术的关系中,艺术则是对现实的模仿,就变成了摹本;亚里士多德认为源本是对现实中的人的性格、行动和人生,艺术作为摹本是对人的行为的模仿。循此思路,他认为,"悲剧是对一个严肃、完整、有一定长度的行动的模仿"①。赫拉克利特在艺术与自然的关系中,认为自然是源本,艺术则是摹本。奥古斯丁则认为艺术是对上帝的模仿,上帝是源本,艺术则是摹本。历史地看,模仿说中这些源本和摹本所指的具体对象是变动不居的,但源本与摹本的关系却从来没有改变,那就是源本是第一位的,是基础,处于优先地位,摹本则是衍生的、从属的,受源本的限定和制约。

第三,摹本以无限逼近源本为目的。在模仿说中,源本是本源性的、先在性的,摹本是依附性的、再现性的。摹本能无限逼近源本,但又始终与源本保持着一定的距离。就艺术作为摹本而言,以是否最大可能的逼近源本为标准来评判艺术作品水平的高低、艺术性的强弱、价值的大小。公元前5世纪的希腊雅典,曾经有一场著名画家宙克西斯与巴哈修斯的绘画比赛。宙克西斯画了一串葡萄,跟真实的葡萄一模一样,可以以假乱真,引来了飞鸟的啄食。正当他洋洋得意,伸手掀开门帘准备去看巴哈修斯的作品时,没想到他掀开的竟然是巴哈修斯的画作。这场比赛自然以宙克西斯的失败而告终,因为宙克西斯的画虽然逼真引来了鸟的啄食,但巴哈修斯的门帘更真实,它骗过了艺术家,因此后者更为高明。达·芬奇曾结合自己的绘画体验指出:"画家的心应当像一面镜子,将自己转化成对象的颜色,并如实摄进摆在面前所有物体的形象。"② 文艺史上的这些故事和经验无不说明,在模仿论视域中,越逼近原作、越真实的艺术作品水平就越高。因此,这就成为后来文艺批评中评价一件艺术作品水平高低的重要尺度和标准。只有艺术品真实地再现了源本才是优秀的作品。从此,真实就成了文艺批评的核心概念和重要范畴。艺术家终其一生以达到逼真或者真实为艺术创作的终极旨归。柏拉图的"迷狂说",其核心思想是指当艺术家在迷狂的时候,他才能够无限地逼近"理式",真实地再现"理式"。恩格斯的再现典型环境中的典型人物,说的也是艺术创作要无限地真实地

---

① [古希腊]亚里士多德:《诗学》,陈中梅译注,商务印书馆1996年版,第63页。
② [意]达·芬奇:《芬奇论绘画》,戴勉译,人民美术出版1979年版,第41页。

再现现实。就此而言，模仿说及其后来的变体，都无不主张模仿必须以真实地再现源本为旨归。

二 模仿说视域中的戏仿动机

模仿说在西方文艺理论中长期占据着主导地位，是解释文艺起源和文艺创作动机的一种十分重要的理论模型和理论范式。毫不夸张地说，对模仿说的追溯、分析和讨论往往要涉及和贯穿整个文艺理论史。戏仿现象和戏仿问题在文艺理论视域中被关注是因为它们跟模仿说有着广泛而又深刻的联系。一方面，戏仿是建构模仿说的重要经验材料；另一方面，不断丰富和发展的模仿说也给戏仿现象和戏仿问题提供了强有力的解释框架和学理说明，对戏仿动机的理论阐释自然蕴含其中。在某种意义上说，模仿说促成了戏仿动机的最初理论化和体系化。

第一，戏仿是源于习得创作技能的动机。如何去解释戏仿动机？方式和路径有多种多样，不同的理论视角，会对戏仿动机有不同的审视和考察。动机是最具个体性的，往往又变动不居，因此很难分析。但也有基于调查数据的实证研究的，在数据统计的基础上归纳总结出相应的艺术家或者艺术作品的戏仿动机。模仿说在某种意义上，提供了解释戏仿动机的一种思路和框架。在模仿说的视域中，戏仿是模仿的一种具体表现形式或者一种模仿的变体。与其他模仿形式不一样的是，戏仿的模仿对象是一种有影响的、权威的或者经典性的文本。它不同于柏拉图的模仿对象指向"理式"，达·芬奇的模仿对象指向"现实"，戏仿的模仿对象指向"文本"。尽管模仿的对象是有差异，但这改变不了人类通过模仿习得技能的天性和动机。人类的生存和生活技能多种多样，因此要模仿的对象也是千差万别的。通过模仿不同的对象习得不同的技能。戏仿指向文本，不管是口头的还是书面的，这都同人类学习创作或者说学会表意实践的动机有关。通过戏仿实践，个体学会如何讲故事、如何吟诗、如何画画、如何演唱、如何有效表达自我、如何实现自我的表意实践。亚里士多德曾经在《诗学》中认为戏仿是一种对史诗的滑稽模仿。在亚里士多德模仿说的理论视域中，模仿是人的天性，是人学习各种技巧和知识的重要方式，结合其在《诗学》中的具体论述，我们不难看出，赫革蒙作为第一个戏仿史诗的诗人，在某种意义上说，不可避免地有了通过戏仿从经典史诗中学习写作史诗技巧的动机和内在心理需求。这一点，在其后的德国文学批评家阿尔弗雷德·利德（Alfred Liede）那儿得到了强化，他指出："戏仿是一种有意识模仿的特殊形式，最重要的是这是学习或完善一种技巧或风格的练习"①。

第二，戏仿隐含着向经典致敬的动机。戏仿的英文单词为"parody"，其意涵十分复杂。根据琳达·哈琴的考察，在古希腊文中，"parody"有着十分矛盾的意义。一方面是"并列、在旁边、追随"的意思；另一方面也有"对立、反面"的意义。因此，"parody"在古希腊时期，"它的意图包括从恭敬的崇拜到彻底的嘲讽。"② 这种戏仿意涵的矛盾性，足以彰显在古典时期，戏仿者戏仿动机的复杂性。但在模仿说的理论框架中，戏仿者向经典致敬的动机能够得到很好的解释。这种语词意涵的矛盾性和戏仿者戏仿动机的复杂性，恰恰说明了在当时模仿说理论范式对其"parody"这个符号赋意的重要影响。在模仿说中，我们在前面已经论述过，摹本与源本之间是存在一种等级秩序的。一般而言，源本具有优先性和本源性。就艺术作品而言，其艺术水准和艺术价值一般都是十分出色、影响力巨大的文本。在这种二元对立的关系构架中，源本存在的优先性、水平的优秀性、地位的崇高性不容置疑。正是因为具有这些特质，它们才有资质成为源本，才能够成为戏仿者模仿和效法的对象。因为，从技能习得者的角度来看，学乎其上得乎其中，学乎其中得乎其下。戏仿者将其作为模仿的对象，在某种意义上说，就是对模仿的源本的价值与地位的确认。因为，只有优秀者才可能成为学习和模仿的对象。从这个维度上说，戏仿者对一特定对象的戏仿，就隐含着向经典、权威和优秀文本表达敬意的动机和意图。也正是因为如此，戏仿的古典含义中，包含着崇拜和致敬的意义就不难理解了。诸如，喜剧作家阿里斯托芬的《青蛙》就是满怀敬意地去戏仿悲剧诗人欧里庇得斯。这种意义和动机，在我们看来，应该跟古典时期，模仿说是一种主导性的解释文学艺术的理论范式不无关系，是这种解释范式赋予了戏仿的这种矛盾而又复杂的含义。

第三，戏仿彰显着引发滑稽效果的动机。在模仿说中，每一种模仿行

---

① Alfred Liede, "Parodie", in *Reallexikon der deutschen Literaturgeschichte*, 2nd edn（Berlin and New York, 1977）, Vol. 3, pp. 12 - 72, 13f.

② Linda Hutcheon, *A Theory of Parory: The Teaching of Twentiech-century Art Forms*, New York: Methuen, 1985, p. 16.

第一章　戏仿动机论的历史建构与范式转变

为都有其模仿者的隐含的动机和意图。每一种不同的文体都有其不同的动机和意图。模仿者选择不同的文体，在某种意义上，就是选择一种不同的基于这种文体特殊性的创作动机。在亚里士多德看来，戏剧是模仿行动中的人，但从文体意义上看，不同的戏剧文体会有差异，诸如喜剧和悲剧就不同，"喜剧倾向于表现比今天的人差的人，悲剧则倾向于表现比今天的人好的人。"① 而且模仿人的行为所形成的喜剧和悲剧在创作动机也会呈现差异，喜剧的动机在于展现不会给人带来伤害和痛苦的丑，悲剧的动机在于引发"怜悯"从而达到受众灵魂的"净化"。戏仿作为一种独特的模仿形式，也有其独特的效果动机。在模仿说的视野中，戏仿者通过对英雄史诗、悲剧等经典文本的模仿，其隐藏的动机是引发滑稽效果，让人发笑。我们回到模仿说肇始的古希腊语境，其实在这个时代，戏仿确实能够引发一种滑稽效果。这种事实换句话来表达就是，戏仿者通过戏仿文本有着引发受众滑稽发笑的动机。在这种文化环境中，这种动机就是戏仿的最终目标，除此之外，不隐藏其他的别的目的。根据豪斯霍尔德的考证，除了引发滑稽发笑的动机之外，包括被后来强化的嘲弄、贬低的动机，那都是17世纪以后的事情了，是在后来的阐释中被强制赋予进去的。

三　模仿说视域中戏仿动机论的局限

模仿说作为一种理论范式，提出了自身解释戏仿动机的理论思路、解释框架和思考视角，对戏仿者何以要进行戏仿的动机给出了自己的回答，有针对性的建构了最初的戏仿动机理论和观念。但模仿说视域中的戏仿动机理论或者戏仿动机观念，也有着其与生俱来且不可回避的不足和局限。

第一，对主体性的压抑。模仿说强调忠实模仿的对象。无论模仿的对象是什么，但模仿说始终以逼近真实为目的和要求，以尽可能地忠实和再现对象为旨归，这种理论发展到极致就转变成自然科学。这种思想和观点要求抛弃人为的因素和主体性的因素来对模仿对象进行模仿。这种排除个体动机差异性的理论预设，导致的后果就是，无论是谁怀着怎样的动机来戏仿某部经典、权威的文本，最后戏仿的文本都是一致的。但事实证明，这种理论预设具有很大的虚妄性。因为，一个经典文本在戏仿实践中，确

---

① ［古希腊］亚里士多德：《诗学》，陈中梅译注，商务印书馆1996年版，第38页。

实产生了很多衍生的戏仿文本，而且戏仿文本之间也各不相同。诸如荷马史诗，对其进行戏仿的作品差异就十分巨大，形成了一个文本丰富的戏仿文本序列，代表性的就有赫革蒙的《蛙鼠之战》、蒲伯的《秀发劫》等。由此而言，个体性和主体性应该要得到尊重，戏仿者不是一个简单的传声筒和复读机，他们在戏仿中有个人的理解和个体的创造，戏仿也可以成就自身。这一点，在戏仿的滑稽效果动机方面应该得到了体现。正是由于模仿说对主体的压制，直接推动了表现说的出场和对戏仿动机理论的重新建构。

第二，对主体行为的不同阶段的理解存在断裂。在模仿说的范式中讨论戏仿动机理论，其实是要回答戏仿两个阶段的问题。一是为什么要戏仿，这个是有关戏仿动机问题的回答。二是怎样去戏仿，这是回答戏仿的方法论问题，这个问题在下一章中我们还要专门讨论。在模仿说中，如果承认戏仿动机作为一个问题，在某种意义上说，就是承认主体性、个体性和差异性问题。因为动机或者创作动机是一个主体性的概念。我们在模仿说的视野对戏仿动机的阐释，其实已经展示了批评史视野中这一范式对戏仿动机的承认。但在如何戏仿的阶段，模仿说却将由主体来承担的具体的戏仿行为中的主动性过滤掉了，对主体性进行了强硬的隔离。也就是说，模仿说在戏仿的动机阶段对主体是认可的，但在戏仿的实施阶段对主体性则进行了悬置，要求去主体化。这在某种意义上说，模仿说对主体的认可不是一以贯之的，存在认知和理解的断裂，是根据自己的需要来对其进行设定的。这也从另一个维度显示了模仿说面对主体的摇摆性和漂移性。

总之，正是由于模仿说对主体性有选择性的张扬或者忽视，导致了戏仿动机理论阐释的局限和盲区，推动了其他的理论范式来对模仿说遮蔽的空间进行阐释，下一节要讨论的表现说就是与模仿说互为补充的一种重要的理论范式。表现说给戏仿动机理论建构了新的理论视域和问题场域，敞开了戏仿动机论的另外一个重要的阐释维度。

第二节 表现说与戏仿动机

从历史的维度来看，表现说作为一种成熟的理论学说或者理论范式较模仿说要晚得多。美国批评家艾布拉姆斯在《镜与灯——浪漫主义文论及批评传统》中曾用"镜"来作为模仿说的隐喻,而"灯"则作为表现说的隐喻。艾布拉姆斯从历史的角度考察,认为朗吉努斯关于崇高的风格主要源于演说者的思想情感是最早的有关表现说的讨论[①]。表现说不同于模仿说,表现（expression）"源自 ex-premere,意即'挤出'"[②],主要认为艺术作品是作家内心世界的外化,与艺术家要表达的情感体验紧密相连。其后众多诗人和理论家对表现说进行了阐述与讨论,强化了用表现说来解释文学艺术现象的合理性和可能性。艾布拉姆斯甚至还将 1800 年华兹华斯在《抒情歌谣集》中提出的"诗是诗人强烈感情的自然流露"以及建构的表现说理论在英国文学批评史上的出场作为表现说取代模仿说的分水岭和时间节点。这些论述,一方面说明模仿说与表现说在批评史上具有前后相续性;另一方面也说明它们在解释文学艺术上存在互补性。模仿说主要着眼于解释文艺作品与外部世界的关系,而表现说则主要解释作家与作品之间的关系,是一种研究视角的向内转。显然,在这种理论范式中,戏仿动机将被打开另外一个不同的侧面和维度。

一 表现说的理论资源

表现说在文艺理论领域的滥觞与迅速崛起有其深刻的社会文化背景,与西方社会走出中世纪,肯定主体、承认个体、张扬感性的价值观念有关。表现说既是整个西方社会文化转型的表征,同时又是西方社会文化转型的一部分。表现说的出现既有外部思想观念的推动,也有内部思想观念的驱动。既有各种理念思潮的引领,也有创作实践的呼应。通过梳理和分析,在我们看来,以下三个方面的理论资源强劲地支持了表现说在 19 世纪文艺理论领域其地位的中心化与显赫化。

第一,主体性哲学。主体性哲学是近代哲学的一种重要理论形态,是在与客体的关系中确立自我的讨论范围,主要围绕主体的本质规定性、特征、逻辑和价值而展开,并通过主体性的确立来构建人类与其他物种的差异。主体性哲学从笛卡尔"我思故我在"开始,经康德的"人为自然立

---

① ［美］艾布拉姆斯:《镜与灯——浪漫主义文论及批评传统》,郦稚牛等译,北京大学出版社 1989 年版,第 25 页。
② ［美］艾布拉姆斯:《镜与灯——浪漫主义文论及批评传统》,郦稚牛等译,北京大学出版社 1989 年版,第 70 页。

法""天才说",黑格尔的"绝对精神"等建立一整套理解和认知世界的理论框架和话语体系。黑格尔指出:"从笛卡尔起,我们踏进了一种独立的哲学。这种哲学明白:它自己是独立地从理性而来的,自我意识是真理的主要环节。"① 法兰克福学派的第三代核心人物哈贝马斯强化了这种认识:"自笛卡尔以降,现代哲学集中关注的是主体性和自我意识"②,并从四个维度对"主体性"进行了描述:"(a)个人(个体)主义:在现代世界中,所有独特不群的个体都自命不凡;(b)批判的权利:现代世界的原则要求,每个人都应认可的东西,应表明它自身和合理;(c)行为自由:在现代,我们才愿意对自己的所作所为负责;(d)最后是唯心主义哲学自身:哲学把握自我意识的理念乃是现代的事业。"③ 主体性哲学将人类从自然和上帝中解救出来,为思维、感性、情绪、自我、个性和差异提供了辩护。从思想史的角度来看,"主体或自我这个概念在近代哲学中是被当作知识的以及意愿和行动的原始原则来使用的"④。主体性哲学确立了自我的优先性,将主体从从属性中颠倒过来,主体成为世界的出发点和归宿点,成为解释世界存在合理性和合法性的尺度。文学艺术应该表征主体心灵,服务主体情感、彰显主体动机。

第二,浪漫派文学。在主体性哲学的影响下,18世纪末至19世纪初,在文学领域兴起了反对以模仿说为内在原则的新古典主义,形成了一股不同于新古典主义的浪漫主义文学流派。浪漫派文学以英国湖畔诗人华兹华斯、柯勒律治、骚塞为代表,他们在进行诗歌创作的同时,也不断发出自己对文学的看法与观念。以此区别在当时占主导地位的古典主义诗学主张与模仿说理论。华兹华斯在《抒情歌谣集》的"序言"中明确从主体的角度提出"诗是诗人强烈感情的自然流露"。也就是说,诗歌是表达主体情感的,而且这种情感是内在的,是从人的心灵深处生发的。诗歌只与诗人的内在心灵世界发生关联,与外在的世界甚至是无关的。由此,华兹华斯

---

① [德]黑格尔:《哲学史讲演录》(第4卷),贺麟、王太庆译,商务印书馆1997年版,第59页。
② [德]哈贝马斯:《后民族结构》,曹卫东译,上海人民出版社2002年版,第180页。
③ [德]哈贝马斯:《现代性的哲学话语》,曹卫东译,译林出版社2004年版,第20—21页。
④ [德]H.科尔滕:《主体性哲学——近代哲学的本质规定》,余瑞先译,《国外社科信息》1991年第15期。

第一章　戏仿动机论的历史建构与范式转变

与古典主义实现了切割。作为呼应，柯勒律治在《论诗或艺术》（1818）中认为，艺术"像诗一样，它们都是为了表达智力的企图、思想、概念、感想，而且都是导源于人的心灵……"① 柯勒律治的观点也在强调诗歌与人类的内在心灵的关系，强调诗歌是诗人对世界一种独特的理解和体验，是将自己这种独特的理解和体验外化的重要形式与结果。历史地看，英国湖畔诗人均不认可亚里士多德等理论家主张诗歌的目的在于模仿，而是主张诗歌的目的在于表现思想。他们的这些主张在此后的众多的诗人和诗歌评论家那里得到了回应，英国诗人雪莱认为："诗可以解作'想象的表现'。"② 德国批评家诺瓦利斯则认为："诗表现的是精神，是内心世界的总体。"③

　　第三，情感论美学。如果说，主体性哲学给浪漫派文学提供了强大而宽厚的理论支持和思想氛围，推动了浪漫派基于情感表达的文学实践，那么基于对浪漫派及其以前的文学艺术实践来进行理论建构的情感论美学，则是从学理角度来论证表现说的合理性和合法性，给表现说提供了强大的理论论证，体现了表现说的一种理论自觉，保障了表现说在文艺理论史上的显赫地位和自成一派的学理基础。情感论美学的主要理论家有意大利美学家贝尼代托·克罗齐（Benedetto Croce，1866—1952）、英国美学家罗宾·乔治·科林伍德（Robin George Collingwood，1889—1943）以及美国美学家苏珊·朗格（Susanne K. Langer，1895—1982）等。克罗齐在《美学原理》（1910）中认为"艺术即直觉"，"直觉是表现，而且只是表现（没有多余表现的，也没有少于表现的）"④，因此艺术即表现。科林伍德在《艺术原理》（1938）中提出艺术必须跟技术和再现划清界限，因为再现是一种技术，但艺术不是技术，真正的艺术是对人的内在情感的表现，是一种想象性活动，他指出："审美经验或者艺术活动，是表现一个人情

---

　　① ［美］艾布拉姆斯：《镜与灯——浪漫主义文论及批评传统》，郦稚牛等译，北京大学出版社1989年版，第70页。
　　② 章安祺：《试论雪莱的文艺思想》，《中国人民大学学报》1991年第4期。
　　③ ［美］艾布拉姆斯：《镜与灯——浪漫主义文论及批评传统》，郦稚牛等译，北京大学出版社1989年版，第72页。
　　④ ［意］贝尼代托·克罗齐：《美学原理·美学纲要》，朱光潜译，人民文学出版社1983年版，第16页。

感的经验,而表现它们的活动,就是一般被称为语言或艺术的那种总体想象性活动,这就是真正的艺术"①。而与表现相对的再现艺术,科林伍德认为是不值一提的,是"伪艺术"。苏珊·朗格在《情感与形式》(1953)中认为:"艺术,是人类情感的符号形式的创造"②,其后在《艺术问题》(1957)中进一步提出:"艺术形式与我们的感觉、理智和情感生活所具有的形式是同构的形式"③,强调了艺术与人类情感体验的内在一致性。情感论美学在学理上肯定了情感作为艺术的本源性地位,强化主体对艺术的决定性价值和内在规定性。情感论美学与主体性哲学一道对表现说进行了学理奠基,主体性哲学提供了表现说得以可能的厚实的理论基础,情感论美学则紧贴文学艺术实践给表现说更为直接的理论声援。

二　表现说视域中的戏仿动机

上述思想观念、理论言说和文艺实践共同构筑和支持了表现说这种独特的理论范式,提供了一个与模仿说完全不一样的解释框架和问题视域,给文学艺术理论和批评实践敞开了新的视角和新的问题,同时也给文艺理论中的经典问题提供了一种新的回答。在这种理论范式中,"戏仿文本不仅不是局部地'再现'源文,而是源文的对反、异化和戏谑。与其说戏仿是一种'再现',不如说它更是一种'表现'"④。戏仿动机问题位列其中,众多的理论家、艺术家和批评家在表现说的理论视域中,结合戏仿实践、戏仿文本对戏仿动机问题提供了相互关联,但又侧重点不一样的回答,形成了基于表现说的"家族相似"的戏仿动机理论思想。

第一,戏仿源于表现和确立自我的动机。在表现说的视域中,戏仿的这种动机是一种非常形而上的动机。戏仿作为一种文艺创作实践行为,戏仿者往往要通过其来表征自我的独特性和差异性。戏仿者的动机不是通过

---

① [英]罗宾·乔治·科林伍德:《艺术原理》,王至元、陈华中译,中国社会科学出版社1985年版,第281页。
② [美]苏珊·朗格:《情感与形式》,刘大基、傅志强、周发祥译,中国社会科学出版社1986年版,第51页。
③ [美]苏珊·朗格:《艺术问题》,滕守尧译,中国社会科学出版社1983年版,第24页。
④ 张俪萍:《互文性文类视角下的戏仿研究》,《东北师大学报》(哲学社会科学版)2015年第5期。

第一章 戏仿动机论的历史建构与范式转变

戏仿来表达自己归属于这个群体,认为自己是其中拥有其共同特性的"一个",而是要表达自己在这个群体中区别于"他人",成为一个独特的个体。从戏仿艺术实践的角度来看,对同一经典文本或者权威作品进行戏仿的作品不在少数,诸如就荷马史诗而言,对它的戏仿作品构成了一个历史序列,但它们之间却各有各的不同,正是这种不同或者个性表现确证了作者的价值与意义。在表现说的视域中,表现在表层上是表达个人的情感体验,但在深层上,表现是为了体现自己的价值与意义,是为了证明自己的个体性和世界的多样性、多元性。后现代戏仿理论家琳达·哈琴就认为:戏仿"这是一种保持批判距离的重复行为,使得作品能以反讽语气显示寓于相似性正中心的差异"①。这在某种程度回答了戏仿的深层的或者形而上动机,那就是通过戏仿来证明"我"是"我",而不是"你"。显然,表现说对戏仿动机在哲学层面上的阐释不同于模仿说,模仿说是通过戏仿来证明"我"就是"你",表现说则是通过戏仿来确证"我"区别于"你"。

第二,戏仿源于对文本进行重新阐释的动机。在戏仿中,戏仿的对象多是经典文本、权威文本和知名度高的文本,这些高显示度的文本一般形成了一种已经相对固定和程式化的主题和内容,受众在阅读这些文本的时候,往往被这些已经被受众认可的主题和内容所牵引和诱导,滑向其固有的解释和理解。但在表现说视域中,戏仿不是通过重复这些人们熟悉的符号、形象和表述方式去强化源文本的主题和内容,而是提供一种新的理解和解释。吉雷米德金(G. Kirenidjian)认为:"戏仿作为一种文学模仿手法,它保留了此前作品的形式或者风格特征,却置换了异样的主题与内容。"② 在文学史上这种例子不胜枚举,赫革蒙的《蛙鼠大战》是早期戏仿的经典代表,描写了一只叫西卡帕克斯的老鼠在逃离黄鼠狼之后,来到一个池塘解渴时碰到了一只青蛙,青蛙来自皇族,在邀请老鼠到自己的王国参观时,不幸受到水里的"哈德罗斯"惊吓,钻入水中后淹死了背上背着的老鼠,接着鼠族与蛙族展开了大战。这部戏仿作品就是将一种崇高的英雄叙事降格化、卑微化,提供了这种故事模式和叙事情景中的不同理

---

① [加]琳达·哈琴:《后现代主义诗学:历史·理论·小说》,李杨、李锋译,南京大学出版社 2009 年版,第 36 页。

② G. Kirenidjian, "The Aesthetics of Parody", *The Journal of Aesthetics and Art Criticism*, Vol. 28, No. 2, 1969, p. 232.

解，表达了戏仿者不同的立场。这种做法在蒲柏的《秀发劫》中得到了相应的回应。在某种意义上说，表现说视域中的戏仿是一种托古改制或者旧瓶装新酒的游戏与做法，表现了戏仿者对具有固定理解的各种表达程式和叙事模式的挑战，提供了自己不同的理解和个体的立场与价值。这种表达自我的认识和理解在某种意义上说，是一种戴着镣铐的舞蹈，是一种夹缝中求生存，比其他的表述方式表达自我的难度更大、要求更高，在某种意义上也更能彰显主体性和戏仿者的表达能力，这种动机实现起来更为艰难。以至于，艾布拉姆斯认为戏仿是文学创作最难的一种表现手法和创作形式，因为它要突破文本符号的历史限定和惯性力量，再来进行自我表达。戏仿不是在一张白纸上写文章，而是在已经有很多印迹的符号中进行再创造、再表现、再言说。由此而言，这也是很多理论家认为戏仿是一种更能彰显戏仿者主体性和创造力的原因。

第三，源于表现自我情感需要的动机。在这个维度，表现说的戏仿动机理论与模仿说的戏仿动机理论有其关联之处，模仿说认为戏仿有表达向源文本致敬的意图。但在表现说的视域中，戏仿只是一种形式或者手段，是借他人的话语表达自己的情感与意思，除了模仿说视域中的向源文本表达敬意之外，还能表达更为复杂的情感和意图。塞万提斯的《堂吉诃德》是对中世纪的骑士文化的戏仿，在1605年第一部《堂吉诃德》的序言中，他阐述了自己写这部作品的动机是"把骑士小说那些呼神唤鬼的谎言扫除干净"，让人们不再吸食骑士小说的精神鸦片，"把骑士文学的地盘完全摧毁"，"以子之矛，攻子之盾"，用一部骑士题材的小说达到否定他所深恶痛绝的虚伪的旧骑士小说的目的，并以此来表达真正的"勇敢而谨慎，慷慨兼大度，斯文而有礼，强悍却慈悲"的骑士精神。拜伦的《唐璜》是对史诗的戏仿。在1822年拜伦写给墨累的书信中，拜伦曾经说道："'唐璜'的意图以后自会分晓——是一篇对于社会目前状态中的恶习的讽刺诗，不是一篇恶德的颂词。"[①] 玛格丽特·罗斯将这种表达自我情感需要的动机概括为两种，"简言之，戏仿者关于被引用文本的态度历来主要有两种理论。第一种理论认为戏仿者模仿所选文本的目的在于嘲笑，戏仿的动机是轻蔑。第二种理论认为戏仿者模仿原文是为了以原文的风格写作，动机在于

---

① [英] 拜伦：《唐璜》（上），朱维基译，上海译文出版社1978年版，第336页。

第一章 戏仿动机论的历史建构与范式转变

对原作的同情。"① 玛格丽特·罗斯对戏仿表现自我情感需求动机的阐释虽然超越了模仿说中的那种理解,但基本上还是在这种二元对立哲学中的非此即彼的思维范式中讨论戏仿的情感动机。换句话说,要么就是表达轻蔑的情感动机,要么就是表达同情或者认同的情感动机。但事实上戏仿者面对源文本,并不见得就是这两种情感状态。在超越二元对立思维的视角来看,在这两种情感之间或者之外还有更多更为复杂的情感体验,以及要表达的情感类型,喜、怒、哀、乐、痛、恨、怨、仇等无不包揽其中。有时还是爱恨交加,是非交织,要表现的情感处于混沌和交融状态。也就是说,在表现说的视域中,戏仿表达的情感的范围要宽得多,几乎能覆盖人类情感体验的所有形态和类型。

第四,戏仿源于表现自我认知和理解的动机。源文本在仿文本中被戏仿者材料化,成为戏仿者表达自我情感和意图的一个载体和工具。在表现说的视域中,戏仿者往往用一些经典文本的经典符号,对这些经典符号通过语境的重新构造,赋予新的语境内涵,撕裂了符号与意义在源文本中的结合关系,重构了一种完全不一样的符号与意义关系。卢茨·勒里希(Luze Rohrich)认为:"对已有传统的戏仿性改变不必被视为对前者的消极破坏,它们同时反映出语言的重新建构和形成过程。"② 诸如在西方文化语境中,格林童话《白雪公主与七个小矮人》中建构的白雪公主形象,她表征着高贵、纯洁、温柔、美丽、善良和正义,但在美国作家唐纳德·巴塞尔姆的戏仿作品《白雪公主后传》中,他将背景置换到20世纪60年代的美国现代都市中,将白雪公主这个定型化的象征符号及其表征的意义,进行了全力撕裂,白雪公主演变成了平凡、庸俗、欲望、堕落、虚荣的代名词,白雪公主与小矮人的关系在戏仿作品中发生了完全的逆转。巴塞尔姆正是通过戏仿表现了自己对一些经典作品中的角色形象的不满以及提出了自己的一种建构和理解,表现了自己的一种不同的见解和立场,提供了一种有别于固有文本和固有理解的全新的阐释,"通过戏仿,巴塞尔姆嘲笑了童话故事的虚幻,揭示了现实生活的荒诞和残酷。在此,作家巴塞尔

---

① [英]玛格丽特·罗斯:《戏仿:古代、现代与后现代》,王海萌译,南京大学出版社2013年版,第44页。
② Luze Rohrich, *Gebarde-Metapher-Parody*, Dusseldorf, 1967, p.221.

姆使用戏仿的动机主要是颠覆"①。玛格丽特·罗斯也认为，虽然"戏仿至少在一定程度上通过引用和模仿保留了原文，但作为独立存在的作品，戏仿必须就这些作品发表一些新内容"②。而正是在这些新内容中，它们充分地表现了戏仿者的意义与价值，表现了戏仿者的理解认知和情感态度。这不能不说，这是众多戏仿者要对经典、权威和名著进行戏仿和改写的不竭动力和内在原因。因为，他们给这些经典之作提供了一种另外的理解方式和存在形态。不囿于陈说或者传统的解释框架，挑战权威意见，提供一种基于自我理解和主体立场的阐释和理解，在表现说的理论视域中，这是戏仿者进行戏仿的一个最为重要的创作动机。

三 表现说视域中戏仿动机论再评价

表现说作为一种不同于模仿说的理论形态，它建构了自身对于文学艺术问题阐释和理解的不同视角和路径，对戏仿问题以及戏仿动机提供了自己独特的理解和看法。在这个理论视域中，它拥有自己不一样的理论能见度，形成了具有自身特色的戏仿动机观，打开了模仿说中不被重视甚至被遮蔽的问题。虽然它作为一种成熟的理论范式登上理论的历史舞台比较晚，但它对于戏仿动机的阐释和理解，发展了戏仿和戏仿动机理论，为解释戏仿者何以为会进行戏仿实践提供了一种深层的解释模型和言说方式。

第一，表现说视域中的戏仿动机论阐释重视了主体性因素。表现说将戏仿者作为阐释戏仿动机的逻辑起点和第一要务，从主体的自我确认和表现需要来讨论戏仿动机，将实现自我意义和自我价值作为戏仿实践的内在动力和深层驱动力。将此前模仿说中不曾重视的情感、个性与需要放在一个显著的位置，从一种具体的感性体验维度来阐释戏仿动机，彰显了主体从边缘到中心的历史过程，以及戏仿者作为主体对戏仿作品的限定和责任，也为后面对戏仿作品的阐释提供了一种规定性和制约性。因为戏仿者的这种表达动机决定了他要对戏仿作品的意义的可信性和稳定性负起责任。同时，也要求对戏仿作品的理解和阐释必须回到戏仿者的动机和意图

---

① 蒋花、杜平：《"他者"和戏仿——对抗"文化殖民主义"的策略探讨》，《当代文坛》2007年第5期。
② [英]玛格丽特·罗斯：《戏仿：古代、现代与后现代》，王海萌译，南京大学出版社2013年版，第45页。

中来。从某种意义上说，戏仿者的动机和意图正是戏仿作品意义建构最为重要的意义来源和现实依据。

第二，表现说的戏仿动机论实现了对主体理解的一致性。我们在前面讨论模仿说的戏仿动机论的时候指出其理解主体的断裂性。动机作为一种主体性概念或者命题，只有在承认戏仿者作为主体时才成其为问题。模仿说对戏仿的动机进行了承认，但在戏仿时主体如何去彰显自己的自主性来面对源文本、处理源文本时，对主体性基本上是悬置或者否定的。戏仿者基本上是一种被动的再现和模仿者。这种理论范式不支持主体性的张扬和戏仿者对源文本的主体态度。但表现说在这个维度上克服了模仿说对主体理解的断裂性，从一而终，一以贯之地构建了对主体的理解与认知，并将这种理解和认知贯穿于对戏仿动机的阐释中。这彰显了表现说作为一种理论范式在理论原则和理论立场上的稳定性、一致性和纯粹性，以及在自身框架中的周密性。但表现说与模仿说一样，尽管提供了对戏仿动机的各种理解和判断，但在各自的理论视域中，戏仿者何以会形成相应的戏仿动机。换句话说，戏仿的动机是如何被建构的，却缺乏详尽的分析与讨论，也未提供自身的理论阐释和理论观点。在这个方面，尤其是表现说，遭到了巴赫金和福柯等话语理论家的批判。巴赫金和福柯认为我们所主张的主体和表现都是被建构的，与此同时，戏仿动机相应也是被建构的。表现说这种对主体存在的逻辑前提不加质疑的做法，进一步显示了表现说无法从逻辑起点上论证自身合法性的虚妄和局限。也正因为如此，表现说对戏仿者何以会形成如此的戏仿动机以及要表现自身的戏仿动机，要么就视而不见，在其理论视域中是缺失的，要么就显得捉襟见肘，苍白无力和难以自圆其说。

第三，表现说中戏仿表现的无限度会导致戏仿的模糊和消失。在表现说的视域中，戏仿在某种意义上说，就是对源文本的征用。在不同的戏仿者那里这种征用的程度有大有小，征用源文本的素材有多有少。模仿说在某种意义上，它是以模仿源文本为主，以尽可能贴近和再现源文本为目的。但在表现说的视野中，戏仿者为了通过戏仿来表现自我的情感、体验、理解和认知，对于源文本完全是一种基于"为我所用"的主体立场和价值姿态。在仿文本中，何种形式何种程度地使用源文本才成其为戏仿，超过了这一边界将不成其为戏仿，在当前的戏仿理论研究中都没有明确的回答和界定。表现说背后的哲学支撑将导致其滑向"唯我论",会形成为了表现自我的理解和立场,戏仿者对源文本随心所欲的征用和解释。在一种极致的状态下,戏仿者甚至只是对源文本极其有限的几个符号、语句和形象进行使用。在表现说的视域中,这种对待源文本的动机和姿态是被允许的,但这样一来,戏仿还会存在吗?因此,表现说对戏仿中的表现动机如无限定或者采取相应的节制的话,最后将不可避免地导致基于自我表现的戏仿动机在实践中由于边界模糊或者过度越界而使戏仿消失。换句话说,戏仿者是基于表达戏仿动机去创作,但最后其创作的文本却不再被视为戏仿作品。在某种意义上说,这确实是表现说范式中关于戏仿动机阐释存在的二律背反,是其自身无法解决的现实悖论。

第三节　形式说与戏仿动机

历史地看,文艺理论和文艺批评对形式的关注几乎是与对内容的关注是同步开启的。形式与内容犹如一枚硬币的两面,相辅相成,缺一不可。形式与内容的辩证关系向来为众多的哲学家、美学家和文艺批评家所重视。马克思主义哲学就曾经对它们之间的辩证关系进行过深刻的论述,认为内容决定形式、形式对内容具有反作用力。与此同时,形式具有一定的独立性。而此前的黑格尔更是从形式与内容的辩证关系来构建他的艺术类型学及其历史演进的。在他看来,形式大于内容的是象征艺术,形式等于内容的是古典艺术,形式小于内容的是浪漫艺术。当内容不依赖形式的时候,艺术就终结了。关于形式的论述与讨论在哲学、美学和文艺理论上俯拾皆是,但只言片语的多,成系统论述和阐释的少。形式说成为一种重要的理论范式、产生声势浩大的世界性影响,引领整个人文社会科学的思维方式、言说问题和讨论路径的转向,应该是 20 世纪的事情。俄国形式主义、捷克布拉格学派、英美新批评、法国结构主义等学派无不在形式理论的大语境下展开自己的学术理论和学术思想建构。就此而言,形式说跨越了时代、超越了国界、突破了学科边界,形成了一种独特的学术理论共同体,构建了它们对文学艺术的共同理解、形成了一个独特的学术范式。具体到我们讨论的戏仿理论和戏仿动机,它们也提供了自身的解释和看法。

第一章 戏仿动机论的历史建构与范式转变

一 形式说兴起的理论背景

形式说在20世纪产生世界性的影响,给理论界提供了审视和解释文艺理论问题不同于模仿说与表现说的理论视角和解释框架,提出了对文艺问题的新见解,一方面是对其久远的学术思想和学术传统的继承和发扬,是对此前零星的学术思想的系统化;另一方面也与整个西方社会的文化转型和新的学术思想的推动有深刻的关联。

第一,深厚的学术思想积淀。古希腊时期的毕达哥拉斯学派对基于比例而构建的"数的和谐"的美学思想,应该来说是西方文论史上最有影响、最具体系性的形式美学学说。从艺术门类的角度来看,对形式最为敏感和尤为关注的应该是造型艺术。因为形式之于造型艺术而言较其他的艺术类型显得更为重要,形式甚至就是造型艺术的本质。因此,在绘画、雕塑中,艺术家们更加强调比例、颜色和构图等形式因素,并从形式的角度提出了它们对艺术的理论学说和解释体系。英国艺术理论家克莱夫·贝尔在《艺术》中给艺术下了一个定义,认为艺术就是"有意味的形式",他进一步阐述,"我把线条和颜色的这些组合和关系,以及这些在审美上打动人的形式称作'有意味的形式',它就是所有视觉艺术品所具有的那种共性"[①]。形式说主要基于造型艺术的经验与实践,但也很快溢出造型艺术,为其他艺术门类的艺术理论所吸收,诸如在音乐美学领域中,奥地利音乐美学家汉斯立克(1825—1904)在《论音乐的美》中认为音乐就是乐音的运动形式,他强调:"音乐是以乐音的行列、乐音的形式组成的,而这些乐音的行列和形式除了它们本身之外别无其他内容。"[②] 而在文学领域,俄国形式主义代表人物雅各布森认为文学是"形式化的言语"(formed speech),什克洛夫斯基则强调:"我的文学理论是研究文学的内部规律。如果用工厂的情况来作比喻。那么,我感兴趣的不是世界棉纱市场的行情,不是托拉斯的政策,而只是棉纱的支数和纺织方法。"[③] 历史地

[①] [英]克莱夫·贝尔:《艺术》,薛华译,江苏教育出版社2005年版,第4页。
[②] [奥]爱德华·汉斯立克:《论音乐的美——音乐美学的修改刍议》,杨业治译,人民音乐出版社1982年版,第110页。
[③] [俄]什克洛夫斯基:《俄国形式主义文论选》,方珊等译,生活·读书·新知三联书店1989年版,前言第14页。

看，形式说源远流长，不同的时代、不同的理论家和不同的艺术领域中都有有关形式的论述，这些思想观念和批评实践给形式说在 20 世纪产生深远的理论影响，奠定了深厚的思想基础。从另一个方面说，形式说在 20 世纪产生这么深远的影响，可以说是历史上各个不同的形式理论传承和积淀的结果。只不过，在 20 世纪，形式说被进一步逻辑化、体系化和系统化了而已。

第二，现代性自律运动的推动。西方传统社会是一种未分化的社会形态，社会分工不明显，人的发展也基本上是一种古典的"全面发展"，不仅仅了解天文、地理、数学、物理，还要熟悉历史、政治、文学、艺术。现代性作为一种理性力量推动了西方传统社会的现代转型。这种转型的一种最为重要的特征，用英国文化社会学家司各特·拉什（Scott Lash）在《后现代社会学》中的话来说，就是"分化"。"分化"就是建立边界，找到不同领域的事物变化发展的内在规律。与此同时，确立一种自律论的立场，即从自身的矛盾运动来探寻自身发展的逻辑动力和文化原因，而不是从自身之外去寻找原因。就文学艺术而言，20 世纪产生的形式主义思潮在某种意义上说就是这种社会文化现代转型所产生的自律性运动的具体表征。马尔库塞认为："正是艺术自律使艺术从现存东西的神秘力量中挣脱出来，自由自在地去表现艺术自己的真理。"[①] 20 世纪初期登上理论舞台的俄国形式主义就是按照这种思路来确立自己的理论观点和学术立场的。俄国形式主义在 20 世纪 10 年代出现，最先就是从反对他律论的角度来构建自己的理论主张的。它批判当时盛行的历史社会学方法和心理学方法，认为文学不是历史的注脚，也不是政治的奴婢，而是文学自身。因此，文学研究和文学批评不应该从文学中去实现别的目的。历史或者作者都是外在的，不是文学本身。文学本身就是文学的语言存在形式，正是这种特殊的形式成就了文学的本质特征"文学性"。因此，不从文学自身的形式特征来研究文学性，而从其他的历史、社会、主体或者心灵的角度来研究文学都是旁门左道，都不是对文学本身的研究。这一点在后来的新批评那里得到了强有力的回应和声援。诸如，美国批评家维姆萨特和比尔兹利提出

[①] ［美］赫伯特·马尔库塞：《审美之维》，李小兵译，广西师范大学出版社 2001 年版，第 197 页。

的"意图谬误"和"感受谬误"概念就是对文学的他律研究的批判,他们认为"意图谬误"是将诗产生的过程和诗混为一谈,而"感受谬误"是将诗产生的结果和诗混为一谈。因此,从自律论的角度来看,诗的研究不应该研究诗产生的过程和诗产生的效果,而是只研究诗本身。就诗本身而言,这其中形式最为重要。

第三,结构语言学的方法论支撑。结构语言学是由瑞士语言学家索绪尔在20世纪初期所提出的一种语言学理论。在他提出这种理论的学术语境中,历史语言学和比较语言学是语言学研究的主流,占主导地位。索绪尔认为无论是历史语言学也好,还是比较语言学也罢。它们都是对语言现象或者语言材料的研究,是经验的或者个案的。他所建构的这门语言学是要超越所有的具体语言现象,讨论人类表意和交流是如何可能的,语言是如何传达意义的。他把他欲建构的这门语言学命名为"普通语言学",以区别于历史语言学和比较语言学。索绪尔的"普通语言学"后来被学界又称为结构语言学。结构语言学在某种意义上说是对语言的一种共时研究。索绪尔将决定个体表达能被理解的深层框架叫"语言","是言语机能的社会产物,又是社会集团为了使个人有可能行使这一机能所采用的一整套必不可少的规约"。① 个体根据这些表达规则与框架说出的这些具体的语句叫"言语"。"言语"是在"语言"的框架中获得意义。"语言"具有社会性和稳定性,而"言语"具有个体性和变动性。结构言语学将"语言"视为一个系统,每一个符号的意义由其所在系统中的独特位置决定。而这个位置就是其存在的形式与方式。这个位置是对自我的定位,也是与他者关系的一种描述。而言语的意义则主要是由其所处的结构关系所决定。结构语言学的这种思维方式给文艺分析提供了一种独特的分析框架。就文学而言,我们更为重要的是去分析文学的这种形式层面的结构特点和结构规则,无论是语言叙事层面的,还是人物角色层面的。结构分析往往通过这种操作,使文学隐藏的各种深层的结构规则彰显出来,进而发现它的独特性和个性特点。这种结构语言学的分析方法,给文艺的形式说提供了坚实的分析方法和分析模型,形成了一种独特的学术思考和学术研究范式,支撑了形式说的理论基础。前面的各种理论阐释了形式说兴起的思想积淀和

---

① [瑞士]索绪尔:《普通语言学教程》,高名凯译,商务印书馆2003年版,第30页。

文化背景，结构语言学则给形式说提供了更为具体的分析方法。

二 形式说视域中的戏仿动机

形式说专注于文学艺术的形式分析与形式研究，在这种理论范式和研究视野中来审视戏仿的动机，一方面，它能揭示戏仿动机的不同侧面和维度；另一方面，形式说也不是截然与其他理论范式毫无交集，它也存在与其他理论范式在同一个焦点上对戏仿的动机进行言说，只不过它们的言说方式和关注的侧重点有所差异罢了。在对形式说视域中的戏仿动机的梳理和阐释中，我们能够发觉这种理论范式对戏仿动机的表述特征和敞开的不同维度。

第一，戏仿源于对源文本形式模仿的动机。我们在前面的模仿说的视域下描述过其对戏仿动机的解释。其中之一就是基于技能习得的需要来对源文本进行模仿。这种模仿说视域下的对戏仿动机阐释显然其模仿的对象既包含源文本的形式层面，也包含源文本的内容层面，甚至还包括源文本的其他层面。玛格丽特·罗斯指出，在古希腊"'parodia'可以模仿英雄史诗的形式和内容，通过重写情节或人物创作幽默（humour）的效果，以至与作品更'严肃'的史诗形式形成滑稽对比"[①]。因此，在模仿说的视域中，戏仿对源文本的模仿是一种全息或者全域性戏仿。但在形式说的视域下，戏仿对源文本的模仿，其范围要大为缩小，幅度要大为降低。形式说不同于模仿说对源文本的全域模仿，而是主要聚焦于戏仿者对源文本形式上的模仿。在这个维度上形式说予以特别关注和强调。从文艺批评史的角度来看，理论家在阐释戏仿的动机时，对形式的模仿的阐释几乎是必不可少的，有的甚至占据着他们的理论阐释的绝大部分，占据着主导地位。豪斯霍尔德在1944年发表的《戏仿》一文中对戏仿进行界定时，就强调了戏仿的形式性，他认为戏仿是"一种中等长度的叙事诗，史诗格律，使用史诗词汇，表现的是轻松、讽刺或者模仿英雄气概的主题"[②]。美国叙事理论家华莱士·马丁在《当代叙事学》中指出，"戏仿本质上是一种文体

[①] [英]玛格丽特·罗斯：《戏仿：古代、现代与后现代》，王海萌译，南京大学出版社2013年版，第13页。

[②] Fred W. Householder, "Parody", *Journal of Classical Philology*, Vol. 39, No. 1, January 1944, p. 3.

第一章 戏仿动机论的历史建构与范式转变

现象——对一位作者或体裁的种种形式特点的夸张性模仿,其标志是文字上、结构上或者主题上的不符。戏仿夸大种种特征以使之显而易见;它把不同的文体并置在一起,使用一种体裁的技巧去表现通常与另一种体裁相连的内容"[1]。由此可见,戏仿的主题或者效果主要是由对其形式的模仿达成的。在形式说的视域中,戏仿的动机主要是基于对形式模仿的动机,形式作为艺术的根本,有时形式甚至就是艺术的本身或者艺术的全部。

第二,戏仿源于对源文本形式暴露的动机。形式说在前期与模仿说一致,无论是从模仿的角度来审视,还是从形式的角度来审视,模仿者对于源文本的形式模仿目的都是习得技巧,让模仿者学会如何去写诗,如何掌握文学创作的形式规律。但文学艺术创作,当人们对某种表达形式或者表达技巧的熟悉而导致熟视无睹的时候,人们对形式就会忘却,意识不到形式对于文学艺术的价值。在内容至上或者内容占据主导地位的时代,形式会一再被边缘化。为了突显形式的重要性,或者彰显被内容遮蔽的形式,将形式从一种附属的或者奴役的位置中解放出来,恢复人们对形式的感受或者对形式的重要性的认识和感知。戏仿者往往要通过戏仿来暴露形式,使人认识到形式之于艺术的本体性价值。俄国形式主义批评家什克洛夫斯基认为戏仿是戏仿者暴露写作"技巧"的行为,这种技巧主要是形式技巧。他在评论斯特恩的《项狄传》时展开对戏仿的讨论。在当时的 18 世纪英国,《项狄传》绝无仅有,备受争议。斯特恩摒弃了传统固有的叙述模式,开创了一种全新的里程碑式的反传统、反小说的小说结构特征。"前言"在第三卷的第二章之中"我的所有人物都暂时离去,我第一次获得了空余时间,于是我要利用它来写我的前言。"本已混乱的故事情节还被各式离题话语打断,跳跃式评论不时出现于文中。小说第十八、十九章甚至直接是空白页,而第二十章的开头则是一连串星号。在第二十五章之后又出现了第十八、十九章的内容。小说的混乱结构显然是作者精心设置的,是对小说主人公项狄混乱的心理状态、支离破碎的生活情感体验的一种巧妙的体现。在什克洛夫斯基看来,"《项狄传》是世界文学中最典型的小说",是一部形式上具有革命性的作品,因为《项狄传》暴露了小说作为小说的技巧。就此来说,戏仿创作的动机在某种意义上就是暴露那些已

---

[1] [美]华莱士·马丁:《当代叙事学》,伍晓明译,北京大学出版社 2005 年版,第 183 页。

经被人习以为常的形式。在我们看来，一方面，戏仿暴露了形式之于艺术的重要性；另一方面也破除了形式的神秘性。埃里克在《俄国形式主义：历史学说》中对俄国形式主义的这种偏好进行了切中肯綮的评价。在他看来："形式主义者更喜爱'暴露'文学艺术传统特征的作品；他们一贯渲染那些除了形式之外一无所有的文学作品。在评估当代俄国文学时，他们赞美诗歌中'赤裸的'文字游戏，鼓励小说中曲折的技巧，如戏仿、风格化、怪诞地玩弄情节等。"① 埃里克的评价无疑是中肯的，指出了俄国形式主义对形式的重视，以及由此而形成的理论特点和文学评价的视角差异以及戏仿对形式本身的自反性动机等。

戏仿是对文学艺术形式的暴露的说法，在新批评理论家兰色姆那里得到了回应。兰色姆提出"架构—肌质"理论就很好地发展和延伸了戏仿是对形式的暴露的这种观点。1941年，兰色姆在题为"纯属思考推理的文学批评"的演讲中指出："诗的表面上的实体，可以是能用文字表现的任何东西。它可以是一种道德情境，一种热情，一连串的思想，一朵花，一片风景，或者一件东西。"这些表面上的东西就是诗歌能被转述的东西，这是诗的内在逻辑，他将之命名为"架构"，这种"架构"是能够被转译、模仿和复述的，在某种意义上说，这就是诗歌的"形式"，类似于房子的框架。而诗歌的内在的东西，是"这一首"诗歌成其为"这一首"诗歌的东西是不可转译、模仿和复述的，他将之称为"肌质"②。"肌质"类似于房子的装修。正是因为装修使同样的房子框架呈现出特色和差异。诗歌的"架构"是可复制的，是诗歌的形式存在。正是通过复制和模仿突显了其形式性。在兰色姆的理论视域中，戏仿暴露的正是诗歌的"架构"，突显诗歌可以描述和复制的形式感。这是戏仿者在戏仿中最为重要的动机之一。

第三，戏仿源于对源文本形式僵化的反讽动机。形式是文艺赖以生存的物质依托。长期以来的创作实践，以及理论界对文艺认识的深入，人们愈来愈觉得形式之于文学艺术的不可或缺性与不可替代性。很多类型的文

---

① Victor Erlich, *Russian Formalism. History-Doctrine* (1955), 3rd edn, New Haven and London, 1981, pp. 192 – 193.

② 赵毅衡：《新批评文集》，百花文艺出版社2001年版，第103—104页。

学艺术慢慢地形成了自身的形式规范与形式要求。对相应的文学艺术作品的评价，形式就是极为重要的一个维度。因此，在文学艺术的发展史上，就有保守和怀旧的力量强化形式规范和形式传统的重要性。甚至在形式领域为后来者制定法则与规范来规训文学艺术的创作。诸如、新古典主义主张的以古希腊与古罗马为典范，除了在内容上的效仿外，在形式领域中尤为重视，戏剧领域的戏剧结构理论"三一律"，要求一个故事发生在一天之内，在一个场景内完成，服务于一个主题等。在故事叙事领域中，众多的叙事学家通过分析发现了很多故事叙事的共有形式特点和形式规律。美国批评家詹姆逊在《后现代主义与文化理论》中评介叙事理论时对俄国民间故事学家普洛普的理论贡献进行了总结："普洛普认为主题的内容并不重要，重要的是叙事中某些成分的功能。在他的《民间故事的形态学》中，普洛普认为西方民间故事的基本形式是'追寻'。主人公总是在寻找一件物，不管主人公是谁，也不管寻找的是什么。这就是民间故事的基本结构，如果是短故事，就是省去了一些成分，如果是长故事，则是重复一些过程。每个故事从大概情节上来看，都是主人公寻找一个对象，这个主人公不是神，因此需要被考验，而且需要帮助……然后主人公克服了各种困难，终于找到了他要找的东西。"[①] 美国作家爱伦·坡1839年创作的小说《裘力斯·罗德曼日志》（*The Journal of Julius Rodman*）是一部很有争议的小说：一方面，它是一部未竟的残缺之作；另一方面，它还有很多的地方有剽窃之嫌。诸如在这部作品的副题中，他按照当时的西部游记文学的方式加上了被其自身认为庸俗的"关于文明人首次穿越北美落基山脉的讲述"这一副标题，另外在很多细节上存在与"华盛顿·欧文以及探险家亚历山大·麦肯锡（Sir Alexander Mackenzie）等人的作品存在雷同之处"[②]。但批评家图尼森与海因茨并不这样认为，他们认为爱伦·坡是在对当时盛行的西部游记文学的戏仿，他们一起在《十九世纪小说》杂志上发表文章对这一现象进行解释，将他的这一不为人所理解的做法与其戏仿的动机关联起来进行阐释，认为：爱伦·坡在这部小说的这种奇怪的做法并

[①] [美] 弗雷德里克·詹姆逊：《后现代主义与文化理论》，唐小兵译，陕西师范大学出版社1987年版，第92—93页。
[②] 于雷：《〈裘力斯·罗德曼日志〉的文本残缺及其伦理批判》，《外国文学研究》2013年第4期。

不是在"剽窃",而是试图通过戏仿去"揭露'西部游记文学'中的庸俗、落于俗套和剽窃之风"①,将这种弊病放大,实现了以子之矛攻子之盾的效果。

美国黑色幽默作家约翰·巴斯在1967年发表的《枯竭的文学》中认为当今的文学尤其是小说已经走到了尽头,已经到了竭尽所能的地步,文学已经趋于枯竭。作者必须在形式创新上作出大胆探索,而其中最为重要的方法就是以子之矛攻子之盾。而戏仿则是作家进行文学创新的一种尤为重要的方法,"通过运用新的滑稽的模式(即戏仿——引者注)把这些原型重新塑造出来……尽管外表滑稽,但或许是非常严肃、并富于激情"②。于是,不同于传统的小说创作形式将可能取代那种专注于如何讲好故事、如何进行人物形象塑造,如何表达审美体验的写作传统,将被以借鉴、编写或者引用为主要表达形式的滑稽模式所取代,通过这种滑稽的模式其目的是创新,挽救那种濒危的文学叙事或者文学写作传统。在中国文学传统中有"大团圆"的文学叙事模式,也有"革命+恋爱"的叙事模式。无论是詹姆逊的总结、还是巴斯的反思以及中国的实践,我们无不可以看出,形式结构在一定的文化语境和文艺传统中常常会被经典化和定型化。但文艺中的戏仿,它们往往对这些经典的文学形式结构进行戏仿,将这些形式特征突显出来,突显这些形式的僵化、机械化和局限性。尤其是通过戏仿让形式的局限性变得突出,一方面看到某种特定的形式对某种意义、情感表达的特殊价值;另一方面也让人看到这种固有的形式、模式也是能够遮蔽很多人类要表达的情感和体验,使人类表达和体验的丰富性受到了局限和限制,以及固有形式结构使人类的复杂情感被简单化和过滤化。什克洛夫斯基指出:"《项狄传》的出现是由于老骑士小说故事中技巧的僵化。所有技巧都失效了,戏仿是唯一能给他们带来新生命的方式。"③正是通过戏仿,让我们看到形式本身的能见度和表达的有限性。

---

① John J. Teunissen and Evelyn J. Hinz, "Poe's Journal of Julius Rodman as Parody", *Nineteenth-Century Fiction*, No. 3, 1972, pp. 317–338.
② [美]约翰·巴斯:《枯竭的文学》,《大西洋月刊》1967年第7期。
③ [英]玛格丽特·罗斯:《戏仿:古代、现代与后现代》,王海萌译,南京大学出版社2013年版,第113页。

三 形式说视域中戏仿动机论的反思

形式说作为一种从文艺自身的角度来揭示和阐释文学艺术的理论范式，在长期的理论积淀中于20世纪汇聚成为一股强大的形式浪潮，从此前文学艺术研究注重文艺与社会历史的关联，以及文艺与艺术家等主体的关联中转向到文艺文本本身的分析与研究中来，将形式从此前的边缘化状态中突显出来，强调文艺形式之于文艺的本体价值与意义。这无疑是形式说在文艺理论与文艺批评研究视角与批评方法上的重要贡献。在形式说视域中阐释戏仿动机，其意义和价值体现在：

第一，将戏仿动机聚焦于形式抓住了戏仿的核心维度。历史地看，戏仿者对源文本的戏仿，在某种意义上主要是基于形式层面的，而且形式在某种意义上是构建艺术存在形态和自我特征的一个至关重要的方面。就文学而言，话语的结构、语汇的特点、修辞的方式、叙事的模式、情节的展开、人物的关系、故事的形态是文学形式的主要方面。人类戏仿最先主要还是对源文本的形式层面的模仿，最初层面的动机还是首先要做到"形似"，其后才有"神似"。通过"形似"实现其风格的相似性和相关性。也正是通过在形式层面的戏仿，将那些我们不以为然的形式突显出来，唤醒人们对形式的重视，看到形式之于艺术的本质意义。在戏仿动机的驱动下，反思形式对于意义表达的可能性和有限性，发掘形式表达意义的边界和限度，通过对形式的戏仿彰显形式本身的意识形态性。

第二，形式说视域下的戏仿动机论局限于目标指向形式的戏仿。无论是对形式的模仿，还是对形式的暴露，还是对形式的批评。这种动机论不可避免地打上了形式主义的烙印。他们往往着眼于对形式特征的戏仿，突显这些源文本的形式上的独特性，但对于这些形式特征可能带来何种价值的分析显得比较欠缺。更为重要的是，这种戏仿形式的动机，起点在形式上归宿也在形式上，对形式之外的历史和主体分析得不够。这种高度的自律的分析对形式何以如此，形式能产生什么样的功能，形式是否能彰显或者遮蔽某些价值观念，形式与意识形态的关系，对这些形式何以会在某些特殊的语境中出现，形式的历史意义等阐释得很不够。因为，在一定程度上说，形式并非白板一块，形式与一定的价值观念与文化形态和文艺语境紧密地关联在一起。正是对这些方面的忽视或者视而不见，导致了我们下面基于批判学说的立场从形式与意识形态之间的关系来阐释和讨论戏仿动机的相关理论与言说。

第四节　批判说与戏仿动机

我们在这里所说的批判说是一种与模仿说、表现说、形式说相区别的学术理论与学术思想范式，与学界惯常指称的"批判理论"有关，但在范围上和内涵要远远超越批判理论，在理论方法和学术思想上继承了传统学术思想中的批判精神，吸收了20世纪中后期的精神分析、先锋派理论、意识形态分析、话语理论、新历史主义、左派理论以及后现代主义文化思想所形成的一种学术理论共同体。批判说在反思形式主义的基础上，认可形式之于艺术的重要性，并重建了文学艺术与外部历史、文化、意识形态、价值观念以及主体的联系，是一种重建的文艺外部性研究的范式。批判说的内核是一种价值批判，是一种怀疑精神，是对已经真理化、权威化、自然化的话语与理论的去自然化和去本质化，更为重要的是揭示某种话语背后的隐蔽机制。在这种范式中，理论界从文艺是什么转向了文艺何以如此的研究以及相应的文艺话语和文艺理解是如何被建构的分析。琳达·哈琴认为："如果众多艺术中现代的自觉性形式主义导致了艺术与社会语境的分离，那么后现代自我指涉性更强的戏仿性形式主义则揭示了它是一门话语艺术，与政治和社会因素密切相关。"[①] 在某种意义上说，"一个看似有限风格的戏仿，事实上却能支撑更广泛的社会政治批判"[②]。就戏仿而言，批判说主要从戏仿与外部世界的关联来阐释戏仿的动机。

一　批判说兴起的理论背景

作为一种理论范式或者分析路径的批判说，是20世纪以来在西方社会形成的带有文化激进主义倾向和强烈自我反思性的思想和理论共同体。

---

① [加]琳达·哈琴：《后现代主义诗学：历史·理论·小说》，李杨、李锋译，南京大学出版社2009年版，第48—49页。

② Linda Hutcheon, "Parody and Romantic Ideology", *Romantic Parodies*, 1797 – 1831, ed. David A. Kent and D. R. Ewen, London: Associated University Press, 1992, p. 8.

第一章　戏仿动机论的历史建构与范式转变

这种思想汇聚成一股与传统的历史社会学理论和政治经济学理论相关联但又有差别的思想共同体及其相应的研究方法和理论范式。这种范式既有久远的历史，又有面目一新的当下。尤其在当前，其强盛的思想批判力、理论阐释力与文艺发展的预见力，让学术思想界不得不重视，已经成为20世纪中后期一种主导性的学术理论范式。这种独特的学术理论与研究范式从其缘起来看，有其深厚的社会历史背景和思想理论资源。

第一，社会转型的去分化趋向。如果说以形式说为表征，用自律的眼光来审视文学艺术是现代社会的基本特征的话。那么这种社会转型实现了从遵从事物本身的内在规律和内在矛盾为起点的分析和研究文学艺术的总体方法论路径。在这种背景下，"一个显而易见的发展趋势是，艺术越来越被当作一个独立的自律的领域，艺术的根据不必在宗教的或其他领域中寻找，它应该而且必然是自在的和自为的。"[①] 这种理论思想从19世纪中期开始，历时一个世纪，到20世纪中期臻于鼎盛。具体体现为各个知识领域确定自己的边界，建立鸿沟，从自身内部讨论本领域的问题逻辑、矛盾运动、发展规律和存在特点等。诸如康德的三大批判就是针对三个不同的领域而建立起来的思想理论体系，《纯粹理性批判》是面向认识论领域的，《实践理性批判》是面向伦理学领域的，《判断力批判》是面向美学领域的。其后，哈贝马斯提出的理论——认识结构、道德—实践结构、审美—表现理论是对康德三大批判面对的三大领域分化的回应。正是循着这种理论思路，艺术自律论、形式说以及艺术纯粹论才能风生水起。这种理论思路也有其自身不可避免的局限，那就是沉浸于自身的"小圈子"，画地为牢，"躲进小楼成一统"隔断了与自身之外的世界的联系。没有看到"大河有水小河满，大河无水小河干"的辩证关系。这种理论思想强调从事物内部找规律，确立自身的本质规定性，割断了事物与历史、社会以及主体的联系。20世纪中期以降，社会文化发生了新的转向，此前建立起来的鸿沟与边界，被要求打破，对事物的思考被要求重建与历史语境、社会生活与主体意识的广泛联系。这种社会文化的新趋势，英国社会学家司各特·拉什将之命名为"去分化"。拉什指出："如果文化的现代化是一个分

[①] 周宪：《文化的分化与"去分化"》，《文艺研究》1997年第5期。

化的过程的话，那么，后现代化则是一个去分化（de-differentiation）的过程。"① 20 世纪中期以降的文化是一种与现代性所倡导的"分化"相对的一种文化思想运动，体现在文学艺术领域中，就是我们常说的文学艺术研究的新一轮"向外转"。这种社会文化转型语境给批判说这个整体的理论范式提供了强大的社会思想理论支持。

第二，批判理论的社会学路径。学界约定俗成地将以法兰克福学派的霍克海默、阿多尔诺、马尔库塞、哈贝马斯等一拨西方马克思主义者为核心的理论家所倡导的研究和分析社会文化现象的理论称之为批判理论。莫伊什·波斯顿指出："批判理论为自身设置了双重理论任务——批判性地阐明 20 世纪的巨大历史变迁，与自反性地（self-reflexively）将自身的批判植根于一种历史的可能性之上。"② 批判理论来源于马克思主义，聚焦于当代资本主义的分析与研究，是一种"对抗性"的理论，着力于资本主义的发展逻辑与人的发展的逻辑的批判分析。强调资本主义逻辑对人的逻辑的吞噬以及强制塑造。在美学维度上，他们要求用现代艺术来对资本主义这种文化逻辑进行抵抗，将人从一种单向度的无个性的状态中摆脱出来，实现人的启蒙和拯救。批判理论在总体上是继承了马克思对社会的批判思想，是一种社会学的分析路径，他们对社会文化问题的分析，不仅仅是分析问题本身，更为重要的是从一种更大的社会文化语境来审视这些问题，着力发掘一些文化形式与文化产品背后隐蔽的规则与机制对自由人的奴役和戕害。通过社会学批判分析，揭示这种隐蔽的意识形态霸权，以唤起抵抗的意识和自觉。

第三，后现代主义的怀疑精神。后现代主义源于现代主义同时又是对现代主义的反叛，"是隐含在'现代性'中的理性批判精神、自由创造精神的彻底实现和发扬。"③ 它是对现代主义所建构的原则和立场的全面颠覆。现代主义强调理性、真理、秩序、连续性、中心、权威、深度模式，但后现代主义对此进行反对，对此进行全面的质疑，认为这些价值和原则都是在现代社会中被建构起来的，并成为支配人类思想与行为的一些标准

---

① Scott Lash, *Sociology of Postmodernism*, London: Routledge, 1990, p. 11.
② ［美］莫伊什·波斯顿：《批判理论与 20 世纪》，孙海洋译，《学术研究》2016 年第 4 期。
③ 张世英：《"后现代主义"对"现代性"的批判与超越》，《北京大学学报》（哲学社会科学版）2007 年第 1 期。

与准则，后现代主义恰恰是对这些被现代主义奉为圭臬的价值与原则进行解构，质疑这些观念、思想和原则的合理性和合法性。甚至用一种娱乐、调侃、不正经的态度来游戏这些现代主义包装起来的价值观念。张世英教授将后现代对现代的批判概括为："（1）批判传统的'主体性'；（2）批判理性至上意义；（3）批判崇尚超感性的、超验的东西的传统形而上学；（4）批判以普遍性、同一性压制个体性、差异性的传统思想模式；（5）最终把对传统思想文化的批判归结为人的审美生活——自由生活的彻底实现。"①后现代的这种批判和怀疑精神，张扬对世界理解的多样性、多元性和差异性，对那些所谓的真理话语、连续性和确定性进行批判和质疑。王治河指出："后现代主义与复杂性和多样性有着不解之缘。这一方面表现在后现代思维的一个重要策略是将熟悉的东西陌生化，将清楚的东西模糊化，将简单的东西复杂化。另一方面表现在后现代主义本身也就是一个复杂、矛盾的、令人迷惘的多面体。"②后现代的怀疑精神带给后来可以被概括为"批判说"的理论和学术思想范式的价值就是在不可质疑的地方质疑，在传统被视为简单性、唯一性、连续性的地方解释出复杂性、多样性和断裂性，在被认为是真理的地方发现意识形态的压制和权力的规训等。

二　批判说视域中的戏仿动机

批判说范式对戏仿动机的阐释，在精神实质上表现为对源文本主张的各种价值观念和理想信念的质疑、解构、颠覆和不信任，将源文本建构的"真实"幻象化，同时注重将文本赖以存在的形式中夹杂的意识形态和价值观念在不经意的戏仿中揭示出来，让人看到形式对人的理解和想象的钳制性，以及形式对人规训的无声无息性，让人意识到形式霸权的可怖性。而在更为极端的批判维度中，对于动机这个最接近主体性的概念，以及依托的主体性，批判说甚至对其进行釜底抽薪和连根拔起式的批判，认为戏仿动机包括主体都是一种被建构和想象出来的问题。主体本身就意味着规

---

① 张世英：《"后现代主义"对"现代性"的批判与超越》，《北京大学学报》（哲学社会科学版）2007年第1期。

② 王治河：《论后现代主义的三种形态》，《国外社会科学》1995年第1期。

训和从属，基于主体性前提的戏仿动机在不同的历史时期和理论范式中被阐释和被建构。由此而言，戏仿动机不是一种自主性的自我表征，而是一种历史和文化的建构。这就彻底摧毁了那种主体性哲学视域中提出的戏仿理论及其动机问题。

第一，戏仿源于对源文本的价值观念批判。戏仿指向源文本，这一点为理论界所公认，毋庸置疑。每一个被戏仿的源文本都有一定的价值取向，这也无须论证。在批判说的视域中，"戏仿更经常的是一种厌腻的症状，对被传播的文本的否定态度决定戏仿，它倾向于反对，对被传播文本进行抗议，厌倦、腻味或缺乏信仰都在笑声中倾诉出来"[①]。戏仿的动机是源于对源文本中所倡导的各种价值观念的批判。蒲柏在写给法尔默小姐（《秀发劫》中女主人公贝林达的原型）的信中交代了自己创作《秀发劫》的创作动机："请您一定为我作证，这首诗只是为了替一些年轻女士消遣而作。这些女士有足够的明智和温和的性情，她们不但嘲笑自己的同类平常某些不经注意的小毛病（unguardedfollies），同时也不忘记自嘲。"[②] 约翰·巴斯的《羊童贾尔斯》《烟草经纪人》也是这方面的探索之作。《羊童贾尔斯》是对传统英雄主义的戏仿，在这部作品中主人公乔治以一种英雄化身自居，妄图通过自己的英雄行为挽狂澜于既倒，来实现一所已经比较混乱的学校的管理，但是他这种英雄的否定现存秩序的做法导致了一种无政府主义的更大的混乱。巴斯通过这部作品，表达了他对古典的英雄理想主义的嘲弄和讽刺，巴斯自己曾经说道："我对英雄神话很感兴趣，这种癖好完全是自觉的——去讽刺他，去滑稽模仿它——而且是带着怜悯之情。"而《烟草经纪人》则是对传统美学范式中坚守的那种理性和秩序的挑战，传统的小说写作无不遵守理性和秩序原则，按照一定的秩序去展开小说的书写，人物的行动、情节的推进和各种事物之间的联系都是这种秩序的产物，都要符合和遵循这种理性秩序，但在《烟草经纪人》中，巴斯通过对传统小说的戏仿，无不是表达对以往小说的构思方式和人类对世界的认识和解释方式的讽刺和嘲弄。《烟草经纪人》打破了这种理性、秩序、清晰的哲学观，将无序、偶然、混沌作为世界的一种本来状态。澳大利亚

---

① Luze Rohrich, *Gebarde-Metapher-Parody*, Dusseldorf, 1967, p.215.
② John Butt ed., *The Poems of Alexander Pope*, London: Methuen & Co Ltd., 1963, p.217.

作家皮得·凯里（Peter Carey，1943— ）在创作《杰克·马格斯》时，"是因为他不满狄更斯在《远大前程》（*Great Expectations*，1860）中对他的'想象中的祖先'流放犯马格维奇的不公描写"[1]。在这部作品中，他戏仿了狄更斯的"浪子回头"的叙事模式，同时通过杰克这个曾经的被叙述者，变成了叙述者，讲述了他们心目中的澳大利亚，解构了狄更斯那种帝国主义话语。后现代理论家琳达·哈琴指出："戏仿不仅是要恢复历史和记忆，而且要质疑一切写作行为的权威性，所采用的方式是将历史和小说的话语置于一张不断向外扩张的互文网络之中……后现代主义通过使用正典表明自己依赖于正典，但是又通过反讽式的误用来揭示对其反抗。"[2]

第二，戏仿源于对形式中立性的批判动机。形式曾经在文艺批评理论中长期以来被作为一种中性的、透明的媒介来看待，仅仅是一种彰显意义的媒介和工具而已。在传统的文艺理论视野中，形式具有超历史性、超文化性和超语境性。形式可以表达任何东西，同时形式也可以被任何人使用。形式不包含价值观念和意识形态。但随着理论界对形式认识的深化，理论家发现，形式不仅是一种价值观念的表征，同时还与特定的价值观念和意识形态紧密地联在一起。一种形式就是一种价值观念。在中国文学批评史上，王国维在《宋元戏曲考·自序》中就曾经提出："凡一代有一代之文学，楚之骚，汉之赋，六代之骈语，唐之诗，宋之词，元之曲，皆所谓一代之文学，而后世莫能继焉者也。"[3] 美国批评家詹姆逊在分析小说的形式时，也不无深刻地指出："小说形式从情节小说到心理小说最后到无情节甚至反情节小说的发展，既是资本主义不同历史时期的社会现实的一种反映，又是各个时期人们的意识形态的一种表征，是资产阶级的意识形态主体对自身与其所在的真实社会的关系的一种想象性的再现。"[4]

上述两位批评理论家针对不同的文学传统和文学认识语境，都不约而

---

[1] 周韵：《戏仿经典 重书历史——评皮得·凯里的小说〈杰克·马格斯〉》，《南京工业大学学报》（社会科学版）2002年第2期。

[2] ［加］琳达·哈琴：《后现代主义诗学：历史·理论·小说》，李杨、李锋译，南京大学出版社2009年版，第174页。

[3] 王国维：《宋元戏曲史·自序》，东方出版社1996年版，第1页。

[4] 吴琼：《走向一种辩证批评：詹姆逊文化政治诗学研究》，上海三联书店2007年版，第167页。

同地指出了文学形式与特定的文化语境和价值观念的关系。甚至在一定意义上还可以说，某种特定的形式表达方式就是某种价值观念的体现和表征。形式承载着某种特定的价值和意识形态。对文学艺术的形式分析，不仅着力于形式的外在结构性特征和布局的分析，而是要着眼于其深层的意识形态话语的分析。对詹姆逊有深入研究的吴琼教授指出："形式的意识形态分析要揭示文本内部众多非连续的和异质的形式的一种积极的在场，或者说一种矛盾的共存的意识形态意味。"① 在此，我们发现理论界破除了形式这种中立性和自明性。形式在一定意义上就是一种价值观念或者一种意识形态，不过这种价值观念或者意识形态具有一定的隐蔽性和伪装性。而戏仿艺术家的目的就是通过戏仿实践揭示其中的各种价值观念或者意识形态的强制性，形成对形式中立论的批判。华莱士·马丁认为："（戏仿）有两套代码，（现实）可在两套代码交叉时被揭示，因为两套代码的同时在场有助于我们看到成规性框架如何制约着我们的理解。"② 琳达·哈琴也指出："戏仿或许已经成为后现代主义艺术形式上自我指涉性所特有的表达方式，因为它自相矛盾地将过去融入自己的结构，经常比其他形式更加明显、更言传身教地显示了这些意识形态语境。……戏仿似乎成为我所说的'中心之外'的群体和被主流意识形态边缘化的群体的表达模式。……戏仿当然还成为黑人、少数民族、同性恋、女权艺术家这样的中心外群体最流行、最有效的策略，他们试图既适应自己身处的、仍然属于白人、异性恋、男性的主流文化，又批判地、创造性地对其做出回应。"③

第三，对源于主体性的戏仿动机的消解。在戏仿动机这个议题中，动机成为可能是建立在主体这个不证自明的前提条件上的。主体的这种不证自明性来自笛卡尔的哲学所设定的逻辑起点"我思故我在"。具体来说，在笛卡尔的设定中，这个世界一切都是可以被怀疑的，但唯独我在怀疑不可怀疑，这种怀疑即"我思"。笛卡尔的哲学思想为主体的不证自明性提供了辩护。这也是后来所有基于主体性理论的所有问题的理论地基。但这

---

① 吴琼：《走向一种辩证批评：詹姆逊文化政治诗学研究》，上海三联书店2007年版，第181页。
② ［美］华莱士·马丁：《当代叙事学》，伍晓明译，北京大学出版社2005年版，第184页。
③ ［加］琳达·哈琴：《后现代主义诗学：历史·理论·小说》，李杨、李锋译，南京大学出版社2009年版，第49页。

种主体的不证自明性在后现代主义的视域中遭到了质疑。法国精神分析学家雅克·拉康（Jaques Lacan）认为主体是被建构的，来源于镜像中的"他者"对自我的塑造，受到话语中的无意识的支配。主体靠自我来确立，但"自我的结构告诉我们，自我从来就不完全是主体，从本质上说，主体与他人相关"①。也就是说自我是通过他者来构造的，不是那种先验的自我。在法国马克思主义者阿尔都塞看来，"主体的概念是一个意识形态概念"②，也就是说，当个体得到意识形态的召唤，个体才转变成为一个主体。法国权力话语理论家福柯的理论也支持了这一点。福柯在接受访谈时谈道："首先，我相信不存在独立自主的、无处不在的普遍形式的主体。我对那样一种主体观持怀疑甚至敌对的态度。正相反，我认为主体是在被奴役和支配中建立起来的。"③ 斯图亚特·霍尔在《表征》中对福柯进行阐释时进一步指出："主体是在话语内生产出来的。这一话语的主体不能身处话语之外，因为它必须在话语中被宰制。它必须服从话语的规则和惯例，服从于其权力/知识的处置"④ 通过上述理论家的理论言说考察，我们可以得到这样一个基本结论：在批判说的视域中，主体是一个历史性概念，是在历史中被建构起来的，不存在稳定不变的主体，因此福柯提倡"我们必须抛弃构作性主体（constituent subject）并废除主体本身。也就是说，要通过分析来说明主体在历史框架中的构成过程"⑤。在20世纪以来的众多理论家的理论视域中，此前被作为理论出发点的主体被消解了，主体的自我中心性和价值优先性崩溃了，它的不证自明性不存在了，"后现代主义理论认为，不是主体，而是语言和话语权力是终极原因，它支配着、构造着人和世界。因此，不是人在说语言，而是语言在说人，主体消失了"⑥。

---

① 杜声锋：《拉康结构主义精神分析学》，生活·读书·新知三联书店（香港）有限公司1988年版，第149页。
② ［法］阿图塞：《列宁和哲学》，杜章智译，台北：远流出版事业股份有限公司1990年版，第130页。
③ 包亚明主编：《权力的眼睛——福柯访谈录》，严锋译，上海人民出版社1997年版，第19页。
④ ［英］霍尔：《表征》，许亮等译，商务印书馆2003年版，第56页。
⑤ ［美］道格拉斯·凯尔纳等：《后现代理论——批判性的质疑》，张志斌译，中央编译出版社1999年版，第58—59页。
⑥ 杨春时：《反主体性美学批判与主体间性美学建构》，《厦门大学学报》（哲学社会科学版）2017年第2期。

基于此，那种以主体性为依托的戏仿动机，在批判说的视域中，与主体性一道成为一种被建构的话语。戏仿动机不是一种来自主体的内在需要，而是被戏仿者所在的历史文化建构的，是其所在的时代与文化语境中的话语建构。戏仿动机由一种内在自主性演变成一种他者的建构性。由此而言，在批判说的视域中，戏仿动机不再是表达者自我的内在心理冲动，而是外部的他者话语的表达。在这里，"主体是一个话语的位置，主体的性质和特点都是由话语来建构的"①。就此而言，主体仅仅是他者话语的一种表达工具而已，主体变成了话语实现的功能。在此情况下，基于主动性和个体性的戏仿动机就变成了一个虚妄的概念。正是在这种理解中，福柯在《作者是什么？》中引用贝克特的话再次强调："谁在说话又有什么关系呢？"②

三 批判说视域中戏仿动机论再审视

批判说视域中的戏仿动机着眼于源文本构建的规范、趣味和价值观念的对抗和解构，以及此前众多文艺理论对戏仿文本以及戏仿动机阐释的理论观念的再阐释，提出了很多真知灼见，确实让人们开阔了文艺理论研究的视角和构建多元价值观念的可能性。但批判说尤其是后期的激进主义批判锋芒，由于对一切已经权威化、真理化的价值观念的不信任，也导致了批判说的极端解构，进而陷入了一种历史虚无主义的泥淖。

第一，对权威话语和中心话语提出了质疑。戏仿以源文本为对象，在我们前面的分析中一再谈到，这些文本往往是被经典化或者权威化的文本，在经典化的过程中，这些文本所承载的对世界的理解方式、解释方式、自身存在的形式和倡导的价值观念都在经典化的过程中被固化下来，甚至被作为一种真理话语供奉起来。戏仿的这种批判动机，在一定程度上，就是针对这种被固化的经典话语的原则、价值与立场提出自己的看法和挑战，揭示了其被固化下来的机制和过程，以及他们被中心化中所隐含的权力游戏与权力斗争。另一方面，批判说针对后世对源文本的膜拜化进行了批判，提出了源文本所倡导的价值观念和审美规范仅仅是人类众多的

---

① 刘晗：《从巴赫金到哈贝马斯——20世纪西方话语理论研究》，西南交通大学出版社2017年版，第145页。

② Michel Foucault, "What an Author?" in Hazard Adams & Leroy Searle eds., *Critical Theory Since* 1965, Tallahassee: Florida State University Press, 1986, p.148.

第一章 戏仿动机论的历史建构与范式转变

理解和解释世界和自我的一种而已,除此之外还有众多的理解和解释世界、自我和他者的路径和方式。如果将源文本的这种解释类型作为唯一一种理解和解释方式的话,那么就将人类对事物解释的多元话语遮蔽了;另外,这种唯一化就会对人类的想象力、解释力和创造力形成禁锢,导致人类不敢越雷池一步,只能画地为牢,裹足不前。也正是因为如此,批判说视域中的众多戏仿艺术家对一些已经被人们广为接受的理解和解释方式进行了戏仿,提出了自己不一样的理解方式和解释方式。表现尤为突出的后殖民写作中,后殖民作家通过戏仿将宗主国作家对殖民地国家的理解和想象进行了全方位的颠覆,建构了一种自我的理解、自我的表达和自我的阐释,通过戏仿使被书写的"自己"呈现出来,而不再是一种被书写、被表述的沉默的"他者"。在这一点上,批判说与表现说存在交集,它们对戏仿动机的解释,以及所倡导的价值与立场殊途同归。

第二,对常识、共识和真理话语的去自然化。在文艺理论和文艺批评中,有众多的概念、范畴、理论和观念被认为是常识、共识和真理,是经过千百年的文艺理论和批评实践验证过了的,已经成为理论界和实践界一致的理解和认知,而且有些理解和认识还常常被打扮成一种与价值观念和主体立场无关的真理话语来出现,让人在理智上服从、在伦理上信任、在情感上喜爱。但批判说恰恰就是在这种已经被常识、共识和真理化的概念和理论中切入,解释这些已经被自然化的概念、范畴和理论背后隐蔽的意识形态、价值观念和话语权力。诸如,我们在前面重点分析的形式和主体的问题,批判说就是将形式和主体历史化,将形式和主体进行考量,审视它们是如何进入我们言说的理论话语的。通过历史的分析,看看它们是如何一步一步被建构起来的,以及他们又是通过什么机制将自身建构起来的过程遮蔽的。这些常识、共识和真理话语具有极强的迷惑性,往往不会引起理论界和批评界的注意。我们常常会落入它们所设定的话语逻辑中,在它们的逻辑中被牵引着分析和思考,进而迷失自己理论思考的方向和遗忘自己批判分析的初衷。对常识、共识和真理的去自然化,以及在不可质疑处质疑,这对我们分析戏仿动机建立可信的逻辑起点和坚实的理论地基无疑具有重要意义。尤其是,批判说对戏仿动机赖以存在的主体进行了消解,并揭示戏仿动机在各种理论话语和历史话语中如何被建构起来的机制、奥秘和过程。这样一来,就会让个体视为自我内在心理驱动力和自我实现的需要变得更为苍白和无助。

第三，主体建构论和话语决定论的局限。在批判说的视野中，主体是被建构起来的，是由话语决定的。主体意识和自我意识都来源于话语的建构与塑造。这一点在福柯的话语理论中表现得尤为突出和明显。从批判的角度出发，从主体性确立的逻辑起点上进行批判和解构，不失为将他者理论进行彻底解构的良好策略。将其立论的根基动摇了，建立其上的其他思想和学说也会随之而轰然倒塌便是情理之中的事情了。由于主体都是被建构的，建立在主体性基础上的戏仿动机也是被话语建构的，便变得易于理解了。就此而言，批判说就彻底解构了此前各种理论范式建构的戏仿动机理论。但主体建构论及其对自明性戏仿动机论的消解，在某种意义上就陷入了一种客观唯心论和话语霸权论，戏仿动机在某种意义上也是这种客观的他者力量和话语霸权的一种表征形式而已，只是实现其目的与功能的一种实践途径而已。在福柯等一众批判和解构主义理论家眼中，主体和戏仿动机由他者话语建构。但这种建构主体的他者或者历史话语力量来自何方，起点在哪里，飘荡在我们言说空间中的这些话语跟谁有关，在这些批判理论家的论述中始终没有等到应有的说明。这些异己的他者话语时时刻刻不在起作用，但我们又对其无从把握和知晓。它能对主体和戏仿动机产生影响甚至还是决定性的。但主体和个体动机对之又不能产生反向的作用，只能被动地接受规训和安排。这种主体建构论和话语决定论就不可避免地陷入了客观唯心主义的泥潭，将他者话语神秘化和置于不知论的窘境。就此而言，"他者性哲学作为反主体性的理论根据，在存在之外确立了绝对他者，这不仅违反逻辑，也缺乏合理的论证"[①]。

沿着文艺理论发展的历史线索和展开逻辑，我们在这里将文艺理论上研究和分析文艺问题的理论范式概括为模仿说、表现说、形式说和批判说，并在它们各自的理论立场和理论视域中结合戏仿实践来讨论和分析戏仿动机理论，基本上描述了各种理论范式对戏仿动机的主要思想和观点，阐释了戏仿动机的不同层面，构建了对戏仿动机进行言说和理解的多维视角和立体面相。诚然，这种概括和描述未必一定十分精准，尤其是在历史

---

① 杨春时：《反主体性美学批判与主体间性美学建构》，《厦门大学学报》（哲学社会科学版）2017年第2期。

的维度上，不见得这四种范式就一定表现为一种严格的历史相续性和相互更替性。如果按照这种思路来理解，显然，我们的论证和讨论还显得十分粗放。因为，模仿说的时代，并不见得就没有从表现说、形式说和批判说的角度来主张和阐释戏仿动机的。同样，在批判说盛行的时代里，其他三种范式并不见得就销声匿迹了。显然，这也不是我们的理论主张和学术立场，如果是这样，就陷入了一种机械主义和绝对主义，既不符合历史事实，也不符合辩证法。

之所以这样来处理，主要是为了表述戏仿动机论历史嬗变的需要。美国学者詹姆逊提出的"文化主导"（donimant）概念对我们这种处理提供了相应的理论支撑。詹姆逊也正是从这个角度来分析和把握后现代主义的。在文艺理论和文艺批评史上，一个相对独立的历史时期，有一种主导性的文艺批评范式是无可置疑的。我们也正是按照这种思路，概括了模仿说、表现说、形式说和批判说这四种范式来阐释戏仿动机理论。因为只有确立相应时期的文艺理论的主导理论或者范式，"我们才可以把一连串非主导的，从属的、有异于主流的文化面貌聚合起来。从而在一个更能兼容并收的框架里讨论问题"①。在同一种理论范式中，我们也不可能对其相关戏仿动机理论全部梳理出来，从理论形态的嬗变的角度，我们只是突显了其主要的特征显著的几种戏仿动机观念和思想。此外，在每一种范式中，它们的相应的戏仿动机阐释也是存在一定的交集和相互关联的地方。但为了论述的需要，我们在不同的侧面和维度上对其进行了相应的区分。

---

① ［美］詹姆逊：《晚期资本主义的文化逻辑：詹姆逊批评理论文选》，陈清侨译，生活·读书·新知三联书店1997年版，第427页。

第二章　戏仿方法论：从滑稽模仿到盗猎模仿

　　从古希腊到当代西方，戏仿现象俯拾皆是，戏仿文本汗牛充栋，戏仿理论形态各异。戏仿作为一种十分常见的文艺形式与艺术策略已经被艺术界和理论界普遍接受。戏仿方法论是关于戏仿方法的认识、理解、思想与观念，是戏仿理论的有机组成部分。所谓方法，即做某事的方式或者路径，对应的英文单词是"method"，具体到戏仿上来，就是在实践中如何进行戏仿的方式或者路径。从方法论的角度或者有关戏仿方法论的讨论源远流长，一直以来都与戏仿实践或者戏仿文本的生产相伴随，而且它们往往还会与修辞学、语言学、解释学、接受理论、阅读理论等纠缠在一起，或者说这些不同的学术思想、理论资源给戏仿方法论的讨论提供了不同的思考路径，形成了对戏仿方法论的不同理解和认知，揭开了戏仿方法论的不同维度。从戏仿文本的特性来看，一个显而易见的事实是，"戏仿中（存在）两种语言、两种风格、两种语言观点、两种话题相互交织"[①]。也正因为如此，戏仿文本在生产方式、存在方式、接受方式与意义解读方式上与众不同，形成了自己独特的个性与特点。从方法论的角度而言，戏仿就是如何构建仿文本与源文本的互动关系，或者探索出仿文本与源文本的不同关系状态，以形成不同的戏仿文本。对源文本风格的戏仿，或者把源文本上升为具有社会典型性的语言或者文化现象，从方法论的角度来看，有其路径可以遵循，有其操作手段可以借鉴。从客观来说，一次戏仿的完成，都会或多或少经历着文本与文本之间的模仿、夸张、重组、变形等

[①] ［英］玛格丽特·罗斯：《戏仿：古代、现代与后现代》，王海萌译，南京大学出版社2013年版，第153页。

等。源文本作为仿文本的背书，在新的文本中以不同的面貌出现，展示出全新的意义。这个全新的意义与源文本之间可能有关联，也可能毫无关联。从历史的角度考察戏仿的方法或者有关戏仿方法的思想与观念，实际上就是考察戏仿内部两个文本之间的互动关系，以及这种互动关系所折射出来的思想观念和现实关怀。西方不同历史时期的社会语境和思想观念，决定了戏仿之"戏"的尺度和表达空间，也决定了戏仿之"仿"的接受方式。同时，不同历史时期的社会理想、价值信仰和个体的存在状态，也决定了戏仿有不同的存在方式、不同的表达方式、不同的建构方式。由此，考察戏仿达成的方法之路，或者有关戏仿得以可能的路径理解和认知，既是一个文艺理论问题，也是一个文化社会学问题。同时，还是一个理解史或者思想史问题。

第一节 滑稽模仿：升格与降格

戏仿得以可能的前提条件是，一方面在于戏仿者有可"仿"之对象；另一方面在于其有能"戏"之精神，两者相辅相成，缺一不可。正是在这种意义上，《牛津英语大词典》曾对戏仿进行这样的界定："对一部作品或多或少接近于原作的模仿，但是又作出改变，以产生一种可笑的效果。"[1]戏仿制造了一种双重文本，即源文本与仿文本。同时，戏仿又必须要披上喜剧的外衣，能产生可笑的效果。从叙事学的角度看，戏仿"本质上是一种文体现象——对一位作者或文类的种种形式特点的夸张性模仿，其标志是文字上、结构上、或者主题上的不符"[2]。与《牛津英语大词典》的界定相似，戏仿通过有意地歪曲、偏离和滑稽性表达，制造喜剧效果。英国文艺批评家玛格丽特·罗斯指出，戏仿的方法一言以蔽之就是"对先前存在的文学语言的带喜剧性效果的、批判性的引用"[3]。喜剧性地"仿"与"引用"是戏仿的基本方式方法。戏仿区别于一般性的仿作、赝品以及其

---

[1] James Murray, *The Oxford English Dictionary*, volumevii, Oxford：Clarendon Press, 1989, p. 489.

[2] [美] 华莱士·马丁：《当代叙事学》，伍晓明译，北京大学出版社2005年版，第226—227页。

[3] Margaret Rose, *Parody Meta-Fiction*, London：Croom Helm, 1979, p. 59.

他同质化书写，其实际是一种"转述的变调"过程。这一变调，要不改变了主题，要不改变了结构，要不改变了风格。詹姆逊认为戏仿的变调的意义在于制造"幽默感、滑稽的模仿以及笑声"①。换言之，戏仿之"戏"其目的是指向"滑稽""幽默""喜剧"效果。

在古希腊的先哲们看来，艺术源于模仿，这在戏仿动机论部分我们有所讨论。亚里士多德认为戏剧是对行动中的人的模仿。只不过，在摹仿对象上，悲剧和喜剧有着明显的差异罢了，"喜剧总是摹仿比我们今天的人坏的人，悲剧总是摹仿比我们今天的人好的人"②。但要引起注意的是，亚里士多德所说的古希腊喜剧中"模仿比我们今天的坏的人"的"坏"，并不完全是道德或法律意义上的"罪恶"，而更多地指向了"丑""蠢""迂腐""滑稽""呆板""可笑"等意义。这样，喜剧的模仿，就不再是重演伤害或者制造痛苦，而是通过设置一种不协调的状态，使人在丑、怪、滑稽中获得一种无害的快乐，呈现为一种健康愉悦、天真质朴的善意嘲笑与嬉戏。这是古希腊时期戏仿的基本模式和存在方式，也就是说，不产生滑稽可笑的效果，戏仿则不能说是成立的。古希腊的戏仿作品往往就是对一整套崇高话语、严肃规制或者正襟危坐行为的滑稽化改写，但其戏仿的目的并非颠覆这一套严肃崇高的话语模式与行为方式，而是一种充满喜感和笑声的校正和重建。特别是，古希腊古罗马文化中并未出现真正意义上的雅俗分野，其创作往往是彼此交融的。从而，人们对严肃崇高模式的滑稽模仿，反而形成了一种广泛被人接受的创作方法和精神传统。

由此看来，滑稽模仿可以说是戏仿的最初形式和最先运用的方法，其直接方式就是制造一种不协调的对立感，以此达到喜剧效果。因为，"所有的喜剧理论都是以对立物之间的不协调、冲突以及并存为基础的"③。在西方文学批评话语里，"滑稽模仿"一般被指向为"模仿一个严肃的题材或文体"，借助"题材和文体之间的不协调"，而造就多重的背反性矛盾，其目的就是引人发笑，实现喜剧或者滑稽的阅读效果。滑稽模仿是一种夸

---

① [美] 弗·詹姆逊：《文化转向》，胡亚敏等译，中国社会科学出版社2000年版，第5页。
② [古希腊] 亚里士多德：《亚里士多德全集》（第8卷），中国人民大学出版社1994年版，第36页。
③ [美] A. P. 欣奇列夫、菲利普·汤姆森、约翰·D. 江普：《荒诞·怪诞·滑稽——现代主义艺术迷宫的透视》，杜争鸣等译，陕西人民出版社1989年版，第161页。

张性模仿，主要在于创造戏仿文本与源文本之间在文字修辞、内容结构、主题内涵上的偏差，制造所指与能指之间的背反性矛盾，在不协调中获取滑稽感。古希腊戏仿作品中的滑稽模仿，主要通过升格和降格两种方法来实现。

一　升格：卑微的崇高化

在古典戏仿理论中，所谓升格，就是让低贱卑微之物来承担崇高的行动与使命，或者让卑微的事物以崇高的形式出现，使低贱卑微之物或平凡琐细的事物崇高化、神圣化，使特定文化中已经被固化了的贬低之义向褒扬之义转化。升格往往借助经典范本、权威话语、宏大叙事的源文本，将原本卑微的、琐细的、无足轻重的，甚至丑陋的、乖戾的人物、角色与事件置入经典文本与权威文本的语境中，在这种语境中它们此前的身份、地位与价值得到了提升或者逆转，进而获得崇高化或者神圣性。这种升格的叙述当中，充满着形形色色的篡改、歪曲和悖谬式的狂欢，此前被各种文化惯例和价值规范建构的权威观念、等级伦理、秩序规则，神圣世俗被颠倒过来，再借助源文本的力量，重构了一种与事实本身相反的位置与关系。就像巴赫金在评价古希腊、古罗马的喜剧时指出，"过去未曾有过哪一种严肃的直接文体、一种直接的话语是没有被讽拟和滑稽化的，没有获得过滑稽和讽刺的仿效的"[①]，在这里小丑英雄化，诙谐严肃化，卑微崇高化是常有的事。

历史地看，古希腊时期的升格式的戏仿法主要在对史诗的滑稽模仿中被经常使用。史诗是古希腊时期文学艺术的典范与巅峰之作。史诗作为英雄传说或重大历史事件的叙事长诗，是一种特别严肃的文学体裁，民族起源、部落战争、地理大迁徙、英雄创举、历史事件、神话传说等构成了史诗的基本内容，史诗背景宏大、场面壮阔、人物角色众多、时间跨度巨大，有些甚至是一个民族的起源史或者迁徙史，具有恢宏、崇高和庄严的品格。古希腊史诗的代表之作主要有荷马史诗《伊利亚特》《奥德赛》。基于古希腊较为开放的民主环境和意识形态氛围，古希腊形成了对史诗进行滑稽模仿的浓郁的创作氛围，基本上所有的史诗都成为戏仿的源文本。

---

① [俄] 巴赫金：《小说理论》，白春仁、晓河译，河北教育出版社1998年版，第355页。

英雄史诗是戏仿文艺创作的主要源泉。这一文艺创作风气直接导致了"模仿史诗体"成为古希腊文学中一种固定的戏仿文学体裁和特有的艺术样式。

模仿史诗体的主要方法就是升格。按照升格的逻辑与要求，戏仿就是置换史诗的宏大叙事的行动主体、主旨和价值体系。就是给低俗、卑贱、丑陋之物赋予华丽、宏伟、盛大的场景或者行为，以史诗式的词语修辞、严肃高尚的韵律节奏、高雅优美的格调氛围、堂皇庄重的仪式感来描述细碎凌乱、低俗不堪和荒诞不经的人与事物。让丑陋庸俗的人锦衣华服，字正腔圆地表演，让乞丐小偷们置身于金碧辉煌的皇宫大殿，让骗子强盗满口仁义道德、家国理想和民族抱负，让胆小懦弱之辈置身于生死抉择中假装慷慨凛然。以这样一种不协调的对撞，来造成一种荒诞可笑的喜剧性效果。只不过，对史诗的升格戏仿，并不是出于对史诗作家们以及宏大叙事的恶意攻击、嘲笑和否定，也不是对庄严典章制度的颠覆，而是以玩笑、嘲弄、滑稽和善意嬉戏的方式表达另一种尊重和敬意。

古希腊时期在民间享有盛誉的戏仿之作《蛙鼠之战》，就是使用升格的方法创作而成。据亚里士多德称，《蛙鼠之战》出自荷马之手。但后来的考证发现，这部作品是后人托荷马之名而作。玛格丽特·罗斯在《戏仿：古代、现代与后现代》中认为是赫革蒙模仿荷马而创作的。我们在这里采用玛格丽特·罗斯的观点。《蛙鼠之战》是一个关于青蛙和老鼠家族之间的触发怨怼、展开战争厮杀和最终和解的故事。这是一部升格式戏仿的典型之作，核心之处，就是以青蛙老鼠两大动物家族的战争来完成对希腊战争和英雄史诗的滑稽模仿。老鼠丑陋，青蛙微小，它们之间的混战、厮打以及流血丧命本属于一堆无头无序的冲突，但在赫革蒙笔下，却给这一个荒唐的冲突赋予了史诗的气质，让史诗壮丽辽阔的形式节奏贯穿在蛙鼠之争的始终。无论是老鼠还是青蛙，都拟人化，升格化，并被冠以古希腊英雄的名号和伟大理想、誓言，穿戴着只有功勋之师才有资格拥有的长袍与盔甲，而彼此的对白，则是富丽雅美的贵族式的语言。这两个动物家族之间的战争本是一场撕咬，却被赫革蒙赋予了《伊利亚特》中特洛伊战争一样的宏伟壮阔。同样，正如古希腊史诗的惯用模式，奥林匹斯山上的诸神不断地关注着双方之间的战争并最终以各种方式介入其中。蛙鼠之战被书写成英雄史诗，拥有史诗的主题、情节和语言，但最终是一堆无意义

第二章　戏仿方法论：从滑稽模仿到盗猎模仿

的荒唐消解，让人读来忍俊不禁。通过滑稽模仿，也让人看到史诗模式的自身局限，同时反思史诗对待战争的欣赏态度。

公元前414年在雅典上演的阿里斯托芬的喜剧《鸟》也是一部典型的运用升格手法的戏仿之作，这部戏仿之作讲述了两个雅典人皮兹特罗斯（意为"可信的"）和欧丕底斯（意为"大有希望的"）逃离城邦，跨越千山万水，在两只鸟的引领之下，在天地之间建立一个全新的没有剥削、没有压迫的国家的故事，表达了对"云中鹧鸪国"这一理想社会的向往，充满着对民主政体以及其他政治模式的严肃探讨。然而，荒诞的是，这两个有着英雄般创举的雅典人，并非真正的英雄，而是为了躲债落荒而逃的小市民。尤其可笑的是，他们的建国誓言中关于鸟类是先于宙斯世界中的最早统治者的故事是篡改了《伊索寓言》的谎言。由此，基于一群乌合之众建立的所谓的承载宏大理想和价值诉求的"云中鹧鸪国"便成为一个笑柄。读者很轻松地从剧中被煞有介事表演出来的庄严神圣话语中跳离出来，捧腹之余，又反思自身的现实处境。

在整个古希腊历史时期，升格式的戏仿作品的创作，一直伴随着高雅、严肃的文学体裁。史诗、悲剧的繁荣衍生了戏仿的兴盛，对史诗、悲剧给予欢乐善意的嘲弄与滑稽模仿，使渺小、卑微和虚伪化妆成为宏大、严谨、庄严的事物，让人觉得其滑稽可笑。暴露典范之物的缺憾、不完整和伪装性。在不颠覆、不否定的前提下，让一切崇高、严肃、神圣在可笑之中被"脱冕"。插科打诨、嬉笑怒骂的背后，权威、典范、主流的一切之物显现出荒唐的面目，"它破坏了神话对语言的独有的权柄，它使人的意识摆脱了直接话语的束缚，它打破了人的意识仅仅囿于自己的话语、自己的语言中这种闭塞局面"[①]。升格式书写的影响在于，使得古希腊文学艺术没在史诗、悲剧单一的话语模式中独行，而是充满着活泼、灵动、多元、对话的创作格局，造就了古希腊文学的繁荣和健康发展。

二　降格：崇高的卑微化

降格则是一种与升格完全相反的手段与方法，就是让高尚之人或者物来承担低贱、卑微之行为，降低戏仿对象的等级或者档次，使戏仿的对象

---

① ［俄］巴赫金：《小说理论》，白春仁、晓河译，河北教育出版社1998年版，第474页。

在精神价值维度上从高位跌落，使崇高卑微化，使庄严油滑化，使严肃调侃化，使褒义贬义化，是"一类描述庄重的事物，以相反的表现风格"①来进行表意实践的手段与方法。通过降格的方法，仿文本与源文本产生一种不协调性，从而产生阅读过程中的笨拙感、别扭感、滑稽感、僵硬感，让人忍俊不禁。俄国理论家巴赫金曾经指出，戏仿在某种意义上说，是一种"令人开心的降格游戏"。戏仿为什么会令人开心？是因为降格的游戏其目的就是让那些曾经伪装的崇高、庄严、神圣脱下它们的面纱，揭示其背后的卑微、渺小、庸俗和不合逻辑性，使得人们能跳出现实秩序的禁锢与枷锁，让人在滑稽游戏状态中获得自由，获得精神禁锢与内在压抑的极大释放。

古希腊萨提儿戏剧中的戏仿就是一种典型的降格式戏仿。这种降格式戏仿将古希腊神话、史诗、悲剧中惯有的各种崇高主题、族群起源、壮丽战争、重大事件、严肃人物以及贵族英雄壮举，肆意进行歪曲模仿、讽刺调侃、滑稽改写，彻底地消解和卑微化，让源文本中那些如雷贯耳的英雄传奇、神话传说的主人公们置身于仿文本中的喜剧荒诞的情境之中，让那些曾经战功赫赫的英雄人物遭遇各种令人哭笑不得的尴尬和挫折，将那些正义的心理与行为私欲化，或者提前创造一个悲剧式的空间氛围，以激发观众悲怆情绪，然后让萨提儿歌队的伴唱出现，以提示人们意识到自己并非处于英雄所在的场景与时代，而是一个喜剧的荒诞世界，以此来达到一种滑稽可笑的效果。

欧里庇得斯写的萨提儿戏剧剧本《独目巨人》就是一部降格戏仿荷马史诗《奥德赛》的作品。在《奥德赛》中，足智多谋的奥德修斯在返回希腊的途中迷路，不幸遭遇了独眼巨人波吕斐摩。他和同伴被独目巨人囚禁在山洞中，并时刻有被吃掉的危险。奥德修斯和同伴们为逃避厄运，巧施计谋，用葡萄酒将波吕斐摩灌醉，并用巨木戳瞎了他的独眼，最后通过躲藏在绵羊肚皮下才一一逃出洞穴。欧里庇得斯的《独目巨人》对原来的故事做了滑稽式的处理，主要情节依然是英雄身处困境智斗野人的故事，却增加了许多滑稽可笑的场面和情景，例如奥德修斯以英雄的尊严不愿因为一个怪物而去洞穴躲藏，羊人与任性的公羊发生麻烦，西勒诺斯为躲避惩

---

① ［美］约翰·邓普：《论滑稽模仿》，项龙译，昆仑出版社1992年版，第2页。

罚而说谎，把灾祸转移到孩子们身上。奥德修斯带来神奇的酒袋，无论你倒出多少酒，袋里总储存两倍的酒量。瞎眼巨人被奥德修斯用酒灌醉，处处碰壁，却一直抓不着奥德修斯等情景，都是引人发笑的场面。最后，残暴的独目巨人罪有应得，但实际上，他其实是海神波塞冬的儿子。种种纠葛，荒诞而可笑，又令人深思。

从文艺接受的视角来看，戏仿往往通过对源文本中已经形成固定理解的各种特征显著的符号、人物、主题或者形式等进行模仿、挪用、篡改或者变形等，以此唤醒受众的期待视野，但在仿文本语境的强制下，给出的却是一个与期待视野完全不一样的理解、答案或者意义建构。在源文本和仿文本之间建立起一种不协调的对照或对比，从而使接受者的期待受挫。接受美学家姚斯在研究了各种戏仿文本及其模式之后指出："所有这些事例都包含着滑稽模仿和被滑稽模仿的东西之间的比较。喜剧主角本身并不引人发笑，只是把他置于某些期望视域中时才显得滑稽可笑，他的滑稽可笑是因为他否定了这些期望或者规范。"[①]

姚斯的观点无疑是深刻的。戏仿中的降格方法在某种意义上就是将那些我们已经熟悉的人物或者事件置入一种此前完全不一样或者说完全颠倒的语境中，让他们的行为与思想显示出不合理性、不协调性，进而让人觉得荒唐、滑稽、可笑。也就是说，任何戏仿文本其实仿文本与源文本之间都会有这种喜剧性的对撞。通过戏仿，源文本中经典的模式、主题和人物乃至惯常的对白言辞，都被盗用、模仿和重现，这从一开始就制造了一种属于源文本的阅读期待，然而，最终呈现的却是一个相悖逆的迥然有异甚至完全扭曲的新结果、新文本，从而在不协调的文本对撞中，让读者期待受挫，进而获得滑稽可笑的喜剧快感。

三　升格与降格的美学意义

无论是升格还是降格，戏仿的喜剧精神是无可置疑的。喜剧精神或者喜剧性在某种意义上暗含着人类对命运的挑战，同时也是人类自信心和无穷的生命力的表征和体现。挑战权威、质疑典范、讽刺贵族，乃至各种自

[①] ［德］汉斯·罗伯特·姚斯：《审美经验与文学解释学》，顾建光等译，上海译文出版社1997年版，第291页。

嘲和嬉笑，戏仿以一种游戏的态度，来证明自身的生存意义。中世纪以降，特别是到了文艺复兴时期，整个西方文化中官方典雅严肃的文化和民间通俗诙谐的文化之间的分野越来越明显。戏仿和各种滑稽诙谐模仿的作品尽管充满着对各种禁忌的挑战，却在特定环境下（比如狂欢节之类）被视为非官方但却合法的文化形式。

在戏仿的"狂欢"语境中，各种崇高神圣的权威被戏弄，教会的禁欲主义被挑战，世俗精神，欲望叙事被高扬，粗俗恣肆被放大，所有尊贵盛大严肃的事物，露出丑陋荒诞的面孔。然而，因为有了戏仿的面纱，这种挑战与戏弄被许可，没有人会将戏仿视为对权威的挑战和不敬。戏仿成了一种被许可的"越轨"行为。俄国文艺理论家巴赫金曾经一针见血地指出："诙谐是一种外部保护形式。它是合法的，它具有特权，它是（当然，只是在一定程度上）从外部书刊检查制度，从外部镇压，从火刑中解放出来。"① 在这种升格和降格的戏仿语境中，小丑以及各种社会边缘人物在这种盛大的表演里，以浑然不自知的，又或者明知故问、装疯卖傻的姿态，讲出了在平时不敢讲或者不能讲的有关阶级社会中等级森严的秩序规范以及无处不在的权力压制的真话、实话和残酷荒诞的话，并最终在嬉戏中撕去所谓权威神圣话语体系的虚伪画皮。

升格与降格方法的使用，呈现了源文本与仿文本之间不协调的文本结构。严肃与荒诞、高级和低级、虔诚的与戏谑的，不同的话语模式，不同的角色行动，不同的文化阶级，通过升格与降格的处理，让两者之间发生交混、融合、对撞和并置。高雅之物露出低俗之面目，低俗之物承担起高贵之责任。结果都是滑稽可笑。"可笑的本质，乃是不一致，是这一思想和那一思想的脱节，这一感情和那一感情的相互排挤。"② 这种不一致彼此充满着对立、敌视、怀疑，却并不取消对方，也并不试图拉平自己与对方之间的地位处境，而恰恰始终保持各自在目的与手段、主观与客观、愿望与行动、动机与效果上的各种落差。经过这种升与降的冲突与转化，此前在文化惯例中构建起来的高低与贵贱、神圣与世俗、高雅与粗鄙之间的边界，以及性别、年龄、地位、尊卑之间的隔阂与障碍被冲破。

---

① ［俄］巴赫金：《拉伯雷研究》，李兆林等译，河北教育出版社1998年版，第165页。
② 伍蠡甫：《西方文论选》（下），上海译文出版社1979年版，第40页。

第二章　戏仿方法论：从滑稽模仿到盗猎模仿

正如巴赫金指出的这样，"正是笑谑消灭了史诗的距离，以及任何表现等级的距离……笑谑具有把对象拉近的非凡力量，它把对象拉进粗鲁交往的领域中……笑谑能消除对事物、对世界的恐惧和尊崇，变事物为亲昵交往的对象，这样就为绝对自由地研究它做好了准备"①。纯粹的史诗文本宏大叙事和单一的世俗叙事，并不天生具备"可笑"的效果。正是因为升格与降格的运用，创造了文本之间的落差，突显了事物之间的各种不协调状态。源文本与仿文本彼此如同一面镜子，在自己的视野下照亮对方。在相互的映照下，此前在单一文本中被遮蔽的各种冲突、矛盾、悖谬、抵牾和错位接踵而至，从而产生妙趣横生、滑稽可笑的戏仿效果。

第二节　讽刺模仿：讽刺批判与价值重构

进入近代以后，西方的社会语境发生了巨大的变化，社会矛盾更加突出，社会阶层之间的关系更为复杂。那种以滑稽可笑为目的的戏仿作品变得不太普遍，而在滑稽可笑中植入深刻的社会价值观并借此融入辛辣的讽刺批判精神的戏仿作品，则变得广受欢迎。仿文本与源文本之间的裂缝由此变得十分明显，颠覆、破坏和否定源文本以及所代表的价值观念与意义世界，成为戏仿的基本要义。戏仿的内涵也从滑稽模仿转向为一种讽刺摹仿。从健康的嬉戏到无情的讽刺批判，戏仿的方式与手法与其说是获得了一种拓展，不如说是戏仿和讽刺两个家族相似的概念之间在方法论维度出现了新的融合。俄国理论家普洛普曾经这样认为："讽刺性的模仿作品是社会讽刺的最有力的手段之一。"② 在他看来，戏仿服务于讽刺的目的，或者戏仿是实现社会讽刺的有效路径。当然，前提是仿文本要作讽刺性的模仿。巴赫金则干脆认为将戏仿和讽刺分离毫无意义。因为，"历史上，讽刺与讽拟（即戏仿——引者注）这两个概念是不可分的：一切重要的讽拟，都总具有讽刺性；而一切重要的讽刺，又总与讽拟和谐戏过时的体裁、风格和语言结合在一起"③。

---

① ［俄］巴赫金：《小说理论》，白春仁等译，河北教育出版社1998年版，第476页。
② ［俄］普洛普：《滑稽与笑的问题》，杜书瀛、理然译，辽宁教育出版社1998年版，第70页。
③ ［俄］巴赫金：《文本、对话与人文》，白春仁、晓河译，河北教育出版社1998年版，第21页。

戏仿理论的嬗变轨迹与历史形态研究

一 构建与源文本的讽刺关系

在西方文艺史上,讽刺是一种非常严肃的文艺姿态。讽刺意味着理想与现实之间的严重对立与冲突,而不是简单意义上的"不协调"。往往,保持讽刺姿态的艺术家们,都是既存的僵化意识形态的严正批判者、纠错者和谴责者。对于社会的恶行、愚昧以及各种弊病把握深透且深恶痛绝。他们身上充满着义愤填膺的怀疑精神、抗议品格、批判意识和承担社会责任的艺术抱负、价值信念和人生理想。他们秉承着一种严肃的人道主义社会理想,对公平、正义、平等、自由等普适价值观深信不疑,对人性的美好、道德的规范、法制的良善均保持着一种自信的态度和积极的姿态,这决定了他们的戏仿之作,呈现为对强权、恶行以及不合理事物的不屈服、不妥协、不退却。

只不过,这样一种以讽刺批判为路径的戏仿,和直接针砭时弊的现实主义作品稍有差异,他们始终还是带有一种"戏"的外衣。"戏仿不是虔诚地景仰经典,相反,戏仿使用种种浮夸的方式破坏经典。从民间的幽默,文类的退化到小说的写作,戏仿始终保持了这样的基本含义,通过滑稽的曲解摹仿既定的叙事成规。于是,既定的叙事成规之中的意识形态由于不伦不类而遭受嘲笑,自行瓦解。"[①] 在此,经典不一定就是一个具体的文本,而是经典文本得以成立的社会体系和主流价值观。讽刺性模仿的目的,就是通过"戏"的方式,让令人反感的丑陋、腐败的社会现实,和辛辣的批判态度,包裹在一种柔和的话语中,不至于使得文本变得沉重和凝固。

所以,正是因为"仿",使得批判现实的艺术家们的各种主观目的被掩盖了起来,"它是戴着高兴的假面具来到人间的,所以人们很乐意地接受了它"[②]。嘲弄性、讽刺性的模仿,是讽刺文学里一支重要力量,是批判现实主义的有力武器。戏仿在此意义上成为一种批判现实社会或当代政治的工具,其作品成为作者承担伦理责任和召唤社会价值的手段和媒介,是他们与社会丑陋现象、道德堕落、政治腐败等对立之物展开批判斗争,表

[①] 南帆:《夜晚的语言》,社会科学文献出版社2000年版,第17—18页。
[②] [俄]巴赫金:《拉伯雷研究》,李兆林、夏忠宪译,河北教育出版社1998年版,第80页。

第二章 戏仿方法论：从滑稽模仿到盗猎模仿

达纠正和改良决心的窗口。著名的《堂吉诃德》毫无疑问就是一部伟大的讽刺性戏仿之作。在此，塞万提斯从三个层面上对骑士小说进行了戏仿性讽刺和批判。

第一，是对骑士小说题材的戏仿性讽刺。骑士小说是西班牙15、16世纪流行的描写游侠骑士的文学题材，起源于中世纪西班牙人民在反抗摩尔人统治的解放斗争中涌现出的各种骑士小贵族的特殊政治集团，是西班牙人心目中理想的英雄人物。小说有固定的模式，主人公往往是见义勇为，身怀绝技且锄强扶弱，有崇高的荣誉感和使命感，同时借此追求美好的爱情。情节一般是骑士历尽奇遇与挑战，击败各种强敌，包括掌握妖魔之术的凶险敌人，赢得骑士最高荣誉凯旋，建立王国或者接受国君授勋，并最终与心爱之人喜结连理。塞万提斯在《堂吉诃德》中首先在叙事层面上就挑战了这一情节模式。以行侠仗义、奇遇探险、英雄出征，以及矫饰浮夸的言辞对白等骑士小说的模式外衣，进行扭曲夸张，通过主人公的一次次各种碰壁经历、荒唐境遇和惨败结局，构建出与骑士小说模式的讽刺关系，制造出讽刺效果，表达了对这一当时欧洲最流行以至于到了陈词滥调地步的小说体裁的批判。

第二，是批判骑士小说所代表的价值观。讽刺的本义是主体秉持一定的理想对社会现实的深度批判。在所有讽刺作品中，必然存在一个"靶"，那就是令人反感的、腐朽的社会现实。讽刺性模仿使得戏仿内部，理想与现实之间从不协调走向了严重的分裂。塞万提斯是一个悲剧性的理想主义者，出身没落贵族，一生坎坷，目睹了很多西班牙社会的丑陋之处，终生悲愤而抑郁。在那个时代，骑士小说拥有人所共知的主题，那就是为了捍卫爱情，维护尊严与荣誉而彰显出来的游侠和冒险精神。值得一提的是，骑士小说始终强调骑士阶层的高贵地位，以及对能保护他们高贵地位的封建制度的维护。塞万提斯借堂吉诃德之身一开篇就批判了这一等级制度，他却讲述了另一种理念：并不是只有贵族才能成为骑士，人人都能当骑士。然后，作者用各种狂妄的梦想，盲目的自信和各种臆想的敌对物，来接入堂吉诃德的骑士旅程中，一方面暴露骑士精神的虚妄；另一方面，显现出作为一个没落政治团体的悲哀背影，并借此批判现存社会体制的腐朽。

第三，是启蒙骑士小说的受众群体。塞万提斯在《堂吉诃德》的前言里即宣称自己创作的目的和动机,就是为了"消除骑士小说在社会上、在群众之间的声望和影响",从而"把骑士小说的那一套扫除干净"。① 为此,他戏仿了骑士小说的各种经典元素,却解构了其背后的社会精神和价值观念,打破了骑士小说读者群的阅读期待,让读者从英雄主义的幻觉中,从为国捐躯、抱得美人归的美梦中苏醒。《堂吉诃德》对骑士小说的戏仿,在某种意义上说,就是要将骑士小说中隐含的各种价值观念和意识形态的虚妄性和对人的禁锢性揭示给人看,让受众群体从对骑士小说所构建的人生模式不加怀疑的膜拜与追随中清醒过来,进而对骑士小说展开讽刺性的批判。塞万提斯的《堂吉诃德》出版之后,骑士小说从欧洲文坛迅速没落,骑士小说的模式也很快遭到抛弃,退出了历史舞台。不能不说,这其中,戏仿作出了不可忽视的贡献,发挥了不可替代的作用。

由此,戏仿就不再是简单的滑稽搞笑,而被赋予了深厚的社会关怀和政治指向,通过构建与源文本带有反讽、嘲弄意图的文本间的关系,和转换生成新的作品,以达到颠覆、攻击源文本或批判源文本所代表的社会现实等复杂的目的。戏仿的批判精神被批评家罗吉·福勒看到,他认为戏仿就是"通过文体的方式间接地攻击其对象,它'引用'或间接提及它所揶揄的作品,并以取消或以颠倒的方式使用后者的典型手法"②。就此而言,批判和颠覆成为讽刺模仿的主旨。讽刺模仿使得戏仿的文本编码充满着多重性、复杂性。文本表层的意义,情节的发展过程,以及读者对它的经验体认,都会交错在一起,彼此不合,彼此对撞,彼此冲突,形成一个巨大的裂缝,击溃了读者的阅读期待,挖掘了深度的政治指认。戏仿会使得整个阅读沉浸于文本外部叙事与内在意蕴之间的彼此颠覆中,沉浸于文本审美艺术与作品社会影射的彼此纠葛中。

二 转向源文本社会内容的批判

历史进入 19 世纪以后,欧洲社会有了更为深刻的变化,更多的艺术作品被赋予了社会关怀和现实批判的社会责任和美学品格。戏仿越来越走

---

① [西] 塞万提斯:《堂吉诃德》(上),杨绛译,人民文学出版社 1987 年版,第 11 页。
② [英] 罗吉·福勒:《现代西方文学批评术语词典》,袁德成译,四川人民出版社 1987 年版,第 194 页。

第二章　戏仿方法论：从滑稽模仿到盗猎模仿

出封闭的语言游戏和文本组合状态，作家、艺术家的社会政治理想被深度地植入戏仿文本中，成为其政治主张的代言，成为其批判现实的媒介与桥梁。比如拜伦创作的《天堂的审判》，即是戏仿骚塞的同名作品，一方面拜伦是对骚塞扣在他头上的"恶魔诗派"的反击。拜伦在此诗篇中，直指骚塞的诗歌为"垃圾"，是在毫无意义的"滥写"，嘲笑骚塞在自己的《天堂的审判》中标榜为战争暴君乔治三世的封圣者，而直指他是"人神都不能容忍"；另一方面，是为了嘲弄对手作为保皇派桂冠诗人的政治主张，抨击英国主流社会的伪善和堕落。特别是乔治三世发动对美洲、爱尔兰和法国侵略战争的愤慨；拜伦用他的笔，模拟骚塞朗诵自己蹩脚诗歌的情状：开始咳嗽，清喉咙，哼哼哈哈，把嗓门拉到那可怕的音调。拜伦在此篇章的讽刺摹仿可谓登峰造极，让读者一下看出御用文人为虎作伥的无耻面目。并进而引发对专制统治的深刻批判。与拜伦《天堂的审判》相近，雪莱创作的《彼得贝尔》，即是戏仿华兹华斯的"大自然"诗歌，猛烈抨击英国社会腐败，同时批判湖畔诗人的政治主张。

乔伊斯的传世之作《尤利西斯》，就是对荷马史诗《奥德赛》的讽刺摹仿。乔伊斯本人的文学创作起步于古希腊古罗马的神话故事，对荷马笔下奥德修斯历经千辛万苦回到故乡的传奇故事十分痴迷，自己在中学时期就写过《尤利西斯——我喜爱的英雄》的作文，并获奖。在《尤利西斯》中，乔伊斯以《奥德赛》中的英雄尤利西斯对这部小说进行命名，在人物描写方面充分体现出神话与现实之间的巧妙协调。《尤利西斯》中的主要人物在都柏林一天的活动与《奥德赛》中的主要人物的经历又相互映照。"当在讽刺中使用戏仿时，常给后者带来戏仿独具的含混特征，因而在讽刺过程中创作出新的、多层次的艺术作品。"[①] 对经典的讽刺模仿，是推陈出新的重要创作方式与手段。在《尤利西斯》中，乔伊斯以荷马史诗中足智多谋的伊大卡岛王奥德修斯（Odysseus，其拉丁名为尤利西斯）在结束特洛伊战争之后，历尽艰险，杀死仇敌，最后回到故乡与忠贞的妻子泊涅罗泊、勇敢的儿子忒勒马科斯团聚的故事来对20世纪初期的西方社会展开讽刺与批判。

[①] ［英］玛格丽特·罗斯：《戏仿：古代、现代与后现代》，王海萌译，南京大学出版社2013年版，第82页。

戏仿理论的嬗变轨迹与历史形态研究

《尤利西斯》里,与奥德修斯对应的布卢姆是一个性无能者,一个平凡的广告兜揽员,其性格懦弱无能、逆来顺受,毫无英雄气概;与忒勒马科斯对应的斯蒂芬则是一个精神空虚、意志颓废、多愁善感的青年历史教师;布卢姆的妻子摩莉则可视为泊涅罗泊的当代化身,她与忠贞不渝南辕北辙,是一个风流浪荡、情欲泛滥的荡妇。除此之外,《尤利西斯》中的其他众多人物都能在《奥德赛》中找到对应者或者原型。显然,乔伊斯的这种人物设计与安排构建了神话与现实、英雄与常人、历史与当下的对照,将史诗经典中的理想世界与自己所处的现实世界进行反衬对撞,对同时代的社会现实与道德状况进行讽刺和批判,产生了一种强烈的讽刺效果和广泛的象征意义。

反讽是"自我创造和自我毁灭的经常交替"[①]。乔伊斯写作《尤利西斯》时,正值第一次世界大战全面爆发,整个西方世界悲观主义气氛甚嚣尘上。《奥德赛》史诗式的英雄主义变得毫无意义,英雄气概、高尚精神和非凡能力的人物在现实世界中已经荡然无存。世界在战争中厮杀,生命卑贱而脆弱,近乎绝望的乔伊斯告别了英雄叙事,将现代社会中的琐细庸常与街头巷尾的市井人生纳入写作的范围。在一个充满焦虑和异化的时代,英雄似乎离我们渐行渐远,同时,那些所谓的英雄对今天这个糟糕的社会似乎也于事无补。如此一来,"反英雄"的价值观念与"反英雄"的人物角色似乎就是现代社会艺术创作不可逃脱的厄运。由此,现代小说在讽刺与批判中重构了一种自身独特的人物观或者角色观。

与乔伊斯《尤利西斯》一样,如艾略特的《荒原》《鸡尾酒会》、托马斯·曼的《约瑟夫和他的兄弟们》、奥尼尔的《厄勒克特拉的葬礼》以及福克纳的《我弥留之际》等,也是讽刺模仿的代表之作,都在借助古代神话或史诗的躯壳来批判、讽刺现实世界,体现出一种积极鲜明的政治态度。一方面,作者通过戏仿,是在致敬史诗神话所代表的那个逝去的英雄时代及其价值观念,同时,借助虚构出来的英雄主义气概,来讽刺今天已经糜烂不堪的现实世界。现代西方社会的"荒原"情状——道德沦丧、人性堕落、社会混乱和价值空虚,在今非昔比的对照中,被严肃地批判。在

[①] [德] 弗·施莱格尔:《雅典娜神殿断片集》,李伯杰译,生活·读书·新知三联书店1996年版,第60页。

此，戏仿所借助的源文本及其文体形式成为一种工具性的建构，本身不直接成为讽刺和批判的对象，真正需要讽刺和批判的是仿文本所处的这个时代和世界。

三 面向生存世界的价值重构

文学艺术是社会之镜。19世纪欧洲的现实主义文学呈现为更为辽阔而深刻的画面，对社会风俗、人情世态、国民性和社会矛盾有了更为细密的描述，资本主义社会的精神童话被作家们一一拆解，一切封建的、宗法的和田园诗般的关系摧毁之后，人和人之间除了赤裸裸的利害关系，冷漠的金钱关系之外，其他的都变得不值一提。20世纪西方社会发生了更为剧烈的变化，正如马克思在《共产党宣言》中所说的那样"一切坚固的东西都烟消云散了"①，资本主义世界体系进一步破碎瓦解。经过两次世界大战，整个西方社会出现了严重的、深刻的精神创伤和精神危机，人们的生活处于风雨飘摇的危险境地，普遍失去了生活的理想和精神支柱。传统的生活方式、传统的理解认识、传统的社会规范、传统的价值标准，都遭遇了前所未有的挑战和质疑，西方社会进入全面的价值崩溃境地。人的奋斗的意义和自身的价值变得无所依托，个体的行为变得异常的荒诞。曾经信奉的神性和理性在此语境下变得如此的虚无和缥缈，人处于一种无所寄托的无根性状态。而此时的戏仿，却在人类绝望的缝隙中尝试从源文本中挖掘人类生存的价值依托，从这一维度来构建自身与源文本的关系。

历史地看，戏仿的源文本从神话传说、英雄史诗到骑士小说、探险小说、浪漫主义诗歌、现实主义小说，戏剧、科幻小说乃至色情小说，琳琅满目、蔚为壮观。基于一种讽刺的方式，戏仿在20世纪西方文坛也呈现出了另外一类色彩斑斓的奇观景象。品钦、鲁殊迪、库福以及更多后现代主义小说家创作了数量不菲的充满批判讽刺意味的戏仿名作。他们的作品，因为特殊的社会背景，并不仅仅停留在批判当下现实弊病的主题上，而是回应着当代人的灵魂安顿与价值依托的问题。在他们的作品中，人类的无所适从、焦虑、恐惧、彷徨、苦闷、绝望等当代西方人普遍存在着的心理状态被照见和显现。从这个层面上而言，这些以经典文本为依托的戏

---

① 《马克思恩格斯选集》（第1卷），人民出版社1995年版，第276页。

仿之作，所要完成的并非只是批判，更是一种建构式的生命体恤和价值关怀。理论界发现，在一个无所附着、无可寄托的当代，戏仿指向的源文本中尚寄存着我们逝去的理想。它们在仿文本中的失效，包括其在当代社会的种种可笑的际遇，更加证实那些理想是如此弥足珍贵，如此令人向往，而当代的现实又是如此不堪。因此，在戏仿理论家看来，戏仿实践指向的源文本中那些理想、信念和价值对于我们生存世界的守护和内在心灵的安顿显得前所未有的重要。我们纵观现代以来的戏仿实践，在某种意义上说，艺术家们都无不在这个维度重建了与源文本的关系。因为，现代艺术还有理想、有寄托、有期待。

比较来看，和一般讽刺所采取的激烈否定与直接批判不一样，通过讽刺摹仿的戏仿，显现出一种更为巧妙的批判艺术。戏仿会在批判之外呈现为一种建构、肯定的姿态。琳达·哈琴认为："讽刺和戏仿都意味着批判性的疏离因而也带有价值判断，但是讽刺一般利用这种疏离来造成一种关于被讽刺对象的否定性陈述——'去扭曲、去贬低、去中伤'。然而，在现代戏仿当中，我们发现在反讽性的文本对照中，没有必然地暗示出这种否定性的判断。"[①] 这一方面，因为戏仿首先是文本对文本之间的模仿，其现实批判是间接的；另一方面，借古论今，或者借传统的经典戏谑今天的现实，首先就暗含着一种向过去致敬的美好愿望，内心有一个理想的标杆来观照着。在戏仿的双重文本中，源文本相对仿文本，并非一个异质的存在，而是以一种"不在场"的形式"在场"，潜藏在受众的文化记忆与阅读背景深处，影响和制约着受众的理解、阐释和建构。

尽管读者的阅读期待总是受挫，但作为一个影响因子，始终会牵引着读者的理解方式。而期待受挫，会强化读者的批判意识。仿文本对源文本的颠覆同时，又包含着对它不可或缺的依赖。这种依赖，在现代社会呈现为对那种逝去的美好的向往和怀念，显现出现代艺术的一种价值追寻和批判之后的建构冲动。显然，正是基于这样一种理想和信念，现代艺术的戏仿多从这个维度来建构自身与源文本的关系，来实现表达自我、彰显自我的内在诉求，并沿着这条路径在方法维度上进行自我实现。这不能不说，

[①] Linda Hutcheon, *A Theory of Parody: The Teachings of Twentieth-Century Art Forms*, New York: Methuen, 1985, p.105.

第二章　戏仿方法论：从滑稽模仿到盗猎模仿

正是在这个方法论维度上，现代戏仿与古典主义戏仿区别开来。作为现代艺术的一部分，现代戏仿艺术在批判现实的同时，也积极参与到拯救理想希望的表意实践和思想行动中来。

第三节　盗猎模仿：文本盗猎与自我表达

20世纪的西方文化艺术界，戏仿已经成为一种十分流行的手段，被运用于文学写作、绘画、影像等多种形态的文本中。经典源文本中的人物形象、语言修辞、主题主旨以及各种情节桥段，乃至整体的文本结构模式和流派风格，都成为戏仿所指向的对象。后现代理论家琳达·哈琴认为："20世纪的戏仿已经超越了与时尚保持同步的保守功能。……换句话说，这个世纪的戏仿是一种建构文本的形式与主题的主要方式之一。"[1] 对于20世纪的文化艺术工作者来说，传统累积起来的经典文本，成为重要的创作资源，也成为巨大的原创压力。由此，无论致敬还是调侃，或者其他难以尽述的目的，戏仿都是介入和突破经典传统的一种方式。换言之，20世纪的文艺创作，很大程度上是在一种与经典文本的互文关系中建立起来的。无论创作还是解读，传统经典作为一种历史文本或者前文本，似乎已经成为不可绕开的历史文化背景。戏仿在20世纪通过盗猎模仿异军突起，实际上就是面对这样一种海量前文本的文化表征和自我突显。

一　剥离历史的拼贴与篡改

历史地看，20世纪特别是第二次世界大战以后的西方世界的社会语境极为复杂，一方面，在现代性语境中，所建构的"一切坚固的东西都烟消云散了"[2]，统一恒定的价值体系和信仰瞬间崩溃，理性主义遭到质疑，非理性主义思潮盛行，文本与现实之间指涉关系遭到消解，文本之于现实建立起来的讽刺、喜剧效果以及背后的主体自信，变得暧昧不清。基于理性建构的审美评价和阐释系统被打破与瓦解。荒诞和无意义已经成为一种比

---

[1] Linda Hutcheon, *A Theory of Parody*: *The Teachings of Twentieth-Century Art Form*, London: Methuen, 1985, p. 1.

[2] 《马克思恩格斯选集》（第1卷），人民出版社1995年版，第276页。

较流行的文化意识和价值观念。在尤金·尤内斯库看来，20世纪的荒诞就是："没有目的、缺乏意义。和宗教的、哲学的、先验的根源切断关系之后，人们就感到迷惘、不知所措，他的一切行为就变得没有意义、荒诞不经而毫无用处。"① 荒诞的背后，就是存在价值的崩溃，传统的精神道德、宗教信仰、政治模式，各种社会约定规范等，在现实中莫衷一是，散乱不堪。

现代艺术史上一个众所周知的里程碑式的事件，就是1917年法国画家马塞尔·杜尚（Marcel Duchamp，1887—1968）从街边商店买来的男用小便池，陈设于纽约独立艺术家协会举办的艺术展览上，并将之取名为《泉》所引起的极大轰动。这个事件背后引发的艺术争论至今尚未停下来，而其背后所隐喻的当代世界的意义危机和表征危机则是不言而喻的。正是因为当代世界境遇的裂变造成了对艺术标准与传统话语权威的质疑。另一个超现实主义的代表人物达利，其代表作《带抽屉的维纳斯》，粗鲁地将西方文化视为爱和美的化身的女神维纳斯的额、胸、腹、左膝全部挖空，用六只未打开的抽屉进行代替，使其成为无心、无肝、无头、无脑的行尸走肉。抽屉上留有痕迹的裂缝显示其处于待打开状态，欲罢不能的暧昧隐喻着欲望的暧昧，"把人看成是一个个抽屉拼接而成，这实际上是在对人的主体性进行着欲望的解构"②。曾经高贵的女神成为一个欲望的化身，这样一种对经典形象的戏仿，也显现出理性出位、信仰迷失之后西方精神世界的恐慌。它以"爱的虚幻和美的怪诞，象征着西方心灵在恶梦惊醒后的自戕和自赎"③。

基于黑格尔式的"绝对理念"建立的世界的恒定感和完整性，以及由此衍生的主体性，因被质疑而变得面目全非。荒诞成为社会失序和内心失序的双重文化表征。"它是荒谬的、无趣味的——因为荒谬，所以超越了趣味的好坏之分。"④ 文化艺术上的戏仿，被这种失去神祇庇佑、理性价值支撑、永恒信仰引领的思潮所裹挟，其艺术内涵中的精神世界被摊薄或者

---

① 伍蠡甫：《现代西方文论选》，上海译文出版社1983年版，第357页。
② 程波：《天才/疯子——达利画传》，华东师范大学出版社2006年版，第182页。
③ 蒋孔阳：《维纳斯艺术史·序》，出自周平远《维纳斯艺术史》，上海三联书店2006年版，第1—2页。
④ ［美］卡斯比特：《艺术的终结》，吴啸雷译，北京大学出版社2009年版，第23页。

第二章 戏仿方法论：从滑稽模仿到盗猎模仿

抽空，成为文化荒原上一道飘零破碎的风景。因为无所依附，反英雄、反理性、反经典、反崇高、反意义便成为这一时期戏仿的普遍手法。如果说，现代时期的戏仿在某种意义上还怀有某种期待和价值信仰，在戏仿的时候依然还有所敬畏和限度的话，那么在20世纪尤其是20世纪中期以降的戏仿文本中，这种期待和希望似乎已经完全退隐。在这种无所顾忌、无所敬畏、无所期待的语境中，他们对源文本进行肆无忌惮的复制、篡改和拆解，在对经典文本的无限度的征用中，实现着文本创造的快感和符号游戏的狂欢。

另外，消费主义和商业化思潮迅猛发展，机械复制时代的技术革命日新月异，艺术与媒介之间更为密切的交织，为戏仿的盛行提供了便利的条件。鲍德里亚所说的大量复制、极度真实而又没有客观本源、没有任何所指的符号即"仿像"的出现，成为戏仿的重要手段和源泉。也显现出西方后现代社会的文化逻辑，即通过各种精确复制、任意拼贴和逼真模拟的手段，批量化生产出各种非真实的意象，在这种高技术性的手段面前，所指与能指之间的意义被割裂。这样基于仿像而生产出来的戏仿作品，失去了之前讽刺与喜剧的批判意蕴、焦虑心态、反抗姿态，有时甚至是为了仿而仿，为了戏而戏，主体的去中心化和零散化使得20世纪的戏仿成为一种模棱两可的艺术表达方式。对此，西方的戏仿理论家的意见也是聚讼纷纭，莫衷一是，争辩不休。

在文化批评家伊格尔顿、詹姆逊等人看来，置身于后现代主义语境下的戏仿是晚期资本主义文化逻辑的体现形式。后现代主义文化拒绝深度，撕裂信仰，疏离中心，反对权威，质疑秩序，本身弥漫着"表层、'文本化'、新的起伏跌宕的情感的强化，主体的非中心化，将不朽之物粉碎，偏爱其碎片及瞬时的构成，用空间化取代深层的时间性，重写而非阐释"[①]的特征。在他们看来，后现代的戏仿是一种无意义的文本游戏，是一尊空心的雕像，在不经意之间制造了一堆拼贴的、碎片化的和无中心的浮沫，犹如一地鸡毛，不知道它曾经参与了何种秩序和价值的建构，也不知道它将飘向何处。仿文本面对源文本，剥离了源文本的历史、传统和时间所承

[①] [美]詹姆逊：《晚期资本主义的文化逻辑》，陈清侨译，生活·读书·新知三联书店1997年版，第136页。

载的一切深刻价值与隐喻意义，源文本不过是一个寄生的壳。在这个源文本的空壳里，所有的符号都在混乱和无序地游荡。后现代语境中的戏仿，它们更多的是使用了源文本的能指和构架，对其在历史上曾经表达的意义毫无兴趣。

在艺术实践领域，杜尚常常依托于经典，但同时剥离其传统，这是其特征鲜明和独一无二的艺术手法。在回答皮埃尔的提问时，他给出这样的答案："我可以用这种线条的方式摆脱传统，或者用技术的方式，这方式最终把我从那种根本相似中摆脱出来。传统是已经完成的东西。从本质上说我对改变有一种狂热。"① 1919 年，杜尚《带胡子的蒙娜丽莎》（L. H. O. O. Q）横空出世，轰动西方艺术界。这幅作品就是他在巴黎维李大街上随意买到的达·芬奇《蒙娜丽莎》的印刷品。杜尚用铅笔在原作的脸颊上添加了两瓣胡须，下巴上添加了一撮山羊须，就此告成。无论从文化内涵以及艺术创造上而言，这与文艺复兴时期的特定语境完全毫无关联。《有胡子的蒙娜丽莎》是杜尚在 1939 年以此前的创作为参照创作的一幅画，画面上仅有蒙娜丽莎脸上的胡子。1965 年，杜尚则买了一幅达·芬奇《蒙娜丽莎》的印刷画，未作任何改动，直接题了标题——《剃掉了胡子的蒙娜丽莎》。这样一种典型的后现代戏仿手法，取消了源文本的文化意涵（文艺复兴个体的觉醒，对抗中世纪的宗教禁锢等），取消了艺术的本源方式（以印刷品作为材料，取代油墨等），加上去和取下来的"胡子"是杜尚唯一赋予的艺术痕迹，然而这又是显得如此的荒诞（女人不可能有胡须）。这样一种信手黏连的戏仿手法，甚至剥离了戏仿原本的喜剧意味，初看可笑，实际上又毫无可笑之处。

戏仿挣脱了源文本特定的话语空间，对此，詹姆逊批判这样一种寄生性："拼凑法和戏仿一样，是对一种特别的或独特的风格的模仿，是佩戴一个风格的面具，是已死的语言的说话；但它是关于这样一种拟仿（即戏仿——引者注）的中性手法，没有戏仿的隐秘动机，没有讽刺倾向，没有笑声，而存在着某些较之相当滑稽的模仿对象为平常的东西的潜在感觉，也付之阙如。拼凑法是空洞的戏仿，是失去了幽

---

① ［法］皮埃尔·卡巴纳：《杜尚访谈录》，王瑞芸译，广西师范大学出版社 2001 年版，第 60 页。

默感的戏仿。"① 在此，詹姆逊将戏仿视为对源文本毫无意义的抽离和随意的拼接，仿文本借助源文本的经典符号躯壳，却剥裂符号背后的意义关联。如果说尚有一丝意义存在，那就是纯粹为了戏弄经典。这一无意义倾向的肆意盗猎源文本符号的戏弄经典的行为，已经成为后现代戏仿艺术中普遍使用的创作手法。这种戏仿以"恶作剧"的方式，借助图文、游戏、歌曲影视等形式，是一种过度夸张地进行的具有曲解和二度创作以及颠覆性解构源文本的行为。在对文本的戏仿中，源文本一般选择大众熟悉的艺术作品（名著、名篇、名剧、名曲）或社会名人名流，采用移花接木、夸张篡改、剪辑拼贴等手段进行再度创作。如杜尚的"蒙拉丽莎"系列，戏仿文本中的形象以解构的方式对传统或经典形象进行了随意的"涂改"。

由于与后现代文化语境下的现实世界与传统经典形象所代表的理性世界之间巨大的反差与冲突，从而造成德里达所谓的播散效果。德里达说，"播散意味着空无（nothing），它不能被定义……它产生了无限的语义结果，但却不能还原到一种简单起源的现存性上，也不能归结为一种终端的在场……替补和缺乏的骚扰打破了文本的界限，禁止它的形式化完备起来，或者至少不准将它的主题、所指和意义集中分类"②。播散在篡改原著中获得快感，更为关键的是，播散反对现代性建构起来的本质、中心、秩序、边界与权威，最后也取消了自我。这种因戏仿而获得的快感不同于建基于主体性之上的喜剧精神与喜剧快感。主体性的缺失，导致它无法对二次创作的艺术世界形成批判与反思。在此意义上，符号拼贴和篡改所形成的戏仿无法被称为喜剧文化，或许笑料百出，但也仅仅是一堆笑料罢了。

二 价值虚空的文本盗猎与征用

20世纪现代媒介技术的发展，助长了文本盗猎手法的蔓延。更多普通民众都可以参与到戏仿的创作中来，戏谑经典，嘲弄传统，吐槽名人等等，数不胜数。基于此，卡林内斯库将后现代戏仿文化归结为引述文化，

---

① ［美］詹姆逊：《晚期资本主义的文化逻辑》，陈清侨译，生活·读书·新知三联书店1997年版，第401页。
② ［法］雅克·德里达：《立场》，出自黄颂明编《20世纪哲学经典文本》（欧洲大陆卷），复旦大学出版社1999年版，第850页。

是一种对源文本"多重编码或'过度编码'的偏爱"。在卡林内斯库的总结概括中,"实现这种多重编码的最常见手段有:典故和暗示性评论,引用,游戏性歪曲或杜撰的引文,改写,转置,故意的时代错误,两种或更多历史或风格模式的混合,等等。正因为如此,人们认为后现代主义美学本质上是'引述主义'或'引用主义'"①。这一倾向或许丰富了戏仿的创作方式,但有一点是不得不警惕的,那就是,在一个无中心、去理性的创作思维中,夸张篡改经典带来的快感,很可能会造成对经典的破坏。只有瓦解与戏谑的自由,却未见建构和肯定的自由,这才是后现代语境下戏仿文化容易走向失范与失控的歧途的命门。引用式的戏仿,无法诞生真正创造性的文化,而在狂欢式的快感中,生成了一种骤然炙热又骤然冷却的即时性速食型的文化,迎合了当代社会浅阅读的文化心理。

詹姆逊担心的是,以拼凑、复制、引述和调侃、嘲弄为手段的后现代戏仿,最终会使得艺术失去它固有的规范,艺术创作者的个人品性和风格丧失殆尽,"它既欠缺讥讽原作的冲动,也无取笑他人的意向。……拼凑是一种空心的摹仿……一尊被挖掉眼睛的雕像"②。长此以往,这样的戏仿之作便会沦为一堆语言垃圾或者应景应时的游戏,最终服务于商品社会的消费逻辑。20世纪现代媒介技术的跃进,特别是数字技术和互联网技术的全面发展,拓展了文化艺术创作中接受者的能动性。对此,英国伯明翰学派的斯图亚特·霍尔在《电视话语的编码与解码》中特别强调了受众对于文本的重要意义。这在某种程度上为戏仿文化的泛滥提供了理论支撑。霍尔总结出受众解码的三种方式,即主导式解码、对抗式解码和协商式解码。③ 在此意义上,戏仿实际上就成为仿文本对源文本的一种解码。基于媒介经济学的立场,约翰·菲斯克在霍尔解码理论的基础上发展了他的快感理论,更加强调受众在媒介生产中的能动消费能力,提出了"生产者式的文本",在这样一种理路中,戏仿艺术就是一种典型的生产者式的文本,

---

① [美] 马泰·卡林内斯库:《现代性的五副面孔》,顾爱彬等译,商务印书馆2002年版,第306页。
② [美] 詹姆逊:《晚期资本主义的文化逻辑》,陈清侨译,生活·读书·新知三联书店1997年版,第453页。
③ [英] 斯图亚特·霍尔:《编码、解码》,出自罗钢等主编《文化研究读本》,中国社会科学出版社2000年版,第356—358页。

第二章 戏仿方法论：从滑稽模仿到盗猎模仿

它取消了原作者对文本的独家阐释者的地位，实际上就是更加注重读者对于意义的建构与生产的快感。

那么读者如何诞生这样一种生产的快感呢？德赛都认为读者的生产其实是一种玩弄文本的战术和游戏。他将后现代媒介文化语境下的读者，称之为"游牧民"。在德赛都眼里，读者就是一群不存在固定位置的牧民，按照自己的喜好，任意提取、裁剪和挪用所面对的文本。从一个位置游荡到另一个位置，充满着临时性、随意性和短暂性。戏仿的方式借助这样一种没有重心的游荡，随意拼接着面对的任何源文本。当然，如何戏仿，取决于德赛都所认为的"相关性"，也就是将戏仿视为读者当下关心关联的事物的一种回应方式。或者说，是源文本与现实生活的一种关联。但必须指出的是，这种"相关性"是随机的，相关的所谓"意义"是骤生骤灭的，不停驻的。德赛都揭示了后现代语境下文化多元的意义空间是无限开放的。戏仿作为后现代参与式文化的常见套路，让读者从被动阅读、被动接受的地位中抬升起来，真正参与到文化的建构中来。但德赛都的游牧理论显然也十分清醒地看到，开放的参与不等于积极的生产，能指的狂欢不会带来真正的自由。而且，致命之处在于，任何对源文本随意的黏连和嬉戏，又随意的抛弃和悖逆，也使得这样一种游牧式的戏仿，"无法形成一个稳定和永久的文化基础"，从而有可能随时陷入虚无主义的泥潭而不能自拔，"读者虽然保持了运动的自由，但也付出了代价，放弃了能让他们从一个权力和权威的立场去战斗的资源。战术永远不可能完全战胜战略；但战略家也无法防止战术运用者再次发起攻击"[1]。

不仅如此，德赛都还使用"盗猎"一词来描述源文本的受众，如何夺取文本意义控制权的行为。在德赛都的视野里，文本包括语言本身的控制权实际上代表着社会秩序的控制权。话语的固有秩序填充在源文本的内部，而后现代的文化浪潮不断地在冲击和解构着这一固有秩序。由此，借助戏仿之翼，大众有了抢夺话语权的便利。他们游离于各种经典文本（诗词、小说，电视新闻、晚会、歌曲等）之间，以完全挪用或者混合挪用的方式，盗猎其各种资源，以挑战文化权威和社会权力，同时实现自我的价

---

[1] De Certeau Michel, *The Practice of Everyday Life*, Berkeley: University of California Press, 1984, p. 178.

值表达，也正是在这个维度上，后现代戏仿从此前的文本与文本的封闭状态中突围出来，实现了文本与历史、社会与文化的关联，正是在此意义上，琳达·哈琴认为，后现代戏仿具有极强的社会批判性，重建了文本与社会的内在联系。

在詹金森看来，这样一种盗猎实际上是后现代商业社会的一种参与式文化的表征，它意味着当代文化的生产不再属于创作者单方面的事，而是一个社会化过程，是一次协作式的生产，受众或者说消费者，与原作者之间，是个人阐释与社会阐释的协商与碰撞，而读者有了主动选择的权利，通过读者的盗猎，择取各自感兴趣的原料，重新拼贴，变换源文本不同位置，"某种类型的文化拼贴，在拼贴的时候，读者先将文本打成碎片，然后再根据自己的蓝图将其重新组合，从已有的材料中抢救出能用来理解个人生活经验的只言片语"[①]，通过复制、嵌入源文本的元素重新编码甚至跨越媒介，或者以戏谑的配音、本地方言、个性化的独白，移花接木，任意颠倒，造就荒诞的不协调感，使其脱离原先的语境获得新的秩序。这样一种戏仿毫无疑问是一种随机地盗猎和无序地整合，"将来的融合不会是有序、彻底的整合，而是一种杂乱、零碎为特点的融合过程，即会出现诸多错综复杂的矛盾和悖论"[②]。在这样一种戏仿游戏中，稳定的意义链条荡然无存，严肃与恶搞、高雅与低俗、精英与草根之间相互穿插，无序延伸。

只不过，这样一种盗猎主流话语残渣碎片的戏仿方式，更主要的是通过破解源文本的庄重格调，发泄自身的一时情绪之外，实际上他们尚未能获得积极抵抗和全新建构的力量。盗猎的戏仿者也是游荡的游击部队，插科打诨地调侃，佯狂嘲讽地狂欢，临时而不系统地拼贴，注定了他们难以进入文化生产的主流工序中，最后，也会堕入消费工业的逻辑中，以吸引眼球或赚取利益作为最终诉求。他们的戏仿作品，成为精致而无害的工业品，难以真正被赋予叛逆精神。从德赛都、詹金森的理论中可以看到，西方理论界对后现代主义戏仿的态度显得十分暧昧，一方面肯定了受众的价值；另一方面又不得不承受意义的失序。一方面赞赏其对主流文化霸权的颠覆；另一方面又对

[①] Henry Jenkins, *Textual Poachers: Television Fans and Participatory Culture*, New York: Routledge, 1992, p. 28.

[②] Henry Jenkins, *Convergence Culture: Where Old and New Media Collide*, New York: New York University Press, 2006, pp. 2–23.

其过度游戏化而导致的批判、讽刺、反思精神的虚弱表示了忧虑。

对此,琳达·哈琴认为,后现代戏仿作品中"双重指向的反讽似乎已经取代了对目标文本的传统的嘲弄和奚落"[1]。以美国后现代主义作家唐纳德·巴塞尔姆戏仿格林童话的《白雪公主》为例,巴塞尔姆无论从内容还是形式上,都彻底颠覆了格林童话的主旨。一方面嘲弄了源文本内在的叙事模式,以及叙事背后代表的美丽、善良、平等的乌托邦意识形态,同时讽刺了这样一种虚妄的乌托邦童话叙事对于当代社会的诸种不合时宜。然而,吊诡的是,巴塞尔姆无可隐匿地暴露了自己对格林童话时代那样一种天真美好世界的深深怀念,和对传统道德伦理价值观念的内在认同,毫无疑问,作者在嘲弄与戏谑的同时,他也将当代社会这样一种破碎、空洞、无序无中心的现实世界与格林童话的温馨和谐的世界并置在一起,两相对照,表达了一种若有所思的忧虑。这说明后现代的戏仿已经和过去那种充满理性自觉的传统讽刺完全不同了,戏谑而有所保留,嘲弄又无法肯定,态度十分暧昧。

另一些理论家则看到后现代戏仿的建构价值。比如普雷明格就认为:"尽管戏仿是一种寄生的艺术,而且是不时带着恶意而创作出来的,但是它对于文学而言就像笑声对于健康一样,是必不可少的。"[2]而在乌尔利希·韦斯坦因理解中,戏仿并非一种毫无意义的消解,而是以解构颠覆的方式在建构和肯定,不可否认,这也属于创造的一种方式。"对某个模式有意的歪曲模仿可能产生出一个富有独创性的作品"[3],因此,戏仿也可以导向一种风格独特的艺术创造。

三 在复制的缝隙中表达

在俄国形式主义理论家们看来,戏仿是瓦解长期占据主流文艺思潮地位的文学体裁、样式或风格的一种革命性手段。在某一种文艺思潮浸入太

---

[1] Linda Hutcheon, *A Theory of Parody*: *The Teachings of Twentieth-Century Art Forms*, New York: Methuen, 1985, pp. 31 - 32.

[2] Alex Preminger, *Princeton Encyclopedia of Poetry and Poetics*, Princeton: Princeton University Press, 1965, p. 600.

[3] [美]乌尔利希·韦斯坦因:《比较文学与文学理论》,刘象愚译,辽宁人民出版社1987年版,第32页。

久而显现为"自动化"或程式化的疲态之时，戏仿不失为一种创造性的力量，以嘲弄和脱冕的旨意，推动文学体裁、样式和风格的推陈出新，以不断完成艺术突破。这在形式主义学者看来，戏仿就是艺术达成"陌生化"的方式。将已经模式化的源文本作为前景，以戏谑、丑化、夸张和扭曲的方式，暴露其陈词滥调的腐朽本色和病态丑相，以及必遭淘汰的历史命运，以召唤新的题材形式和风格样态。因此，巴赫金特别重视戏仿手法的积极功能，认为戏仿"能使体裁摆脱趣味索然的格式，过时而毫无意义的传统成分。它以此更新体裁使其不僵死在教条的规格中，使其不致成为纯粹的一种程式"①。就此而言，戏仿是艺术革新的利器。

正因为此，戏仿成为20世纪中后期的一种常用手法。法国新小说家布托尔的《作为小猴子的艺术家的肖像》，标题是模仿乔伊斯的《作为小青年的艺术家的肖像》和戴兰·托马斯的《作为小狗的艺术家的肖像》，写法上则使用炼金术的术语，戏仿《一千零一夜》，作者虚构了纸阵在每个白天的故事结束的时候成为夜间故事的过渡。托马斯·品钦的《万有引力之虹》戏仿了传统侦探小说的话语模式。在绘画艺术领域，安迪·沃霍尔几乎以戏仿著称于世。他的《玛丽莲·梦露》以好莱坞著名影星玛丽莲·梦露为源文本，以她的标志性的一幅性感微笑头像作为画面元素，他运用丝网印刷技术等手段，抛弃传统绘画的基本程式，用棋盘式的方格不断地重复排列同一元素，同时对每一重复头像的色彩做了细微的调整，让单一的明星头像传递出现代人冷漠、孤独、空虚的情感意蕴，同时将西方社会中关于金钱、权力和欲望的游戏法则纠缠在一起，以暴露后现代语境下每个人所特有的那种压抑、迷茫和被掌控的生命状态。

在后现代理论家琳达·哈琴的视野中，戏仿并非詹姆逊所谓的无深度的低俗嬉戏，而是保持着对传统的尊重和对经典无可抛离的相关性，"戏仿色彩最浓的当代艺术作品也没有试图摆脱它们过去、现在和未来赖以生存的历史、社会、意识形态语境，反倒是凸显了上述因素"②。戏仿不过是为传统经典文本打开了一扇新的阐释之门，置换或者转移了源文本历史语

---

① [俄]巴赫金：《诗学与访谈》，白春仁译，河北教育出版社1998年版，第21页。
② [加]琳达·哈琴：《后现代主义诗学：历史·理论·小说》，李杨、李锋译，南京大学出版社2009年版，第33—34页。

第二章　戏仿方法论：从滑稽模仿到盗猎模仿

境的指涉性，让读者反思了传统范式的合法性。有一点在哈琴看来至关重要，那就是戏仿固然颠覆了权威，质疑了传统，但并未否定艺术本身。"后现代主义试图反抗现在人们已经逐渐看清的现代主义的倾向，即将艺术与世界、文学与历史分离开来，建立封闭的、精英的孤立主义。然而它却经常采用现代主义唯美技艺来反抗现代主义唯美技艺。艺术的自立性得到了悉心的维护：元小说的自我指涉性甚至还强化了这种自立性。但是，通过看似内向型的互文性，使用戏仿的反讽式颠覆手法，又增加了另一个维度：艺术与话语'世界'——并且通过这一'世界'与社会和政治的批评关系。"① 也就是说，拼贴、复制和黏连的戏仿之作实际上并未放弃其与传统、与现实社会的指涉关联。

当代西方的波普艺术中，达利、马格利特等人赋予了戏仿更为新颖的意义，他们使用拼贴的手法，随意地模仿或者借用已经成为经典的各种元素，包括实物、照片、雕塑、绘画，并将其与日常生活用品混合在一起，打破空间与时间、真实与虚幻的界限，打破传统绘画的稳定与统一性，在非理性和荒诞的节奏中，创造一种超越于源文本之外的全新文本。马格利特《你看到的不是烟斗》中的烟斗，达利的《记忆的永恒》中的软钟，彼得·索尔《梅杜莎之筏的最后一刻》、斯特拉的雕塑《梅杜莎之筏，第一部分（1990）》以及杰夫·昆斯《凝视球之席里柯〈梅杜莎之筏〉》对席里柯的《梅杜莎之筏》的模仿和变异，都成为戏仿艺术上的经典作品，备受追捧。哈琴由此重新界定了戏仿的内涵，认为戏仿："是有变化地重复。在被模仿的背景文本和新的综合作品之间蕴含着重要的差异性，这种差异通常通过讽刺来传递。但这种讽刺可以是贬低的，也可以是幽默的；可以是消极的，也可以是非常积极的。戏仿讽刺的愉悦并不特殊来自幽默，而是来自于读者在同谋和疏远之间参与互文活动的程度。"② 西方当代艺术的繁荣，得益于戏仿理论的开放。在更多艺术理论家看来，戏仿制造了艺术形式上的惊奇、陌生和诸多悬念，以对意义本身的反叛来重新建构了意义规范。

---

① ［加］琳达·哈琴：《后现代主义诗学：历史·理论·小说》，李杨、李锋译，南京大学出版社 2009 年版，第 190 页。
② Linda Hutcheon, *A Theory of Parody: The Teachings of Twentieth-century Art Forms*, New York: Mcthuen, 1985, p. 32.

总之，在上面的论述中，我们将戏仿方法论作为戏仿理论的一个极其重要的构成部分，将其作为支撑戏仿理论的核心要件来看待，并对之进行了史论结合的分析与讨论。在我们的视野中，方法论不是一种超历史的方法论，不是一种纯粹的工具性的方法论，方法论寓于历史之中，历史在方法论的嬗变中展开。客观而言，方法论的基本原则或者操作程式极其简单，但它们在历史的展开中却有着其自身不可回避的复杂性、交融性和发展性。基于这样的理解，我们结合了戏仿艺术的实践史和戏仿理论的发展史，在具体的戏仿实践中来讨论和分析戏仿的方法论问题，以此来避免戏仿方法论的抽象性、工具性和超历史性。基于此，我们竭力将各种戏仿方法拉回到戏仿实践的地面上，让我们得以看见各种戏仿方法的灵魂、血肉和温度，使戏仿方法不再是冷冰冰、枯燥的操作路径和创作程序。

第三章 戏仿机制论：转述、倒置与夸张

机制（mechanism）一词源于希腊文"mechane"，其原初的意义为机器的构造和动作原理，《现代汉语词典》在对"机制"这个词语进行释义时也基本采用了这种说法，其在对"机制"的第一种释义中就将机制解释为"机器的构造和动作原理"。更为具体地可以将其解释为：机器一般由众多零部件构成，零部件之间通过一定的关系组成一个整体，依照这种关系机器中各种各类不同的零部件相互作用，从而使机器开始有效和持续的运转。这种使机器有效和持续运转的原理或者规则一般被称为机制。不同的机制构建了一个系统中不同要素、不同环节之间的不同关系，进而形成了机器不同的运行方式，产生不同的运行状态。机制这一术语从机械学中而来，但很快溢出了机械学，迅速被生物学和医学广泛吸收和利用，慢慢地，人文社会科学中的管理学、社会学、传播学、文艺学等学科也参照其原初的意义结合各学科的具体研究问题形成了自己新的问题域，推动了各学科的理论创新。具体到戏仿机制，就是讨论戏仿得以可能的戏仿文本系统内各要素各环节之间的关系状态。也就是说，戏仿文本内部各要素建立了怎样的关系，戏仿才成其为戏仿。在本章中，我们以史论结合方式来讨论戏仿机制是怎样的，以及在理论界是如何被言说的。

第一节 戏仿的转述机制

戏仿得以可能，在某种意义上说，就是存在一种源文本和仿文本。戏仿的体验是在阅读或者审视仿文本中获得的。这种仿文本与源文本构成一组"图—底"关系。从另外一个角度说，这是戏仿存在的一种非常重要的

机制。这种机制就是表层文本对底层或者源文本的叙述。这种叙述不同于人们对一种从来没有被人言说过的事物的叙述,而是对一种在历史上曾经被叙述过的事物或者文本或者故事的再叙述。这种叙述我们将之称为转述,戏仿就是一个独特的转述者"将他人已经叙述过的故事用自己的话语转述给当下的听众"①。批评家艾萨克·迪斯雷利也认为,戏仿就是"对他者的转化"。

一 转述机制:戏仿的逻辑前提

转述是人类文化中存在的一种极为重要的言语现象,也是人类意义交往与传播中一种极为重要的方式与手段。只有当言说主体不在场,其意义需要通过他人作为中介进行意义传达的时候,就存在转述现象。俄国文艺理论家巴赫金在研究小说语言时发现,"转述和讨论他人的讲话、他人的话语,是人类讲话的一个最普遍最重要的话题"②。转述的前提是存在他人话语,就戏仿来说,就是存在源文本,或者一个已经被叙述过的故事。戏仿文本就是对源文本的转述。这种转述就构成了源文本和仿文本的关系,形成了它们之间的关系状态和相互作用方式。通过转述行为,两个此前不曾相关的文本发生了关联,使两个文本建立起一种特殊的张力关系,诸如《蛙鼠大战》与《伊利亚特》之间的关系。

转述是一种重述,或者复述,是针对独创或者原创的话语而言的。独创或者原创,乃至个性这些概念范畴和理论思想是由18世纪以来的主体性哲学和表现主义理论所支撑起来的。因为这种理论建立的一个逻辑起点就是个体是独特的,是唯一的,因此表现个体思想和情感的话语应该也是独特的、唯一的和个性化的。正是因为如此,主体性文论和表现主义艺术家在艺术语言上要追求自己的个性和特点,要建构起自身的独特性,要摆脱各种传统言说方式的"影响的焦虑"。但真正的原创或者独创的话语或者文本存在吗?回答自然是否定的,因为独创或者原创是相对的,转述或者重述、重写是绝对的。这一点在巴赫金的语言哲学和福柯的话语理论中都有深刻的论述。因为每一种话语都是被叙述过的话语。那种从来没有被

---

① 赵宪章:《超文性戏仿文体解读》,《湖南师范大学社会科学学报》2004年第5期。
② [俄]巴赫金:《小说理论》,白春仁等译,河北教育出版社1998年版,第124页。

第三章 戏仿机制论：转述、倒置与夸张

叙述过的，原创性的话语是不存在的。

法国理论家福柯曾经指出："我们生活在一个凡事都要说出的世界。这些说出的词语实际上不是像人们想象的那样是不留痕迹的过眼烟云，事实是，无论这些痕迹多么分散，它们毕竟会保留下来。我们生活的世界完全是被话语所标示、与话语相交织。话语是指被说出的言语，是关于说出的事物的话语，关于确认、质疑的话语，关于已经发生的话语的话语。在这个意义上，我们生活的这个历史世界不可能脱离话语的各种因素，因为话语已经扎根于这个世界而且继续存在这个作为经济过程、人口变化过程等等的世界中。"① 就此而言，这种原创或者独创的话语或者叙述，它们是相对的，每一种叙述或者话语的存在都是一种被转述或者重述。而主体性哲学、表现主义理论或者个体性思想之所以坚持原创或者独创，是因为它们主要是基于一种当下静止的瞬间审察，如果跳出这种共时的当下性，从历史的角度来看，这种独创或者原创性就显得比较虚妄。因为，任何一种叙述或者话语都是一种被叙述、被转述的结果。

这一点在西方文学理论史上不难找到佐证。俄国形式主义理论家什克洛夫斯基在《作为手法的艺术》中对象征主义的批判就可见出一斑。在象征主义看来，创造诗歌的形象是诗人独创的。但什克洛夫斯基却不以为然，他指出："实际上，形象几乎是停滞不动的；它们从一个世纪向另一个世纪、从一个地方向另一个地方、从一个诗人向另一个诗人流传，毫不变化。形象'不属于任何人'，'只属于上帝'。你们对时代的认识越清楚，就越会相信，你们以为是某个诗人所创造的形象，不过是他几乎原封不动地从其他诗人那里拿过来运用罢了。诗歌流派的全部工作在于，积累和阐明语言材料，包括与其说是形象的创作，不如说是形象的配置、加工的新手法。形象是现成的，而在诗歌中，对形象的回忆要多于用形象来思维。"② 从这个意义上讲，所有的形象作为一种话语一直都存在，诗人只不过在创作中对其进行转述而已。新批评理论家艾略特在《传统与个人才能》中对个人才能的批判也明显地指出："诗人，任何艺术的艺术家，谁

---

① 刘北成：《福柯思想肖像》，上海人民出版社 2001 年版，第 189 页。
② ［俄］维克托·什克洛夫斯基：《作为手法的艺术》，出自 ［俄］维克托·什克洛夫斯基等《俄国形式主义文论选》，方珊等译，生活·读书·新知三联书店 1989 年版，第 3 页。

也不能单独的具有他完全的意义。他的重要性以及我们对他的鉴赏就是鉴赏对他和已往诗人以及艺术家的关系。你不能把他单独的评价,你得把他放在前人之间来对照,来比较。"① 也就是说,所谓诗人完全的异质性、独创性并不存在,这是在与其他的诗人的比较中突显出来的,所谓的原创性或者独创性也仅仅是比较而言的。将其放到其他的参照系中,这种独创性或者原创性可能会瞬间消失。在艾略特更为极端的视野中,他认为诗本来就与主体无关,"诗不是放纵感情,而是逃避感情,不是表现个性,而是逃避个性"②。因此,从主体或者诗人处来寻找个性或者原创性就成了一个伪命题了。

就此而言,所谓原创性的叙述只不过是对人类已经叙述过的,或者已经被言说过的话语进行一种重复叙述而已,是一种话语的再一次组合或者再一次被言说,因为任何一个话语或者一个叙述都深深地打上了历史的烙印或者他人的印迹。转述,这是人类话语言说的机制,是话语与话语,历史与历史,文本与文本,故事与故事之间建立关联的机制。通过转述机制,现有叙述与历史叙述,现有文本与历史文本,戏仿文本与源文本建立起广泛的联系。这是戏仿存在的逻辑前提,没有这种逻辑前提,没有这种转述机制,戏仿就不会存在。失去了这种转述机制,构成戏仿关系的文本也就失去了相应的关联,同时也失去了建立文本间性关系的内在纽带。戏仿文本与源文本就处于一种断裂状态,就不能构建为一种戏仿的文本关系。

二 被意识到的转述:戏仿的存在条件

如前所述,如果构建一种历史的视野或者一种历史的坐标,向历史纵深处回溯,我们能够发现,每一种话语都是对历史话语的一种转述、重写或者重述,这一点毋庸置疑。既然如此,那是否意味着,每一种话语都是一种戏仿话语,每一种文本都是一种戏仿文本,每一种叙述都是一种戏仿叙述呢?回答自然是否定的。要不全世界的话语都是一种戏仿话语了。既

---

① [美] 艾略特:《传统与个人才能》,卞之琳译,张德兴主编:《二十世纪西方美学经典文本》(第一卷世纪初的新声),复旦大学出版社2000年版,第512页。
② [美] 艾略特:《传统与个人才能》,卞之琳译,张德兴主编:《二十世纪西方美学经典文本》(第一卷世纪初的新声),复旦大学出版社2000年版,第518页。

第三章 戏仿机制论：转述、倒置与夸张

然每一种话语都可能是历史话语的转述，那么何以有些话语或者叙述就成了戏仿，而另外一些又不曾成为戏仿呢？对于这种现象给予的回答是：一种话语被另外一种话语转述，要看这其中的转述是否被意识到。如果这种转述机制被意识到了，则后一种文本相对前一种文本而言，它们是一种戏仿关系，后一种文本也就存在戏仿性。如果这种转述机制没有被意识到，那么这种历史文本与当下文本的戏仿关系就不存在。

由此看来，虽然文本与文本之间、话语与话语之间、叙述与叙述之间存在转述与被转述的关系，但是一些转述是被意识到的，但另一些转述是没有被意识到的。只有当这种转述被主体意识到了，这时候，两个文本间的关系，才被"这个"主体意识为戏仿，就如沃尔特·杰罗尔特（Walter Jerrold）与莱昂纳德（R. M. Leonard）在《一个世纪的戏仿与模仿》的前言中引用艾森克·迪斯雷利的话一样"除非我们对原型熟悉（源文本——引者注），（否则）戏仿就无任何价值"[1]。西蒙·邓提思也认为："如果戏仿者的本意和读者的猜测有误，戏仿就没有真正达成。"[2] 从这个维度来说，对于戏仿基于主体维度的界定其实从西方文艺理论的古典时期就开始确立了，就此而言对于戏仿认定的主体维度或者文艺心理学视角实属必要，而且这种视角打破了戏仿是一种客观的、不以人的意志为转移的假象，奠定了戏仿是基于一种关系范畴而构建起来的理论思维和讨论路径。

戏仿中存在的这种转述机制，进一步地讲，是一种被意识到的转述机制，这可以从三个层面来理解：第一，是针对戏仿创作者而言的。一般来说，戏仿文本的创作者对于他所戏仿的源文本是了解的，或者是意识到了。诸如詹姆斯·乔伊斯在写作《尤利西斯》时对于古希腊的荷马史诗《奥德赛》应该是熟知的，而且他也意识到自己的这部作品对《奥德赛》进行了转述。对于詹姆斯·乔伊斯而言，我们可以判断他通过《尤利西斯》对《奥德赛》进行了戏仿。因为，《尤利西斯》中存在对《奥德赛》的转述，《尤利西斯》与《奥德赛》构成了仿文本与源文本的关系。倘若詹姆斯·乔伊斯在写作《尤利西斯》时对《奥德赛》一无所知，或者在他

---

[1] Walter Jerrold and R. M. Leonard, *A Century of Parody and Imitation*, Oxford, 1913, p. 4.
[2] Simon Dentith, *Parody*, London: Taylor and Francis Group, 2000, p. 2.

的认知视野和阅读积累中《奥德赛》是缺失的。那么,《尤利西斯》对于《奥德赛》的叙述方式、叙述情节或者叙述内容即便有相同或者相似的地方,从当下的视角来看,他们构成了转述的关系。但就乔伊斯而言,这也纯粹是巧合,在他的视野中,《尤利西斯》不构成对《奥德赛》的戏仿。

第二,是针对批评家或者文学研究者而言的。同样的道理,批评家或者文学研究者他们意识不到一个文本对另一个文本的转述,那么他或者她就不可能对这两个文本作出后者是对前者的戏仿的判断。俄国形式主义理论家什克洛夫斯基认为斯特恩的《项狄传》是一部伟大的戏仿文学作品,就在于他认识到斯特恩在这部小说中,通过文学叙述对此前文学创作的技巧进行了转述。他不是通过理论的方式来转述小说的技巧,而是通过文学叙述的方式来讲述小说创作的技巧。因此,什克洛夫斯基认为《项狄传》这部戏仿作品的伟大之处在于对小说创作技巧的一种"暴露"。什克洛夫斯基作出这种判断,前提是他意识到了两个文本之间的这种独特的转述关系或者转述关系的存在,才作出了《项狄传》是一部伟大的戏仿作品的判断。

第三,是针对读者或者受众而言的。读者一定要深刻把握源文本和仿文本之间的关系,他或者她才能作出这部作品是一部戏仿作品的判断。诸如,当一个受众正在阅读一个戏仿文本,但他对这个戏仿文本的源文本其实并不清楚。那么他就意识不到这个文本是被转述的,由于他意识不到戏仿文本中的转述机制,于是他就不会将这个戏仿文本当成戏仿文本来阅读。诸如我们阅读香港作家李碧华的小说《青蛇》,对于熟悉中国民间传说《白蛇传》的读者来说,我们能够认识到它是《白蛇传》的戏仿,但如果是一个对中国民间传说《白蛇传》一无所知的读者来阅读李碧华的《青蛇》,他也就不会将之当成戏仿文本来阅读。因为,他不知道《白蛇传》的存在。因此,他就不会将《青蛇》与《白蛇传》关联起来,更不会意识它是对《白蛇传》的转述。由于这种转述机制没有得到识别,因此,戏仿对于这个受众来说是不存在的或者是没有意义的。

无论是从创作者、批评家还是普通读者的视角来说,戏仿这种关系状态能被判断,戏仿这种体验能够被获得,前提是建立在这三类不同的主体都能够意识到,仿文本对源文本的转述,而且他们对源文本是特别熟悉的。甚至可以说,这个故事或者文本是耳熟能详的,是被正在阅读仿文本的读者所熟知的。仿文本与源文本之间的关系状态是一种叙述和被叙述的状态。相对于戏仿文本而言，源文本是被转述的文本。由此而言，戏仿文本和源文本之间就存在一种转述机制。甚至可以说，没有转述机制的存在，或者受众没有感受到这种转述机制，戏仿就不存在了。如果，创作主体、批评主体和接受主体没有这种历史视野和历史意识，在他们的视野中戏仿是不存在的。

正因为如此，为了让批评家和读者理解作家创作的这部作品是一部戏仿作品，作家一般会选择在一定的文化语境中，一些具有影响力的、代表性的、权威性的、经典性的作品来进行戏仿，诸如在西方，荷马史诗、《圣经》，还有一些主要流派的代表作，在中国，就是那些被经典化的文艺作品等常常成为戏仿的对象。作家之所以如此选择，而不是去选择那些小众的，知名度不高的，影响面狭窄的作品来戏仿，就是因为如果他们戏仿了这些作品，但是这些作品又不为人知。无论是批评家也好，受众也好，他们都无法从自己的阅读积累或者文艺积淀中发觉作家创作的这个文本与某个历史文本的这种转述、重写或者模仿的关系，于是就不能对这个作品作出戏仿的判断。这样一来，作家通过自己的这部作品来实现对某部历史上的作品进行戏仿的目的或者意图就落空了。因此，作家戏仿经典、名著或者有影响力的文艺作品，目的是便于受众迅速地建立起这种联系，识别这种转述机制，进而作出两个文本存在戏仿关系的快速判断。

三 转述中的变调

戏仿是对经典文本或者是在历史上有重大影响的文本的转述。这种转述使源文本与仿文本构成一种内在的张力关系，从而获得一种戏仿的效果。戏仿由于是后来的叙述者对于此前文本的重述、改写或者转述。一般而言，对于源文本的转述都是由一定的转述者来进行的。每一个转述者通过自己的口吻、语气和理解来对历史文本进行叙述，都会带有自己的情感和价值立场来叙述这个历史文本，而且都会按照自己的叙述习惯和叙述意图来叙述这个历史文本。正如列欧·斯皮策尔所指出的这样："当我们在自己的讲话里重复我们交谈者的一些话时，仅仅由于换了说话的人，不可避免地定要引起语调的变化；'他人'的话经我们的嘴说出来，听起来总像是异体物，时常带有讽刺、夸张、挖苦的语调"①，这是在转述中客观存在的现象，这种现象国内著名的文艺理论学者赵宪章教授将之命名为"转述者变调"②。在我们看来这种转述者变调或者转述机制中的变调，主要体现在两个维度。

第一，是情感和价值维度的变调。转述者在转述源文本的过程中，对源文本的情感和价值评价发生了变化。从一种理想的范式来看，转述者对于源文本的转述可以是一种完全不带个人情感色彩、主观判断的一种叙述，可以是一种将个人的主体性和主观性悬置起来的罗兰·巴特意义上的"零度写作"，并以此来确保其转述内容的客观性、真实性和原本性。转述者仅仅是一种转述的工具，是连接历史和现实的一座桥梁。在这种理想范式中，转述者的个性特点、情感取向和价值判断可以忽略不计。转述者类似于两种物质在一起发生化学反应中的催化剂一样，参与了化学反应，但在这个过程中自身又没融入其中。但事实上，这种"零度"的转述或者"悬置主体性"的转述并不存在。俄国文艺理论家巴赫金在其小说理论的阐述中深刻地说明了这一点，在他的复调理论中他提出每一个小说文本中，除了叙述者的情感之外还有小说中各种人物或者角色的情感。叙述者和主人公的情感是两个层面的情感。叙述者参与了小说中的各种情感表达和价值评价，他们的情感构成一种复调关系。但在戏仿文本中，这种关系比巴赫金所描述的复调小说更为复杂。因为在戏仿文本中，尤其是小说文本，至少就有三种不同的主体，对于同一个情节、事件或者故事，至少有三种不同的情感评价。有源文本叙述者的情感评价、文本中主人公和其他角色的情感评价还有转述者的情感评价。如果说在巴赫金复调理论中，主要是叙述者和主人公的情感复调关系。那么在戏仿文本中，更为重要的是源文本的叙述者与转述者的情感评价关系。因为，每一个转述者他们基于自身不同的知识积累、社会认知、时代语境、价值立场会形成对同一事物不同的情感判断，进而会在对于历史文本的转述中形成不同于源文本叙述者的情感调性和情感评价，

---

① [俄]巴赫金：《陀思妥耶夫斯基诗学问题》，白春仁、顾亚铃译，生活·读书·新知三联书店 1988 年版，第 175 页。
② 赵宪章：《超文性戏仿文体解读》，《湖南师范大学社会科学学报》2004 年第 5 期。

第三章 戏仿机制论：转述、倒置与夸张

构成了一种情感评价层面的复调。

历史地看，无论是从戏仿创作实践还是戏仿理论建构的视角来审察，这种转述中的情感评价的变调主要体现在两个方面：其一，是将源文本中被叙述者在情感维度上高扬的、神化的或者圣化的事件、行为和人物拉下神龛，使它们低俗化、平庸化或者丑陋化。这在前面的戏仿方法论中，我们对其有所讨论，这种做法约翰·邓普在《论滑稽模仿》中将之命名为"降格"。诸如拜伦的《天堂的审判》就是对其同时代的著名的"湖畔派"桂冠诗人骚赛的同名诗的戏仿，拜伦认为骚赛的《天堂的审判》"是一首自负不恭的作品，竟告之上帝应如何处置乔治三世。他把这首诗看做一位固执盲从的变节者所作的保皇诗而感到厌恶。他认为这是一首坏诗，浮夸、单调、陈腐，荒唐可笑。用滑稽模仿写一首内容完全相同，风格刻意相似的作品肯定能收到相反的效果"[1]。基于这样的理解和认知，他在戏仿前者的《天堂的审判》中对骚赛作为正面情感评价的事物作了变调的处理，诸如在骚赛的《天堂的审判》中背叛了魔鬼的约翰·威尔金斯在拜伦的《天堂的审判》中却"活泼异常，恰如其人"[2]。在这种降格的转述中，转述者将自己的情感、喜好和价值取向与自己的转述内容结合在一起，在叙述中将自己的情感判断与价值立场与源文本的叙述者交织起来形成辩驳和对话，引起文本叙述的情调偏离原来的方向，影响和制约读者对文本的理解和评判；其二，是将源文本叙述者对文本中的事件、行为与人物的情感判断的升格，将原来卑微的、非英雄的、丑陋的事物、行为与人物将之高尚化、英雄化和美化。在转述的过程中，转述者的语调、音色、评价改变了源文本叙述者的评价，构建了认识和理解文本中的新的视角和新的路径，转述者通过戏仿文本向受众传达不同于原初叙述者的评价与意义。在戏仿文学史上久负盛名的《蛙鼠大战》，就是通过对荷马史诗的转述，将两种动物基于本能和生存的厮杀上升到英雄、正义和崇高的层面，改变了我们此前阅读动物战争的理解和判断，自此之后这种理解和阐释得以继续，这种类似的故事转换成"我们听说过的蜘蛛战、仙鹤战和鸫鸟诗。"[3]

---

[1] ［美］约翰·邓普：《论滑稽模仿》，项龙译，昆仑出版社1992年版，第8页。

[2] ［美］约翰·邓普：《论滑稽模仿》，项龙译，昆仑出版社1992年版，第10页。

[3] Gilbert Murray, *A History of Ancient Greek Literature*, London: Appleton and Company, 1907, p. 52.

戏仿理论的嬗变轨迹与历史形态研究

正是因为在转述中,转述者融入了自身的理解、情感和判断,进而导致了转述者的文本意义与我们熟悉的源文本的意义产生重大的差异,从而形成了这种戏仿的张力和效果。

第二,是转述中各种叙述声音有无和强弱变化所引起的变调。在叙述文本中,尤其是在作家中心主义的视野中,各种叙事文本的叙述视角、叙述节奏和叙述声音都是由叙述者所控制和安排。正如里蒙-凯南所指出的:"叙述者是叙事文交流中的构成因素,任何表达或对表达的记录都包含着一个讲述它的人,因此叙述者在文本中不是可有可无,而只是在文本中参与的程序不同。"① 作家写作完成之后,这种叙述文本中的各种人物关系和声音关系都确定了下来。各种声音在叙述者的安排下构建起一定的秩序关系。叙述文本中,各种人物或者角色根据自己在文本中的地位和功能扮演相应的角色,发出相应的声音。但转述者在对源文本进行转述的时候,特别是当他有着戏仿这一文本的意图时,他完全可能通过转述来打破源文本所安排的各种声音秩序,通过转述重构一种新的秩序关系,进而引起转述的变调,从而达到一种戏仿的效果。

由于叙述声音位置的调整而引发的转述中变调,理论界发现通常有两种情形:其一,是改变其在原初文本中固有的叙述身份和叙述地位,尤其是主次关系。戏仿是通过转述机制使此前处于从属地位的叙述者站到主叙者的地位来开始叙述,打破叙述的角色定位。一般而言,主要是从一个次要的地位转到一个主要的位置上来。通过他或者她的叙述来改变受众对原初事件、情节、人物和故事的理解,进而构建一种新的意义和主旨,开启一片新的领地或者呈现出原初文本的其他维度,进而丰富受众对文本的理解。我们依然回到香港作家李碧华的小说《青蛇》中来。《青蛇》是对《白蛇传》的戏仿。它之所以成为戏仿,在于《青蛇》采用了《白蛇传》的全部人物与角色,但在写作中,李碧华将原文中叙述的主从关系进行了置换。原来的《白蛇传》文本中,白蛇白素贞是主角,所展开的叙事主要是从白蛇的情愁怨恨、喜怒哀乐来展开的。青蛇只是一个配角,其作用仅仅在于衬托。青蛇对世界的理解、认识、情感以及个体内心的思绪是被遮蔽的。更进一步而言,如果不是为了突出白蛇,基本是可以被忽略的。但

---

① 王先霈、王又平:《文学理论批评术语汇释》,高等教育出版社2006年版,第387页。

在李碧华的《青蛇》中，她完全是从青蛇的角度来阐释传统《白蛇传》中的各种人物的立场、矛盾冲突和相互关系。青蛇从一个被叙述者变成了一个主动的叙述者。在青蛇小青的叙述中，受众发现小青不再是一个符号化的存在，而是有着自身独特的情感和丰富的内心世界。青蛇有情感、有信念、有坚守，也有质疑。她与白蛇的相遇，以及她们的长生不老，后来才知道原来是一个让人匪夷所思的"实验"的产物。她们变成人形，在探索成为人的过程中，体验人类生活的奇特性中，她们都了解了爱情，认识到爱情的美好与奇妙。青蛇和白蛇都爱上了许仙。她们之间也有争风吃醋和明争暗斗。许仙也并非是《白蛇传》中坐怀不乱、始终如一、忠贞不渝的正人君子。青蛇也绝非成人之美、甘当绿叶而退居幕后。青蛇不断走向前台，与许仙眉目传情，相互勾引。法海依然是一个"人妖不能有爱"的守护者。他竭尽所能去破坏青蛇与许仙的爱情。最后，许仙帮助法海收服白蛇压于雷峰塔下，青蛇刺死了许仙。时空转换，最后，在"破四旧"的语境下，红小兵们推倒镇压白蛇的雷峰塔。在《青蛇》中，李碧华对《白蛇传》的转述，将过去边缘化的、处于从属地位的小青置于叙述的中心，通过位置的调整，让小青这个沉默的个体凸显出来，敞开了中国民间传说的另一个面相。同时将小青的女性诉求和女性情感表达得淋漓尽致，将一个脸谱化的小青塑造得更为立体、丰满和多维。

其二，是让沉默的主体在转述中发声，让其从客体状态下主体化，进而产生叙述变调。在独白型的叙述文本中，作家具有至高无上的权力。作家决定着文本中人物与角色对待世界的情感与态度，决定着他们的言说方式和在作品中的地位。相对作者而言，这些文本中的人物都是一群被操控者，他们的声音由作者对其设定的位置决定。在戏仿文本中，在戏仿作家的转述中，仿文本的创作者往往运用一种超越源文本的安排，让此前一直保持沉默，甚至被客体化的人物开口说话，发出他们的声音。源文本中的人物或者角色在转述文本中就不再是一种被人审视的对象，不再是被人议论的客体，而是一种能表达自己想法、意见、情感和判断的主体。这些曾经的沉默者获得了与叙述者同样的主体地位。他们由审视的对象变成了对话的主体。这种变调强化了对人的理解，转述者通过这种转变改变了自身与人物之间的关系。正如巴赫金所指出的一样：

戏仿理论的嬗变轨迹与历史形态研究

> 这种发现要求对人有一种全新的态度……"人身上的人"不是物，不是无声的客体，这是另一个主体，另一个平等的"我"，他应能自由地展示自己。而从观察、理解、发现这另一个"我"，亦即"人身上的人"的角度看，需要有一种对待他的特殊方法——对话的方法。这也就是那个全新的立场，它能将客体（实质上是被物化了的人）转化为另一个主体，另一个能自由展示自己的"我"。①

于是，在戏仿文本中，转述者就将这些"沉默的人物"与客体化的角色视为一个又一个"我"一样的主体，通过这种变调的方式，这些曾经缄口不言的人物开始说话。诸如多米尼加作家里斯通过对英国女作家夏洛蒂·勃朗特的《简·爱》的转述而形成的戏仿文本《藻海无边》就是如此。在《藻海无边》中，那个曾经沉默的边缘化的被表述者罗切斯特的前妻伯莎·梅森——一个被囚禁在阁楼上的疯女人——成为故事的主角，通过她自己的讲述，她在《简·爱》中被封闭的世界被打开，在她的叙述中，她悲惨的人生遭际和丰富的内心世界被敞开，看到了她的压制和内心的痛苦，进而能够解释她何以会疯和何以会通过纵火的方式来反抗压迫。除此之外，像南非作家库切在《福/敌人》中将英国作家丹尼尔·笛福的《鲁滨孙漂流记》中被表述的对象哑巴"星期五"转变为叙述者。对荷马的《奥德赛》进行戏仿而创作了小说《珀涅罗珀记》的加拿大小说家阿特伍德则将叙述主体调整为奥德修斯的妻子珀涅罗珀和她的十二个仆人。正是因为此前这类沉默的主体的说话，让人们进一步增进了对文本、事件、文本和故事的理解，甚至完全改变了人们对一些已经成为定论的评价或者看法。

理论界发现，在戏仿转述机制中的这种变调，是引发戏仿效果的一个最为重要的方式与手段。通过这种变调的处理，源文本与仿文本之间似是而非，构建了一种特殊的文本间性关系。而实现这样变调的目的，除了叙述者的情感评价的强力介入之外，其实大部分情况下，就是让那些处于边

---

① [俄] 巴赫金：《文本、对话与人文》，白春仁等译，河北教育出版社1998年版，第345页。

第三章 戏仿机制论：转述、倒置与夸张

缘状态，沉默的主体和作为客体来处理的人物或者角色说话，赋予他们话语权，通过他们的言说，我们能够发现一个不同于此前文本叙述的一个完全不一样或者崭新的世界，进而丰富我们的阅读体验，突破我们的阅读经验。这一点，法国思想家福柯在其一系列的文化考古学、知识考古学著述中给了我们肯定的回答。因为今天这个世界之所以被如此理解，人类的价值观念被如此建构，在某种意义上说，就是被一些主流的叙述或者话语所建构。这些叙述或者话语建构起了我们理解世界、自我和他者的"认识型"或者"范式"，但如果用一种边缘的、沉默的声音，或者一种边缘的、沉默的视角来阐释和建构我们对世界的理解和认知，通过一种去权力化的机制与手段，将他们的话语展示出来，我们将获得一种不一样的理解和认知。这也是戏仿作家在转述故事中，故意打破其叙述规范和惯例，建构一种新的叙述视角和叙事声音的文化意义所在。

历史地看，在戏仿实践中有一批特别的人，如精神病患者、儿童、白痴、殖民地居民等都是戏仿作者最喜欢启用的叙述主体，往往通过这批边缘人群或者被压抑者的视角来展开相应的叙述，表达对同一事物的不同理解，阐述他们此前被遮蔽的观点，倾听他们此前没有展示舞台的声音，其实更能暴露出此前被视为"正常的"视点及其叙述本身的非自然性和不合理性，进而暴露这种叙述中的压制与暴力。叙事学家华莱士·马丁对此说得更为明白：

> 如果作者想使日常世界陌生化，那么这一世界就必须落入非同寻常的眼中：这就有了利用局外人、非同寻常的或完全天真的人物、小丑、疯子（堂吉诃德）或非西方文化中人作为观察者的倾向。这些人可以震动我们，因为他们证明，我们认为自然的东西实际上是惯例性的，或者是不合逻辑的。[①]

当然，在戏仿的转述中，转述者对源文本话语的叙述都不是纯粹的否定和颠覆，而是双重性的。转述者的叙述话语并没有完全否定和吞没原先视点的叙述话语，而是与之进行积极的对话交流，同时源文本话语也会有

---

① [美] 华莱士·马丁：《当代叙事学》，伍晓明译，北京大学出版社2005年版，第39页。

力地抵抗转述者话语，力求充分显示自己的分量和价值。戏仿文本常常在一个文本中包含容纳了两个或者多个视域的叙述话语，组成一个"复调"式的三维立体叙述空间。在这个空间内，任何事物或事件都被要求从多方位、多角度、多层面来加以观照和展现，其中每一种叙述都具有同等的价值和意义。各种叙述声音之间不会融为一体，谁也否定不了谁，谁也说服不了谁。这就进一步显示出戏仿作者对事物、事件和世界的理解和把握，并不追求那种单一的、绝对的、权威的"客观事实"或者真理，而是坚持一种多元化、相对化，抑或视角主义、语境主义的方法和立场来认识、理解和阐释我们这个共同的生存世界。

第二节 戏仿的倒置机制

倒置机制是人们在戏仿文本的阅读中最容易发现的一种机制。因为通过源文本与仿文本的对比，它们之间的历史关联与现实区分是显而易见的。因此，在戏仿理论的研究与建构中，倒置机制也是理论家十分重视和特别关注的一种机制。从历史的角度来看，倒置机制并不肇始于戏仿，但却在戏仿中得到了强化，并作为一种重要的文艺机制被理论界和实践界所关注，并被推延开来。倒置机制结合具体的理论家的学说，演化为各种别具特色的理论形态，推动了文艺批评理论的变革和发展，这应该是一个不争的事实。"倒置"对应的英文单词是"inversion"，有"倒置、反向、倒转、逆转"等词典释义。对于文学艺术乃至文化现象中的这种倒置机制的系统研究，俄罗斯文艺理论家巴赫金的理论贡献应该无人能出其右。巴赫金是在研究中世纪的狂欢节时注意到了文化中的这种倒置机制，巴赫金指出：

> 在中世纪，以各种民间语言和拉丁语写成的大量诙谐文学与讽刺性模仿文学（即戏仿文学，引者注），都这样或那样地同狂欢型庆典联系着，亦即同狂欢节本身，同"愚人节"，同自由自在的"复活节之笑"等联系着。……中世纪的人似乎过着两种生活：一种是常规的、十分严肃而紧蹙眉头的生活，服从于严格的等级秩序的生活，充满了恐惧、教条、崇敬、虔诚的生活；另一种是狂欢广场式的自由自

第三章 戏仿机制论：转述、倒置与夸张

在的生活，充满了两重性的笑，充满了对一切神圣物的亵渎和歪曲，充满了不敬和猥亵，充满了同一切人一切事的随意不拘的交往。[①]

巴赫金的论述与分析其实是讨论人类在中世纪时期的两种不同的文化生活，其一是正常的日常生活；另一种则是狂欢节。通过巴赫金的论述我们不难看出，如果将人们的日常生活理解为一种文本，狂欢节理解成为另一种文本的话。那么将这两种文本之间建构联系的，在我们看来，恰恰就是一种倒置机制。可以说，狂欢节是对日常生活的全面和全方位的倒置。如果将人们的日常生活理解成一种源文本的话，狂欢节则是一种仿文本。同文艺作品或者文艺实践相比较，只不过，狂欢节是一种涵盖面更广甚至包罗万象的生活而已。甚至可以说，狂欢节是人类最大的一种戏仿形式或者戏仿文本。狂欢节或者戏仿文本给我们呈现的一个"翻了个儿的世界"[②]。这个"翻了个儿的世界"是对日常生活世界的全面戏仿，是对人类生活世界的各种关系、秩序和规范的全面倒置。而在戏仿文本中，"作者要赋予这个他人语言一种意向，并且同那人原来的意向完全相反"[③]。

对巴赫金有过深入研究并出版过《巴赫金思想导论》（*Bakhtinian Thought*: *An Introductory Reader*, 1995）的英国批评家西蒙·邓提斯（Simon Dentith）在戏仿理论研究中的重要著作《论戏仿》（*Parody*, 2000）中也极大地接受了巴赫金的观点，结合中世纪晚期以降的众多文艺作品中的戏仿例子，不无深刻地指出：在我们阅读到的这些戏仿作品中，那些曾经被视为权威的人物，用以膜拜的仪式以及被不断神圣化的宗教语言，都成了被无情地嘲弄的对象，无一例外地被倒置了。[④] 一般而言，"在戏仿中的两个文本、两种声音之间就是一种互相敌视，互相对立的关系，其中戏仿文本对源文本的作者创作意图和叙述模式等方面都做了颠倒和反向的处理"[⑤]。柏格森

[①] ［俄］巴赫金：《巴赫金全集》（第五卷），白春仁等译，河北教育出版社2009年版，第167页。
[②] ［俄］巴赫金：《巴赫金全集》（第五卷），白春仁等译，河北教育出版社2009年版，第172页。
[③] ［俄］巴赫金：《诗学与访谈》，白春仁等译，河北教育出版社1998年版，第256页。
[④] Simon Dentith, *Parody*, London and New York: Routledge, 2000, p. 52.
[⑤] 程军：《20世纪戏仿叙事的"反向"逻辑》，《华北电力大学学报》（社会科学版）2015年第2期。

认为:"一个情景如果同时属于两个独立的事件,并且能够在同一时间里用两种完全不同的意思来解释,那么就必然是滑稽的。"① 这些思想和观点给倒置以及戏仿获得独特的滑稽效果提供了强有力的理论支撑。根据理论家的论述,戏仿中的倒置机制主要运用的是一种对立思维,将自然世界、人类社会和心灵世界中的各种事物、现象和秩序的对立面呈现出来,以让人看到一种自视优势的一方处于其对立面的时候,在优势缺失的境况下是如何的狼狈不堪以及让人忍俊不禁的。

一 自然属性的倒置

在戏仿中,倒置是相对于顺置而言的。一般说来,源文本中的人物、事件以及相互之间的关联不管是处于何种状况,在戏仿的倒置机制中,其一般被理解或者被预设为一种顺置状态。仿文本中的人物、事件以及相互关系状态相对于源文本而言,处于二元对立思维的另外一端或一极,则是一种倒置状态。在戏仿实践中,我们发现,自然关系的倒置是戏仿倒置机制中最为常见的一种倒置方式。所谓自然属性即是一种自然而然的性状与特质,是事物的一种客体性状态,不是一种通过主体价值与社会关系纽带而连接起来的关系和特征。自然属性是事物一种自然、客观甚至是物理性的存在状态。通过戏仿文本的考察,戏仿中自然属性的倒置一般呈现为如下几个层面。

第一,是历史时空的倒置。任何一部文艺作品都有其产生的具体历史时空,都是具体历史环境和历史时空的产物,尽管有些文艺作品的创作者有一种超越历史时空限制的诉求,但其创作的文艺作品与具体的历史时空有着不可割舍的历史联系,打上了特定历史时空的烙印却是不争的事实。因为,任何文艺创作者都不可能拒绝和超越具体的历史存在,否则就是一种历史虚无主义。就如我们分析每一个文艺文本都要将之结合特殊的历史语境中来讨论一样,诸如荷马史诗必须与古希腊这个特殊的历史文化时空联系在一起,而波德莱尔的《恶之花》也必须与资本主义这种独特的历史文化情景关联起来。而在戏仿中,历史文化时空的倒置就是将源文本赖以存在的特定历史文化时空抽离,置换成一种与源文本完全不一样的或者

---

① [法] 亨利·柏格森:《笑与滑稽》,乐爱国译,广东人民出版社2000年版,第68页。

完全相反的历史文化情景中。这种倒置机制就类似于"新瓶装旧酒"，同样的故事、同样的人物、同样的情节、同样的价值取向，但在一个完全不一样的历史文化时空中，使此前正儿八经、正襟危坐的各种话语与行为显得十分不合情理、十分荒谬可笑，产生一种完全不一样的理解和价值意义。

在文学创作方面，美国后现代作家唐纳德·巴塞尔姆创作的《白雪公主》就是对格林童话《白雪公主和七个小矮人》的戏仿，其最为重要的做法就是将其历史文化时空进行了置换，依循其原来的故事框架，只不过其历史时空已经到了20世纪60年代的美国纽约，使童话世界中的美好、光明与现实世界中的失落、困惑进行比对，通过历史时空的倒置，让人更加充分地感受到现实的残酷与荒诞。在绘画方面，一般而言，我们将西班牙画家毕加索1950年创作的《朝鲜屠杀》视为对法国画家马奈的《麦克西密朗的枪决》的戏仿，而马奈的《麦克西密朗的枪决》则被视为对西班牙画家戈雅的《1808年5月3日夜枪杀起义者》的戏仿。尤其是马奈的《麦克西密朗的枪决》在这组复杂的戏仿关系中其既为仿文本又为源文本，具有继往开来、承前启后的价值。《朝鲜屠杀》《麦克西密朗的枪决》之所以被视为戏仿作品，主要是因为通过一些画面符号的变更将都是枪决或者屠杀行为的历史文化时空进行了倒置，从而产生了不同的意义理解。戈雅的《1808年5月3日夜枪杀起义者》表达的是1808年马德里人民反抗拿破仑军队的入侵和占领进行起义。在反抗失败后，随即数以百计的起义者遭到了法军的枪杀。这是入侵者对反抗者的枪决。而《麦克西密朗的枪决》画面的构图、人物关系与前者一致，只不过这里的枪决者与被枪决者的服饰与场景发生了变化，将历史文化时空切换到墨西哥军事法庭对侵略墨西哥并窃取了皇位的奥地利大公麦克西密朗的枪决，是一种维护国家主权的力量对入侵者的枪决。而在毕加索的《朝鲜屠杀》中还是枪决这一行为，但这里将历史文化时空置换到朝鲜战争，这群持枪者是联合国军，他们如机器人冷面无情，步调一致，被枪决者则是朝鲜的妇女儿童，甚至还有即将临盆的大肚孕妇。这三幅画通过历史文化时空的倒置，实现了从非正义到正义，再到非正义的枪决文化的时空倒置，构建了连锁的戏仿关系。影视方面，《大话西游》则是在《西游记》描述的唐僧舍生取义到西天取经功德圆满之后的500年，时过境迁，物是人非，历史时空发生了翻天覆地的变化。孙悟空"转世"为斧头帮班主至尊宝，而让孙悟空爱恨交加的师父唐僧则成了蜘蛛精（春十三娘）与猪八戒（二当家）的私生子。这种历史时空的倒置，让受众感受到原来历史时空中人物或者角色遭遇的压迫或者不公。

第二，是物理状态的倒置。在戏仿的倒置机制中，戏仿文本在绝大多数的情况下通过对源文本中的事物物理状态的倒置来实现戏仿的关系建构。在源文本中，每一个符号，每一种形象，每一个情节，每一个行为都被赋予了一种权威性或者约定俗成的理解和意义建构。甚至在某种意义上，每一个符号都被固定化和唯一化。但在戏仿文本中，通过对事物或者人物的物理状态的倒置，来重建或者破除此前意义建构的权威化、固定化或者唯一化。尤其是在叙事性文本中，特别是有关人物形象的塑造中，有些经典形象已经家喻户晓，但在戏仿文本中，这些被固化的形象往往由于其物理状态的倒置，即便在与源文本同样的故事情节中，同样的人物关系中，同样的价值视野中，这种物理状态的倒置也会产生戏仿的效果。诸如在我们熟悉的《西游记》中，通过文学作品和影视媒介，我们对其中的唐僧、孙悟空、猪八戒、蜘蛛精等有了一种固化的形象理解，但在戏仿文本《大话西游》中，除了保持这些人物名称之外，唐僧、孙悟空、猪八戒、蜘蛛精等形象都有很大的改变，他们的形象和形体特征已经超出了我们的固有理解。在有些戏仿文本中甚至更为突出，将胖子变成瘦子，将高个儿变成矮个儿，将长的变成短的，将上变成下，将暖色调变成相反的冷色调，将疾步行走变成举步维艰，将性情急躁变成慢条斯理，将源文本中的各种物理状态都倒置成它的相反状态。这种倒置让人产生心酸、心痛甚至啼笑皆非。这种物理状态的倒置，让受众在产生与源文本的关联中，同时又感受到不同、差异、大相径庭和耳目一新。在这种既熟悉又陌生，似是而非的情景中，获得一种前所未有的接受体验。这种倒置既有遵循同时又有突破。通过倒置，戏仿文本与源文本形成了这种特殊的戏仿关系，产生了意想不到的戏仿效果。

第三，是性别属性的倒置。性别在英文中有两个单词来表达，一是"Sex"；二是"Gender"。前者是一种自然性别，是与生俱来的，由人类自身的染色体结构决定的。后者是一种社会性别，一般而言主要是指个体在社会化的过程中形成的性别意识与性别认同。在这里，我们主要是指

第三章 戏仿机制论：转述、倒置与夸张

"Sex"意义上的自然性别。在戏仿文本中，这种性别属性的倒置机制，一般是将经典文本中或者社会文化中约定俗成的性别角色置换成相对的性别，让其体验相反性别在相应的文化情景、社会境况和工作岗位中的体验、情绪和认识。在古今中外的众多文艺作品中，很多经典文本中的主角性别一般定型化或者固化了，诸如充当英雄的一般就是男性，表征天使的一般都是女性。男性一般与阳刚、勇猛、理性、秩序等关联在一起，女性一般与阴柔、怯懦、非理性、无序等关联在一起。根据这些特质，在人类的社会化过程中，以性别为依据的岗位分工相对确立，一般而言男性主外，女性主内，男性保家卫国，女性生儿育女。这样一来，就导致了人类生活领域以性别为依据的界限和区分。导致了男性生活世界与女性生活世界的隔膜、鸿沟甚至对立，也导致了男女性对彼此世界的陌生，同时也产生了基于性别差异的对彼此生命、生存和生活的不理解。男女之间往往会站在自己的性别角度来思考问题，进而产生相应的矛盾和对立。乔伊斯·卡洛尔·欧茨（Joyce Carol Oates）的《布鲁德斯摩传奇》是对阿尔考特《小妇人》的戏仿。《小妇人》玛基四姐妹基本是按照传统的社会价值观念对女性的设定来生活，她们按照随军的父亲信中的要求来塑造和完善自己，表征着男性对女性的规训。在欧茨的《布鲁德斯摩传奇》中的曾家五姐妹，作者对她们的性别和价值观念进行了倒置。她们不再是按照别人的要求和目光去活着，而是尊重自己内心的愿望，活成自己想成为的那个样子。欧茨的《布鲁德斯摩传奇》显然实现了对源文本中性别角色和性别认同的倒置。

历史地看，在戏仿作品中，戏仿者往往打破这种性别的文化约定，在经典文本中由男性来扮演的角色，一般将之倒置成女性，让女性去体验男性的生命世界，相反往往由女性执行的工作，在戏仿中，我们又将之赋予男性。在文艺文本中很多这样的例子，"史学家戴维·昆索尔（David Kunle）经过考证后指出，在流行于15世纪到19世纪初期的欧洲大开本连环图画中，充斥着丰富的性别倒置现象，例如丈夫坐着抱着婴儿，妻子站着手里拿着枪保卫他们；妇女在围攻城堡，开着枪爬上城墙，等等"[①]。这种性别倒置机制在女性主义艺术中被经常用到，诸如女性主义绘画和女性主

[①] 程军：《翻了个的世界》，《青海师范大学学报》（哲学社会科学版）2016年第4期。

义文学等，倒置或者角色互换成为女性主义文艺戏仿男权中心主义的主要方式方法，同时也是女性主义在文学艺术中揭示男性中心主义的蛮横、无理、霸权，以及彰显女性被欺压、无助和处于被动状态的屡试不爽的手段。在女性主义文学创作和批评实践中，性别倒置机制成为一种无往不胜、所向披靡的利器。通过这种倒置机制，在戏仿文本中，使男性能够体会女性的艰难、无助、弱小和被压制状态，进而为有效改变这种状态，实现两性的平等、对话与和解提供一种可能。

二 社会角色的倒置

社会角色"是指个人在特定的社会关系网络中所占有的位置以及社会或组织对某个特定位置所规定和要求的行为模式"[①]。社会关系网络发生了变化，个人的社会角色也会随之发生变化。角色是一种关系模式中的产物，是相对而言的。一个个体的角色不是恒定或者一劳永逸的，会随着关系模式的改变而发生变化。在一种关系模式中，一个个体是父亲的角色，但在另一种关系模式中，他可能会是儿子，或者是丈夫，或者是上级等等。从某种意义上说，每一个个体身上集合了众多角色，从社会心理学的角度来看，每一个个体都是一个角色丛。在叙事性文本中，每一个经典文本，文本中的特定社会关系构建了他或者她的社会角色，形成了他或者她的行动原则和行为模式。戏仿文本在某种意义上就是通过社会角色的倒置机制，将在源文本中被固化的社会角色颠倒过来，让人产生一种不一样的感受和理解，尤其是让那些权力关系中的弱势角色，让这种压制性的社会角色关系发生颠倒，以这种颠倒的社会角色来构建一种奇特的文本中的社会关系和人物关系，呈现出一种崭新的体验和结果。

第一，是亲属关系中的角色倒置。亲属关系是人类社会中人与人之间的基本关系，在亲属关系中每一个个体被赋予了一种特定的社会角色或者角色丛。个体之间他们构成了夫妻关系、父子关系、祖孙关系、母女关系、兄弟关系、姊妹关系等。在传统的伦理道德体系中，他们之间的亲属角色关系被一些价值规范和意识形态所塑造。在特定的关系中，每一个个体按照一定的社会价值规范进行活动或者采取行动。每一个个体都应该按

---

① 孙廷华：《对"社会角色"的哲学思考》，《社会科学》1991年第4期。

第三章 戏仿机制论：转述、倒置与夸张

照相应的角色要求来选择与另外一个个体进行交往的行为和言说方式。诸如尊老爱幼，夫为妻纲，妻贤子孝等。但在这种狂欢化的戏仿文本中，源文本或者底层文本中那种建构起来的亲属关系常常被打破或者被倒置。在众多的戏仿文本中，同源文本相比较，出现了丈夫的角色被妻子填充，父亲在仿文本中变成了儿子，祖父变成了孙子，母亲变成了女儿，兄长变成了弟弟，姐姐变成了妹妹，女婿变成了岳父等。一句话，就是源文本中的亲属角色关系完全发生了颠倒。在这种颠倒或者错位的亲属关系中，展现各自在新的角色位置上，对角色的不同理解、体验和对世界、自我和他者的理解和认知。

第二，是等级关系中的角色倒置。在阶级社会中，等级关系是构建人与人之间关系的一种重要的关系状态。人与人之间有生而不平等的，也有后天发展使人与人之间的不平等关系。奴隶社会中的奴隶主与奴隶，封建社会中的地主与农民，资本主义社会中的资本家与工人，以及中国传统社会中的君主与臣子、贵族与平民，主人与仆人等关系就是一种典型的等级关系。在这种不平等关系中，处于优势地位的角色一般是主宰者、发号施令者、控制者，而处于弱势地位的角色一般是被主宰者，服从者，执行者，体现着一种不平等的关系状态。巴赫金在研究中世纪文化时发现，官方文化在某种意义上是在强化这种等级制度和等级秩序，而民间的诙谐文化在一定程度上是在消解或者反抗这种等级秩序或者等级文化。表现得尤为突出的是，在狂欢节上，人们的种种行为就是意在打破这种等级制度和秩序文化，将此前的等级关系中的角色进行倒置。最为引人注目的就是狂欢节仪式上的加冕和脱冕，加冕不是加在帝王的头上，而是给普通人进行加冕，让他在狂欢节的仪式上体验一下作为国王的感觉，而脱冕则是将国王头上象征权威权力的皇冠脱下来，是对其权威、权力的亵渎和蔑视，同时也让那些昔日耀武扬威的人狼狈不堪。拉伯雷的《巨人传》就用爱比斯德蒙的视角描述了那些在人世间显贵的社会角色在阴间被完全倒置的种种情状：

> 我看见亚历山大大帝在那里补破鞋来过苦日子。克塞尔克塞斯（希腊神话中的英雄）吆喝着卖芹菜。罗木路斯（传说中罗马帝国头一个皇帝）在卖盐。奴马（传说中罗马帝国第二个皇帝）在打针。塔

尔干（传说中罗马帝国第五个皇帝）吝啬小气。比佐（公元前六七年罗马帝总督）成了个乡下人。西拉（公元前一世纪罗马帝国之独裁者）作了撑船的……就这样，凡是这个世界上的大人物，到了那边都得受罪。相反的，一些学者和这个世界上的穷人，到那里就轮到作大人物了。我看见戴奥吉尼兹（古希腊哲学家）阔得不得了，穿着紫红色长袍，右手还拿着权杖。遇到亚历山大没有把他的裤子补好，拉起来就是几棍子，打得亚历山大大帝直想发疯。①

在戏仿文本中，此前源文本建构的那种特定的等级秩序与等级关系通过角色倒置机制，将人类社会中建构起来的这些君臣、主仆、富人穷人、上级下级，乃至人畜之间的等级关系完全颠覆了。通过倒置，人们在这种让人惊诧或者不适应的社会角色关系中领悟了此前被遮蔽的东西，看到了自己的被压迫状态，在戏仿中获得了一种对世界的崭新的认识，同时去除掉对等级制度，权力与权威的膜拜与迷信。从这个维度上讲，戏仿在某种意义上通过等级关系的倒置，也在生产一种幻象或者建构一种社会价值、人生理想，或者是表达一种被压制者的符号学反抗。

第三，是附庸关系中的角色倒置。附庸关系是等级关系中的一种特殊形态。附庸关系是殖民时代国与国之间的一种关系表征。在殖民时代，欧洲国家纷纷到美洲、亚洲、非洲等区域开展殖民活动。在殖民过程中，他们往往通过武力征服上述区域的欠发达国家或者落后国家。在征服这些国家的同时，殖民国家与被殖民国家之间构建了一种附庸关系。前者是宗主国，后者是附庸国或者是附属国。宗主国对殖民地进行政治、经济、文化等全方位的控制和统治，对殖民地国家进行全方位的掠夺。随着世界范围的民族独立运动，此前的殖民地纷纷获得独立。宗主国对殖民地的军事控制和实际占领变成了过去时。但宗主国依然没有放弃对原来的殖民地国家在意识形态和价值观念的控制和塑造。虽然当下的帝国主义不像此前的帝国主义那样通过武力去控制，但他们往往会通过教育或者文化活动来塑造殖民地人民对自身的理解和想象，去构建他们的身份与价值认同。也就是说，尽管今天殖民时代已经结束，但殖民地人民对世界的理解和认知，思

---

① 夏忠宪：《巴赫金狂欢化诗学研究》，北京师范大学出版社2000年版，第74—75页。

第三章 戏仿机制论：转述、倒置与夸张

想观念与意识形态的生产依然是依附着宗主国。此前，基于自身独特历史地理环境所形成的一整套知识体系、价值观念和生活方式因为宗主国的殖民和宗主国文化的强势介入导致了殖民地国家现在与历史的断裂，导致了殖民地国家的人民依然依附宗主国的文化观念、思维方式和意识形态来理解和认知这个世界、来描述自我的感受与体验。也就是说，殖民地国家的人民在"身体"层面上脱离了宗主国的殖民，但在"心理"层面还没有脱离宗主国的殖民而获得独立。后者似乎比前者的独立自主显得更为漫长和艰难。

因此，殖民地国家的"很多作家在创作时，自觉运用戏仿的手法——保持批判反讽距离的模仿，将颠覆殖民话语和塑造自己的民族形象视为己任"[1]。而运用戏仿最为重要的策略是将这种被动的、附属的、沉默的角色倒置过来，成为能主动表征自我的主体，而不再是被表达的沉默的他者。因为在文化殖民主义或者后殖民阶段，殖民地国家的知识生产是被宗主国建构和控制的。在理论界看来，后殖民批评是为了揭示这些沉默的"他者"的被建构性，"它通过检查现代西方知识在形成中与作为殖民地的东方之间的关系，来重新评价其知识观念和话语构造背后的权力关系，考察西方是如何把东方作为一个'他者'来进行政治、经济、意识形态和文化上的对照和控制，由此创建不仅关于对象也关于自身的知识和文化机制"[2]。在某种意义上，殖民地国家的作家写作正是要通过颠倒这种依附关系，来重建自我的主体性。殖民地国家的写作在表层上模仿宗主国那些经典的文艺文本，但在其底层却一直涌动着表达自我和建构自我的强烈诉求，因为戏仿"和任何文化行为一样，在模仿另一种文化生产或行为时暗含相对的争论"[3]。

J. M. 库切（J. M. Coetzee）的《福/敌人》是对英国小说家笛福《鲁滨孙漂流记》的戏仿。在笛福的小说中，作为殖民者的鲁滨孙有着极强的探险精神和扩张意识，是话语的主导者和价值观念的建构者，而他漂流到的荒岛则是野蛮落后和殖民地的象征。鲁滨孙偶遇的食人族男孩星期五在

---

[1] 蒋花、杜平：《"他者"和戏仿——对抗"文化殖民主义"的策略探讨》，《当代文坛》2007年第5期。

[2] 宋明炜：《后殖民理论：谁是"他者"》，《中国比较文学》2002年第4期。

[3] Simon Dentith, *Parody*, London and New York：Routledge, 2000, p.10.

整个小说中都是沉默的,是被表达的,相对鲁滨孙而言处于一种从属和依附的地位。但在库切的《福/敌人》中星期五不再是一个沉默者、受启蒙者,通过其自身的言说和表达,突破了其被殖民话语建构的愚昧无知者形象。印度作家R. K. 纳拉扬（R. K. Narayan）虽然受宗主国英国文化的影响,依然还是运用英文写作,但是在其写作中,他不再对英国社会或者英国文学俯首称臣、顶礼膜拜和擎颈仰视,而是从自我的立场和视角来表达印度人自身对世界的理解和感受。他的《斯瓦米和朋友们》（*Swamiand Friends*）以及《文学学士》（*The Bachelor of Arts*）基本都持这一立场,通过颠倒作为殖民地的印度和作为宗主国的英国之间的附属关系,此前在文学书写中一直是边缘人的印度人来到了书写的中心,英国人则被边缘化了,印度人成了叙述者,而英国人则成了沉默和需要表达的群体。因此,在后殖民批评看来,戏仿中的这种附属关系的角色倒置,是为沉默的压抑者张目,是揭示西方对东方想象和建构中隐藏的暴力与权力关系的利器。戏仿将隐藏在深处的压迫关系暴露了出来,以引起人们的注意和抵抗。

三 情感态度的倒置

情感态度是主体对客体或者对象是否符合其需要或者喜好所产生的情感评价状态或者结果。情感态度既是主体与对象在交往互动中形成的一种情感体验,同时还是主体与对象进一步产生关联的一种重要的心理基础。每一个主体对任何进入其视野,与其发生关联的他者都会持有一种相应的情感态度。主体对他者的情感态度在一个特定的语境中,相对固定,但从一个历史的视角来考察,也会发生变化。情感态度影响着主体与交往对象交往的立场、方式、内容和结果。就文学艺术而言,情感态度,主要存在两个维度：其一是叙述者对文本中的人物、事件、行为的情感态度；其二是叙事文本中人物或者角色对其周遭事物的情感态度。诸如,莎士比亚对《哈姆莱特》中所叙述的一切事物、人物和行为的情感态度,有喜欢、有讨厌、有赞美、有批评等；另外一个层面就是《哈姆莱特》文本中各种人物和角色之间的相互情感评价与情感态度。诸如,哈姆莱特对父王老哈姆莱特,对叔父克劳狄斯,对母后乔特鲁德的情感态度,以及他们对哈姆莱特的情感态度等。

第一,是作者对整体文本情感态度的倒置。美国文艺理论家苏珊·

第三章 戏仿机制论：转述、倒置与夸张

朗格曾经指出："艺术，是人类情感的符号形式的创造。"① 每一个作者在创作一个具体的文本时都会赋予这个文本以一个整体的情感态度和情感基调，受众在接受或者鉴赏这个文艺文本时都会被这种情感态度和情感基调所感染，同时进入这个情感氛围之中。诸如，苏轼的词体现一种豪情万丈、气壮山河的情感态度与情感基调，梵·高的绘画则体现一种整体的忧郁和狂躁的情感态度。冯友兰作词、张清常谱曲的西南联合大学校歌《满江红》则彰显一种悲惨而又坚决的情感态度等。总体看来，每一部文艺作品都有一种作者寄寓其中的总体情感态度，或欢快，或忧伤，或崇高，或滑稽，或荒诞，或高潮迭起，或波澜不惊。但在戏仿文本中，戏仿者往往都会着力打破或者颠倒源文本中设置的这种情感基调与情感态度，在一种相反的方向强化戏仿者对整个文本的情感态度，将那些严肃情感态度弄成插科打诨的状态，将原文本中那种庄重的情感诙谐化。也有相反的，戏仿者会将那些源文本中轻松的情感态度正襟危坐或者极端严肃化，将高潮迭起的情感平静化或者平淡化。譬如，网络短剧《一个馒头引发的血案》对电影《无极》的戏仿，就是将《无极》中那种严肃认真的情感态度进行了倒置，以调侃、戏谑的方式对其表达了不满，进行了批评。

第二，是对作者或者叙述者情感态度的倒置。如前所述，作者或者叙述者对文本中的世界都会有一种明显的情感态度，有好恶，认同、否定，支持和反对等，不一而足。即便是罗兰·巴特意义上的"零度写作"，这也是写作者"悬置情感"的一种情感态度。每一个文本写作完成之后，主体的情感态度就相对固化了下来，并成为受众通过文本解读作者创作个性、创作心理和创作动力的重要通道。戏仿中，戏仿者在戏仿文本中往往会通过对原作者情感态度的倒置，改变作者或者叙述者原有的情感态度，通过文本叙述构建一种不同于源文本的情感态度，并以此来构建作者与文本世界的崭新联系。乔伊斯的《尤利西斯》是对荷马史诗《奥德赛》的戏仿。在《奥德赛》中，叙述者对其主人公奥德修斯的叙述目的是引导读者产生一种敬慕、赞美和崇拜的情感态度，是将奥德修斯作为一种英雄的形

---

① ［美］苏珊·朗格：《情感与形式》，刘大基、傅志强、周发祥译，中国社会科学出版社1986年版，第51页。

象和特征来塑造，但在乔伊斯的《尤利西斯》中，作为一个与奥德修斯相对应的人物，或者戏仿奥德修斯的人物，布鲁姆则是一个表现平庸、胸无大志、性格怯弱，甚至毫无男子汉气概的性无能者。显然在乔伊斯的叙述中，这种可以说糟糕透顶的人物或者角色不是其张扬或者认同的，而是要贬斥的。一种曾经顶天立地、让人仰慕的英雄倒置成了一个让人嗤之以鼻和鄙视的庸人。巴塞尔姆《玻璃山》中的那个在源文本中曾经英勇无比的青年英雄也被其倒置为一个即便在现代登山装备的支持下也不敢挑战危险和困难的胆小鬼。这种对叙述者情感态度的倒置，让人产生一种完全不一样的阅读体验。

第三，是对文本中的人物或者角色情感态度的倒置。主要是指仿文本同源文本中的人物或者角色之间的情感态度向对立的方向发生了转变，重构了一种与源文本完全不一样的情感关系模式。诸如在中国的长篇神话小说吴承恩的《西游记》中，孙悟空对众妖魔鬼怪的情感态度，由于孙悟空是代表着护送唐僧去西天取经的正义力量，代表着作者想要张扬的正义的价值观念，因此孙悟空在《西游记》中是疾恶如仇、爱憎分明，对所有的妖魔鬼怪都是厌恶的、痛恨的，处于你死我活的情感对立状态。因此，在《西游记》中，孙悟空见妖就要打，见怪就要降，见魔就要伏。但在《大话西游》这部戏仿电影中，创作者就将孙悟空与妖魔的这种情感态度进行了倒置。孙悟空与白骨精在《西游记》中的情感状态是敌对的。孙悟空对其是咬牙切齿和除之而后快的，但在《大话西游》中，同样的角色，作为斧头帮帮主的孙悟空由原来不近女色、坐怀不乱的"圣人"形象蜕变为滥情女色并爱上了要吃唐僧肉的白骨精（白晶晶）的欲望化角色。人物之间的情感状态由恨到爱的倒置与逆转产生了人物之间情感状态的变异性和复杂性，将其从此前的敌友对立的简单状态中超越出来，揭示了人物情感态度的多种可能性和丰富性。同时，通过情感关系状态的倒置，改变了传统经典文本中人物关系的固有印象。

诚然，理论界有关戏仿中的倒置机制呈现的维度和层面远不止于我们所分析的这一些，其内涵与外延都要丰富和宽广得多，不胜枚举。它是现代二元对立思维在戏仿中的体现和运用，同时，它以二元对立作为其运行的底层思维。尽管对理论界讨论倒置机制所体现的方面无法穷尽，但结合戏仿实践和戏仿理论的实际，我们发现，戏仿倒置机制的主

第三章 戏仿机制论：转述、倒置与夸张

要内涵已经在上文的论述中基本涵括。在具体的戏仿文本中，对于戏仿倒置机制的运用，它们可能是综合的，不仅仅是我们在上文中所陈述的那样单一而纯粹，而是多个维度、多个层面倒置机制的同时运用，既有自然关系的倒置，也有社会角色的倒置，还有情感态度的倒置等，诸如拉伯雷的《巨人传》中的德廉美修道院那样，作者将其作为现实世界的对立面，是对现实世界的全面的倒置，凡是现实世界禁止的、反对的、诋毁的，那么在这个理想的修道院中就是欢迎的、支持的、赞美的。一切按照现实世界的对立面来塑造和构建一个相反的世界。由于不同维度的倒置机制的使用，使文艺世界中的戏仿现象呈现出各种不一样的形态和面相。

尽管如此，但各种不同的倒置机制的内核在某种意义上说，主要是将传统的文化价值观、意识形态中给予相应事物、行为、人物和价值的定位颠倒过来，将主导的、传统的视野中遮蔽的或者边缘化的世界呈现出来，丰富我们对生存世界的理解和认识。因此，这种倒置机制在具有颠覆性的同时，更具有一定的建构性，将此前被遮蔽的、沉默的世界展示在我们的面前，使我们对事物的理解变得更为多元，同时让我们看到此前被相应的文化价值或者意识形态奉为一尊、毋庸置疑的自然性下面隐藏着多么强大的暴力和宰制。俄罗斯文艺理论家巴赫金在其讨论狂欢节的相关论述中，其实就看到了这种倒置机制在批判、否定的同时所蕴含的各种肯定性和建构性：

> 在注重否定一极的时候，也没有脱离肯定的一极。这不是抽象和绝对的否定，不是从其余世界断然分离出来的否定现象。……就其实质说，它描述的是世界的变态，世界的面貌变化，从老向新，从过去向未来的转变。这是一个度过死亡阶段而走向新生的世界。[①]

这种倒置机制强大的批判性和建构性矛盾并存的特性，引起了越来越多的理论家对它的重视和认可。英国批评家罗吉·福勒（Roger Fowlre）认为戏仿常常"引用或间接提及它所揶揄的作品，并以取消或以颠倒的方式

[①] ［俄］巴赫金：《拉伯雷研究》，李兆林等译，河北教育出版社1998年版，第479页。

使用后者的典型手法"①来建构自我、表达自我和实现自我。文化批评家约翰·多克（John Docker）则强调，古今中外的人类文化中多种多样的狂欢节形式一般都充斥了错位、颠倒、杂乱的意象，通常都会对现实社会的规则和惯例进行嘲弄、颠倒，使其里里外外、上上下下都翻转了过来。②当代加拿大批评家琳达·哈琴（Linda Hutcheon）在某种意义上将倒置视为戏仿的潜在本质，认为戏仿就是"以反讽性的倒置为典型特征的模仿"，并进而认定"反讽性的倒置是所有戏仿的特征"③。这种倒置机制也产生了具体的文化力量，正如费斯克所指出的："它们可以很好地充当一种对宏观层面不断加以侵蚀的力量，从这一体系内部来削弱它，以便更易于在结构层面上改变它。"④戏仿中的这种倒置机制使人类文化上的二元对立思维中的各种压制性力量得到了彰显，也使其依托相应的文化意识形态得以施行的不合理性得到了暴露。这一点直接启示了20世纪西方的解构主义理论。法国解构主义大师德里达对二元对立思维的解构就是从这里开始。德里达从西方形而上学传统抑或逻各斯中心主义的历史进行反思与批判，他在《多重立场》中写道：

  在古典哲学的对立中，我们所处理的不是面对面的和平共处，而是一个强暴的等级制。在两个术语中，一个支配着另一个（在价值上、逻辑上等），或者有着高高在上的权威。⑤

德里达在反思中发现，这种看似平衡的二元对立，其实是不平等的，其中隐藏着一元对另一元的绝对优势、压制和暴力，这种平衡是暂时的和瞬间的，长此以往，那个占优势的一元会通过压制进而使另外一元处于更

---

① ［英］罗吉·福勒：《现代西方文学批评术语词典》，袁德成译，四川人民出版社1987年版，第195页。
② ［澳］约翰·多克：《后现代主义与大众文化》，吴松江等译，辽宁教育出版社2001年版，第267—268页。
③ Linda Hutcheon, *A Theory of parody*: *The Teachings of Twentieth Century Art Forms*, New York: Methuen, 1985, p. 6.
④ ［美］约翰·费斯克：《解读大众文化》，杨全强译，南京大学出版社2001年版，第12页。
⑤ ［法］雅克·德里达：《多重立场：与亨利·隆塞、朱莉·克里斯特娃、让-路易·乌德宾、居伊·斯卡培塔的会谈》，佘碧平译，生活·读书·新知三联书店2004年版，第48页。

第三章　戏仿机制论：转述、倒置与夸张

为弱势甚至消失，最后会呈现为一元独尊的状态。在德里达看来打破这种状态，最好的办法，就是将这种二元对立状态中弱势的一元通过倒置机制颠倒过来，打破这种压制状态，或者通过这种倒置机制，使强势的一元能够体验到被压制的状态。就这一点而言，德里达的解构思维与戏仿中的倒置机制相互呼应、相互支持、彼此强化。与此同时，德里达的解构思维也给戏仿理论提供了坚强的理论支撑和理论声援。

第三节　戏仿的夸张机制

夸张（hyperbole）在中英文中一般都被作为一种修辞格或者修辞方式来看待。我国著名修辞学家陈望道先生在《修辞学发凡》中将"说话上张皇夸大过于客观的事实处"[①] 命名为夸张辞，认为夸张是一种典型的辞格。后来的很多学者基本上继承了陈望道先生的这种思想和观点，刘继超、高月丽在《修辞的艺术》中指出："为了表达强烈的思想感情，突出某种事物的本质特征，运用想象，对事物的某方面着意言过其实，这种修辞方式叫夸张。"[②]《牛津高级英汉双解词典》对夸张的释义为："用于达到某种特殊效果的夸大陈述，且不能按其字面意义来解释（Exaggerated statement that is made for special effect and is not meant to be taken literally）。"[③] 维基百科全书认为："夸张是一种夸大其词的修辞手法或者言说方式。……在诗歌或者演讲术中，夸张在于强调和唤起强烈的感情，以形成深刻的印象。"[④] 就此而言，目前学界对夸张的研究主要集中在修辞学领域，认识到夸张在言语表达和文本叙述中有着重要的作用和价值，主要体现为一种极致思维，往往通过言过其实的方式使事物的特征得到强化和突显。

以上词典中所描述的都是一般意义上的夸张修辞或者辞格的特征，这种一般意义的夸张辞格与本书中所指的戏仿中的夸张既有区别又有联系。它们之间的联系是，夸张既是一种修辞手段，同时也是两种或者两种以上

---

①　陈望道：《修辞学发凡》，上海外语教育出版社1997年版，第128页。
②　刘继超、高月丽：《修辞的艺术》，石油工业出版社2002年版，第123页。
③　[英] A. S. 霍恩比：《牛津高级英汉双解词典》，李北达译，商务印书馆1997年版，第730页。
④　https://en.wikipedia.org/wiki/Hyperbole, 2017-03-20.

事物之间的联系机制。也就是说，夸张是在一种参照系统中彰显出来的，是一种比较视野下的判断或者结果。现实世界中的夸张，一般是将一种言语行为或者表达方式同事物本身的存在相比较而得出的，如果超出或者放大了事物本身的特征、特点，我们一般将之称为夸张。从上述论述以及相应的界定中我们发现，这种夸张关系的形成是既有表述与事实之间的关系所形成的一种机制。但戏仿中的夸张与现实中的夸张有很大的不同，戏仿中的夸张，不是文本或者叙述同客观事实构建的一种关系或者形成的一种机制，而是源文本与仿文本之间形成的一种关系，或者构建的一种机制。戏仿中的夸张机制是否存在，是基于仿文本针对源文本的比较而做出的判断，是仿文本与源文本之间形成的一种关系机制，脱离源文本来讨论戏仿的夸张机制就失去了意义。

美国叙事学家华莱士·马丁（Wallace Martin）在《当代叙事学》中指出："滑稽模仿（英文为parody，即本文所指的戏仿——引者注）本质上是一种文体现象——对一位作者或体裁的种种形式特点的夸张性模仿，它以语言上、结构上、或者主题上与所模仿者的种种差异为标志。滑稽模仿夸大种种特征以使之显而易见。"[①] 华莱士·马丁注意到了夸张是戏仿文本与源文本之间的联系机制，同时通过夸张使仿文本与源文本保持着差异，这一点与加拿大文艺理论家琳达·哈琴的说法有异曲同工之妙，琳达·哈琴认为，戏仿是"通过改变或者重塑先前文本，它展示了戏仿与被仿文本间的差异但却相互依存的关系"[②]。华莱士·马丁的说法在承认差异的基础上，发现了夸张是实现相互依存中的差异的重要方式与机制。但是这种夸张机制不是全面开花，而是选择夸张对象的某一个特征或者特点而进行。J. A. 库登在对戏仿实践的研究中发现："如果作家使用古语、长词、双重形容词，冗长而复杂的句子和段落、稀奇古怪的名字、离奇的表现手法；如果作家多愁善感，夸夸其谈，狡黠调皮，或者浮夸自负，那么，戏仿者就会捉住其中的某些特征来进行戏仿。"[③] 也就是说，戏仿者往往容易抓住这些作家的写作风格或者特点，将其进行夸大其词来实现戏仿。

---

① [美] 华莱士·马丁：《当代叙事学》，伍晓明译，北京大学出版社2005年版，第183页。
② Linda Hutcheon, *A Theory of Parody*: *The Teachings of Twentieth Century Art Forms*, New York: Methuen, 1985, p. 16.
③ J. A. Cuddon, *Literary Terms and Literary Theor*, London: The Penguin Group, 1998, p. 640.

第三章　戏仿机制论：转述、倒置与夸张

一　语言层面的夸张

华莱士·马丁在论述戏仿的夸张机制时，首先指出了这种夸张最为重要的就是体现在语言层面。华莱士·马丁的讨论是在文学领域，所指的语言主要是狭义上的语言，是指文学赖以存在的语言符号和载体，也是在这个维度上文学被称为语言的艺术。但在本书中，我们所指的语言是一种广义的语言，是指各种不同艺术门类赖以生存的符号形式。凡是能表达意义传达情感的各种符号我们都将其称为语言，诸如绘画语言、音乐语言、舞蹈语言、视听语言等。但在具体的论述中还是以文学为主，兼及其他艺术门类。不管是哪一种艺术，不管是哪一位艺术家，他们要想在文艺史上留下地位，能够被受众所识别，在某种意义上都会形成自己的语言风格和语言特色，从而形成自己创作的独特性。否则，他的创作就会被掩盖在其他的艺术作品之下，就会在历史的长河中被大浪淘沙，就会被遗忘。这也是众多艺术家不断寻求自身语言表达的独特性的缘由。同时，每一个创作主体由于自身的语言禀赋、个性特点和表达习惯也是有差别的。因此，每一个文艺创作者在自己的创作上都会形成自己的语言习惯和语言特点。作为被戏仿的源文本更是如此，它们的经典性、典范性和中心性在某种意义上正是因为如此，才得以奠基。

第一，是对语言速度的夸张。每一个创作主体在语言表达的速度上是有差异的。这跟创作者的性格有关，有人天生就是急性子，讲话节奏快，话语连珠，在单位时间内讲述的内容特别多，信息量特别丰富和巨大。在叙事学中，讲述的内容超过真实发生事情的时长，这叫快叙。也有人天生慢条斯理，不急不忙，单位时间内讲述的内容非常少，信息量特别有限。在叙事学中，讲述的内容所消耗的物理时长比真实的故事发生的时间要长，这叫慢叙。当然快叙和慢叙是一个比较粗略的划分，其间还有很多其他的叙述状态存在。语言表达的速度是构成一个艺术家语言特征的重要维度。只是，有时候这些特征我们没有将其单列出来审视，其特点没有引起我们足够的关注罢了。在这种语言表达的速度中，还有一种极端状态，就是语言表达的结巴化。有很多文学艺术作品的语言表达就十分形象地运用了结巴化的语言表达，形成了自己独特的语言表达速度和语言表达方式。而在戏仿文本中，戏仿作家对于语言的戏仿在很大维度上就是抓住语言表达的速度特征进行戏仿，将源文本的语言表达速度以一种极端的形式在仿文本中运用，通过这种夸张的放大和强化，让受众进一步了解戏仿的源文本的语言表达速度特点，进而让人在阅读仿文本中发现源文本的影响，同时将受众在阅读源文本中注意不够或者发现不够的语言表达速度特点突显出来。这种语言速度表达维度的夸张而建构的戏仿在说唱艺术中表现得更为突出和明显，诸如相声、小品、音乐等，小沈阳讲话的速度和腔调就被很多后来的小品表演者所戏仿，易中天学术讲座中的语言速度就有很多方面被戏仿，杨坤的音乐也遭到了很多人的戏仿。譬如，今天电视节目中的各种模仿秀在某种意义上就是抓住了源文本表述者语言表达的语速特点。

第二，是对语言修辞的夸张。修辞是指为了提高表达效果的技巧和手段，是一种怎么说或者怎么表达的艺术。同一个意思采用不同的修辞，会获得不同的表达效果。各种特定的修辞效果与手段就形成了相应的修辞格，诸如比喻、排比、夸张、对偶、顶真、回环等。文艺创作者在创作中的语言使用上，也会形成其在语言修辞上的独特的特点和风格。有时候，我们甚至一想到某种修辞就会联想到这一个艺术家。因此，每一个源文本都有其相应的修辞特质。而在戏仿文本中，戏仿作者就是紧紧抓住某一个文本或者某一个艺术家的艺术文本中特征明显的修辞手段进行夸张，在仿文本中将这种修辞推到极致，以形成一种独特的修辞风格，与源文本相对照这种修辞风格得到了一定的放大。诸如鲁迅先生的散文《秋夜》中的开篇句："在我的后园，可以看见墙外有两株树，一株是枣树，还有一株也是枣树。"① 这其中的重复修辞就被很多后来的戏仿创作者反复夸张使用。诸如"我的窗前有两盆花，一盆是风信子，还有一盆也是风信子"，或者"我的书房里挂有三幅画，一幅是国画，另一幅是国画，还有一幅也是国画"等。这种语言修辞，我们能够明显看出这是对鲁迅在《秋夜》中的重复修辞的戏仿。

第三，是对语言情态的夸张。语言的情态是主体在表达意义的同时所表达的主观情感态度。它往往通过语调、语气和语态甚至伴随表达主体的非语言成分来表达。情态是一种语言使用的语用意义，是一种语言外的意义。语言的意义会根据情态的差异和语言使用环境的变化而发生变化。这

---

① 鲁迅:《秋夜》，出自鲁迅《野草》，人民文学出版社1979年版，第1页。

是一种不同于结构主义语言学所强调的语言的意义,"一个人说话的语气、语调、声音的强弱,以及一个人的情感与情态这些与话语紧密相关的因素,在结构主义语言学里,似乎对于意义的建构并不占有地位。结构主义语言学对语言意义的确定在科学与客观的名义下进行了一种去主体化的提纯。这事实上与我们实际生活中的语言交际的情况不大一致"[①]。因为主体的语气、语调等因素对语言的接受者对意义的理解或者语用意义的生成会产生实实在在的影响。这在奥斯汀的语力概念、意向性概念以及英国哲学家保罗·格赖斯对自然意义和非自然意义的区分中都强调了这一点。语用意义与语言的意义有关,但要超越语言的意义,是语言使用中的意义,不是语言的结构意义,而这一切是语言的情态赋予的。每一个作家在创作中其语言的使用都是与其情态相伴随的。也会形成自己的语言情态特点,诸如,有些人在表达这些相关意义时是充满热情的,而有些人则是冷冰冰的。同样的语言,因为情态的差异,有些显得特别的充满期待,有些则显得什么都无所谓。有些显得让人心生怜爱,有一些则让人陡升厌恶,不一而足。戏仿作品就是将语言的情态作为其夸张的对象。或者说,通过语言的情态构建了源文本与仿文本之间的夸张关系,形成了彼此之间的内在关联。语言情态的夸张就是将源文本的语言情态极致化,使其得以放大和凸显,让人对作者的这种情态产生深刻印象。

二 结构层面的夸张

结构在文艺理论、美学理论的研究视域中,我们常常倾向于结构主义所指称的意义。结构是一种共时分析的对象,也是在系统思维中分析各种不同元素之间关系的方法和思路。结构偏向于静态的共时性分析,是相对于动态的历时性分析而言的。这种结构分析往往是对审视的对象建立一种封闭的分析视角,是将之与主体以及存在的具体历史环境切割开来的分析。现代意义上的结构分析肇始于索绪尔的结构语言学,其后被结构人类学、新批评、结构主义、解构主义以及文化研究等理论征用,成为20世纪以来最有影响力的理论思潮和理论方法之一。在对文学艺术的研究中,

---

[①] 刘晗:《从巴赫金到哈贝马斯——20世纪西方话语理论研究》,西南交通大学出版社2017年版,第48—49页。

尤其是文学中的叙事文学的研究中，结构层面大致可以从语法结构、人物结构和叙事结构三个方面来审视。戏仿从结构层面来讨论夸张机制，也主要是戏仿者抓住了源文本或者经典文本中的某些特征将其放大，使其存在的特殊性和本质规定性得以彰显。

第一，是语法结构层面的夸张。语法结构是语言能够得以表达的重要的规定性。如果脱离了语法结构，个体的言说往往难以理解。每一种语言都有其相对稳定的语法结构。语法结构是一种相互约定的表达规则，具有社会约定俗成性。语法结构既是一个艺术家语言表达特征的重要方面，同时也是结构考察的首要层面，是语言层面与结构层面的交叉点。语法结构是一种规矩，但文艺创作就如康德所指出的那样，是在遵循规则的前提下打破规则或者创造规则。因此，文艺创作者往往在语法结构层面上构建了不同于我们平常使用的语法规则。有很多作家都是竭力打破平时语言各成分之间的结构关系，以形成自己独特的语法结构特点。诸如有很多作家喜欢使用倒装结构，如崔颢《黄鹤楼》中的"晴川历历汉阳树，芳草萋萋鹦鹉洲"，正常的语法结构应该为"晴川上汉阳树历历（可数），鹦鹉洲上芳草萋萋"。也有很多作家喜欢使用使动结构，诸如李白《秋登宣城谢朓北楼》中的"人烟寒橘柚，秋色老梧桐"。还有很多作家喜欢使用省略主谓结构中的动词的意象并置结构，诸如温庭筠《商山早行》中的"鸡声茅店月，人迹板桥霜"等。"如果作家拥有使用古语、长词、双重形容词，冗长而复杂的句子和段落、稀奇古怪的名字、离奇的表现手法；如果作家多愁善感，夸夸其谈，狡黠调皮，或者浮夸自负，那么，戏仿者就会捉住其中的某些特征，进行戏仿。"①

就此而言，戏仿文本往往会抓住这些源文本中的语法结构特点进行夸张或者放大。诸如有对经典名句"不到长城非好汉"的戏仿，1998年11月2日的《新民晚报》中就有这么一段："现在，在大学中，一登'学途'，则有'不到教授非好汉'之慨，于是，一马当先，所向无前，目标就是教授。"这里"学途"显然是对"仕途"的戏仿，"不到教授非好汉"显然是对"不到长城非好汉"的语法结构层面的戏仿。而《讽刺与幽默》1998年第17期中的"世人都晓'倒爷'好，倒来倒去都'发'了！只要

---

① J. A. Cuddon, *Literary Terms and Literary Theory*, London: The Penguin Group, 1999, p. 640.

能把大钱赚,道德良心不要了。世人都晓'后门'好,这条路子'没治'了!不管事情有多难,最后全都办成了。世人都晓'宴会'好,'四菜一汤'吃肥了!你请我来我请你,反正公家报销了。世人都晓'扯皮'好,不费力气不费脑,扯上三年又五载,问题自然不见了。世人都晓'官僚'好,这顶帽子妙极了!出了问题别害怕,戴上帽子没事了!"显然,这是对《红楼梦》中跛足道人所创作的《好了歌》"世人都晓神仙好,惟有功名忘不了!古今将相在何方?荒冢一堆草没了。世人都晓神仙好,只有金银忘不了!终朝只恨聚无多,及到多时眼闭了。世人都晓神仙好,只有娇妻忘不了!君生日日说恩情,君死又随人去了。世人都晓神仙好,只有儿孙忘不了!痴心父母古来多,孝顺儿孙谁见了?"这种语法结构的夸张性戏仿。此外,电视剧《宰相刘罗锅》中的"比棋招亲"显然是对"比武招亲"这种语言表述结构的戏仿。

第二,是人物结构层面的夸张。戏仿文本中并不一定都有人物结构关系,但在叙事性文本或者故事中,都有一定的人物结构关系。而且,在一定程度上,正是因为人物之间的这种结构关系,推动了故事的发展和情节的展开。不同的人物结构或者角色结构关系会形成不同的故事形态或者故事类型。诸如《西游记》中的人物结构关系,唐僧与孙悟空、猪八戒、沙僧之间的师徒关系,唐皇与唐僧之间的君臣关系,以及师徒四人与取经路上的各种妖魔鬼怪的敌对关系,还有神仙界的各种微妙的关系等。在每一个故事中,人物之间的关系可以构成一个人物结构关系图。往往这种特殊的人物结构关系决定了人物或者角色的故事地位与行为选择,影响了叙事和情节的发展。仿文本有时候就会将人与人之间这种结构关系夸张放大,甚至在某种结构关系模式中,夸张和改变人与人之间的关系状态,以引起受众独特的阅读体验。电影《大话西游》、网络小说《悟空传》就是继承了《西游记》中的人物结构关系,同时又将这种结构关系进行无限的夸张放大。在某种意义上说,《大话西游》《悟空传》将此前遵从、敬畏与挑战并存的复杂的师徒关系,通过夸张,变成了一种尖锐对立和不可调和的矛盾,将这种令人窒息的师徒关系变成了对自由和个人理想限制的绊脚石。在某种意义上说,戏仿的这种效果就是通过夸张将两个文本中的这种特殊的人物结构关系放大而形成的。

此外,也有学者发现,其实整部《西游记》就是一个成年礼仪式。

《西游记》本身就是一部戏仿之作，是对成年礼仪式的戏仿。其戏仿主要是通过对成年礼仪式中人物结构关系的夸张来实现的。从文化人类学的视角来看，成年礼仪式是未成年人向成年人转变的认证程序和仪式规约。一般而言，未成年人都有一种顽皮、捣蛋、淘气、不守规则的特点，而成年人则是这个世界规则的制定者和维护者。一个未成年人要被成年人世界接纳，前提是他或者她必须遵守成年人所制定的规则。而不守规则的未成年人要变成守规则的成年人，条件是要通过众多的磨难、困难和挑战让未成年人明白或者认识到不守规则是行不通的，是要付出代价的，是必然遭受失败的。当未成年人明白这一点的时候，他或她就成人了，就通过了这个成年礼仪式。就此而言，《西游记》何尝不是对"成年礼"这个仪式的戏仿呢！孙悟空在某种意义上就是表征着这些淘气、调皮、不守规矩的未成年人。他大闹天宫、他率性冲动，对代表着成人世界的神仙界指指点点，于是就有作为成人隐喻的如来佛将他压在五行山下，后又给他戴上紧箍咒，并责令他陪护唐僧到西天取经。这一路上，到处都是各路神仙经过精心设置详尽规划的困难和挑战。这些给唐僧师徒四人西去取经带来挑战的各路妖魔鬼怪不是这个神仙的坐骑，就是那路神仙的亲戚或者宠物。尤其是，当孙悟空本身的法力不能战胜这些妖魔鬼怪的时候，能够降服它们的相应的角色或者法宝就出现了，而当孙悟空要打死它们的时候，它们的主人此时又立马出现了。这种种表征，无不说明孙悟空西行路上的种种艰难困苦都是一整套精心的设计，是成人世界来考察或者驯化孙悟空这个淘气的小顽童。最后，他们师徒四人历经九九八十一难，功德圆满，也就代表了他们通过了成年礼，成为遵规守纪的成年人。《西游记》正是通过对"成年礼"中成人与儿童关系这种特殊的结构关系的夸张和放大，成就了这部声名远播但往往又常被人忽略的戏仿之作。

第三，是叙事结构层面的夸张。每一个叙事文本都有一定的叙事特点，表征为一定的叙事要素、叙述顺序和叙述结构。叙事结构体现为相应的叙事要素在文本中的关系状态，包含叙述者、叙事视角、叙事节奏、叙述秩序等，在一定的叙事结构中，明确了由谁叙事、以什么视角叙事，按照什么秩序来叙事，叙事的快慢等。俄国民间文艺学家弗拉基米尔·雅可夫列维奇·普罗普（Vladimir Propp, 1895—1970）在《故事形态学》中就针对俄国民间故事，超越了此前的母题分析方法，构建了以功能为单位的叙事结构分析方法。他从民间故事中分析出行为的 31 种功能，各种不同功能的组合或者结构状态，就会构成不同的故事形态。就此而言，人类的叙事是无法穷尽的，但功能之间不同组合形成故事形态，也即叙述结构是有限的，是可以分析的。而且，叙事结构也是建构一个艺术家艺术独创性、构成艺术家创作个性、形成艺术家创作风格的重要组成因素。同时，也正是因为某种特殊的叙事结构成就了这个文本的独特性。戏仿中，戏仿作者往往会以源文本中的某个叙事结构为参照，放大这个叙事结构，进而形成一个仿文本。其实，在我们熟知的戏仿文本中，大多是从结构层面的夸张来着手戏仿的。我们在论证戏仿相关理论时反复列举的例子《蛙鼠大战》就是典型的叙事结构层面的戏仿。在这个文本中，《伊利亚特》中的英雄人物全部被动物化，但其情节展开和故事结构，包括矛盾冲突的模式都与《伊利亚特》完全一致。在某种意义上，后世有众多对荷马史诗的戏仿文本，但它们之所以能被瞬间识别出来，就是因为它们在故事结构层面上与荷马史诗极为相似，或者是对荷马史诗中的经典叙事结构的放大和夸张，突显了其独特的结构模式和结构特点才让人过目不忘的。

三 人物层面的夸张

人物是叙事文艺中的核心要素。每一种成功的叙事文学，在某种意义上，正是因为塑造了成功的人物形象，丰富了人类文艺中的人物形象谱系才被留存在人类的文学记忆中，才有幸成为文学史序列中的一个重要节点和必要环节。索福克勒斯悲剧中的俄狄浦斯王、安提戈涅，莎士比亚悲剧中的哈姆莱特、李尔王、麦克白、奥赛罗，卡夫卡小说中的约瑟夫·K.、格里高利、奥尔格·本德曼，关汉卿戏曲中的窦娥，曹雪芹小说中的林黛玉，鲁迅小说中的祥林嫂等，古往今来，无不如此。这些人物之所以能被人记住，能够成为一种或者一类文艺人物形象中的典型，就在于其与众不同，个性鲜明，特征明显。戏仿文本在戏仿表意实践中，戏仿作者往往是抓住人物的显著特点，对其进行夸大，将这些特点从背景中提升出来置于前台，通过源文本与仿文本这种独特的夸张关系的建构，形成一种特殊的戏仿关系。

第一，是对人物性格的夸张。在每一部叙事性文学作品中，人物都是有性格的。性格是构成人物特征的重要方面。性格特征也表现在很多维度，诸如有性格暴躁、有性格温柔，有热情，有冷漠，有忧郁的，有乐观的，有慷慨大方的，有斤斤计较的，有直率真诚的，有阴险狡诈的等，不一而足。人类社会，人的性格多样，无法一一罗列，更无法穷尽。但在戏仿中，各种戏仿文本一般抓住人物性格的某一些特点，将其进行极致化的夸张，使这类性格特点成为让人过目不忘的性格，从而产生深刻印象。《大话西游》中为了体现唐僧的啰唆和教条的性格特点，通过唐僧话语的夸张极致地表达了唐僧的独特性格特点："你想要啊？悟空，你要是想要的话你就说话嘛，你不说我怎么知道你想要呢，虽然你很有诚意地看着我，可是你还是要跟我说你想要的。你真的想要吗？那你就拿去吧！你不是真的想要吧？难道你真的想要吗？"① 这些夸张的话语彰显了唐僧的啰唆，以至于孙悟空最后直接被唐僧的啰唆搞崩溃。

第二，是对人物造型的夸张。每一个人物有其外在的造型特点，造型特点上的夸张也一样，抓住其显著特点进行放大。有些人物他注定是一般性的，特征不鲜明的，走在人海中，很难让人记住和识别。但有些人有着与众不同的外形特点，诸如发型、眉毛、眼睛、脸型、鼻子、手脚、身材等，或者是身上的某一些特殊的标记等。在戏仿文本的创作中，戏仿者一般都会抓住源文本中那些经典的人物形象的造型特征进行夸张，对其中的人物特征进行漫画化处理。诚如文艺心理学家柏格森所指出的："漫画家的艺术就在于，捕捉住还没有被捕捉到的那个特点，把它扩大出来让大家都能看到。"② 戏仿中对人物特征的这种漫画化夸张，使源文本中的人物形象扭曲变形，但这种漫画化的夸张机制却是为了更为深刻和准确地凸显人物的特征和本质。这种人物造型的夸张机制也是为了实现戏仿表意的需要，而不是随心所欲，不着边际的夸张，是为了凸显那些被遮蔽的真实或者本质，通过夸张让人们看得更清楚，想得更明白，把握得更准确。诚如鲁迅先生所揭示的这样，漫画使用的最普通的方法是夸张，但这种夸张又不是胡闹，而是要使对象的特点变得更加鲜明，使人一目了然。③ 在有关《西游记》的各种影视戏仿中，在猪八戒的形象上，戏仿者往往抓住猪八

---

① 邵燕祥：《〈大话西游〉精彩双语对白》，《语文世界》2007 年第 4 期。
② [法] 亨利·柏格森：《笑》，徐继曾译，中国戏剧出版社 1980 年版，第 73 页。
③ 鲁迅：《鲁迅全集》（第 6 卷），人民文学出版社 1973 年版，第 237 页。

第三章 戏仿机制论：转述、倒置与夸张

戒的大嘴巴和大肚子来戏仿，以此来突显猪的形象和特质，进而表征猪八戒贪吃、笨拙和好色的典型性格和特征。而在西方绘画的戏仿中，对于影视明星玛丽莲·梦露，则始终抓住了她的裸露和性格作为外在特征进行夸张处理。诸如，安迪·沃霍尔的波普艺术《玛丽莲·梦露》使用重复的方式，选取剧照的头部，去除细节，保留和放大其外在轮廓的造型特点，实现对剧照的戏仿。

第三，是对人物评价的夸张。人物在叙事文本中充当一定的角色，执行一定的行动，在整个人物与事件的关系中，具有一定的意义和价值，这种价值和意义是通过评价系统得以产生的。这种评价，既有叙事学维度、也有社会学意义上的，还有美学维度的。这种评价来自叙述者和作品中其他人物，形成对叙事作品中的人物的整体评价。戏仿文本对于人物评价的夸张，就是将人物评价的复杂化变成单一化，将复杂的情感评价纯粹化。在此基础上，凸显和强化人物之间的这种情感评价关系。诸如，故事中各种角色对其中的某一人物有着十分复杂的评价，像鲁迅的《孔乙己》中对孔乙己的评价，那是"哀其不幸，怒其不争"。这是一种十分矛盾的人物评价，但在戏仿文本中，戏仿者可以借用《孔乙己》中的人物关系或者情节事件以及叙事框架，将这种复杂的评价通过夸张的机制使其纯粹化或者单一化，其中要么为哀的极致，要么为怒的极致。通过对人物评价的夸张，以达到与源文本的相似但又不相同，在这种既熟悉又陌生的情景中实现戏仿的目的和意图。

总之，仿文本与源文本之间的这种夸张机制是仿文本实现戏仿诉求的一种十分重要的机制。戏仿需要依靠夸张，但夸张并不一定会导致戏仿。从另一个角度来说，夸张是戏仿实现的机制之一，但并不是戏仿机制的全部，因为还有很多其他的关系机制也会实现戏仿的效果。俄国民间文艺学家普洛普（Vladimir Propp）就曾经指出："讽刺性的模仿作品（parody，即本文所指的戏仿）被视为对个别特点的夸张。然而，讽刺性的模仿作品远非始终都包含着夸张。"① 在文前我们分析了戏仿中的夸张机制呈现的众多维度和层面，以及在文艺戏仿实践中存在的众多的现实性和可能性的例子和个案。但不管仿文本与源文本之间构建怎样的夸张机制，但这其中往

---

① ［俄］普洛普：《滑稽与笑的问题》，杜书瀛、理然译，辽宁教育出版社1998年版，第67页。

159

往是对源文本中的某一个要素、某一个维度或者某一个特征的戏仿。从戏仿文艺的实践来看，那种面面俱到的夸张是不可能的，也不现实。巴赫金不无深刻地指出："任何的讽拟体（parody——戏仿），总是把被讽拟的风格中的重点作重新的安排，要渲染这一风格中的一些因素，而忽略其另一些因素。这是因为讽拟体总是有所偏袒和取舍的。"① 巴赫金的论述同时也显示，夸张机制目的在于强化、突出和渲染，达到实现表达效果的目的和需要。但夸张在某种意义上还是一种数量上或者程度上的夸大或者增长，这种夸张不足以改变这些被夸张对象的本质和性质。通过夸张依然是"这一个"而不是变成了"那一个"。因此，在仿文本中，我们虽然知道其中存在夸张，但我们依然能够看出源文本的影子，能够发掘其与源文本的关联，否则他们之间就不能构成这种互文性、超文性或者"图—底关系"了。就此而言，戏仿文本中的这种夸张机制，实现了仿文本与源文本之间夸张变形，但"夸而不破"的张力关系。这正是夸张在戏仿中的精妙之处和成就戏仿的独特价值所在。

---

① ［俄］巴赫金：《小说理论》，白春仁、晓河译，河北教育出版社1998年版，第496页。

第四章　戏仿效果论的逻辑展开与历史形态

效果（effect）是艺术接受中要重点考量的一个核心问题，主要是从接受者的角度来审视文艺作品产生的影响和后果。效果研究主要着眼于读者，因为戏仿的实现在于受众的阅读，没有读者的阅读和接受，戏仿本身就没有价值和意义。就戏仿效果来说，是指戏仿文本对受众在认知、情感、态度和行为上产生的各种影响和导致的种种结果。每一部文艺作品进入接受领域后，都期待能产生一定的效果，获得一定的影响。有时候，尽管效果不如自己所期待的那样，但艺术家对于文艺作品的效果期待始终都是潜在于内心的。有大量的作家，在其作品发表或者出版后，他们自身或者会委托第三方机构开展作品接受效果调查，并将影响接受效果的各种因素进行认真分析，并在作品的修改或者以后的文艺创作中进行有效地克服和修正，以期进一步提高作品的接受效果。在中西方文艺理论发展史上，对于文艺作品如何产生效果，以及文艺作品会有哪些具体的效果，文艺理论家开展了卓有成效而又丰富的研究，形成了一大批文艺效果理论，诸如亚里士多德的"净化说"，就是一种典型的效果理论。正如我们在词源学考察中所认识到的，戏仿是一种十分古老，但又依然不断焕发生机的文艺创作手段与方式，文艺理论界对其效果的考察也在其肇事的那一刹那间就开始了。从历史的角度来考察，对于戏仿效果的思考已经形成了十分丰富的戏仿效果理论。这对于我们进一步认识戏仿，无疑提供了另一个有益的向度。下面我们在遵循历史的前提下由表及里来分析和讨论文艺理论史上的戏仿效果理论。

第一节 戏仿与滑稽感

受众在接受、阅读戏仿文本时,在源文本的映照下,产生的直接心理效果或者阅读体验就是这个仿文本引发的滑稽感,产生的笑声。这一点我们根据自己的接受体验和戏仿这个词的原初意义,就可以发觉。因为戏仿在其核心意涵中就有滑稽模仿的意义。这个模仿的行为其最为重要的目的就是要通过独特的模仿方式,引发滑稽、搞笑的阅读体验和传播效果。著名的修辞学家昆体良在《雄辩术原理》中也曾经注意到了戏仿能够引发读者或者受众的这种滑稽式的笑声,他认为模仿著名作品的诗行,能形成"逗弄性"的风格和效果。豪斯霍尔德在发表于《古典文献学杂志》(*Journal of Classical Philology*) 1944 年第 1 期的《戏仿》一文中认为,戏仿是"观众在懂得它们滑稽性质的前提下,使这些作品产生笑声的技巧"[1]。豪斯霍尔德通过对古典理论家关于戏仿效果的阐释和梳理,发现古代的批评家都认为戏仿具有滑稽效果。[2] 因此,戏仿的直接效果就是让受众获得滑稽感,引发笑声。在文艺理论史上,理论家对于戏仿引发滑稽效果的理论探讨,裹挟在与喜剧、笑相关的理论研究中,通过与这些相关概念的比对,有效地揭示了戏仿的滑稽效果与喜剧的内在关联和差异。

一 心理优势与滑稽效果

亚里士多德曾经在《诗学》中将戏仿这种"滑稽诗"形式与喜剧对照来进行阐释。在他的视域中,赫革蒙的那种滑稽诗与喜剧的内在关联在于都是对低劣的人的模仿,都是为了呈现出一种滑稽的效果,进而引人发笑。这种滑稽的效果或者笑声其内在的根由在于,"滑稽的事物,或包含谬误,或其貌不扬,但不会给人造成痛苦或带来伤害。现成的例子是喜剧演员的面具,它虽然既丑又怪,却不会让人看到了感到痛苦"[3]。亚里士多

---

[1] [英]玛格丽特·罗斯:《戏仿:古代、现代与后现代》,王海萌译,南京大学出版社 2013 年版,第 19 页。
[2] [英]玛格丽特·罗斯:《戏仿:古代、现代与后现代》,王海萌译,南京大学出版社 2013 年版,第 22 页。
[3] [古希腊]亚里士多德:《诗学》,陈中梅译,商务印书馆 1996 年版,第 58 页。

德的论述其实揭示了喜剧与戏仿（滑稽诗）在产生接受效果的心理机制方面具有内在一致性。喜剧和戏仿文本之所以能引起滑稽的效果，主要在于：

第一，"滑稽诗"（戏仿）与喜剧模仿的对象都是比受众低劣的对象。这种低劣可以表现在方方面面，可以是精神层面的、思想层面的，还可以是身体层面的等。由此，接受者在面对戏仿文本的时候，必然就会产生一种心理优势。或者说，这种戏仿文本会诱导受众形成一种心理优势，他们会觉得自身比对象要高明、厉害、强大、完美。只有拥有这种强大的心理优势，受众才会被戏仿的对象诱发没有紧张感、压迫感的滑稽感，进而引发笑声。黑格尔在《美学》中指出"如果其中露出与人们的习惯和常识相矛盾的那种毫无意义的方面，笑就是一种自矜聪明的表现"①，这句话一方面表达了引发滑稽感的笑声的对象的特性，另一方面也表达了主体对于对象的自我优势地位。

第二，戏仿文本产生滑稽效果还在于戏仿文本不会给受众带来痛苦与伤害。这是戏仿滑稽效果产生的一个重要的心理前提。这种不会带来痛苦和伤害的预设是基于历史经验的心理预设。也就是说，受众根据过往的经验做出判断，在面对这一类事件或者状态时，它们不可能对自身构成威胁和伤害，于是心理上保持着放松的状态，这个身心是自由的。这样面对戏仿文本滑稽感才会获得。从某种意义上说，受众在心理层面与其保持着某种距离，这一点是滑稽的审美快感产生的必要条件。亚里士多德的这种观点开启了后世从心理学的角度来研究和讨论审美的路径，形成了后世众多的审美心理学理论。柏格森的"不动情感"的心理状态理论，也就是我们如果不介入故事中的情感和情绪，不被故事中的情愁怨恨所纠缠和左右，这样你才会会心一笑。从文艺理论发展史的角度来看，亚里士多德的"无伤害"理论被众多后世的理论家在讨论审美的前提条件时反复强化和论证，康德的"无功利而生愉快说"，布洛的"距离说"无不说明着这一点。

循着亚里士多德的理论思路，我们如果从其相反的路径来思考，戏仿文本或者喜剧文本要形成阅读的滑稽感那就不可能了。第一，如果这个文本模仿的不是比受众低劣的人。如果这个人比我们高明、厉害、能干和完

---

① ［德］黑格尔：《美学》（第3卷），朱光潜译，商务印书馆1981年版，第291页。

美。也就说是，如果受众在戏仿的对象面前明显感到相形见绌、自叹不如。受众这种先在的心理优势消失了，当看到故事或者文本中的我们怀有崇敬和景仰之情的人物或者角色显得黔驴技穷、丑态百出或者遭遇种种不幸的时候，受众绝不可能产生那种愉快的滑稽感，而是那种沉重的紧迫感和悲情感。由此，我们反过来发现，在面对戏仿文本的时候，当我们产生滑稽感的时候，受众在心理上一定预设了面对戏仿文本中对象所面对的情景的时候，我们一定能力挽狂澜于既倒，通过自身的能力能将这种事件产生不利的结果带向另外一种有利的可能性。这时候，受众才有可能产生轻松自由的心理状态，才会发出因滑稽感而引发的笑声。

第二，戏仿文本中的人和事与受众的距离感没有消失，会对受众带来某种伤害和威胁时，这种文本是不会产生滑稽感的。诸如，文本通过戏仿形式书写的是离我们很近的社会生活，而且嘲讽的对象就是我们受众所秉持的价值观念，所采取的行为方式，这时候受众能明显感受到自身是作为一种被批判和讽刺的对象。此情此景，滑稽感是不能发生的。另外，如果我们接受的这个文本明显指向现实的政治体制和政治生活的，这些文本还被列入禁止之列，当我们阅读的时候，明显感受到自身会受到现有的政治力量的打压和迫害。这时候，受众也不会产生滑稽感。正因为如此，在戏仿文本中，我们发现，都是模仿离我们比较久远的各种经典或者历史文本。因为这样，既产生了距离同时也不会对受众产生伤害。总之，戏仿文本如果将自身带入了自卑的境地，让自己对对象产生仰视或者崇拜。同时，如果这种距离感尚未消失，或者感受到这些被模仿的人物、事件或者行为对自身构成了威胁，他们就不能产生建立在戏仿对象滑稽性上的笑声。

此外，亚里士多德还将滑稽模仿与面具进行了对比分析。就面具的特点而言，其与生活中的人物脸谱的差异就是，以浓墨重彩的方式将人物面部的某些特征进行突显，要不为形状构型，要不为颜色浓淡。邓提思指出："运用戏仿的典型方式就是抓住某一习惯或风格的某些特定方面，并将之夸张到荒诞可笑的效果。"[1] 中国传统戏剧中的各种人物角色的面具，诸如，生旦净末丑大致都是这样。这也从另一个层面说明，戏仿在模仿对

---

[1] Simon Dentith, *Parody*, London and New York: Routledge, 2000, p. 32.

象（源文本）的时候，主要是抓住源文本中的人物、角色或者主要情节与行为进行面具式的突显或者脸谱化处理，强化源文本的典型特征对受众的印象，以期引发受众的注意，强化受众对文本特征的感知，进而引发滑稽感的笑声。基于此，很多戏仿作者为了实现戏仿的滑稽或者笑的效果，还专门总结了一些形式技法，诸如阿忒那奥斯就曾经谈道："一些人发明了用六步格激发笑声的戏仿，于是伊诺那斯将歌曲的戏仿引入了竖琴弹奏，他又被阿奇亚的波里克多（Polyeuctus of Achia）和西那萨的狄奥克莱斯（Diocles of Cynaetha）模仿。"① 勒列夫尔在《模仿古代世界的祈祷》中提到，赫尔曼·克莱因克内希特曾经认为阿忒那奥斯在《随谈录》中使用于人无害的滑稽来说明戏仿的效果。普赖斯（J. Price）认为："戏仿者就是通过模仿他人的想法，同时改变其用词以达到荒谬效果的人。一个真正的戏仿者并不真正有任何创造，但他努力的结果却通常是欢笑，并以此来娱乐大家。"②

这一点，在某种意义上，是同亚里士多德在《诗学》中的第5章中讨论喜剧与戏仿的效果理论是一脉相承的。在古典的戏仿效果理论中，这种戏仿的效果体现为滑稽，或者幽默或者是笑，但由于这种行为或者人物、事件对于接受者来说，都是处于一种完全可控状态，因此，他们不具有引发伤害的破坏性。就此而言，这种滑稽式的笑声是不具有否定性的。一般来说，这些不具有否定性的引发滑稽感的戏仿，大多被理解为幽默或者风趣。

二 期待落空与滑稽效果

在阅读文本时，每一个受众对文本都会有所期待。这种期待建基于受众过往的生活阅历和接受经验。受众在阅读中常常受制于这种阅历和经验，每一个受众都会对文本产生一种预期。这种期待或者预期体现在方方面面，诸如文体、人物、角色、语言、情节、风格、意蕴和价值取向等等。接受美学理论家姚斯曾经在《论滑稽主人公逗乐的原因》中认为戏仿在召唤和破坏读者的期待视野方面产生了重要的作用。但在文本接受中，

---

① Athenaeus, *The Deipnosophists*, Vol. 6, p. 445, Book 14, 638.
② J. B. Price, "Parody and Humour", *Contemporary Review*, 1951, July/Dec, p. 243.

戏仿理论的嬗变轨迹与历史形态研究

除了这种按照受众经验和前理解去发展，印证或者实现受众的这种期待之外，还有一种情况就是期待的落空。也就是说，事件的发展或者文本的叙述并未按照受众所期待的那样，出现了与受众相反或者完全不一样的境况，这种境况在文艺理论中被命名为期待落空。关于这一点接受美学有更为深刻的阐述。德国古典主义美学家康德有关笑的研究，在某种意义上，直接启迪了从期待落空的视角来讨论戏仿文本滑稽效果的理论研究。

康德1790年在其著名的美学著作《判断力批判》中的《崇高的分析论》（第54节注释）中就不无深刻地分析了笑产生的原因，他认为："在一切会激起热烈的哄堂大笑的东西里都必然有某种荒谬的东西（所以对于它知性本身不会感到任何愉悦）。笑是由于一种紧张的期待突然转变成虚无而来的激情。"[1] 戏仿正是抓住了这种独特的心理机制，在戏仿创作中，着力设计这种与预期的反差，最后产生了这种滑稽的笑声效果。康德在《实用人类学》中曾经以菲尔丁的《大伟人江奈生·魏尔德传》以及勃卢冒尔对维吉尔的戏仿为例来举证，"使明显的矛盾带着真理的口吻，或者使公开的蔑视用赞美的语言表达出来，以使荒谬无稽的东西更为触目"[2]。这种期待落空的反差能实现这种独特的对戏仿文本阅读的滑稽效果。这种意外或者期待落空是滑稽感或者笑的诱因。莱恩·库珀（Lane Cooper）认为，"笑的诱因与一种期待意外地转化为另一种期待相关"。基于此，他以具体的例子来说明他的这种观点，他认为"阿里斯托芬《青蛙》的结尾狄俄尼索斯选择了埃斯库罗斯而不是欧里庇德斯作为他的诗人"[3] 就是如此。昆体良在《雄辩术原理》中曾经指出，欺骗期望或者故意扭曲说话者的意图或者观点，这是引发笑话或者滑稽的主要方式或者手段。

戏仿之所以可能，在文前的探讨中，理论界的研究已经表明：受众必须熟悉源文本，否则戏仿没有可能。换句话说，在阅读戏仿文本之前，受众已经熟悉源文本，对源文本已经形成一种固有的阅读经验和形成了我们对事物的一种前理解。我们一般会在这种经验的敦促下形成对这种事物的固有理解。但在戏仿文本中，它们往往要打破或者跳出我们对这个已有经

---

[1] ［德］伊曼纽尔·康德：《判断力批判》，邓晓芒译，人民出版社2002年版，第179页。
[2] ［德］伊曼纽尔·康德：《实用人类学》，邓晓芒译，上海人民出版社2005年版，第47页。
[3] ［英］玛格丽特·罗斯：《戏仿：古代、现代与后现代》，王海萌译，南京大学出版社2013年版，第34页。

第四章　戏仿效果论的逻辑展开与历史形态

验或者惯例的发展路径和结果，让我们感觉到意外，使我们的期待落空，进而产生滑稽感。滑稽在某种意义上说，是由于戏仿文本中的某些行为与结果与我们预期的大相径庭，出现了期待的落空后所产生的一种独特的接受效果。因为，根据我们对源文本的理解和熟悉，一种叙述惯性和阅读期待出现的是甲，但最后戏仿文本给出的是一种乙，而且甲乙之间在相关联的领域或者层面是完全相反的。这种"与原作形成不调和的对照与比较"[①]状态就会引发一种滑稽感。

康德的期待落空理论在某种意义上昭示了，戏仿文本与源文本之间有着一种特定的关系，一方面，仿文本与源文本之间保持着某种内在的关联性，尤其是相似度上；另一方面，仿文本又与源文本之间保持着一定的差异，进而让阅读源文本的经验在此遭遇落空或者失败。由此，可以看出，源文本与仿文本之间存在着一种若即若离的张力，在趋同的时候刻意保持着自身的差异。正是因为这种差异，使受众在阅读的时候，产生了期待的落空。由此产生滑稽感的接受效果。德国接受美学的代表人物姚斯也认为："戏仿与被戏仿对象的对比都涉及：滑稽主人公并非自身滑稽，而是由于他被放在某种期待视野之下，又对这种期待或模式作出否定，从而显得滑稽。"[②]

这一点，无不在加拿大后现代文艺理论家琳达·哈琴对戏仿理论的建构中得到了回应和彰显。琳达·哈琴曾经指出：戏仿是"通过改变或重塑先前文本，它展示了戏仿与被仿文本间的差异但却相互依存的关系"[③]。康德的期待落空是沿着一种事物应有的逻辑和面貌突然出现了偏差或者逆转，这种逆转从另外一个维度来看，可以看成是一种发展或者创新，给受众展示了事物的非惯常性样态。琳达·哈琴的戏仿理论基本是沿着这一思路，在坚持源文本与仿文本之间相互依存的关系的同时，特别强调仿文本中的差异，这种差异是一种创新与发展。因此，戏仿就是一种保持批判距

[①] [英]玛格丽特·罗斯：《戏仿：古代、现代与后现代》，王海萌译，南京大学出版社2013年版，第170页。

[②] [英]玛格丽特·罗斯：《戏仿：古代、现代与后现代》，王海萌译，南京大学出版社2013年版，第172页。

[③] Linda Hutcheon, *A Theory of Parody: The Teachings of Twentieth-Century Art Form*, New York: Methuen, 1985, p.65.

离的重复或者改写。正是由于这种创新与发展，引发了受众的期待落空，才引发戏仿接受中的滑稽感效果。

三 文本不协调与滑稽效果

文艺批评理论中，对于戏仿文本产生滑稽效果的理论阐释，还有从被戏仿文本与仿文本之间的关系来切入的。这种讨论戏仿滑稽效果的理论与法国哲学家柏格森的生命哲学理论有关。在柏格森看来，生命是一种意识的绵延，是一个不可分割的整体。他认为滑稽产生的原因是因为"镶嵌在活的东西中的某种机械刻板的东西"[1]。据此，我们可以认为，戏仿之所以引发滑稽感受，在于戏仿者通过将源文本引入仿文本中，是为了凸显源文本中的那些人物、事件、情节或者价值观念的"机械刻板"。正是这种机械刻板，在一种不同风格中凸显这种差异，让受众感受到它们是如此的不合时宜，如此的不协调，不调和、不和谐，进而引发滑稽感。在具体的戏仿实践中，例子不胜枚举。诸如，"蒲柏的'戏仿'（指《夺发记》对《伊利亚特》的戏仿——引者注）史诗的基本艺术特点，就是把一个渺小的灵魂，装在一件伟大的外衣下，形成内容与形式的尖锐反差和不协调，产生令人发笑的阅读效果"[2]。车尔尼雪夫斯基则认为笑只存在于人类社会，他指出："滑稽的真正领域是人、是人类社会、是人的生活……凡是在人身上以及人类生活中结果是失败的、不合时宜的一切，只要他们不是恐怖的和致命的，这就是滑稽。"[3] M. H. 艾布拉姆斯在解释戏仿时曾经认为，戏仿就是"模仿特定的一部作品严肃的体裁和手法，或者特定的作者的特有风格，用之以描写极不相称的主题"[4]，他的这种说法也看到了戏仿作为一种特定的手法与特定的写作内容之间的不协调性。

玛格丽特·罗斯在《戏仿：古代、现代与后现代》中认为戏仿的效果

---

[1] ［法］亨利·柏格森：《笑》，徐继曾译，北京十月文艺出版社2005年版，第33页。
[2] 马弦：《〈夺发记〉对古典英雄史诗的"戏仿"》，《外国文学研究》2008年第2期。
[3] ［俄］车尔尼雪夫斯基：《车尔尼雪夫斯基论文学》（中卷），上海译文出版社1979年版，第89—90页。
[4] M. H. Abrams, *A Glossary of Literary Terms*, Fort Worth: Holt, Rinehart and Winston, 1993, p. 34.

第四章　戏仿效果论的逻辑展开与历史形态

主要是滑稽，她认为："大部分戏仿以某种刻意的滑稽形式利用了被戏仿文本与戏仿之间的不调和，这种不调和产生出滑稽效果，提醒读者或观众滑稽戏仿的存在，即使戏仿的滑稽层面没有被接受者注意到或理解，也可以说戏仿仍然是'滑稽的'。"[①] 玛格丽特·罗斯虽然强调了戏仿的接受效果应该要呈现为滑稽，但这种滑稽的获得是从文本间的关系中获得的，而且这种文本间的关系表现为一种不协调或者差异性。诸如，用一段非喜剧的段落插入喜剧之中，由于这种语境的不协调，也会产生相应的滑稽效果。像《西游记》中的正襟危坐的唐僧不经改造放入风格迥异的《大话西游》中就显得他是那么的异类，不协调，不调和，进而产生滑稽感。就此而言，戏仿所引发的滑稽感"主要体现着客体对象的某种外在不协调的喜剧性，主要包括人的动作、运动、表情、姿态、言语特点、衣着习惯等外在喜剧因素"[②]。尤为重要的是，在西方文艺批评实践领域，理论家注意到，这种文本间的不协调与人自身的某种机械和不协调一样，是引发滑稽和笑声或者幽默的一种具体的技巧。通过这种独特的技巧，能引发以滑稽或者幽默感为内核的笑声。

柏拉图在《菲利布斯篇》中认为："不美而自以为美，不智而自以为智，不富而自以为富，都是虚伪的感念。这三种虚伪的观念，弱则可笑，强则可恨。"[③] 这种说法其实就是讲的事物本身的内涵与其表征形式的不协调，由此而产生可笑的滑稽感。在这种文本间的关系中，这种理论在后来被引申为一种超文性戏仿理论，超文性戏仿理论就是从这种文本之间注入了历史维度和"图—底关系"。看到了不在同一时间维度中的两个文本被戏仿者镶嵌在一起所形成的这种不协调性，以及由这种不协调所引发的滑稽感。但从不协调的角度来分析戏仿文本的滑稽效果，在20世纪以后，更多的与形式主义汇流在一起，主要着眼于对文本的形式分析，从形式的维度来审视文本之间的关系，由此来发掘戏仿文本引发滑稽感的形式因素和文本的关系状态。

---

① ［英］玛格丽特·罗斯：《戏仿：古代、现代与后现代》，王海萌译，南京大学出版社2013年版，第31页。
② 佴荣本：《笑与喜剧美学》，中国戏剧出版社1988年版，第81页。
③ 转引自朱光潜《朱光潜全集》（第一卷），安徽教育出版社1987年版，第456页。

第二节　戏仿与讽刺感

戏仿与讽刺有差别，我们在引论部分中有所论述。但作为一种独特的构建文本的理论、方法或者技巧，戏仿能给受众带来讽刺感是毋庸置疑的。因为在戏仿文本的接受中，受众同样能够感受到戏仿者旗帜鲜明的情感态度和价值立场，能够发觉戏仿者对事物进行讥刺和嘲讽，通过戏仿者的戏仿使此前被忽略的或者遮蔽的不足、弱点和局限暴露出来，向受众传达一种批判的快感。讽刺的价值指向是带有一定的进步性和向上性的。如果说，上一节理论界对戏仿带来的滑稽感的讨论，主要着眼受众以及受众对戏仿文本的感受来谈论的话，那么戏仿的讽刺感主要着眼于戏仿者与接受者之间的情感交换与意义传达。或者说，通过戏仿文本实现受众对戏仿作者创作意图的领会与理解。从获得讽刺效果的角度来谈论戏仿的讽刺感，在文艺批评理论中主要建基于主体性及主体间性哲学。如果从戏仿效果的层次维度来看，引发滑稽感应该属于表层，而在滑稽感的下层就是这种讽刺感。历史地看，并不是所有的戏仿文本都有这些层面，有些戏仿文本可能仅仅就停留在滑稽层面，逗逗乐子，一笑了之。但到19世纪末以来的戏仿文本大多在这个层面上有较为自觉的追求。

一　戏仿性讽刺与一般性讽刺

戏仿能带来讽刺感，但又不同于一般的讽刺所形成的讽刺感。在这里我们权且将其命名为戏仿性讽刺。关于两者之间的异同，在文艺理论发展史上有较为广泛的关注与讨论。戏仿性讽刺与一般性讽刺都被归入讽刺，就此而言，他们都具有讽刺的共性，具有讽刺的一般性规律和特点。一般而言，"讽刺，以愤怒、轻蔑和嘲笑的方式对社会丑恶现象加以否定"[①]，尤其是对那种其实是丑，但自己不以为然，反以为美的事物。戏仿性讽刺和一般性讽刺在这个层面上都体现为艺术家或者戏仿者站在一种自我设定的价值立场上对一种他们视为低俗、落后、肮脏、愚钝、丑的事物以一种调侃和嘲弄的方式对其进行暴露和批判。从创作者的立场来看，戏仿性讽

[①] ［韩］金泰万：《讽刺理论初探》，《国外社会科学》1997年第6期。

第四章　戏仿效果论的逻辑展开与历史形态

刺和一般性讽刺都体现出主体对对象的价值或者意识形态层面的优先性与进步性。就此而言，无论是戏仿性讽刺还是一般性讽刺，都具有明显的伦理道德批评倾向，代表着一种新价值对旧价值的审判与否定，一种新规范对旧规范的鞭笞和颠覆。

戏仿性讽刺与一般性讽刺的上述特征基本成为理论界的共识，但戏仿性讽刺与一般性讽刺确有差别。俄国批评家图维亚·什洛斯基（Tuvia Shlonsky）在《文学戏仿：方法与功用》（*Literary Parody. Remarks on its Method and Function*）中认为戏仿的讽刺对象主要是基于文本内部的，它的讽刺的对象就在文本里面。罗吉·福勒（Roger Fowler）指出，戏仿"通过文体的方式间接地攻击其对象"①，而一般性讽刺，它的讽刺对象则是指向外部的，是文本以外的全部生存世界。在什洛斯基看来，这两种能给受众带来讽刺感的手法最为重要的是对既成规范的挑战与解构，通过戏仿性讽刺和一般性讽刺将已经约束我们的规范打破，发觉各种规范的滑稽性和可笑性，但他又特别提出："戏仿对文学以外（社会、宗教和哲学）的规范并不排斥，这些规范对讽刺而言是本质性的。"②也就是说，戏仿性讽刺主要针对文学中的规范，尤其是各种已经成为主流的各种写作规范、写作套路、写作章法，但文学以外的各种规范不是其讽刺和批判的对象。

因此，美国批评家吉尔伯特·哈特说："为了讽刺某位作家、艺术家或个人，采用戏拟（parody）手法几乎是十分盛行的。"③而一般性讽刺则主要通过文本内部的相应的书写在价值指向上是面向非文学规范的，即各种社会的、政治的、宗教的、哲学的以及各种意识形态和价值观念的。什洛斯基对戏仿性讽刺和一般性讽刺的这种区分是有道理的，但显然他受到自身研究文学的局限，将戏仿仅仅停留在文学领域中，尽管戏仿可能最先出现在文学中，但从当下的实际来看，其早已溢出了文学的领地，扩散到所有的其他艺术门类中，尤其是在今天文艺视觉化的语境中，戏仿性讽刺

---

① ［英］罗吉·福勒：《现代西方文学批评术语词典》，袁德成译，四川人民出版社1987年版，第194页。
② Tuvia Shlonsky, "Literary Parody. Remarks on its Method and Function", in *Proceedings of the 4th Congress of the International Comparative Literature Association* 1964, edited by Franoois Jost, Vol. 2 The Hague, 1966, pp. 797–801.
③ ［美］吉尔伯特·哈特：《讽刺论》，万书元等译，广西人民出版社1990年版，第66页。

已经全面地以视觉的形式呈现在人们的眼前。

尽管如此,什洛斯基这种对戏仿性讽刺与一般性讽刺的区分不断被后来的戏仿理论家所继承和发展。英国文学批评家玛格丽特·罗斯在《戏仿:古代、现代与后现代》中就认为戏仿带有讽刺性,能给受众带来讽刺感,每一个受众能从自身本真的阅读体验给予印证,这似乎毋庸置疑。她在什洛斯基的基础上进一步发展了对这两种讽刺感有所差别的理论认识。在她看来,戏仿性讽刺是将讽刺的对象纳入自身,作为自身的一部分,建构成一个源文本有关联但又不一样的文本。但一般性的讽刺文学或者讽刺作品则不这样,它讽刺的对象是自身之外的。"戏仿将目标材料已内化为自身结构的一部分。相反,讽刺不必局限于模仿、扭曲,或引用其他文学文本或者被表演的艺术材料。当它处理这些艺术材料的时候,不需要像戏仿一样依赖后者,它完全可以以局外人的身份取笑对象。"[①] 罗斯除强化了什洛斯基提出的戏仿性讽刺的内指性、一般性讽刺的外指性外,她的重要贡献在于揭示了戏仿性讽刺的内在矛盾性:一方面要将它者纳入自身作为自身的有机组成部分,另一方面又要对它进行讽刺。这不像普通的讽刺文学那样,它的指向是明确的、清晰的和线性的,就是通过文学书写以嘲笑或者蔑视的姿态对那些自以为是的规范和价值观念进行冷嘲热讽。但戏仿性讽刺感则有其内在的张力,使这种讽刺感显得更为含混和复杂。

自19世纪中叶到20世纪中后期,随着社会文化的自律性运动,尤其是随着20世纪结构主义思潮的兴起。表意符号的内指性得到了前所未有的强调。在此背景下,戏仿性讽刺指向文本世界自身的观念也得到了空前的强化。戏仿作为一种文本间的相互指涉被进一步明确。戏仿文本这种表意符号实践被视为文学反观自身的一种方式。通过戏仿导致文学的自省,推动文学的创新与发展。戏仿变成了文学自我革新的一种手段。在此语境下,文本讽刺指向外部世界的路径被俄国形式主义、捷克布拉格学派、英美新批评、法国的结构主义等占主导性的批评理论所截断。这时的戏仿所带来的讽刺感更多的是指向文学书写的形式或者技巧,是对文学自身写作形式与技巧的一种自嘲和暴露。

[①] [英]玛格丽特·罗斯:《戏仿:古代、现代与后现代》,王海萌译,南京大学出版社2013年版,第81页。

第四章　戏仿效果论的逻辑展开与历史形态

正如吉雷米德金所指出的："戏仿表征了处于特定状态的艺术，这时候的艺术是反观自身的，是内省的，对自身的存在形式充满了好奇，处于进一步认识自我而展开了对自身形式的探究。此时，艺术考虑的不再是形而上的去反映事实，而首要的是将自身弄清楚。"[1] 所以，此时的受众的戏仿性讽刺感更多来自对文学技巧的揭露。基于此，俄国形式主义批评家什克洛夫斯基甚至说"戏仿就是暴露技巧的技巧"，这种状态一直持续到20世纪60年代后现代文化的兴起。琳达·哈琴指出："戏仿或许已经成为后现代主义形式上的自我指涉性所特有的表达方式，因为它自相矛盾地将过去融入自己的结构，经常比其他形式更加明显，更加言传身教地显示了这些意识形态语境。戏仿似乎为审视现在和过去提供了一个视点，使艺术家能从话语内部与话语对话，却不至于完全被其同化。"[2] 但是，这种状态很快就被打破，戏仿在内指性的同时，在后现代时期，决绝地同现代性的自我封闭性告别，重建自身同外部世界的联系。这一点，在琳达·哈琴的后现代理论建构中得到了印证和强化。

二　戏仿性讽刺与主体态度

尽管在20世纪的形式主义浪潮中，文本与主体的关系一再被忽略，甚至在结构主义中主体遭遇了极端的排挤，诸如结构主义者罗兰·巴特就祭出了"零度写作""作者之死"的大旗。但戏仿文本属于戏仿者创作这是一个不争的事实，而且每一个戏仿文本能表征创作者一定的情感态度，这同样也是毋庸置疑的。这些情感态度中，其中最为重要的一种就是讽刺。从词源学的角度来考察，讽刺最先是作为一种文体而存在，玛格丽特·罗斯指出，其最为核心的特点就是混杂，但"在18世纪以后西方文学传统里演化成一种跨体裁的特有的态度与语调概念，或者文学上的技巧概念"[3]。从接受效果的角度来考量，受众通过戏仿文本获得讽刺感就是在接受过程中与创作者获得了同样的对待戏仿对象的态度，形成了对戏仿对

---

[1] G. Kiremidjian, "The Aesthetics of Parody", *The Journal of Aesthetics and Art Criticism*, Vol. 28, No. 2, Winter 1969, p. 233.

[2] [加] 琳达·哈琴：《后现代主义诗学：历史·理论·小说》，李杨、李锋译，南京大学出版社2009年版，第49页。

[3] [韩] 金泰万：《讽刺理论初探》，《国外社会科学》1997年第6期。

173

象的同样的表述语调。

交往中的话语是应该具有态度和语调的。美国文艺理论家吉尔伯特·哈特（Gilbert Highet）就认为戏仿是"通过扭曲和夸张来进行模仿，以唤起人们的兴致、嘲弄和讥讽"[①]。戏仿文本作为一种文本化的话语，就其本源来说，应该表征了戏仿者的态度和语调。基于戏仿情感态度的复杂性，这一点我们在引论中已经进行了考察，从历史的角度来看，讽刺性的态度是近现代才出现的。尽管如此，在对戏仿效果的考量中，受众从文本中获得讽刺感依然是戏仿理论建构的应有之义。19世纪兴起的浪漫主义运动和主体性哲学支持了戏仿性讽刺作为主体态度的思想与观念。具体到文艺理论中，俄国文艺理论家巴赫金对其进行了强化。他在20世纪初期提出了"超语言学"的观点，认为对文本的分析不仅仅是一种将交往中的话语标本化，对语言的干尸进行解剖，因为这样失去了真实的话语交往中的诸多信息，是对话语的片面化理解。

如果这样，话语交往或者文艺接受中，主体寓于其中的相应态度、语气、语调以及情感就被过滤化或者精简化了。如此一来，受众在文本的接受过程中，获得的就仅仅是文本的字面意义或者词典意义。显然，这是对话语交往中要表征的复杂的意义和内涵的窄化与简单化。基于此，巴赫金在20世纪初期就倡导构建一门"超语言学"来弥补这种不足和局限，试图使人类的意义交往与情感传达回到真实的语言交流情景，避免形式主义倡导的语言分析的标本化误区，重建交往语境与主体态度对意义生产或者话语意涵生成的重要性。在巴赫金的超语言学语境中，我们可以发现，讽刺作为一种作者的立场与态度通过戏仿的方式能让受众感受到，这是戏仿极为重要的一种接受效果。戏仿在某种意义上是通过对源文本或者前文本的重写与改造，进而构建一种新的语境使其产生新的意义，表达与源文本不一样的态度与立场，同时期待受众领悟和理解。巴赫金曾经在《马克思主义与语言哲学》中以陀思妥耶夫斯基《作家日记》中六个醉汉说的同一句骂人的话却表达了完全不同的意义来说明主体的语气、语调与情态对于话语意义生成的重要性：

---

① ［美］吉尔伯特·哈特：《讽刺论》，万书元等译，广西人民出版社1990年版，第58页。

第四章　戏仿效果论的逻辑展开与历史形态

一次在星期天，已经快入夜了，我不得不经过距六个一伙的酒鬼十五步远的地方，我突然确信，可以只用同一名词的说法，至少不是太复杂的（谈的是一个最流行的粗话。——沃洛希诺夫注），就可以表达所有思想、感觉乃至非常深刻的论断。有一个小伙子尖声而有力地说出了这个词①，以便表达自己对他们过去所谈内容的最蔑视的否定。另一个回答他时，也重复这一名词本身，然而已经完全是用另一种声调，并且表达另一种意思，正是表达了对第一个小伙子否定的正确性的全部怀疑。第三个突然对第一个小伙子愤怒起来，谈话中充满了激动和刺耳的话，也冲着他喊着同样的名词，然而已经含有骂人的意思。这时第二个小伙子又冲着第三个小伙子、骂人者发火，用这样的意思来制止他"你为什么这样乱说，小伙子？我们在心平气和地议论，而你是从哪钻出来的，乱骂菲尔克！"瞧，他说出所有这一意思，也是用同样的一个宝贝词，用同样一个非常简短的一个客体称呼，只是抬起手抓住第三个家伙的肩。但是这时候突然第四个小伙子，整个这伙人中最小的一个，至此一直沉默着的，大概忽然找到了解决原来造成争吵困难的办法，兴奋地，抬了抬手，喊着……妙，你们想到了吗？找到了，找到了吗？没有，完全不妙并且没找到；他只同样重复着一个没有词典意义的名词，只有一个词，总共只有一个词，但只是兴奋地，兴高采烈地尖叫着，看来，是太用力了，所以第六个忧郁的年龄最大的小伙子对此就"看不惯"，他一下就制止了乳臭未干的毛头小伙子的兴奋，转向他，并用忧郁而有教训意味的低沉口吻，重复着那同一个在妇人面前不能说的名词，而且明确地表示着："喊什么，住口！"就这样，没说别的话，他们都重复着的仅仅是一个词语，但却是他们最喜爱的词，重复了六次，一次接一次，互相都很清楚。这是事实，我是这件事的见证者！②

---

① 在美国学者卡特琳拉·克拉克与迈克尔·霍奎斯特合著的《米哈伊尔·巴赫金》一书的注释中给这个词语作了注解"陀思妥耶夫斯基并未明确说出那个词，但他显示是指'妈的'（mat），这在俄语如在美国黑人英语中一样，是'×你妈'的省略形式"。该注是根据罗杰斯·阿布拉姆斯1976年在纽伯利出版的《说黑》作出的（参见《米哈伊尔·巴赫金》中文版，中国人民大学出版社1992年版，第272页）。

② ［俄］巴赫金：《周边集》，李辉凡等译，河北教育出版社1998年版，第457—458页。

戏仿理论的嬗变轨迹与历史形态研究

巴赫金在这里引述的例子，在某种意义上说明了不管一个言语或者句子它的词典意义是如何简单、明晰，但在不同的语境中，由不同的言说主体使用不同的语气和语调说出来，这个言语或者句子表达意义就变得十分复杂了。同时从另一个方面说，主体的态度对于话语意义的拓展性和增值性具有不可忽视的价值。巴赫金在这里强调"超语言"的话语交往的情景性，尤其是主体的情态之于意义生成的重要性无疑是十分深刻的，也正是在这一点上弥补了形式主义语言分析的不足。就戏仿而言，戏仿的意义显然不仅仅是一种语文学意义的文本意义，而是戏仿者与受众通过戏仿文本形成的接受意义，即真实的话语交往中形成的"超语言学"意义。讽刺作为主体的一种情感态度在戏仿接受中得到受众的理解和认同，这是戏仿者期待的一种接受效果，长期以来得到了主体性哲学的支持。具体到语言与文学的角度，在巴赫金之后，英国日常语言学派的言语行为理论对其进行了拓展，尤其是奥斯汀在《如何以言行事》中提出的"语力"概念。奥斯汀认为："语力（即'话语施事力量'，illocutionary force）是由话语施事行为所体现的说者的交际意图，也即话语在具体交际场景中所发挥的特定功能。"[①] 现代以来，在戏仿文本中，讽刺作为一种尤为重要的戏仿者的交际意图，它既在文本中又超越文本，有时往往就是戏仿者在吟诵戏仿文本的语气和语调中，而这些恰恰都涵括在奥斯汀所说的"语力"之中。由此来看，受众能在戏仿文本中明确戏仿者要表达的目的与意义，尤为重要的这种讽刺的情感，获得讽刺感，应该是戏仿文本在接受中一个极为重要的接受效果。

三 戏仿性讽刺的历史嬗变

从讽刺的内容角度来看，戏仿讽刺包罗万象，涵盖人类日常生活、行为方式、意识形态、文本存在方式、语言表达形式、文艺风格与价值取向的方方面面。从戏仿实践的历史来看，在文艺发展的不同历史阶段，戏仿的主题与内容也呈现其不同的历史性特征。基于此，戏仿理论最关注的讽刺效果也随之而发生改变。

---

① 刘龙根：《语力概念与意义表征》，《东北师大学报》（哲学社会科学版）2005年第3期。

第四章 戏仿效果论的逻辑展开与历史形态

戏仿的对象最先是英雄史诗。在西方文学中，荷马的《伊利亚特》和《奥德赛》常常是被戏仿的主要对象。这些戏仿之作，往往用这种史诗体来写作一些琐细的事情。尽管很多戏仿作者曾经提出，戏仿这些英雄史诗并不存在不敬，但戏仿文本的受众还是能够从中读出隐含其中的讽刺意味。亚历山大·蒲伯（Alexander Pope，1688—1744）创作的《秀发劫》（也有将之翻译成"夺发记"的）是对荷马史诗《伊利亚特》的戏仿，只不过他将史诗宏大、壮烈的战争场面置换成18世纪伦敦上流社会的日常琐事。荷马史诗的英雄被女主角贝林达所代替。整个故事的叙事模式、情节展开和矛盾冲突都跟《伊利亚特》十分相似，唯其不同的是，就是角色被置换了，故事的宏大性被上层社会生活的琐细性替代了。整个故事以史诗的方式叙述贝林达因头发被剪而发怒与阿喀琉斯之怒进行比拟，以及相互之间引发的战争和社会论争的社会后果。全诗是调侃的、讽刺的、升格的书写。《秀发劫》无疑是在讽刺，一个以宏大、正义或者英雄主题包装的欲望和个体之间的欲望并无本质的区别，因个人的情绪与欲望所引发的战争和混乱同样是自私的，讽刺了英雄主题的伪崇高性。

到现代文学批评中，戏仿此前的那种不带否定性的幽默，则在现代文学批评理论视野中发生了嬗变，慢慢地蜕变为一种否定性的效果或者评价。效果理论认为，戏仿会让人觉得文本世界是荒谬的。通过戏仿凸显源文本中的荒谬，进而实现对现实的批判，同时看到戏仿彰显出来的这种独特事物的荒谬性，通过批判、讽刺，导致社会改善。克里斯托弗·斯通曾经在1914年出版的《戏仿》（*Parody*）中不无深刻地指出，戏仿中呈现出的这种荒谬"是社会医治僵化最有效有的方式。它使华而不实爆炸，纠正善意的怪人，使疯狂冷却，阻止无能者成功。它洋溢着真理，虚假在它面前退缩。"[1] 法国批评家路易·菲泽利耶1738年曾对戏仿进行辩护，认为戏仿是攻击虚假、呈现荒谬的十分有用的手段，其主要目的不是攻击作者本人，而是揭露被悲剧伪装为美德的丑恶。[2] 戏仿文本中确实有些证明了这个世界的荒谬性。由此，让人看到这个世界上那些原本被认为自然而

---

[1] Christopher Stone, *Parody*, Hardpress Publishing, 2012, p. 8.
[2] ［英］玛格丽特·罗斯：《戏仿：古代、现代与后现代》，王海萌译，南京大学出版社2013年版，第26页。

热、就是如此、应该如此的事情或价值观念的可笑性，给受众带来了讽刺的效果。但这种讽刺，与我们日常生活或者修辞中使用的讽刺不一样的是，正如我们在引论部分中辨析的那样，日常的讽刺是指向现实世界的，但戏仿的讽刺是指向文本世界的。通过荒谬性的戏仿，来实现对文本世界中的人与事的讽刺。

通过戏仿着力于对文艺存在形式的讽刺，这与20世纪初期形式主义的兴起相伴随。此前文艺理论界关注文艺更多的是文艺表达了什么。换句话说，是对表达或者书写什么的研究与讨论。对于表达的方式和表达的媒体关注不多。从古典时期到19世纪，戏仿关注的是书写故事的戏仿，我们戏仿英雄史诗的故事情节和人物角色以实现对相应故事的讽刺，无不如此。但20世纪以来，人们更多地关注表达媒介本身，关注表达的手段本身的局限。在此之前，理论界并没有认真去思考表达媒介本身的限度，认为符号是能够表达人想表达的。符号本身是中性的，并不具有立场和价值意识形态，符号仅仅是人类表情达意的工具而已。但在20世纪以来的符号学的研究中，理论界发现这种逻辑起点和前提存在问题。尤其是，美国哲学家罗蒂提出"语言学转向"以来，理论界对这个问题认识愈来愈清晰。以戏仿的形式来暴露某些表达方式、叙事模式或者符号媒介的局限无疑成了20世纪以来戏仿性讽刺的核心领域和焦点问题。俄国形式主义理论家什克洛夫斯基就一针见血地指出过"戏仿就是暴露技巧的技巧"。有很多写作或者表达技巧我们可能长期坚持并一直在使用，但这些技巧是否有其局限和不足，我们并未认真反思。有时候，我们将某种奉为圭臬的技巧用到极致，我们就会发现它的困境和不足。历史地看，就文学而言，在不同的时期，我们会形成不会的表达模式或者叙述规范，诸如，英雄史诗模式、骑士传奇模式、"革命+恋爱"模式，或者中国的"大团圆"模式等。这些模式一般会与一定的叙述技巧联系起来，但这些技巧的局限性也是不言而喻的，它们于是也就成了后来戏仿文学讽刺的主要方面。英雄史诗模式在戏仿文学中俯拾皆是，后来很多的戏仿史诗的文本就有对其对战争的欣赏态度的讽刺和批判。塞万提斯的《堂吉诃德》就是对骑士传奇小说模式的戏仿，同时也是对这种小说模式的一种讽刺与批判。

不仅在文学中如此，20世纪以后，其他艺术领域中对一些固定的规范

第四章　戏仿效果论的逻辑展开与历史形态

与程式的戏仿也甚嚣尘上。音乐领域中，德彪西的晚期作品《儿童园地》的第六首《黑木偶步态舞》其"讽刺的对象是瓦格纳经典的'特里斯坦和弦'。德彪西在作品中将瓦格纳乐剧《特里斯坦与伊索尔德》中的主导动机巧妙的变为当时流行的黑人游艺团体的步态舞形式，权威由此变为滑稽模仿的插科打诨，这无疑与人们所信奉的瓦格纳的风格造成了强烈的反差，德彪西在这里通过滑稽模仿来表现对于瓦格纳创作风格的嘲讽。"① 在美术领域，日本的艺术家森村泰昌在"作为美术的摄影"的观念下，开始对造型艺术中的绘画进行戏仿，他用自己的行为来戏仿西方绘画领域中声名显赫的绘画作品，但主要集中在这些著名作品的形式构造上，达·芬奇的《蒙娜丽莎》、梵·高的《自画像》、委拉斯贵兹（Diego Velzquez）的《玛格丽特公主》等均成为他戏仿的对象。他以模仿这些画作中的造型为途径，并通过照相机将自己的戏仿行为拍摄下来，形成自己既与源文本相似又区别于源文本的戏仿文本。森村泰昌通过戏仿成就了自身，但其对于经典绘画文本造型的戏仿在某种意义上也在讽刺当代绘画造型能力的匮乏和想象能力的缺失。因为在当代艺术中，除了修改、调整或者模仿经典文本之外，艺术家的造型能力是缺失的或者是极其有限的。

这种思想在我们日常的影像领域中得到了回应，尤其是在摄影领域中。今天很多摄影艺术家们对人们被奉为经典的各种摄影姿态在形式维度进行戏仿，诸如摄影中对表征女性特征的"S"形造型，以及表征胜利的"V"字形的剪刀手造型进行戏仿。摄影艺术家通过对不同性别、不同身份、不同时空中的人物反复拍摄这些同样的姿态来讽刺当今人类形式构造的单一性、陈旧性、重复性和乏味性。同时也寄寓了艺术家们对改变、创新以及不一样的呼唤，进而强调差异性的难能可贵，以及它们对于确证主体性、个体性的重要价值与意义。

第三节　戏仿与自由感

戏仿文本作为一种在形式维度指向历史文本或者源文本的文本书写方

---

① 马淑伟：《德彪西滑稽模仿对文化内涵的拓展》，《天津音乐学院学报（天籁）》2006年第1期。

式，在精神维度则指向对其戏仿对象所呈现出来的各种规范或者限制的挑战和解构。受众在阅读戏仿文本时，尤其在其感受到戏仿文本对源文本中被奉为金科玉律的规范或者准则进行了颠覆与解构，对各种已经被权威化、经典化的形象以及话语方式和符号意义进行了撕裂，并被赋予了新的意义与价值，构建了新的形象时，受众在这种挑战性的参照阅读中，将获得一种前所未有的自由感。尤其是，在戏仿者将各种被主流价值观念和意识形态塑造为经典与权威的文本进行戏仿性重构之后，受众在经典重塑，权威重构的过程中，体验到戏仿者不依循传统，而且还能参与新的秩序、新的传统、新的规则的构建时，以自由、兴奋、喜悦为内核的狂欢感便油然而生。就此而言，这种狂欢感主要来自戏仿者对于经典和权威文本的解构和重构。

一 戏仿与狂欢

在文艺理论视域中，将戏仿置于狂欢节视域中进行讨论或者认为戏仿能让受众获得一种狂欢节世界感受的当属俄国文艺理论家巴赫金。巴赫金是在对16世纪法国著名作家拉伯雷的研究中引出戏仿与狂欢节的话题的。巴赫金在《弗朗索瓦·拉伯雷的创作与中世纪和文艺复兴时代的民间文化》的"导言"中认为，在他系统研究拉伯雷之前，在俄国批评界，拉伯雷的文学地位和文学成就没有得到充分的认识和应有的认可。这其中，一个最为重要的原因就是，没有发现拉伯雷的文学创作与民间诙谐文化的关联，没有充分认识到其吸收民间诙谐文化所创作出来的独特的文学形象系列。

巴赫金认为，拉伯雷的创作与其所在文化的民间文化源头联系了起来，同众多的其他作家相比较，"他同民间源头的联系比其他人更紧密、更本质，而这些民间源头也是最具特色的（米什莱列举得相当准确，虽然还远不完全）；这些源头决定了他的整个形象体系和他的艺术世界观"[①]。正因为如此，拉伯雷的文学不同于其所在时代的主流文学，打破了其所在时代文学的标准和规范而显得卓尔不群。由此，"拉伯雷的形象固有一种特殊的、原则性的和根深蒂固的'非官方性'：任何教条主义，任何权威

[①] ［俄］巴赫金：《巴赫金文论选》，佟景韩译，中国社会科学出版社1996年版，第96页。

第四章　戏仿效果论的逻辑展开与历史形态

观念，任何片面的严肃性，都不能同拉伯雷的形象共容，这些形象同一切完成性和稳定性、一切狭隘的严肃性，同思想和世界观领域里的一切成规和定论，都是相敌对的。"① 取得这些成就，恰是因为拉伯雷将自己的创作同中世纪和文艺复兴时期的民间狂欢节文化联系在一起。民间狂欢节文化给予其丰厚的给养，厚植了拉伯雷创作的文化底蕴，使其创作不同于官方文化所要求和规训的形态和价值取向。同时，拉伯雷的写作也使这些民间诙谐文化得到了前所未有的张扬。在巴赫金看来，拉伯雷与民间诙谐文化的关联互相成就了彼此。

作为一种独特的文化形态，民间诙谐文化给予了民众一种完全不同于官方文化的狂欢节感受和体验。根据巴赫金的梳理和分析，组成这些民间诙谐文化，给人带来狂欢节体验的主要有三种文化形式："一、各种仪式和演出形式（各种狂欢节类型的节庆活动，各种诙谐性的广场表演）；二、各种诙谐性的语言作品（包括戏仿体作品）：口头作品和书面作品，拉丁语作品和各民族语作品；三、各种形式和体裁的不拘形式的广场言语（骂人话，指神赌咒，发誓，顺口溜，等等）。"② 在这里，巴赫金将戏仿作为一种独特的文体形式来看待，它归属于诙谐性语言作品，是民间诙谐文化的重要组成部分。在巴赫金的视野中，戏仿文学同其他诙谐文化形式一道共同给人带来一种狂欢节体验，构建了一种不同于官方文化所塑造的文化世界观感受。

戏仿文本在文化价值观念维度完全不同于官方文化所建构的价值观念。从巴赫金的论述中我们可以发觉，戏仿文本所指向的价值观念是同官方文化背道而驰的。根据考察发现，官方文化尤其是官方节庆仪式和节庆文化构建的是一种秩序性、严肃感和正襟危坐性，是对等级制度和相应规范的强化和维护，而戏仿文本同狂欢节一样，它对现有的秩序和规范是破坏性和颠覆性的。通过这种破坏与颠覆、加冕与脱冕，以及各种关系的颠倒，它将被压抑的力量重新调倒过来，让它们获得一种此前不曾拥有的地位与价值。"与官方节日相对立，狂欢节仿佛暂时摆脱占统治地位的真理和现有制度，庆祝暂时取消一切等级关系、特权、规范和禁令。这是真正

---

① ［俄］巴赫金：《巴赫金文论选》，佟景韩译，中国社会科学出版社1996年版，第96页。
② ［俄］巴赫金：《巴赫金文论选》，佟景韩译，中国社会科学出版社1996年版，第99页。

的时间节日、不断生成、更替和更新的节日。它同一切永恒化、一切完成和终结相敌对。它是面向永远无限的未来的。"① 巴赫金的论述在某种意义上说明了戏仿文本所表征的价值观念与官方的或者正统的价值观念完全相反，而且是这种严肃、正统的文化价值观念的消解力量和颠覆力量。它以一种未完成性来对抗完成性，以一种流动性来对抗静止性或者凝固性。它相信当下的瞬间快感，拒绝那种持久的沉浸之美。

更为重要的是，戏仿文本让受众在这种文本的狂欢中，不再是一种被动的看客静静地欣赏戏仿者如何去调侃、颠覆和戏谑源文本，去分析和领会戏仿者的高明和感受戏仿者对源文本戏仿所带来的快感。这种戏仿文本的接受，让受众浸染其中，与戏仿者一道在这种文本狂欢中参与文本规范的拆解和建构。因为，"在狂欢节上，人们不是袖手旁观，而是生活其中，而且是大家一起生活，因为从观念上说，它是全民的。在狂欢节进行中，除了狂欢节的生活，谁也没有另外一种生活。人们无处躲避它，因为狂欢节没有时空界限。在狂欢节期间，人们只能按照狂欢节的法律生活，亦即按照狂欢节自由的法律生活。狂欢节具有宇宙的性质，这是整个世界的一种特殊状态，这是人人参与世界的再生和更新"②。就此而言，巴赫金关于狂欢节这种独特生活体验的论述，也在另一个层面上阐释了戏仿文本在接受与阅读中，受众不再是一个单纯的看客，不仅仅停留在滑稽一笑或者感受到讽刺的快意恩仇中，而是与戏仿者一道积极参与对戏仿对象的颠覆和解构中，在这种狂欢感中参与了意义的生产和建构，受众与戏仿者结成了同盟，在这种阅读中，获得了前所未有的狂欢感受。戏仿继承了狂欢节的精神指向和价值诉求，不同之处在于，戏仿的接受者只不过是在文本的游戏中获得这种独特的狂欢体验和阅读快乐而已。这一点，后来的解构主义者罗兰·巴特提出的"文之悦"中的能指的自由嬉戏，在某种意义上说，对之进行了呼应。

二 戏仿与批判

文学在历史的发展中形成传统，并通过经典和权威作品来固化。而传

---

① [俄] 巴赫金：《巴赫金文论选》，佟景韩译，中国社会科学出版社1996年版，第105页。
② [俄] 巴赫金：《巴赫金文论选》，佟景韩译，中国社会科学出版社1996年版，第102页。

第四章 戏仿效果论的逻辑展开与历史形态

统最为集中的体现就是各种文学规范和文学秩序。从这个意义上来看，一部文学发展史就是一部文学规范和文学秩序的建构史。历史地看，尽管不同历史阶段的文学传统要固化或者强调的文学规范和文学秩序有所不同。但文学传统作为一种固化规范和秩序的方式和工具，却从未改变。在不同的历史阶段，其呈现的面貌只不过是一种规范对另一种规范的代替，一种秩序对另一种秩序的置换而已。在文学的发展过程中，人们往往会通过文学教育、文学批评、考试规范、参考书目、文学史等形式来强化和固化文学传统中所建构的各种文学规范与文学秩序。在各种美学思潮与美学规范的相互响应和相互斗争中从边缘走向中心。

法国理论家福柯曾经在《知识考古学》《词与物》《知识话语》等著作中分析了真理成为可能的斗争性。文学规范和文学秩序在文学传统中以真理的面目出现。这种真理的建构者往往要求受众对其进行信奉和遵循，将其奉为圭臬。对其进行学习与效仿。在其成为真理的那一刹那间，他们往往会将自身成为"真理"过程中的斗争性和残酷性进行掩盖。让人们忽略其从边缘走向中心的过程中对别的话语的镇压和围剿，让自身以客观中性的立场和面目出现。福柯曾经深刻地指出，真理话语最先只是众多话语中的一种，它是人们理解和揭示世界的一种视角抑或一种方式而已，但在同其他的众多的话语就同一个对象或者同一个现象展开竞争的过程中，通过各种非真理本身的力量的支持，使其中一种话语逐渐从边缘走向中心，成为真理话语。在其成为真理话语之后，他往往会通过各种排斥手段和圈子话语来不断巩固自身的真理话语地位。具体到文学艺术领域来说，各个不同时期的文学秩序和规范都是以真理的面貌出现的，通过文学史和参考书目或者文学教育与文学考试等手段来使其强化和固化，甚至变成相应的金科玉律，让人遵循和学习。

戏仿正是敞开这种文学规矩和文学秩序真理化的过程，让人们看出其建构的斗争性和压制性，揭示其成为真理过程中隐含的暴力和权力因素。通过戏仿让人进一步增强对真理与权力是相伴相随的认识，让人领悟权力与真理、知识具有共生性的道理。诸如，在西方文学传统中，史诗在其创作和传播过程慢慢地形成了自身的书写形式的和价值规范，表现为：其一，是一种人类的宏大叙事；其二，其书写的对象是英雄人物。这种书写的规范和秩序由《荷马史诗》中的《伊利亚特》《奥德赛》等奠定和确立，但在后来的《蛙鼠之战》《秀发劫》等戏仿作品中却将这种规范颠覆了，将这种人类宏大的英雄叙事简化为动物间的战争，将英雄角色、英雄事迹置换为宫廷贵族之间的烦心琐细之事。这类"仿英雄体史诗的诗歌样式就是运用史诗隆重、宏大与崇高的叙事模式，来讲述一件细小、琐碎、无足轻重的事件，以形成讽刺性的对比。"[1] 塞万提斯的《堂吉诃德》就是对骑士小说长期以来形成的规范的破坏。接受美学的重要理论家姚斯曾经指出："戏仿和滑稽模仿为了攻击目标（往往是具有权威性地位的文本）可以在形式和内容层面，通过批评性的模仿或采取艺术性的强化模仿进行创新，从而挖掘高与低之间的差异。"[2] 戏仿在某种意义上说，是对现存文学秩序和规矩的破坏和暂时的逃离。戏仿是将此前的高级变为低级，也就是说运用的是一种降格的方式来处理戏仿对象。但艾萨克·迪斯雷利在引用菲泽利耶的观点时指出："戏仿远非将美德转化为矛盾，将真理降级为荒谬，它攻击空想和虚假的东西；它不是打诨，而是批评性的揭示。"[3] 就此而言，读者在接受戏仿文本时，他们能从中强烈地感受到这种目标明确的批判意识和批判精神，与戏仿者一道获得对源文本各种秩序和价值观念进行颠覆和批判的快感。

通过戏仿，读者在阅读中能够容易发现，此前被列为禁区的东西，不能表达的或者不能涉猎的领域，文艺其实是有表达的空间和可能。只不过，这种所谓的禁区和被排斥的领域只是一种被经典化或者权威化的文学规范和文学秩序的一种意识形态或者价值观建构而已。因此，通过戏仿受众能从中了解建构规范的过程，同时也是排斥他者的过程。规范和排斥是同时进行了，但被排斥的东西并非就一无是处。在戏仿中，我们发觉了其存在的意义与价值，并因此给人类的文学艺术表达带来了无穷的可能性。诚然，在人类文艺批评史上，这种规范的建构与规范的批判从一开始就是同步进行的。从点到面，这种反思和批判就从未停止过。晚近发明的一个重要的批评概念元小说——关于小说的小说，是对

---

[1] 马弦：《〈夺发记〉对古典英雄史诗的"戏仿"》，《外国文学研究》2008年第2期。

[2] ［英］玛格丽特·罗斯：《戏仿：古代、现代与后现代》，王海萌译，南京大学出版社2013年版，第171—172页。

[3] 见 D'Israeli, "Paeodies", in Isaac Disraeli, *Curiousities of Literature*, Second Series (1823) 14th edn (London, 1849), p. 510.

小说的本质进行言说的小说——就与戏仿有很好的结合。在这类小说中，"叙述者超出小说叙事文本的束缚，常常打断叙事结构的连续性，直接对叙述本身进行评论"①，实现了对小说叙事的系统反思和批判。戏仿在人类的文学艺术史上很早就扮演了这个自我反思和批判的角色。玛格丽特·罗斯就指出："古代作家如阿里斯托芬以及更现代的作家塞万提斯所使用的戏仿表面，无论是在古代还是现代，戏仿一直以'元小说'和滑稽的形式对其他作家、戏仿写作自身的过程和读者进行反思。"② 在此意义上，读者在接受这些文本的过程中，戏仿的反思性和批判性就跃然纸上了。

三 戏仿与创新

戏仿在文艺批评史上曾长期以来不被人看好，遭到了很多理论家的否定性的判断与评价，认为戏仿是一种鹦鹉学舌式的重复，是一种缺乏建构性的调侃，只会给人一种负面的观感，对于推动文艺的创新与发展意义不大。巴赫金对戏仿曾经是持否定的态度："在现代，戏仿的功能是狭隘的和没有收益的。戏仿已经病态地成长了，它在现代文学中的地位是不重要的。我们今天生活、写作和说话于一个语言自由和民主的世界；复杂得多等级的谈论、形式、图像、风格过去被用来向官方语言和语言学的意识渗透，被文艺复兴的语言学革命清扫干净了。"③ 美国后现代主义理论家詹姆逊在《后现代主义，或晚期资本主义的文化逻辑》中有关戏仿与拼贴的比较中认为："戏仿曾经活过，现在这个奇怪的新东西拼贴正在慢慢取代它的位置。拼贴和戏仿一样，是戴着特殊面具的模仿，是用一种死亡的语言说话；但它是模仿的中立做法，没有戏仿秘而不宣的动机，没有讽刺的冲动，没有笑声，伴随着暂时的不正常的口气，也不存在任何健康正常的语言。因此拼贴是空白的戏仿，是失明的雕塑；拼贴对于戏仿而言，如同有趣、历史上是原创的现代事物即空白的反讽，相对于韦恩·布斯谈到的18

---

① 江宁康：《元小说：作者和文本的对话》，《外国文学评论》1994年第3期。
② [英]玛格丽特·罗斯：《戏仿：古代、现代与后现代》，王海萌译，南京大学出版社2013年版，第90页。
③ Linda Hutcheon, *A Theory of Parody: The Teachings of Twentieth-century Art Forms*, New York: Methuen, 1985, p. 70.

世纪的'稳定反讽'的关系。"① 詹姆逊是从历史的视角来考察戏仿与拼贴的，认为戏仿在文艺批评史上较拼贴出现得早，而且曾经发生过重要的作用。但在后现代这个特殊的历史文化语境中，戏仿已经完成了其历史使命，已经被拼贴所取代。在这里詹姆逊既指出了两者的相似之处，它们都是一种特殊的模仿都是用死亡的语言在说话，但它们之间的差异也是明显的，即戏仿是有一种隐含的创作动机和意图的，而且有对戏仿对象的讽刺冲动，同时还能带来发笑的效果，但这一些拼贴却没有。在这个比较中，虽然詹姆逊不是从正面来肯定戏仿的意义与价值，但在客观上认可了戏仿与拼贴相比较，它不是空白的，是有所诉求和有所作为的，并不像众多的文艺批评家所认为的那样，是一种毫无价值的戏谑与调侃。

这一点，其实早在20世纪初期，俄国形式主义的众多理论家就有清醒的认识。什克洛夫斯基在评论当时争议很大，甚至长期被边缘化的小说家斯特恩的小说创作成就时就不无深刻地指出："当斯特恩创作长篇小说时，他把写作看成是长途漫游，进入一个新世界，不仅是新发现的，还是新建造的世界。旧的世界感受，旧的小说结构，在他那里已成为戏拟（即戏仿）的对象。他通过戏拟驱逐它们，并借助离奇的结构恢复强烈的艺术感受和品评新的生活的敏锐性。"② 什克洛夫斯基一针见血地指出了斯特恩创作的独特之处，尤为重要的是，他发现或者揭示了斯特恩通过戏仿的方式对那些已经被经典化或者中心化的文学文本中的一些成规、结构在其小说中被充分的利用，而且这种利用不是简单地搬用，而是一种创造性地借用，通过戏仿使这些旧内容、旧形式、旧世界为创造新内容、新形式和新世界服务。

俄国形式主义另一名著名的理论家蒂尼亚诺夫在评论占主导地位的戏仿理论时，认为理论家不应被戏仿的表层表征所迷惑，应该从更深的理论底层来从本质上把握戏仿的特征，他认为："喜剧性通常是伴随戏仿同时出现的色调，但是它无论如何也不是戏仿自身的色调。当作品的喜剧性色调保留的同时，它的戏仿的特性可能会逐渐消失。戏仿完全存在于一种与

---

① Jameson, Fredric, *Postmortemism, or the Culture Logic of Late Capitalism Postmodern Culture*, Durham: Duke University Press, 1991, p. 65.
② ［俄］什克洛夫斯基：《散文理论》，刘宗次译，百花洲文艺出版社1997年版，第243页。

第四章 戏仿效果论的逻辑展开与历史形态

手法所进行的辩证游戏之中。"① 蒂尼亚诺夫认为我们应将戏仿与喜剧性进行分离，戏仿有喜剧性的表征，但戏仿不等同于喜剧性，喜剧性也并不是戏仿的本质规定性。戏仿存在于仿文本与源文本的文本间性之中，不管他们是互文性还是超文性关系。戏仿的本质是一种文本间的特定关系。在蒂尼亚诺夫看来戏仿是一种将特定艺术创作手法机械化的手法。通过戏仿使其机械性得以凸显，但机械化不是终极目标，机械化的目的是导向创新。就此而言，戏仿是一种改造旧思想、旧方法，创作新思想、新方法和新手段的方法，是一种关于方法的方法。戏仿是将他者文本资料化，作为自身文本的一部分，将其从原初的语境中脱离出来，置入新的语境中，通过创造性的吸收与转换，使其产生新的意义。从创作手法维度来看，"因为如果一次戏仿并没有任何创新之处，而只是简单模仿，那么就有可能使公众产生误解，也并不能达到娱乐讽刺等效果"②。其实，戏仿就是将原有的或者被经典化、常态化、自动化的文学手法摧毁，驱动新的文学创作手法的产生，改变既有的文学创作格局，使文艺创作出现新的局面，为文艺的创新发展进行方法论变革提供思想和理论准备，以推动文学艺术的创新发展。

这种戏仿导向创新，在加拿大文艺理论家琳达·哈琴那里得到了回应。琳达·哈琴认为，戏仿是"一种保持批评距离的重复行为，使得作品能以反讽语气显示寓于相似性正中心的差异"③。在琳达·哈琴的视野中，戏仿具有内在的矛盾性，既是连续性又是变化性，中间蕴含着对权威性的致敬，同时也蕴含着对权威性的背叛、违规与创新。一方面，戏仿指向话语自身，具有内省性；另一方面，戏仿又具有强烈的社会批判性。琳达·哈琴的戏仿理论再一次强调或者突显了，戏仿不是简单的同一性的重复，而是一种保持差异性的创新性的重复。这种模仿和重复不是为了强化一致，而是为了彰显差异。琳达·哈琴视戏仿为一种重要的艺术创作方式，在这种方式中实现对各种权威或者经典的质疑和反思，她认为："与历史

---

① Margaret A. Rose, *Prody: Ancient, Modern and Post-Modern*, Cambridge: Cambridge University Press, 1993, p.12.
② 庞敏：《商标戏仿的界定及其保护》，《中华商标》2013年第4期。
③ [加]琳达·哈琴：《后现代主义诗学：历史·理论·小说》，李杨、李锋译，南京大学出版社2009年版，第36页。

元小说一样，这些艺术形式以戏仿的方式引用'世界'和艺术的互文本，在此过程中，质疑了许多人不加质疑就使用的两者的分界线。用最极端的表述方式来说，这种质疑的结果将导致'与所有已知文本的决裂，以绝对无限的方式产生出无穷无尽的新文本'（Derrida，1977，185）。"①从这种意义上来看，戏仿在一定程度上说，目的是为了带来创新和构建一种完全不一样的体验，其独特之处就在于用一种人们耳熟能详的文本符号、意象和形式构建了另外一种意义，将原有的已经定型化或者固定化的文本符号与意义的对应性重新撕裂，"（在戏仿）这里作者和在仿格体中一样，是借他人语言说话；与仿格体不同的是作者要赋予这个他人语言一种意向，并且同那人原来的意向完全相反"②。在此，戏仿就是重新建构一种文本符号、意象与另外一种意义的可能性，建构一种新的理解和世界感受。

在当下文化语境中，戏仿似乎已经成为艺术家利用"死语言"构建"新感受"的重要方式。"作家通常在叙述手法上求新求变，同时颠覆人物性格、改写情节，力求通过各种方法体现后现代作家以'表现论'为中心的创作原则。"③显然，通过戏仿的方式来重构人类的世界感受，这比其他的方式要求更高。因为戏仿使用的是旧材料与旧形式，但要在在这种旧材料与旧形式上另辟蹊径，突破已经固化的意义和理解，建构一种不一样的意义与理解，其难度可想而知。就这一点而言，通过戏仿获得成功的艺术家要比其他的艺术家在艺术创作上的要求和难度高得多。其他的艺术家或者作家，可以讲述一个新故事，创作一种新形式来获得受众的认可和青睐，其难度本来就不小，但戏仿艺术家却要在已经达成共识或者定论的故事或者文本中，通过这些文本在保持与源文本特定关系的前提下，同时又要突破源文本带来的定势和惯性，构建一种与其相关但又不一样的意义世界，显然其难度要大得多。换句话说，戏仿的创新是"戴着镣铐的舞蹈"，受束缚很多，但又要突破重围，构建一种新的意义，提供一种新的阐释。正是基于此，美国批评家艾布拉姆斯就认为戏仿是一种难度极大的艺术创

---

① ［加］琳达·哈琴：《后现代主义诗学：历史·理论·小说》，李杨、李锋译，南京大学出版社2009年版，第170页。
② 张佩萍：《互文性文类视角下的戏仿研究》，《东北师大学报》（哲学社会科学版）2015年第5期。
③ 张磊、燕碧天：《戏仿之"仿"》，《读书》2016年第1期。

造形式。

受众正是在这种接受中感受到戏仿艺术家的卓越和伟大。受众在戏仿艺术对传统经典文本的重新理解和建构中,感受到这种重构和创新的快乐。在这种符号的生产中,受众与戏仿艺术家一道,对那些曾经中心化、经典化、权威化和神圣化的文本进行重新理解,或者通过重构一种语境,强力拆解其能指与所指的对应性和固定性,让人认识到语境对于意义生产的巨大作用和价值,进而意识到重建一种意义建构的相对主义立场的重要性。在某种意义上说,受众正是在这种戏仿中体验一种独特的能指的游戏,获得一种罗兰·巴特意义上的"文本的快乐"。显然,这种创新的自由感和重构的快乐感,较其他的阅读获得感来得更为持久和深刻,让人永远铭记于心。

第五章　戏仿价值论：从古典到后现代

价值是客体对主体的有用性或者意义，既表征为一种主客体之间的关系，同时也表征为一种客体的功能属性，是关系范畴和属性范畴的有机结合体。循此逻辑，价值可以被描述为客体功能属性对主体需要的某种满足关系。前面章节分析表明，戏仿是一种"通过纯粹的文本挪用来介入（engage）历史的艺术形式"[1]，既指向历史，同时，也是一定历史语境中的产物，还是一种具体的历史存在。因此，戏仿不可避免地会或直接或间接地与文本或艺术世界外的各种历史事物发生千丝万缕的联系。在某种意义上说，戏仿的价值就是戏仿对文学本身、社会、历史的意义以及满足戏仿创作者的某种特定需求。在文学艺术发展的各个不同历史时期，人们对戏仿是否有价值、价值的大小、价值呈现在哪里等理解都不一样。加拿大后现代理论家琳达·哈琴（Linda Hutcheon）在深入分析戏仿实践的历史后，不无深刻地指出："戏仿随文化而改变；它的形式、它与其'目标'（target）的关系、它的意图，在当代北美与在18世纪的英格兰都不会是相同的。"[2] 就此而言，戏仿的价值其实在每个时代或者每种不同的文化中都是有差异的。本章我们探讨戏仿理论史上理论家是如何理解戏仿价值、为什么会如此理解，理论渊源是什么等作出分析、讨论与梳理，重点关照戏仿从古典时期、现代时期到后现代时期理论界对其价值阐释的历史嬗变。

---

[1] Linda Hutcheon, *A Theory of Parody: The Teachings of Twentieth-Century Art Forms*, New York: Methuen, 1985, p. 104.

[2] Linda Hutcheon, *A Theory of Parody: The Teachings of Twentieth-Century Art Forms*, New York: Methuen, 1985, p. 6.

第五章　戏仿价值论：从古典到后现代

第一节　古典时期：含混与矛盾中的价值建构

历史地看，对戏仿价值的追问和系统的分析自古希腊就拉开了帷幕。这可从批评界对戏仿这个词语的内涵阐释中见出一斑。批评界对戏仿的阐释，常常从词源学入手，戏仿在古希腊时期的书写形式是"parodia"，是由前缀"para"和词根"odes"组成，其中"odes"是歌曲的意思，但前缀"para"却有着两种完全不同的语义指向，本身具有很强的矛盾性和含混性，其中的一种语义是：伴随，在旁边（beside）；另一种语义则是：反对与对抗（counter/against）。[①] 也就是说，在古希腊时期，同一个"parodia"可以表征着两种完全相反的意义，而且这两种完全相反的意义蕴含在同一个词语之中。这也直接投射出当时文艺创作者对戏仿在创作中产生的价值和功能在认知上的模糊性和矛盾性。回到古希腊与古罗马文艺创作与批评实践的史实语境，我们发现，戏仿一般是在两个维度上同时被使用，一是以"相对之歌"的意义使用，二是以"滑稽模仿"的意义使用。而且，在古典时期，西方批评界对于戏仿价值的建构也基本沿着这两种差异甚大的使用方法来展开的。

一　在赋魅与祛魅之间

在西方古典时期，以模仿说为核心的文艺批评解释体系占据着主导地位。批评界将模仿作为人们学习文艺创作和进行技巧训练的主要方式。只有通过模仿，艺术家才能无限地逼近"美"本身，其创作的作品才具有艺术价值。戏仿作为模仿的一种具体形态，与严肃模仿相对应。但不管是哪种形式的模仿，在古典时期，都隐含着对模仿对象的致敬和崇高地位的认可。大量的史诗特别是荷马的英雄史诗更是古希腊戏仿作家戏仿的对象。因为只有神圣的或者经典的文艺作品，人们才会去模仿。一般的作品或者水平比较差的作品在当时的语境中尚没有资格成为模仿的对象。就此而

[①] Linda Hutcheon, *A Theory of Parody*: *The Teachings of Twentieth-Century Art Forms*, New York: Methuen, 1985, p. 32.

言，虽然戏仿是一种不同于严肃模仿的模仿形式，但戏仿这种模仿形式建构的"相对之歌"依然隐藏着向神圣与经典学习与表达敬意的价值。因此，我们必须"承认戏仿者对成为戏仿文本一部分的'目标'或'模板'持景仰的态度"①，诸如阿里斯托芬对欧里庇得斯悲剧的戏仿就体现了前者对后者的崇敬之情。从这个维度来看，戏仿就是对文学艺术作品价值和地位进行确认、强化与突显的行为。对于源文本而言，戏仿具有赋魅的价值和意义。

戏仿作为模仿的一种形态，除了向模仿的源文本表达景仰和敬意外，但它毕竟又有别于严肃的模仿形态，其不同之处在于它在认可那些神圣的史诗与悲剧作品的规范与价值的同时，其价值还在于通过其滑稽性的模仿，揭示和暴露那些神圣和经典作品的局限与不足。英国批评家玛格丽特·罗斯就指出："'parodia'可以模仿英雄史诗的形式和内容，通过重写情节或人物创造幽默效果，以至与作品更'严肃'的史诗形式形成滑稽的对比，并且/或者将史诗更严肃的方面和角色与日常生活或者动物世界滑稽低级不适宜的角色混合，创造喜剧。"② 也就是说，戏仿通过模仿行为制造一种轻松愉悦的氛围使那些严肃的、正襟危坐的神圣作品和经典作品本身的缺点和局限得到凸显，让人们看到被神圣化、崇高化了的作品的不完满性。

在这种意义上，戏仿又具有一种祛魅的功能与价值。即通过对源文本的戏仿，作家破除了人们对神圣作品和经典作品的盲从和迷信，凸显了神圣与经典作品本身的建构性，让人看到这些被神圣化与经典化的文本从边缘走向中心的历史过程和运行机制，暴露这些被神圣化、典范化、经典化的文本背后的不足。当然，在古典时期，戏仿者对神圣与经典文本的戏仿，除了暴露和揭示这些作品的局限之外，并无价值和情感的偏袒性和取向性，显得较为客观和中立。就如巴赫金所指出的那样："希腊人的文学意识并未将对国家神话的戏仿性滑稽模仿改写作任何亵渎与不敬……直接严肃的字眼在成为笑的对象之前，被揭示出来的所有局限和不足——但在

---

① [英]玛格丽特·罗斯：《戏仿：古代、现代与后现代》，王海萌译，南京大学出版社2013年版，第4页。
② [英]玛格丽特·罗斯：《戏仿：古代、现代与后现代》，王海萌译，南京大学出版社2013年版，第13页。

第五章 戏仿价值论：从古典到后现代

整个过程中并没有受到羞辱。"①

历史地看，对戏仿的理解在古典的各个时期也是不一样的。在古希腊，戏仿（parodia）是指"用高级、严肃的文体和史诗的语言来描述低俗、琐碎的主题"②。宏伟和低级、高雅和庸俗这些对立的面相强行组合在一起，就像小丑穿上了华丽的衣服，乞丐坐在了皇帝的宝座上，这种错位和反差会产生滑稽的喜剧效果。罗马时代的戏仿创作者的文化实践不断地扩充着戏仿的内涵，包含了"滑稽引用""俏皮模仿"等。文艺复兴时代，戏仿的定义包含了"滑稽""荒谬""可笑""嘲弄"等众多含义。17世纪，意大利语 Burla（嘲笑）被引入英语，变成了 Burles（滑稽）。英国批评家认为戏仿是嘲弄严肃主题或夸张琐碎小事导致文体与主题之间的不协调从而引人发笑的滑稽讽刺作品，并且把它和低俗喜剧、粗俗闹剧等低级形式、不入流的体裁混为一谈。因为"一旦将一篇叙事的特点描述为滑稽可笑、歪模斜仿或者反语连篇，我们就等于将它与严肃的、规范的、伟大的文学区别开来"③。因此，在很多理论家眼中，戏仿不能表现崇高严肃的题材，只能表现一些低俗、滑稽的主题，戏仿是某些作家用玩世不恭的态度对某些经典作品的故意曲解和误读，是对原著的不敬。

总之，正如戏仿这个概念本身蕴含着两种完全相反的意义一样，在西方古典时期，批评界和作家对戏仿价值的理解和想象也同时将两种完全相反或者矛盾的功能寄寓戏仿这个行为之中，戏仿首先是一种仿，包含着对源文本的尊重和认可，同时也肩负着暴露神圣与经典作品本身的局限与不足的功能。戏仿对经典作品的讽刺、嘲笑，会造成经典的降格，使其脱去了高高在上的光环。但是这种降格不仅仅是对经典的全盘否定，还包含着肯定和重构等积极的因素，对经典的降格并不是纯粹、绝对的否定，其中也包含了再生的意义。巴赫金认为这种降格"既是埋葬，又是播种，置于死地，就是为了更好更多地重新生育……贬低化为新的诞生掘开肉体的坟墓。因此他不仅仅具有毁灭、否定的意义，而且也具有肯定的、再生的意

---

① Bakhin, Mikhail, *The Dialogic Imagination: Four Essays*, translated by Caryl Emerson and Michael Holquist, Austin: University of Texas Press, 1982, pp. 55–56.
② Simon Dentith, *Parody*, London and New York: Routledge, 2000, p. 192.
③ ［美］华莱士·马丁：《当代叙事学》，伍晓明译，北京大学出版社2005年版，第184页。

义：它是双重性的，它同时既否定又肯定。"①

另一方面，对经典的降格，不是对经典全盘否定，而是通过对经典的降格来暴露其局限性，对经典中那些陈旧、老化、僵死的意识形态和文体风格进行全面的批判，促使他们更新和再生。塞万提斯的《堂吉诃德》就是对中世纪骑士小说中陈旧东西的批判和创新。又如著名的戏仿作品《蛙鼠大战》，它讲述了青蛙与老鼠两个动物家族从开始的结仇到发动战争到最后的和解的故事。它们的战争其实就是戏仿《荷马史诗》的战争故事，运用与英雄史诗一样的宏伟壮丽的文体和情节来描述老鼠和青蛙两种动物群之间的打斗、厮杀，故事中的小动物都有着贵族气质，它们被冠以英雄之名，身穿华美的铠甲，谈吐优雅高贵，它们之间的战争有如特洛伊战争一样气势恢宏，还获得了希腊众神的青睐与参与。作品以一种滑稽可笑的方式嘲弄、讽刺了英雄史诗中离奇荒诞的情节和矫揉造作的语言。正是通过戏仿，艺术家实现了对源文本的祛魅。

二 再阐释与文学记忆的强化

西方文艺理论界发现，戏仿面对英雄史诗或者其他经典文本，在解释学的姿态上，不同于古典时期占主导地位的其他文艺形式。面对神圣文本或者经典文本，古典时期占主导性的解释学姿态是要求受众或者解释者必须回到神、上帝或者作者那里，从它们那里获得意义阐释的权威性或者合法性。否则，就是误读和误解。这种误读和误解是不被允许的。基于此，在古典时候，人类基于解释神圣文本和经典文本的经验形成了一整套古典解释学的规范和方法。这套规则和方法在某种意义上说，就是一套解释的保障体系，是为了让阐释者尽可能地回到神、上帝或者作者的"本意"那里，确保我们对文本的解释不走形不走样，进而保障解释的可信性和有效性。在这种占主导地位的解释学体系和价值观念中，神、上帝或者作者处于中心地位，因为他们的存在，确保了神圣文本、经典文本意义和价值的稳定性和连续性，同时也建构了它们之于受众、解释者的优先性。但戏仿的出现，将这种坚实的和保守的解释学体系和价值姿态打破了。戏仿在某种意义上突显了在此前被遮蔽的解释者和受众的地位，将它们从沉默者的

---

① ［俄］巴赫金：《拉伯雷研究》，李兆林等译，河北教育出版社1998年版，第25—26页。

第五章 戏仿价值论：从古典到后现代

状态中拯救了出来，赋予了解释者面对神圣文本、经典文本再阐释的权力和可能性。这不能不说，戏仿在突显受众主体性或者解释者主体性方面作出了突出贡献，有着不可磨灭的价值。

历史地看，戏仿神圣文本、经典文本不是艺术自身的怀旧也不仅仅是单纯地对艺术作品致敬而是创作者从自己所处时代的角度，通过对经典的模仿、重写来发掘神圣文本或者经典文本的潜在意义或者赋予其新的意义。通过对神圣文本、经典文本的戏仿，可以让神圣文本、经典文本的意义不断增值。神圣文本与经典文本的产生脱离不了其时空语境，但它们的价值是可以超越时代而拥有无限的审美意蕴、意义潜能和阐释空间的。后来的创作者能根据自己所处的时代、语境对其进行戏仿和重写，使其与各个时代进行对话。这对神圣文本和经典文本的发展是必不可少的，因为任何一部经典，也只是"一种片面的局限的话语，不可能包括所有对象的内容"，而戏仿则是"通过笑声和批判不断地校正片面而严肃的直来直去的崇高话语，不断地根据现实进行校正"。[①] 在这种戏仿修正过程中，像《圣经》《荷马史诗》等经典作品获得了永恒生命。所以，在古典时期，戏仿的重要价值之一就是在向神圣的、优秀的文艺作品表达敬意过程中不断补充、丰富和发展神圣文本和经典文本的内涵，让多元解释和多维判断成为可能。这对于古典时期的一元价值观显然是一种冲击，同时也为后来的人本主义价值观、主体性哲学和个体感性主义的出现提供了相应的价值基础。尤为重要的是，戏仿的广泛出现，引起了理论界对于个体经验如何在解释和理解中得到应有的重视和尊重开启了新的突破口，在推动古典解释学向现代解释学转型方面发挥了重要的作用和价值。

戏仿是对经典文本或者知名文本等源文本的模仿，这一点理论界应无异议。同时，理论界也认识到，戏仿文本与源文本的关系不同于其他复合文本的关系。在理论界看来，戏仿的源文本与仿文本之间是一种特殊的互文性关系。根据克里斯蒂娃的看法，互文性是一种文本对另一个文本的镶嵌与吸收，她指出："一个词（或文本）是另一些词（或文本）的再现，我们从中至少可以读到另一个词（或文本）（注：值得一提的是，在俄语中，slovo 有

---

① ［俄］巴赫金：《小说理论》，白春仁等译，河北教育出版社1998年版，第476页。

时指词（mot），少数时也指言语（discours）。"① 其实，这种现象存在于所有的文本之中，因为在这种互文性理论中，没有哪一个文本不与别的文本发生关联，不吸收别的文本或者不被别的文本所吸收。互文性在某种意义上说，更为重要的是体现出一个文本与其他文本的一种共生关系。但戏仿与这种一般性的互文性有所区别，它主要体现为一种文本的历史派生关系，学界一般将其定义为超文性。热奈特认为，超文性是"通过简单转换（transformation simple，后文简称转换）或间接转换（transformation indirec 后文称为模仿 imitation）把一篇文本从已有的文本中派生出来"②。

戏仿文本就是对历史文本的吸收，或者是从历史文本中派生出来的。它同所有其他的对文本的嘲弄、戏谑或者讽刺不一样：一个方面，它要批判或者嘲弄那个已经存在的历史文本；但另一个方面，它又将源文本转化成自身的一部分，对源文本进行保留和记忆。玛格丽特·罗斯在分析戏仿的文本特性时指出："戏仿者通过将目标文本的一部分与戏仿结合，既能保证与作为批评对象的目标文本相接近，又能保存目标文本的基本特征，这使戏仿在被戏仿作品的读者死亡之后还能长存。"③ 也就是说，在戏仿文本中我们能够保留源文本。在古典时期的理论和认识中，戏仿已经成为源文本保存的一种重要方式。正是因为戏仿，很多历史文本还能够代代相传，才能够在我们的文学历史和文学记忆中保存下来。与此同时，进一步巩固源文本在文学史上的地位，客观上在受众的文学记忆中强化了源文本，提升了源文本的传播面、认识度和影响力。在文学史上，不排除部分源文本是因为被戏仿才被人所熟知，不排除因为被戏仿它才被被保留在文学记忆与文学历史里的。就此而言，戏仿确实有强化源文本在文学史中的记忆的价值与功能，客观上也促成了源文本的经典化。

三 严肃题材的补充与平衡

戏仿在西方文艺理论界和批评界长期被作为一种低劣的、滑稽的甚至

---

① [法] 克里斯蒂娃：《符号学，语意分析研究》，Seuil 出版社1969年版，第145页。
② [法] 热奈特：《隐迹稿本》，转引自 [法] 萨莫瓦约《互文性研究》，邵炜译，天津人民出版社2002年版，第20—21页。
③ [英] 玛格丽特·罗斯：《戏仿：古代、现代与后现代》，王海萌译，南京大学出版社2013年版，第51页。

第五章 戏仿价值论：从古典到后现代

不值一提的戏谑文本被看待，对戏仿的这种理解和认识，在某种意义上其实也在彰显着戏仿的另一个维度的价值与意义。这个维度是从文艺生态学的视角来提出的。因为，在古典时期，占主导地位的文艺思想和美学观念在某种意义上是支持了以英雄史诗和悲剧为代表的文艺体裁和文艺样式的迅猛发展。它们曾一度占据人类文艺生活的主体部分。这些文艺样式在某种意义上也在不断地固化人们对世界、自我和他者的理解和认知。人们长期接触这些文艺范式，一个客观和不容忽视的后果就是导致了人们理解和认识世界的类型化、模式化和单一化，与其相应的是导致人类精神生活的单调化和固定化。这种被古典美学所推崇的文艺样式和文艺体裁以及美学风格在某种意义上彰显了相应的美学趣味、美学风格和美学范式。与此同时，它们也遮蔽了人类体验和认识世界的其他路径和渠道，遮蔽了美学风格的其他样式和其他形态。但正是边缘化境况中的戏仿，通过自己的言说彰显了自己对严肃题材的有力补充和制衡，给人类另一种不一样的美学风格和话语形态提供了一个喘息的窗口和言说的通道，为维护文艺生态中的多样性风格、多元性价值作出了自己的贡献。

在追求深度、强调意蕴、守护本源、信仰终极的古典时期，原创是主流，是人类对世界深思的精神成果，与恢宏、铺排、波澜壮阔的原创史诗相比，戏仿只是某种插科打诨、凸显快感、关注当下，轻浮缥缈，难登大雅之堂的跳梁小丑而已。在这种文化与美学语境下，戏仿自然也就得不到当时理论家、批评家太多的肯定和关注。尽管如此，戏仿创作在古典时期的价值仍不可忽略。古代戏仿创作实际上是那些严肃、高雅的文学体裁创作的有益补充，通过对它们讽刺和嘲弄，让经典或者神圣文本"变成了可笑的语言形象，显露出自己的局限性和不完全性，不过却丝毫也不贬值"[①]。戏仿创作者用这种反讽、不正经、揶揄嘲弄式的形式既摆脱了严肃、崇高话语的束缚，又对这种片面的、独白的、僵化的语言形式进行了有力的批判和修正，它破坏了神话对语言的独有的权柄，它使人的意识摆脱了语言中这种闭塞局面。严肃、高雅的经典话语和嬉笑、反讽的戏仿话语在古典时期是相得益彰。这种多样的话语状态，制衡了某一种话语或体裁独霸天下的局面。严肃高雅的作品"只是个片段，只是整体的一半；唯

---

① ［俄］巴赫金：《小说理论》，白春仁等译，河北教育出版社1998年版，第477页。

有给这一形式补充了戏仿才有整体的全部"①。

总之,戏仿作为希腊史诗等严肃体裁创作的补充、校正和制衡,具有十分重要的语言学、文学、美学以及文化学价值与意义。尽管在批评史上,理论家和普通读者对戏仿褒贬不一、聚讼纷纭,但戏仿实践的顽强存在和戏仿理论的不断发展,使得西方古典时期文学艺术世界始终保持着各种文艺话语和文艺形态的对话式发展、各种美学趣味和文艺声音多声并存的复调局面,促进了古典时期的文艺话语、文化价值观念的生态平衡、多元互补和健康发展,确保了文化生态的多样性和多元性。从古希腊肇始的古典戏仿价值观,与古希腊人的思维方式和哲学观念有关。也就是说,在古典时期,任何一件事情都有着矛盾的双重性,显示着事物内在矛盾统一的思维,这对矛盾是共存的,而不是排他的,犹如一枚硬币的两面,相依相随,将看似不可统一的两种对立的性质与特征统一在一起。换句话说,在古典时期,戏仿本身同时具有既肯定又否定的价值、功能与力量。这种对戏仿价值的理解和认知,与古典时期人类的思维方式和认识观念相一致。

第二节 现代时期:批判与反思中的否定与革新

现代以来,对戏仿价值的理解和认知随着戏仿功能的转型也发生了重要的变化。古典时期那种事物本身矛盾的双重性被现代性的一种非此即彼的二元对立思维所替代。戏仿本身含混的双重性价值与功能被纯净化,被一种单一性价值与功能所取代。正如英国批评家玛格丽特·罗斯指出的一样:"文艺复兴之后的批评者没有将戏仿中的'para'总是译为既与目标相反又相近;它经常变成要么相反,要么一致——例如在德语中戏仿成为了'反歌'或'副歌'。"②也就是说,在现代性早期戏仿要么就被理解为一致,要么就被理解为相反。就戏仿的功能而言,要么就是一种肯定性的

---

① [俄]巴赫金:《小说理论》,白春仁等译,河北教育出版社1998年版,第479页。
② [英]玛格丽特·罗斯:《戏仿:古代、现代与后现代》,王海萌译,南京大学出版社2013年版,第48页。

第五章　戏仿价值论：从古典到后现代

致敬，要么就是一种否定性的戏谑、嘲笑或者蔑视。换句话说，戏仿既具有肯定性又具有否定性功能的这种双重性在现代性运动中，变成了要么只有肯定性，要么就只有否定性。历史地看，戏仿的肯定性功能和否定性功能在古典社会向现代社会转型的过程中，其实并没有得到同等的机会被同时作为一种思想遗产继承下来，没有被同等重要地建构到相应的文艺批评观念体系与创作思想体系中。戏仿对源文本认可与致敬的肯定性价值被人们慢慢淡忘，否定性的价值与功能，以及形式的价值与功能在文艺实践和批评领域里得到了前所未有的放大，并占据主导地位。

一　对源文本和戏仿自身的价值否定

在古典初期，由于人们认为成功源于对别人的学习、模仿，因此戏仿得到了认可。随着历史的发展，人们对文学、艺术的不同理解而对戏仿的认识也相应发生了变化。戏仿价值的现代阐释始于文艺复兴，1516年，批评家斯卡里杰尔认为戏仿是对另一首歌的转化，通过转化其目的是使源文本变得滑稽可笑。1616年，本·约翰逊认为戏仿是对诗歌的模仿，通过戏仿使诗歌变得"更荒诞"。1738年，菲泽利耶则认为戏仿是对虚假的批评。而到1828年，艾萨克·迪斯雷利则进一步指出戏仿是对一部作品的改变和批评虚假的方法；应用范围从滑稽幻想、讽刺到恶意地将原作降低到荒唐层面。[①] 根据豪斯霍尔德的考证，戏仿的原初意义其实并不具有嘲笑、幽默和荒诞的内涵，大致到了16世纪才有了嘲笑的意义，到17世纪以后进而有了戏谑的语义和内涵，因此，对其戏仿对象的贬低也由此而生。[②] 在某种意义上说，现代以来"那种认为人们仅戏仿自己所爱的作品的广为流传的看法只是部分正确。戏仿更经常的是一种厌腻感的症状。对被传播的文本的否定态度决定戏仿，它倾向于反对，对被传播的文本进行抗议。厌倦、腻味或缺乏信任都在笑声中倾诉出来"[③]。现代以来的批评家，已经将戏仿视为批评与自己文艺观点、价值取向和审美趣味相对的文

---

① ［英］玛格丽特·罗斯：《戏仿：古代、现代与后现代》，王海萌译，南京大学出版社2013年版，第281页。
② Fred Householder, "Parody", *Journal of Classical Philology*, Vol. 39, No. 1, 1944, pp. 1–9.
③ Lutz Rohrich, *Gebarde-Metapher-Parodie Studien zur Sprache und Volksdichtung*, Burlington: University of Vermont, 2006, p. 215.

艺思想、文艺流派、文艺作品的重要工具和有力武器。戏仿的目的与价值主要就是讽刺、嘲笑甚至侮辱源文本。

在现代以来的戏仿中，首当其冲的是对源文本中所张扬的价值观念和意识形态的批判和否定。其实在每一个被戏仿的文本中，它们在叙述一个故事的同时，都在表达、确立或者张扬一种价值观念。诸如在现代戏仿中被作为源文本进行戏谑的文本中古典时期史诗是最多的。而在现代的戏仿文本中，诸如对荷马的英雄史诗的戏仿，这些戏仿作品在某种意义上就是对其张扬的英雄主义和对战争的礼赞中所隐含的穷兵黩武精神的批判和否定。而《秀发劫》中更是对那种基于满足个体欲望所采取的行动，进而带来矛盾和混乱的批判。《秀发劫》同样指向荷马史诗，但在《秀发劫》中对战争缘起的合法性依据的戏谑、调侃和批评，让人看到很多所谓正义理由的苍白性。俄国文艺理论家巴赫金指出：戏仿是一种令人开心的降格游戏，其目的就是要将那些被神圣化、正统化、神秘化、凝固化、永恒化的各种价值观念，通过戏仿性的批评还原到其本来的面目。让它们从高高在上的状态回到众生平等的现实的地平线上。在这一点上，现代以来的戏仿价值论的讨论中，继承了古典时候，戏仿作为祛魅的重要价值维度。

现代性是一场自律性运动。在现代性语境中，批评界对于戏仿价值的理解主要是从戏仿对文艺本身的价值和影响入手，一般不会超越文艺本身。也就是说，虽然戏仿对源文本的嘲笑、蔑视甚至贬低是全方位的，但一般也就是就文学作品戏仿文学作品。在现代时期，戏仿既有内容层面的，也有形式层面，还有价值观念层面的，涉及语言使用、叙事技巧、人物形象和故事主题等方方面面。但从历史的角度开看，在现代性的早期，在启蒙主义、批判现实主义以及现代主义等文艺思潮的影响下，戏仿主要着眼于对源文本中的人物形象（主人公）、叙事主题以及思想观念的嘲笑、讽刺和贬低，诸如大量的戏仿作品将维吉尔的英雄主题降格为醉汉主题或者动物主题等。20世纪以后，文艺批评对于文学艺术的分析主要着眼于文学内部自身的存在方式和形式结构。在此背景下，戏仿从对人物形象、叙事主题和思想观念的嘲笑与讽刺中，转向了对文本的文体特征和形式结构的揭露，从嘲笑文本的内容转向嘲笑文本的形式和存在方式。

俄国形式主义批评家什克洛夫斯基认为戏仿的价值就是"暴露其他技巧的技巧"。这种技巧的暴露，其目的也就是维克托洛维奇所指出的："嘲

第五章 戏仿价值论：从古典到后现代

笑对立的文学流派，破坏并揭露它的美学体系。"① 因此，人们通过"戏仿的方法使原作试图实现的规范失败，也就是说，将原作中具有规范性地位的事物降为一种习惯和技巧"②。在 20 世纪的形式主义运动中，戏仿的价值主要是揭示文艺作品的形式结构和组织结构，以及形式存在的特殊性。同时，也使那些神圣文本的表达方式、叙事技巧、结构逻辑暴露得一览无余，使那些神圣文本写作的所谓高明之处不再那么高深莫测，甚至使其处于一种十分尴尬的位置。就此而言，这时的戏仿除了带有嘲笑和讽刺的色彩之外，还具有极强的元小说的作用、价值和功能。

在 18 世纪的浪漫主义美学和主体性哲学看来，独创性和个人情感的真实性才是艺术成功的关键。只有体现主体性和个体性的艺术才是优秀的艺术。无主体性和个体性的艺术，尽管在形式上有艺术的外在形态，但在艺术性上是缺失的。18 世纪以来，哲学美学对主体性的张扬达到了一个高峰时期。在哲学层面上，强调人为自然立法，在艺术层面上，认为"诗是诗人强烈感情的自然流露"，在艺术创作维度，强调天才，强调在遵循规则的同时如何去打破、超越或者去创造新的规则。而在艺术领域中，体现这些主体原则的价值则是强调文学艺术创作的独创性和原创性，因此，这个时期的文学艺术主要强调表现。不再将无限逼近源文本作为艺术性高低判断的依据和准绳。

在这种语境下，戏仿被视为模仿有余，而创造不足的一种文学艺术创作范式。因此，在文学理论和文学批评界，戏仿创作者被视为一种"平庸和不道德的寄生虫"。戏仿文本被视为源文本的"寄生文本"。批评界认为，戏仿的价值完全建立在其得以可能的源文本的基础上，如果源文本没有价值，则戏仿文本就更加没有价值了。源文本成为戏仿文本的价值来源。也就是说，戏仿文本作为"寄生文本"的价值，主要取决于寄主的价值。戏仿在 19 世纪虽然其娱乐价值得到了一定的肯定，但它的文学地位并没有得到改变。普赖斯认为："戏仿者就是通过模仿他人的想法，同时改变其用词以达到滑稽效果的人，他们努力的结果大多是欢笑，来娱乐大

---

① Boris Viktorovich Tomashevsky, *Teoriya Literatur*, Leninggard, 1925, p. 161.
② Tuvia Shlonsky, "Literary Parody: Remarks on its Method and Function", in *Proceedings of the 4th Congress of the International Comparative Literature Association* 1964, edited by Franoois Jost. 2. 2, The Hague, 1966, p. 797.

家。但是戏仿者却没有任何创造力。"① 人们对戏仿在艺术世界的拙劣地位的理解,一直延续到20世纪初。

二 暴露形式技巧与推动形式创新

现代以降到20世纪初期,戏仿一直处于一种十分低劣的地位,徘徊在文学创作的边缘,不被文艺创作的正统方法与理论所接受。这一状况,直到俄国形式主义者对戏仿提出了一种完全不一样的理论阐释后才发生根本性的改变。与此同时,戏仿的价值得到了一种全新的认识。在俄国形式主义者看来,文学艺术的变化发展、逻辑演进,在某种意义上说,其实是一代又一代文学艺术创作者对前人作品进行戏仿、颠覆和重构的结果。俄国形式主义的代表理论家什克洛夫斯基认为对文学的分析与评价要关心的核心问题应该是文学性问题,这是文学研究的根本问题,研究除此之外的其他问题,则是剑走偏锋、误入歧途。而文学作品的文学性主要来源于文学表达方式和文学存在形式的陌生化。陌生化是反抗来自日常生活的习惯化、机械化与自动化的感觉方式,是使各种艺术作品增加可感性从而获得文学性的各种手法的统称。文学创作就是要制造这种陌生化的效果,而文学批评则主要是挖掘这种陌生化之于艺术作品艺术性的根本性价值。

在什克洛夫斯基看来,戏仿是产生陌生化效果的手段之一。戏仿是一种通过模仿小说成规来突显常用小说技法本身的手法,是一种暴露技巧的技巧,而且能从陈旧的或死亡的形式中创造出新的艺术形式。什克洛夫斯基以斯特恩的戏仿小说《项狄传》来说明陌生化理论和戏仿理论。《项狄传》是一部很有争议的小说,主要采用戏仿的手法来暴露作者的艺术创作技巧与手法。正常的情节被作者大量的离题和插入的长篇议论所打乱,这使得习惯于现实主义小说模式的读者对作品感到陌生,离奇的结构让读者产生了强烈的艺术感受和新的认知,小说中的不连续性和文本间性正是文学现代性的标志,标志着文学革命的出现。什克洛夫斯基对戏仿小说《项狄传》给予了很高的评价,认为"《项狄传》是世界文学中最典型的小说"②。

---

① J. B. Price, "Parody and Humour", *Contemporary Review*, Vol. 180, 1951, p. 243.
② [英]玛格丽特·罗斯:《戏仿:古代、现代与后现代》,王海萌译,南京大学出版社2013年版,第103页。

第五章 戏仿价值论：从古典到后现代

俄国形式主义者蒂尼亚诺夫继承和发展了什克洛夫斯基的观点，他认为戏仿的价值和功能在于能夸张放大作品手法的特点和缺点，产生滑稽、讽刺效果，使读者认识这些手法的机械性，从而变革这些陈旧、过时的手法。蒂尼亚诺夫从历史的角度考察发现任何一种曾经占主导地位并有着巨大影响的风格或体裁在其成熟并缺乏生长性之后，都会变得"自动化"和"机械化"，进而失去其有效性。因为，"这种技巧被发明、生长、衰老、死亡。当它们的用法达到无意识的自动程度时，就失去效力，不再作为可接受的技巧。需要具有新功用和新意义的革新手段，以防止技巧变得机械化（mechanical）。这种革新就像引用老作家的文字作新的应用，赋予它的新的意义"①。而戏仿在此时扮演了新功能和新意义的革命性的手法，戏仿发挥其独特的文艺批评功能与价值，在对旧形式、旧手法的否定和吸收中创造出崭新的创作形式，促使新的文学性的表达方式和结构形式的形成。"戏仿作为一种促进文学进化的有效策略，有意识地使自己承担起打破已经变得惯例化的文学标准的任务。"②

俄国形式主义者托马舍夫斯基更是推崇戏仿的否定功能和带来创新的可能性，认为它有推动艺术进化的价值。在托马舍夫斯基看来戏仿表面上是嘲讽、解构、丑化，真正的目的是催生出新的艺术形式和艺术手法，来推翻原本存在的文学艺术格局，推动现代主义艺术流派的变革和发展。这种说法在俄国形式主义的主要理论家及其追随者那里得到了不同程度的表达和回应。王先霈、王又平主编的《文学批评术语词典》中在阐释戏仿时也指出："戏仿的功能是多种多样的，通常是要极力丑化对立的文学流派，破坏它的创作体系并将它揭露。"③ 显然，揭露不是一种终极目标，而是一种手段，其目的是要导致创新和促进发展，推动文体和文学表达方式的革命。

俄国形式主义者大量运用戏仿来表达自己的观点和看法无形中抬高了戏仿的地位，改变了戏仿一直以来被人漠视的局面，很多人开始关注戏

---

① ［英］玛格丽特·罗斯：《戏仿：古代、现代与后现代》，王海萌译，南京大学出版社2013年版，第115页。
② P. Waugh, *Metafiction: The Theory and Practice of Self-conscious Fiction*, London: Methuen, 1984, p.65.
③ 王先霈、王又平：《文学批评术语词典》，上海文艺出版社1992年版，第270页。

仿、运用戏仿、肯定戏仿的价值。著名的戏仿创作家布拉德伯里指出："很明显我们这个世纪，戏仿行为在艺术和文学、实践和理论方面均大量增加、进入中心、成为主要的文本层面或主要的绘画再现技巧。我们艺术基本的一部分是镜像和引用的艺术，它们是向内自我指涉和嘲弄模仿的，我们的艺术也涉及对形象的破坏和美学的自我呈现，这代替并疏远了我们熟悉的大量19世纪作品具有的天真——模仿的原型，并对其直接的似真性、有秩序的叙述、作者支配性的控制这一系列习惯提出了挑战。"① 自反性是指在思想意识和文化价值领域中的自我反思，以反省那些已经被真理化、永恒化和规范化的各种价值与观念。"戏仿是一种处于特定状态的艺术，现代主义时期的艺术主要是反观自身，是一种内向、自省的形式，出于自我了解的目的而探究自身的形式。但是它重视的是了解认知的过程而不是形而上的反映事实。"② 哈琴认为戏仿是现代自反的最主要形式之一。③ 从艺术史的层面来说，戏仿的自反性使其成为一种现代文艺批评的独特形式，在文学艺术的进化和革新中有着重要的价值。戏仿创作者创作出了"元语言"，元语言是嵌入在作品自身内部的另一套话语系统来对作品自身予以评论。这套系统不是创作者新构建的一套批评话语，而是通过对源文本的语言、风格、技法、结构等进行自我反思、批判实现其文学批评价值。

　　帕特里夏·沃说得好："戏仿的批评作用是发现什么形式可以表现什么内容，而其创新作用是将它们释放出来以表现当代关注的东西。"④ 它可以给大众读者所熟悉的故事情节叙述，来引起读者的固有期待，然后再通过打破这固有的框架，来颠覆读者常规的审美标准和陈旧的期待视野，推动其逐步发生变化和革新；也可以打破文体与题材、内容与形式之间的平衡和牢固联系，如用高雅严肃的语言来表现低俗琐碎的主题，或宏大崇高

---

① ［英］玛格丽特·罗斯：《戏仿：古代、现代与后现代》，王海萌译，南京大学出版社2013年版，第276页。
② G. Kirenidjian, "The Aesthetics of Parody", *The Journal of Aesthetics and Art Criticism*, Vol. 28, No. 2, 1969, p. 233.
③ Linda Hutcheon, *A Theory of Parody*, New York: Methuen, 1985, p. 2.
④ P. Waugh, *Metafiction: The Theory and Practice of Self-conscious Fiction*, London: Methuen, 1984, p. 69.

第五章　戏仿价值论：从古典到后现代

的主题却用低俗的语言和文体来表达，并使其失去作用，解放陈旧、过时的语言和文体来适应新的内容。巴赫金认为："戏仿能使体裁摆脱趣味索然的格式，过时而毫无意义的传统成分。它以此更新体裁，使其不僵死在教条的规格中，使其不至成为纯粹的一种程式。"① 戏仿的价值就是通过对文学创作俗套化、模式化的反思、批评中，推动创作者不断创新，创作另一种新体裁、新形式。

古典时期，亚里士多德的"模仿说"在西方文学创作中占据主导位置。这种观点认为文学艺术与现实世界是镜子般真实再现的关系。"艺术是生活之镜"，创作者们以真实性为第一法则，这种观点一直持续到19世纪，在这期间有很多像巴尔扎克那样的创作者，他们是生活记录员，维护着文本与世界间的紧密联系。虽然在现代主义早期，受启蒙主义、批判现实主义以及现代主义等文艺思潮的影响，戏仿既有内容层面的，也有形式层面，还有价值观念层面的，涉及语言使用、叙事技巧、人物形象和故事主题等方方面面，但是从历史的发展的角度看，到了20世纪初，受语言学转向的影响，现实主义艺术家们开始高调地宣称艺术对生活的自治，毫不犹豫地剪断文本与世界的关系，文本成了一个高度自我指涉的闭合体。罗兰·巴特认为"语言从来都是不及物的"。结构主义语言观和再现观认为艺术从来不指向世界，而是自身的，意义来源于符号间的结构差异而不是与符号与事物间的联系。

因此艺术是内指性的，语言从来不指向世界而是指向自身。现代主义创作者抛弃了"艺术可以通达现实世界"的观念，与现实主义传统进行了决裂，在他们看来艺术并不能召唤世界，而是一直与世隔绝的空洞的能指，最多称得上是与其他文本的相互指涉。晚期现代主义者将这一观念发挥到了极致，如美国的超小说派将戏仿从对人物形象、叙事主题和思想观念的嘲笑与讽刺中，转向了对文本的文体特征和形式结构的揭露，从嘲笑文本的内容转向嘲笑文本的形式和存在方式。现代主义作家如乔伊斯、贝克特等人运用戏仿告知大众，艺术媒介不能反映现实，它们除了构成与其他文本的相互指涉外，只是一种与世隔绝的能指，这些现代主义作家将读者的注意力指向文学自身，在他们这里艺术不食人间烟火，与历史、政

---

① ［俄］巴赫金：《文本对话与人文》，白春仁译，河北教育出版社1998年版，第21页。

治、现实生活隔离开来。可见，在现代主义语言观中，戏仿的价值是满足创作者实现文本自我指涉的一种工具，戏仿是模仿前人的作品而不是直接去模仿世界。"对这些作家而言，批评并非文学之外的一门学科，而是文学的一部分。"①

总之，在现代性语境中，文艺创作和批评界对于戏仿功能与价值的理解从古典时期的含混性、矛盾性理解转向了排他性的否定性的理解。戏仿的价值在现代性语境中成了讽刺和嘲笑敌对作家、流派以及批判现实社会的重要武器与手段。戏仿发挥了解构、革新和推动艺术进化的价值。在现代性的语境中，尤其是20世纪以降，批评界对戏仿功能的理解受到了现代文艺思潮的影响，戏仿的对象从前期的内容批评所关注的人物形象、主题思想和价值观念逐渐转向后期的形式批评所关注的语言、叙事与结构，甚至于对文本本身的戏仿，现代主义者运用戏仿来对抗传统现实主义的文本—世界观，建构了一个脱离现实的纯粹、独立的艺术世界，这种不食人间烟火的艺术，最终只能被人束之高阁，被社会边缘化。后现代主义者不会屈服于这种命运，开启了对戏仿价值理解的另外一种视角和进路。

第三节　后现代时期：超越源文本的文化政治抵抗

20世纪60年代以降，戏仿进入了后现代时期。如果说在现代时期，文艺批评以一种自反的视角着眼于戏仿对源文本的作用来理解戏仿的价值，主要强调戏仿对源文本从内容到形式的嘲笑与贬低。那么到了后现代时期，文艺批评对戏仿价值的理解，显然不同于现代时期。按照后现代的文化逻辑，此前被现代性以自律的名义割断的文学与外部世界的联系，在后现代时期得以重建。因此，在后现代时期，批评界对戏仿价值的理解除了戏仿对源文本发生作用，产生效果之外，更重要的是要与文艺作品的外部世界产生关联，注意到戏仿对外部世界产生的作用。如果说，在现代时期，批评界主要看到的是戏仿的否定性的力量，那么，在现代性向后现代

---

① ［英］罗吉·福勒：《现代西方文学批评术语词典》，袁德成译，四川人民出版社1987年版，第193页。

第五章 戏仿价值论：从古典到后现代

转型的过程中，戏仿本身的肯定性力量又再一次被挖掘出来，正如琳达·哈琴指出的："后现代讽拟（即戏仿），既是解构地批判性的，亦是建设地创作性的。"[①] 当然这种肯定性不同于古典时期以戏仿的方式与手段去习得一些写作的技巧与技能的肯定性。在后现代语境中戏仿不仅仅是通过对源文本的戏仿使自身的局限与缺陷暴露就够了，而是通过暴露使源文本从内容到形式呈现出一定的荒谬性，但这种荒谬性不单纯是一种否定性和破坏性的力量，而是使这种荒谬性转变成一种积极性的力量。批评家看到了戏仿有着一种将事物按其逻辑推到极致后，本身的否定性力量向肯定性力量转化的可能性。

一 揭示源文本中隐含的文化暴力

当代戏仿艺术家布拉德伯里认为：后现代时期，戏仿的肯定性力量主要聚焦于文艺创作背后的成规以及揭示这些成规带来的压迫感和话语权力。戏仿的源文本，一般而言，都是那些经典化或者神圣化的文本，都代表着某种特定的美学观念和文本规范，以及表达风格，是在文艺接受和传播的过程中，被各种权力资本建构起来，并被赋予了一定的神圣性和权威性。这些神圣或者经典文本的地位往往是通过文艺之外的资本与力量建构起来的，但它们又容易被一种自然而然性或者以艺术和美学的名义所遮蔽。在后现代语境中，艺术家就是要通过戏仿这种独特的方式或者技巧，使那些被遮蔽的成规及其形式中的暴力暴露出来，让人看到这些成规对文艺创作或者后世作家的压制与暴力。正如叙事学家华莱士·马丁指出的那样，戏仿有着两套代码，"（现实）可在两套代码交叉时被揭示，因为两套代码的同时在场有助于我们看到成规性框架如何制约着我们的理解"[②]。更为重要的是，艺术家通过戏仿的方式，使那些经典文本、神圣文本中隐性的权力呈现出来，"暴露其中的规训机制，并引起人们的质疑与反抗，从而在颠覆中完成某种反思和重构"[③]。因为，只有使这些源文本的暴力压制呈现出来，才有可能让破除这些暴力压制的行为成为可能。

[①] [加] 莲达·赫哲仁（琳达·哈琴）：《后现代主义的政治学》，刘自荃译，骆驼出版社1996年版，第108页。
[②] [美] 华莱士·马丁：《当代叙事学》，伍晓明译，北京大学出版社2005年版，第184页。
[③] 刘桂茹：《"戏仿"与后现代美学》，《温州大学学报》（社会科学版）2012年第5期。

戏仿理论的嬗变轨迹与历史形态研究

就此而言，后现代时期戏仿的价值跟古典时期戏仿的价值就明显见出了分野。如果说古典乃至于现代时期，戏仿有着向历史和成规致敬的文化意味的话，那么后现代时期的戏仿显然与其功能和价值诉求背道而驰。在后现代时期，"戏仿不仅是要恢复历史和记忆，而且要质疑一切写作行为的权威性，所采用的方式是将历史和小说的话语置于一张不断向外扩张的互文网络之中，这一网络嘲讽单一来源或者简单因果关系的概念……后现代主义通过使用正典表明自己依赖于正典，但是又通过反讽式的误用来揭示对其反抗"[①]。因此，后现代的戏仿与古典时期的戏仿不一样，它不以无限接近或者相似源文本作为自己的目标和价值取向，而是在戏仿源文本的时候，时刻保持着一种与源文本保持差异的清醒意识，"戏仿就是模仿这种话语，但是通过重新组织、重新建构而使它不再具有它隐含的终极目标和价值观念"[②]。在这种意义上说，后现代性的戏仿是一种有差异和保持距离的重复，与古典时期戏仿的趋同性和接近性的重复要大相径庭。

显然，后现代时期的文艺创作与批评对戏仿价值的理解，已经跳出了戏仿对文学艺术本身产生的影响和具有的价值，而是从戏仿对文艺之外的外部世界和社会系统所产生的影响入手的。因此，后现代戏仿与先前时期的戏仿相比，它已不仅仅是文本间的互动，还包含文本以外的社会历史和美学形态以及权力的话语世界。琳达·哈琴认为每一种"话语"背后都隐藏着无处不在的权力，任何一种"话语"都是权力与话语共生的结果。这一点，福柯有深入的思考，并在此基础上建构了自己的话语理论。以福柯的话语理论来审视戏仿，我们可以发现戏仿与其所在文化语境中的制度、资本、文化、政治以及各种价值观念都有着不可分割的联系。以历史的眼光看，现代性语境中的戏仿具有极强的个人色彩和精英意识，他们追求理性、秩序、崇高、深度模式和终极意义。而在后现代语境中，戏仿则在反对权威、去中心化、追求瞬间快感的无深度模式中表达对源文本构建的话语形式与价值观念的批判与质疑。

在后现代视野中，作家与批评家通过戏仿使压制我们的那些文化成

---

① ［加］琳达·哈琴：《后现代主义诗学：历史·理论·小说》，李杨、李锋译，南京大学出版社2009年版，第174页。

② Kathleen O'Grady, "Theorizing Feminism, and Postmodernity: A Conversation with Linda Hutcheon", *Rampike*, Vol. 9, No. 2, 1998, pp. 21–22.

规、话语霸权、社会意识形态得以彰显，使我们看到了自己被压制的情状，后现代戏仿"在阐明自己的同时，艺术作品也清楚展示了审美概念化的形成过程以及艺术的社会学状况……即使自觉意识最强、戏仿色彩最浓的当代艺术作品也没有试图摆脱它们过去、现在和未来赖以生存的历史、社会、意识形态语境，反倒是凸显了上述因素"①。在此背景下，后现代戏仿往往"以反讽的口气揭示，在传统延续的核心部分里传统中断了，在相似性的中心里存在着差异。从某些意义上看，戏仿是后现代主义一个完美的表现形式，因为它自相矛盾，既包含又质疑了其所戏仿的事物"②。因此，可以这么说，在后现代时期，戏仿确实已经超越了文学艺术本身，已经变成了一种激进的文化实践形式。它表达着对文化成规、主流文化、占统治地位的意识形态和价值观念的抵抗和解构的诉求，成为弱势阶层和亚文化表达自我、抵抗同质化、保持差异的一种重要的方式和手段，其文化政治价值在这种语境中得到了前所未有的重视和突显。这种"看似有限的风格的戏仿，却撑起了更为广泛、深刻的社会政治批判"③。

二 重建超越源文本的文化政治抵抗

后现代语境中的戏仿已经溢出单一的文学艺术领域而成为一系列模仿其他文化形式的文化实践形式。它突破了传统的戏仿领域，把创作者的视野扩展到更为广泛的表意实践、符号实践和文化实践领域。在戏仿理论家邓提思看来："任何通过引发争议的方式对文化产品或行为进行模仿的文化实践都可以视为戏仿。"④ 20 世纪 60 年代以降，无论是在传统的文学艺术领域如文学、音乐、绘画等，还是新兴的视觉艺术领域如服装、影视、设计等都存在戏仿；无论是激进批判的先锋派艺术、高雅艺术，还是与日常生活紧密关联的时尚与大众文化，戏仿都被广泛运用。甚至，此前与戏

---

① ［加］琳达·哈琴：《后现代主义诗学：历史·理论·小说》，李杨、李锋译，南京大学出版社2009年版，第33—34页。

② ［加］琳达·哈琴：《后现代主义诗学：历史·理论·小说》，李杨、李锋译，南京大学出版社2009年版，第10页。

③ Linda Hutcheon, "Parody and Romantic Ideology", in David A. Kent and D. R. Ewen eds., *Romantic Parodies*, 1797–1831, London: Associated University Press, 1992, p. 8.

④ Simon Dentith, *Parody*, London and New York: Routledge, 2000, p. 9.

仿关联不甚紧密的各种文化表意实践领域，戏仿也大行其道，诸如建筑设计中也存在戏仿。很多后现代建筑在建筑语言的选择上以及建筑空间的构造上，都是戏仿经典的建筑语言和建筑形式，它们中混杂了大量的古典和异域风格。诸如，美国俄亥俄州奥伯林学院爱伦美术馆在一处拐角处孤立地安放的木质变形的爱奥尼克式立柱就是对古希腊古典建筑语言的戏仿。而各种品牌、商标设计中的戏仿也是比比皆是，时尚和流行文化中也存在不少戏仿，诸如很多服装设计的风格就是戏仿某些政治文化名人或者影视明星的着装个性与风格，像英国前首相撒切尔夫人宽阔垫肩、黑色箱型手袋、过膝筒裙、权力套装等常常成为时尚设计中的戏仿对象。在现实生活中因此还引发了不少的戏仿官司，但在各种不同的文化和法律体系中，他们对戏仿大多持一种宽容的态度，认为戏仿并不构成侵权，戏仿仅仅是表达了戏仿者的一种立场和态度而已。

  在后现代主义戏仿文本中，戏仿者追求的不仅仅是传统的表情达意，他们更为重视语言的符号价值与功能，并试图通过符号实践重构一个新世界或者将一个潜在的意义世界打开，并以此彰显自己对这个世界的理解和看法。从这个意义上来看，在后现代语境中，戏仿从再现性中突围出来，在一定意义上具有了此前理论界很少论及的表现性。在戏仿实践中，美国的安迪·沃霍尔、劳申伯格和杰夫·昆斯等通常戏仿司空见惯的日用品（如可乐、罐头、高跟鞋、餐具等）和熟悉的名人图像（如毛泽东和玛丽莲·梦露等），通过极度的夸张、改造，给人一种全新的戏仿体验，彰显他们对这个世界不一样的感受，突破人们对这些符号的传统理解和看法，甚至一些后现代艺术家直接将这种表意实践行为化。就此而言，戏仿在后现代语境中，从文本变为行动，从静态的存在演变为一种动态的过程。他们看重戏仿对世界本身的干预力量和改变力量。戏仿不再是文本间的符号游戏，戏仿与实践紧密地关联在一起。在戏仿中，人们将艺术与生活的边界打破，构建了艺术与生活之间的关联。由此而言，戏仿成为一种改变的力量和革命的力量。

  日本著名艺术家森村泰昌（Yasumasa Morimura）曾经把各种绘画颜料直接涂抹在身上和衣服上，仿照一些著名画作的造型特点和构图原理来实现对这些经典绘画文本的戏仿。诸如，他用纱布包了耳朵，戴上用橡皮泥仿制的棉帽，叼着烟斗，将自己打扮成梵·高《自画像》中的模样，请人

第五章 戏仿价值论：从古典到后现代

对这一状态进行拍摄和记录，完成了对梵·高《自画像》的戏仿。除此之外，森村泰昌以行为艺术的方式戏仿了一系列著名画家的代表作，诸如戏仿马奈的《吹笛少年》，源文本中的少年的裤子被他故意掉落在脚边，在模仿源文本的同时又对其进行了篡改；戏仿达·芬奇的《蒙娜丽莎》，不但让她裸体，还让她挺着一个大肚子，里面还躺着一个婴儿。森村泰昌通过戏仿，将文化中的边缘状态——同性恋、变装、自恋等元素带入了主流社会。在他看来，戏仿已经成为亚文化对抗主流意识形态，表达文化抵抗的有效方式。他常通过文化身份互换，诸如东方人装扮成西方人、男人装扮成女人的方式，消解种族、性别的藩篱，将崇高、神圣、中心拉下神坛。通过戏仿将对立、对抗的精英文化、大众文化、亚文化拉到同一个水平，消解其边界、填平不同文化形态之间的"鸿沟"，挑战了权威话语，暴露了其中的规训机制，推动"中心"之外的群体反规训的斗争。戏仿肩负着质疑牢不可破的权威，使历史与真实、话语和权力、语言和世界的关系凸显出来，引起人们的思考，发挥了推动社会变革的作用。在后现代，戏仿的价值在于它是一种文化实践形式，一种弱势文化对抗强势、主流文化或者主流意识形态的革命性力量。

尽管，戏仿在现代主义和后现代主义中都被大量运用，但是二者的价值还是有区别的。戏仿在现代主义者那里主要反思现实主义构建的文本对世界的依附性关系，通过戏仿来实现艺术的自律和自治。在后现代主义这里，创作者通过戏仿的形式质疑了现代主义的这种做法，认为这种斩断艺术与世界联系的自律性做法只会让艺术更加边缘化，更加被普罗大众所陌生，将会变得越来越曲高和寡。就此而言，后现代戏仿不仅破除了语言对于世界的迷信，而且没有陷入解构主义的"文本之外一无所有"的困境。Phiddian 指出："戏仿早已看清了走出解构主义迷局的方法……不管从它的形式还是其文本的语言学角度上来讲，戏仿都是在语言与形式的非指涉性的假定基础上运用，但它也很精明，知道不管有多糟糕，语言与世界、模仿和意图之间确定无疑的关联着。……它知道文本之外还存在着事物，它们的建构与运作不是文本所能控制。"[①] 在这个维度上，后现代戏仿将现代

[①] Robert Phiddian, "Are Parody and Deconstruction Secretly the Same Thing?", *New Literary History*, Vol. 28, No. 4, 1997, p. 691.

主义割裂的文本与世界的联系进行了重新缝合。这也是琳达·哈琴一再强调的戏仿重构了自身与社会的关联，进而有效地实现了超越文本的文化政治抵抗。

三　后现代语境中戏仿价值的再审视

戏仿的价值在被人肯定的同时也遭到了一批理论家的质疑和否定。虽然古典主义时期戏仿就遭到了批评家和理论家的非议，但是戏仿在后现代的这种谴责与质疑程度更甚，争论更激烈。古典时期，戏仿只是地位低下、不被重视、地处边缘。在后现代时期，戏仿已经不再边缘，而是跃居中心。琳达·哈琴认为戏仿是后现代的代名词，位置如此之高，但是其价值在某些理论家看来却是一文不值。美国学者特里·凯撒（Terry Caesar）就十分尖锐地指出："戏仿不过是另一种形式的垃圾"[①]。詹姆逊则称戏仿是"对一种特别的或独特的风格的模仿，是佩戴一个风格面具，是已死的语言在说话"[②]。戏仿在价值论领域遭遇了前所未有的危机，其是否就如詹姆逊等理论家所说的那样一文不值呢？让我们在后现代语境中对其进行再审视。

后现代理论家对戏仿价值争论的焦点主要聚焦于其历史观问题上。法国文化批评家鲍德里亚认为后现代终结了历史，尤为重要的是，后现代语境中的符号或者形象生产已经与世界和本源没有了关系，用真实或者本源的优先性来判断艺术已经失去了意义，包括戏仿在内的符号生产颠覆了现代主义建构的艺术真实观。在当下的符号世界中，无本源、也无摹本，文本之间的秩序关系不存在了，文本与文本之间，以及文本本身的历史感被取消了。这些符号制造的是一种真实的幻象，比真实更真实，是一种"超真实"。此情此景，虚无和幻象才是最大的真实。人们抛弃了现代主义建构的真实的历史，接受的却是后现代符号生产呈现给我们的虚拟的真实。詹姆逊指出，在这里"读者在阅读时实在无法体验到具体的历史情景，主

[①] Terry Caesar, "Impervious to Criticism: Contemporary Parody and Trash", *Substance*, Vol. 20, No. 1, 1991, p. 76.

[②] ［美］詹姆逊：《晚期资本主义的文化逻辑：詹姆逊批评理论文选》，陈清侨译，生活·读书·新知三联书店1997年版，第401页。

第五章　戏仿价值论：从古典到后现代

体也实在无法稳然屹立于扎实的历史构成中"[1]。更进一步而言，在后现代的文化情景中，"所有能做的事都以已经被做过了，这些可能性已达到极限。世界已经毁掉了自身。它解构了它所有的一切，剩下的全都是一些支离破碎的东西。人们所能做的只是玩弄这些碎片。玩弄这些碎片就是后现代"[2]。由此而言，在现代性中建构起来的创造性、整体性、关联性和纵深感都不再存在，"昔日盛传的'风格'统统肢解为支离破碎的元素，毫无规则的合并在一起……从世界文化中取材，向偌大的博物馆吸取养料，把里面所藏的历史大杂烩，七拼八凑的炮制成今天的文化产品"[3]。历史之境在后现代语境中残缺不全，整体性被碎片化取代，深度模式被不断地嘲笑。詹姆逊认为，以符号拼贴和文本盗猎为表征的后现代戏仿已不再像现代主义者那样将个人风格作为矢志不渝的追求。戏仿只不过是一种儿童玩万花筒般的符号重组游戏，是失去了历史意识的"大杂烩"。以詹姆逊为代表的左派理论家对后现代戏仿中的这种文化虚无主义和历史相对主义的价值观念进行了否定和批判。

但詹姆逊等人趋于保守的思想观点很快遭到了以琳达·哈琴为代表的一批理论家的批判与反对。琳达·哈琴认为后现代主义戏仿并非詹姆逊等人所说的空洞的"拼凑"，其隐藏在仿文本中的是对传统、官方、中心和主流话语批判的锋芒。源文本对历史的叙述必有其不可悬置的价值关怀。因为，"无论历史学家采取何种行动纯化自己，他依然是人，一个有着时间、地点、环境、关切、偏好的文化生灵"[4]。因此历史不仅仅是历史，还包含了历史学家的阐释和背后的意义。后现代主义戏仿在对源文本的模仿中就是要让人们明白，历史除了是一种叙述行为之外，更是各种价值观念和权力话语的交锋地和斗争场。历史是一种表意实践和言说形式，往往被斗争中的胜利者所把持。就此而言，后现代戏仿要消解的不是历史感，而

---

[1] [美]詹姆逊：《晚期资本主义的文化逻辑：詹姆逊批评理论文选》，陈清侨译，生活·读书·新知三联书店1997年版，第466页。
[2] [美]道格拉斯·凯尔纳、斯蒂芬·贝斯特：《后现代理论：批判性的质疑》，张志斌译，中央编译出版社1999年版，第165页。
[3] [美]詹姆逊：《晚期资本主义的文化逻辑：詹姆逊批评理论文选》，陈清侨译，生活·读书·新知三联书店1997年版，第454页。
[4] 彭刚：《叙事的转向——当代西方文学史理论的考察》，北京大学出版社2009年版，第161页。

是消解建构历史叙事的话语权。"后现代主义戏仿的矛盾在于它并非像詹姆逊和伊格尔顿认定的那样根本没有深度,是轻浮、格调低下的劣作,而是确能并且已经使人洞察到事物的内在关联:在阐明自己的同时,艺术作品也清楚展示了审美概念化的形成过程以及艺术的社会学状况。"① 在哈琴看来,后现代主义时期,戏仿把文本化的历史放进现在的文本,用戏仿的方式去质疑历史、重述历史,按照这种操作策略,历史与真实、历史与权力、历史与文本的深层关系才会被揭示出来。

在詹姆逊看来,后现代语境中,空间已经取代了时间,更为严重的是时间已经被空间化,历史意识、连续感和时间性已经不复存在,"由于语言链条断裂和时间概念絮乱,后现代艺术不再有任何确切的意义,大量孤立断裂的物质性能指,加剧了艺术表现中的历史淡化,以及深度感、距离感的普遍消失"②。詹姆逊在此表现得极为悲观和保守,但他似乎忽略了历史以及历史感背后的斗争性。罗伯特·伯克霍夫指出,其实"所有的历史都是有偏见的,因为历史是根据某种利益而被书写出来的,无论这些利益属于哪些人,政治和历史的关系超越了历史学家在表面论证中对政治范式的公开使用"③。在上述论述中,我们发现琳达·哈琴在分析后现代戏仿中,发掘了戏仿对历史建构性进行有力揭示的功能和价值。戏仿能让人看到詹姆逊所谓的"真实的历史感"背后更多的是各种碾压、挤兑和攻击的残酷性。

琳达·哈琴进一步指出:"戏仿是带有批评距离的重复,它能从相似性的核心表现反讽性的差异。"④ 这里的距离与重复、相似与差异凸显了后现代戏仿艺术再现源文本与仿文本间的悖论和张力,而"批评"和"反讽"等字眼更指向了戏仿的"双重编码的政治性"。在琳达·哈琴的视野中,后现代戏仿与此前戏仿相区别的关键就在于其对"反讽"的利用。正

---

① [加]琳达·哈琴:《后现代主义诗学:历史·理论·小说》,李杨、李锋译,南京大学出版社 2009 年版,第 33—34 页。
② 吴琼:《走向一种辩证批评:詹姆逊文化政治诗学研究》,上海三联书店 2007 年版,第 226 页。
③ [美]罗伯特·伯克霍夫:《超越伟大故事:作为文本和话语的历史》,邢立军译,北京师范大学出版社 2008 年版,第 333 页。
④ Linda Hutcheon, *A Theory of Parody*: *The Teachings of Twentieth-century Art Forms*, New York: Mcthuen, 1985, p. 32.

第五章　戏仿价值论：从古典到后现代

是因为有了"反讽"的动机与功能，后现代戏仿才没有蜕变为詹姆逊诟病的能指的游戏。在一个放逐价值和失去依托的年代，反讽无疑是表达严肃的文化姿态和自我立场最为有效的途径，除此之外，我们似乎别无选择。也正是因为有了反讽，戏仿才承担起不可轻言放弃的艺术使命之重。"通过设置和反讽的双重过程"，戏仿才能向人们展示"现行的再现形式如何源于过去，过去和现在间的连续性又蕴含着什么样的意识形态"①。

詹姆逊和琳达·哈琴代表两种截然不同的对后现代戏仿的价值判断。这两种价值理论站在各自的立场上，有其合理性也各有其片面之处。詹姆逊视一切戏仿为能指的拼凑游戏以及戏仿是空心的雕塑，这种忽视了戏仿在意识形态和政治对抗方面的潜能无疑是片面的，但完全赞同琳达·哈琴的观点似乎也太过绝对。虽然，后现代戏仿挑战了现代性中建构的艺术观念和艺术价值，在打破艺术的高度自律性和封闭性，重建艺术与世界的广泛联系，具有不可替代的文化价值和政治批判价值。但后现代戏仿在艺术性方面的追求却鲜有建树。后现代戏仿作品中缺乏深沉真挚的情感，以取乐、逗笑为唯一目的的"娱乐至死"的文本不在少数。这种戏仿文本是一种戏仿精神的退化，往往只在感官上触发人类的情绪和快感，让人在笑声之后徘徊在人类生命、生活与生存的浅层表面停滞不前，无法引发深层的思考。这些戏仿文本让受众在享受感观愉悦和颠覆的快感之后，留下的是心灵和精神的无尽空虚。正如尼尔·波兹曼所说："人们感到痛苦的不是他们用笑声代替了思考，而是他们不知道自己为什么笑以及为什么不再思考。"② 在这个层面上来说，詹姆逊的质疑和批判无疑是正确的。无深度、无指向、无中心、无秩序、无意义的无厘头语言，被戏仿撕裂了能指与所指的固有联系，自身蜕变成一种空洞的能指游戏。这样的戏仿不仅不能达到深度的效果，而且还会让人陷入虚无的世界不能自拔。这种价值虚无主义确实需要批判，这一方面，我们在余论中有关戏仿理论的中国形态的讨论中再作进一步的分析。

历史地看，从古希腊古罗马、中世纪到文艺复兴时期，再到现代和后

---

① Linda Hutcheon, *A Theory of Parody: The Teachings of Twentieth-century Art Forms*, New York: Mcthuen, 1985, p. 32.

② [美] 尼尔·波兹曼：《娱乐至死》，章艳译，广西师范大学出版社2004年版，第211页。

现代时期，戏仿的内容和范围在不断地扩大。从艺术形态来看，戏仿从文学起家，不断越界，音乐、绘画、戏剧、建筑、影视都能看到它的身影。进入后现代语境，戏仿不再是文学艺术的专利，已经播撒到人类所有的表意实践领域。就此而言，戏仿不仅仅是一种文艺手法，同时也是一种哲学态度和文化观念。古典时期，戏仿是严肃体裁、经典作品的补充、校正和制衡，具有十分重要的语言、文学史以及文化价值，促进了古典时期的话语、文化的生态平衡和健康发展。现代以来，受二元对立思维的影响，戏仿在排他性选择中，其否定性功能得到单极的发展，戏仿的价值在现代性语境中是戏仿者和批评家讽刺和嘲笑敌对作家、流派以及批判现实社会的重要武器与手段，戏仿具有解构、革新和推动艺术进化的价值。后现代时期，在重建文艺与外部世界联系的语境中，戏仿的价值从对源文本的否定上，转移到对形成源文本压制性成规的外部力量的揭示、解构和抵抗以及自我实现的建构上，戏仿的文化政治批判价值得到了前所未有的重视和突显。戏仿作为后现代精神的表征之一，它的价值已经不再是单纯的修辞手法，也不仅是现代主义者用来讽刺人生的工具，更不是新批评家所谓的文学结构原则。戏仿已经成为后现代艺术关照社会的一种新的文化政治实践，一种具有双重言说功能与价值的话语策略。

余论　戏仿理论的中国形态

戏仿（Parody）这个概念来源于西方文艺理论和文艺批评，这是毋庸置疑的事实。对戏仿现象和戏仿实践进行系统的理论阐释和学术建构的主要力量来源于西方文艺理论界，这似乎也不会存在多大的争议。但戏仿现象并非西方文艺中独有的，如果我们用西方理论界界定的戏仿概念和建构的戏仿理论去审视中国的文艺创作与实践，我们会惊讶地发现，戏仿在中国文艺中渊源有自，早已有之。王程辉在《英美文学戏仿研究》中用西方的戏仿概念去发明中国的戏仿传统，发现《唐人绝句选》中注解部分中的南宋郭奕创作的"秦山已去蜀山来，日照关门两扇开。刺史莫辞迎候远，相公新送陕州回"是较早的戏仿诗歌。他认为这首诗是对唐朝韩愈的《次潼关先寄张十二阁老》这首诗歌"荆山已去华山来，日照潼关四扇开。刺史莫辞迎候远，相公新破蔡州回"的戏仿。[①] 循此思路，中国文艺中的戏仿实践其实可以被追溯到更早，历史更为悠久，传统更为厚重。正因为如此，对戏仿问题的理论思考中国应该不会缺席。因此，在当下语境中对戏仿理论的中国形态进行讨论变得非常必要。历史地看，中国理论界对戏仿现象的只言片语的讨论不在少数，但对戏仿问题深入讨论的自觉、形成戏仿理论的中国形态应该是晚近的事情。一方面，近年来，西方戏仿理论被大量地译介到国内，引起了理论界的广泛关注；另一方面，文化转型语境中的中国文学艺术出现了数量惊人的戏仿现象，这为戏仿理论的丰富和发展提供了众多鲜活而又独特的中国经验。这一背景客观上强化了中国理论界对戏仿现象的自身理解，推动了戏仿理论的中国话语与中国形态的形成。

[①] 王程辉：《英美文学戏仿研究》，苏州大学出版社2014年版，第11页。

戏仿理论的嬗变轨迹与历史形态研究

第一节 面向历史叙述的戏说理论

"盛世修史，明时修志。"中国有着强大的修史修志传统，修史大多是中央行为，目的是为了保存国家记忆、记录具有全国意义的重要历史事件、人物与各项社会发展成果等。修志是地方行为，目的与国家修史一样，其差异在于其采集素材的范围仅仅局限在相应的行政管辖范围内的军政事件、历史人物、制度政策与治理成果等。修史修志是官方行为，与其相对的民间行为还有以姓氏宗族为单位的修祠修谱等文化记录行为。在这种强大的留存文化记忆、传承历史文明的文化传统中，中华文明留存下来的历史记录与历史文本可谓汗牛充栋，即便焚膏继晷也难以穷尽阅读。中国史志文本撰写者，在文化态度上，是对历史充满敬畏，将其作为一项十分严肃的工作来开展，对于历史文本赋予了重要的价值和功能，司马迁在写作《史记》时，期待能实现"究天人之际，通古今之变，成一家之言"[1]的目标与志向。因此，他对自己的撰史有极高的要求，在记录和写作历史的时候，"其文直，其事核，不虚美，不隐恶"[2]。这种对待历史的严肃、客观、慎重的态度形成了中国历史秉笔直书的叙史传统，为历代史家所继承。即便是在文学性占有显著地位的历史剧中也是如此，著名的历史学家吴晗指出："历史剧必须有历史根据，人物、事实都要有根据。……人物、事实都是虚构的，绝对不能算历史剧，人物确有其人，但事实没有或不可能发生的，也不能算历史剧。"[3] 但20世纪90年代以降，在中国文化转型的背景下，文学艺术对待历史，尤其是历史剧对待历史的态度和观念出现了重大的转向。在文学艺术领域中，出现了戏说历史的文艺现象。所谓戏说，《现代汉语词典》的解释为："附会历史题材，虚构一些有趣或引人发笑的情节进行创作或讲述。"[4] 在大量的戏说实践的基础上，理论界对戏说进行了深入的讨论，形成了大量的有关戏说的理论观念

---

[1] （汉）班固：《汉书》（卷六二），中华书局1962年版，第2735页。
[2] （汉）班固：《汉书·司马迁传赞》，出自郭绍虞主编《中国历代文论选》（第1册），上海古籍出版社1979年版，第84页。
[3] 吴晗：《再谈历史剧》，出自《历史剧论集》，上海文艺出版社1962年版，第268页。
[4] 《现代汉语词典》（第5版），商务印书馆2005年版，第1462页。

和学术阐释，我们将其命名为戏说理论。这种戏说理论与西方的戏仿理论一脉相承，征用了西方新历史主义的史学理论，结合中国的戏说历史实践，形成了戏仿理论一种重要的中国形态。

一 戏说理论的实践基础

戏说理论的出现得益于中国20世纪90年代以降丰富的戏说创作实践。尽管有人将这种创作实践追溯到20世纪20年代鲁迅先生创作的《故事新编》，但在我们看来，真正产生重大的影响，引起理论界的集中关注和系统反思的应该是20世纪90年代以后的事情。在文艺类型中，尤以戏说历史的影视剧为甚。1991年由台湾飞腾电影公司、北京电影公司联合拍摄，由郑少秋、赵雅芝、江淑娜等主演的《戏说乾隆》是戏说历史剧的滥觞。1993年这部戏说剧在中国大陆公映，引起了极大的反响，"这部不顾历史记载与历史条件的限制，以玩笑和游戏的方式设计情节、描绘剧中人物特别是皇帝与大臣的电视剧，不仅使大陆观众感到耳目一新，而且对大陆电视剧创作人员也产生了强烈的冲击"[1]。这部戏说历史剧播出后，获得很好的收视率，产生了良好的经济效应和文化效应，出现了当年街头巷尾说乾隆的盛况。其后，各影视公司相继推出了效仿《戏说乾隆》的戏说影视剧，主要有《戏说慈禧》（1993）、《宰相刘罗锅》（1996）、《康熙微服私访记》（1997）、《刘罗锅断案传奇》（1998）、《还珠格格》（1998）、《铁齿铜牙纪晓岚》（2000）、《神医喜来乐》（2002）、《七品钦差刘罗锅》（2002）、《梦断紫禁城》（2002）、《孝庄秘史》（2002）、《大脚马皇后》（2002）、《十三格格》（2003）、《至尊红颜武媚娘》（2003）、《皇太子秘史》（2003）、《步步惊心》（2011），等等。

戏说历史的这些文艺作品，尤其是影视作品的受众面广，播出时间长，影响力巨大，引起了批评界的广泛关注。这其中有两种主要的声音：其一，是对这种戏说历史的影视剧的否定性的批评，主要来源于从事历史研究与教学的专家学者以及严肃历史剧的编创人员。他们的核心观点主要有：这类戏说剧偏离了"历史本事"，胡编乱造是对历史的不尊重，是对历史的臆说和篡改。在持这种观点的批评家看来："历史剧应当是：主要

---

[1] 吴保和：《"戏说"类电视剧辨析》，《戏剧艺术（上海戏剧学院学报）》2007年第3期。

历史人物、事件，均于史有据，真实可信。在此基础上，进行艺术创作，虚构的部分只能是细微末节，或可能在历史上发生的情节。郭沫若的《屈原》、吴晗的《海瑞罢官》，都是比较标准的历史剧。离开这个界定，在历史剧中大量戏说、造假、歪曲，根本就不能叫历史剧，只是挂历史的羊头卖狗肉而已。"① 与此同时，这类批判认为任由这类戏说剧发展下去，会影响人们的历史认知和历史判断，产生历史意识的缺失和认知的混乱。就此而言，文艺管理部门应对这类戏说剧进行相应的限制和严格的审查。

其二，是对戏说剧持赞赏和肯定性的文艺批评声音。这类声音认为，戏说剧是一种文学艺术的创新，打破我们对历史剧的惯常理解，开创了历史剧发展的新路径，为人民群众提供了一种喜闻乐见的文学艺术的新形式。另外对于戏说剧会造成人们对历史认知的混乱是一种过度担忧，因为历史认知的主要责任和任务在教育不在文艺，我们对文艺赋予如此重要的寄托有开错药方之嫌疑。另一方面，"正是观众群体本身具有一定的历史知识基础、比较稳固的历史观念，才促进了戏说剧的出现与繁荣。看上去戏说剧是在歪曲历史、游戏历史，事实上，戏说剧成功的关键通常不在戏说的内容，恰在于戏说的内容与观众所了解的事实之间的差异，在'戏说'中所表现出的游戏态度和观众在接受历史教育时形成的传统历史观念之间的差异"②。

理论的建构来源于实践。理论的使命在于解释过去、评判当下、预见未来。晚近中国文艺的这种影响巨大的戏说现象以及引发的参与面广泛的论争，在某种意义上呼唤一种更为学理的立场来审视和解释这种现象的理论建构，来提供一种分析这种特殊的文艺现象的解释框架和理论模型，以此来突破当前文艺理论对这种现象解释的苍白性和言说的无力感。根据中西文艺实践的对照分析，中国当前风起云涌的戏说现象在内在机理上与西方文艺实践中的戏仿相当，只不过中国文艺实践的语境和问题域与西方略有差别，但戏仿理论不失为解释这种现象的有效理论资源。另一方面，结合中国独特的文艺实践经验和西方文艺理论资源，构建一种基于具体戏说实践的理论阐释，同时也是对西方戏仿理论的中国发展，甚至可以视为一

---

① 王春瑜：《历史剧——历史的无奈》，《中华读书报》2003年11月27日。
② 江逐浪：《历史戏说剧之喜与历史正剧之悲》，《当代电影》2006年第3期。

种中国化的实现形式或者理论形态。

二 对新历史主义的理论征用

作为戏仿理论中国化的形态，戏说理论的建构首先是从历史这个概念的理解入手的。在英文中，历史有两种，一种是作为客观人物或者事件的历史（the historic），可理解为史实。另一种是被记载或者讲述的客观的人物或者事件（the historical），这是被叙述的历史。在史学理论视域中，基于此，对历史至少有两种完全不一样的理解。其一，认为历史是一种时间序列，是由一系列客观的历史事件和历史人物按照一定的逻辑关系和因果联系组合而成，具有客观性。这些是"历史的本事"，历史学家或者历史叙述者在尊重"历史本事"的前提下，遵照"历史正义"的原则，对历史进行描述。我们在前面描述中国史家对历史的态度时，基本上是遵循一种客观主义的历史观念或者历史态度。因此，在这种历史观念中，历史不管是由谁来叙述都应该是一样的。因为历史是由"历史本事"决定的，修史或者叙史者仅仅是一种历史自我表达的媒介或者桥梁而已。其二，认为历史是由叙史者叙述的结果。并不存在所谓的"历史本事"，历史是一堆素材，是由于叙述者根据自己的思路、视野对历史事件和历史人物的一种逻辑关联和建构和整理而已。因此，历史是由主体性的叙史者讲述的结果。而且这种讲述一直在持续，永远没有终点。意大利历史哲学家贝奈戴托·克罗齐（Benedetto Croce，1866—1952）在《历史学的理论和实际》（1908）中认为"一切历史都是当代史"。卡尔·波普尔（Karl Popper，1902—1994）在《开放社会及其敌人》（1945）中对历史提出了与克罗齐类似的认识和观点："不可能有一部'真正如实表现过去'的历史，只能有各种历史的解释，而且没有一种解释是最后的解释，因此每一代人有权利去作出自己的解释。……历史虽然没有目的，但我们能把这些目的加在历史上面；历史虽然没有意义，但我们能给它一种意义。"[①]

上述对历史的理解和认识给新历史主义提供了丰富而充沛的精神养料。20世纪80年代美国批评家斯蒂芬·格林布莱特（Stephen Greenblatt，

[①] Karl R. Popper, *The Open Society and Its Enemise* Vol. Ⅱ, London: Routledge, 1957, pp. 259 – 280.

戏仿理论的嬗变轨迹与历史形态研究

1943—　）在《文类》杂志上提出了"新历史主义"口号,并将海登·怀特(Hayden White)、路易斯·蒙特罗斯(Lousis Montrose),乔纳森·多利莫尔(Jonathan Dollimore)等一众历史哲学家和文艺批评家聚合在一起,形成了基于主体建构的新历史主义理论和思想。新历史主义认为,历史具有叙述性,这一点跟叙事文学一致,而且所有的历史都是叙述中的历史,所有的叙述也是历史中的叙事。基于此,新历史主义的主要理论家路易·蒙特罗斯就提出了"文本的历史性和历史的文本性"思想和观念,他进一步阐释道:

> 我用"文本的历史性"(the historicity of texts)指所有的书写形式——包括批评家所研究的文本和我们处身其中研究其他文本的文本——的历史具体性和社会物质性内容;因此,我也指所有阅读形式的历史、社会和物质内容。"历史的文本性"(the textuality of history)首先是指,不以我们所研究的社会的文本踪迹为媒介,我们就没有任何途径去接近一个完整的、真正的过去和一个物质性的存在。而且,那些踪迹不能被视为仅仅是偶然形成的,而应被设定为至少是部分必然地源自选择性保存和涂抹的微妙过程——就像那些生产出传统人文学科规划的过程一样。其次,那些在物质及意识形态斗争中获胜的文本踪迹,当其转化成"档案",并成为人们将人文学科阵地宣称为他们自己的描述和解释性文本的基础时,它们自身也充当后人的阐释媒介。[①]

在这段论述中,路易·蒙特罗斯尤为重要的指出我们接近历史必须以文本的方式进入,而这些文本是"选择性保存和涂抹"的结果,而且哪些被选择哪些被舍弃完全是由物质及意识形态斗争中的获胜者决定。就此而言,在一定的时期和言说语境中,并不见得所有的"历史本事"都一定能够被叙述者选择。叙述者往往会根据自己的立场、利益和喜爱来选择历史中存在的事件或者人物。这更加充分地说明了历史的叙述性,包含了不可

[①] Gunn Greenblatt, *Redrawing the Boundaries*, New York: The Modern Language Association of America, 1992, p. 410.

悬搁的主体性。海登·怀特指出："不论历史事件还可能是别的什么，它们都是实际上发生过的事件，或者被认为实际上已经发生的事件，但都不再是可以直接观察到的事件。作为这样的事件，为了构成反映的客体，它们必须被描述出来，并且以某种自然或专门的语言描述出来。后来对这些事件提供的分析或解释，不论是自然逻辑推理的还是叙事主义的，永远都是对先前描述出来的事件的分析或解释。描述是语言的凝聚、置换、象征和对这些作两度修改并宣告文本产生的一些过程的产物。单凭这一点，人们就有理由说历史是一个文本。"① 无论是从路易·蒙特罗斯的论述，还是海登·怀特的分析，我们都可以发现，新历史主义的历史观，就是将历史文本化并重建历史与主体的联系。既然历史是一种被叙述的对象，文学也是一种被叙述的对象。因此，历史和文学都具有修辞性，而且这种历史叙述"尤其表现出对历史记载中的零散插曲、逸闻逸事、偶然事件、异乎寻常的外来事物、卑微甚至简直是不可思议的情形等许多方面的特别兴趣。历史的这些方面在'创造性'的意义上可以被视为'诗学的'"②。在《话语转喻论》中，海登·怀特甚至还认为历史与小说在虚构这个维度上并无区别，两者都具有共同的特性。"历史和文学同属一个符号系统，历史的虚构成分和叙事方式同文学所使用的方法十分相似。"③

新历史主义在历史本体观层面提出了历史的文本性和历史的叙述性，这在一定程度上否决了历史的实体性，对传统的旧历史主义进行了釜底抽薪，同时为主体在历史中的出场提供了合法性和理论空间。戏说理论在这个方面征用了新历史主义的思想资源。戏说理论认为，所有的历史都是一种叙述，在叙述中完全还原历史是一个伪命题，历史叙述只有无限地逼近历史，没有哪一种叙述能够达到历史。就此而言，任何一个历史的叙述者在撰写或者叙述历史的时候，都还在一些空白或者断裂的地方添加进自己的理解和想象，这种理解和想象就是一种虚构。郭沫若就认为："在史学家搁笔的地方，便须得史剧家来发展"，因为"古人的心理，史书多缺而

---

① [美]海登·怀特：《新历史主义：一则评论》，载王逢振等编《最新西方文论选》，漓江出版社1991年版，第499—500页。
② 张京媛：《新历史主义与文学批评》，北京大学出版社1993年版，第106页。
③ 凌晨光：《历史与文学——论新历史主义文学批评》，《江海学刊》2001年第1期。

不传。"① 郭沫若的对比分析，认识到了历史剧的虚构性，但对于史家叙述却遵循中国传统历史观的看法。但戏说理论在征用新历史主义的历史观念时，认识到即便是最为严肃的历史学家的历史叙事都是具有文学性的。基于历史的叙述性本质，任何一个历史叙述都无法逃避。这种文学性，在严肃的历史叙述中最低，历史剧中居中，戏说历史剧中最突出。

对历史的叙述离不开叙述者的时代特征，跟叙述者的历史观和生活体验分不开。每个时代的人对历史的看法各不相同，"一切历史意识的切片，都是当代解释的结果"②。戏说对待历史的态度从某个角度还原了历史是一种被叙述的本质，对于历史的叙述，每一个叙述者都是平等的。因此，在戏说理论中，那种设定历史本事或者向人承诺尊重历史事实而写作的历史是虚妄的，历史只存在话语的建构中。无论是所谓的严肃历史叙述、历史剧叙述，还是戏说历史叙述都是叙述历史的一种话语形式或者话语形态，目标不同，追求各异，它们之间构成一种文本间性或者互文性关系。如果以自身的虚构成分或者主体性成分少而去批判那些虚构成分多或者主体性成分大的文本，这就无异于五十步笑一百步。或者说，是那种自我中心主义在作怪。就此而言，在戏说理论中，各种不同的叙述文本价值一致，地位平等，解构了文本间的等级秩序。它只认可，因同对某一历史事件或者历史人物的陈述，戏说文本与其他文本构成了一种特定的文本关系。

三　面向历史叙述的游戏态度

戏说理论注意到，戏说作为一种戏仿行为最为重要的是它与历史文本构成了一种源文本与仿文本关系，或者一种"图—底关系"，是对以正史身份自居的历史叙述的再叙述。这一点与所有的其他戏仿形态是一致的。但戏说与其他的戏仿形态不一样的是，大部分的戏仿形态其源文本是单一的、明确的和具体的，诸如《伊利亚特》之于《秀发劫》，《白雪公主与七个小矮人》之于《白雪公主后传》，但戏说的源文本指向基于"历史本事"的各种叙述，这种历史本事的各种叙述就构成了一个数量巨大的文本丛，形成了一种更为复杂的文本关系，戏说文本的源文本指向历史叙述的

---

① 郭沫若：《郭沫若论创作》，上海文艺出版社1983年版，第50页。
② 朱立元：《当代西方文艺理论》，华东师范大学出版社1997年版，第399页。

余论　戏仿理论的中国形态

文本丛的哪一个会变得更为模糊不清和复杂多样。如果说，戏仿的主要文本关系体现为一对一的源文本与仿文本的关系的话，那么这个具有中国文化特性的戏说所构建的文本关系就变成了一对多的仿文本与源文本的关系。也就是说，在对仿文本作出戏说判断的这一刹那，它是唯一的，但源文本则是多样的，它可能同时指向众多的对历史进行叙述的文本。所以，尽管我们对一种历史言说作出了其属于戏说的判断，但可能作出这种判断的依据会存在巨大差异。因为这种判断有可能是基于戏说文本指向历史上的甲文本而作出的，也有可能基于戏说文本指向历史上的乙文本而作出的。也就是说，不同的受众、研究者或者批评家对同一文本作出了戏说的判断，但他们作出这种判断的依据和理由会存在巨大的差异，甚至会完全不一样。这种不一样取决于受众、研究者或者批评家对过往的历史叙述的了解、积累和熟悉程度。这些构成了他们作出戏说判断的言说背景和参照。

尽管，指向历史文本的戏说较其他的戏仿形态在源文本的锚定上要复杂得多，但不管是哪一类受众主体作出戏说判断的这一刹那间，在他或者她心目中，都是将戏说文本与其心目中的某一特定历史文本关联了起来。有了这种互文性关系或者文本间关系，并不一定成为戏说。因此，在戏说理论的建构中，理论界尤其注意到了，戏说文本与历史文本在建构文本间的关系的时候，戏说文本对历史文本的态度尤为重要，这成为判断是否为戏说的主要观测点。"戏说剧的主要喜剧手段通常是先选择观众最熟悉的历史人物、历史事件入手作为故事发生的背景，再做与观众熟悉、认同的说法背道而驰的游戏式叙说。"① 新时期以来，大量戏说清朝历史的影视风行。清朝在历史上是封建统治最为专制的时期。但《戏说乾隆》、《还珠格格》三部、《康熙微服私访记》四部、《铁齿铜牙纪晓岚》四部、《宫》等却把清朝皇帝塑造成了爱民如子、仁慈宽厚的完人。整个清朝社会也是一派满汉和谐、天下太平的盛世景象。在戏说中，人们打破了森严的等级制度，君不君、臣不臣，没有了尊卑之分，对神圣、庄严的皇权任意调侃、嘲弄，这是许多宫廷历史戏说剧惯用的叙述模式。如《宰相刘罗锅》《康熙微服私访记》《铁齿铜牙纪晓岚》中的皇帝、大臣颠覆了以往的形象。

---

① 江逐浪：《历史戏说剧之喜与历史正剧之悲》，《当代电影》2006 年第 3 期。

戏仿理论的嬗变轨迹与历史形态研究

大臣可以戏弄皇上,可以跟皇上开玩笑,更甚在《宰相刘罗锅》中,刘罗锅可以和乾隆皇帝一同沐浴,而且还敢直呼其名"弘历",这在历史上是要灭九族的,历史上是不可能发生这样的事,但是老百姓可不会追问是真实还是编纂的,他们就喜欢这种效果。"《戏说乾隆》为始作俑者,《宰相刘罗锅》则走向了极致,《秦颂》则有气死历史学家的'罪恶企图'。"①戏说剧实行的是"快乐原则"。常常用休闲、搞笑的文化消费需求,来表现日常生活快乐,不尊重历史,对历史进行主观随意的解读与展现,把审美变成了一种日常娱乐的手段。放大了"本我"的欲望,放逐了"超我"的理性控制,无条件地顺从大众的心理审美期待。戏说剧淡化了历史剧的严肃性、教化性,通过解构历史满足了受众新的心理和情感需求。戏仿具有包容性,历史上不存在的事都可建构,历史上严肃的事都可拿来嘲弄和游戏。在戏仿的运作中,戏说剧实现了向文化的大众意义与快感维度的转向。在娱乐、游戏中实现了对历史叙述的文本狂欢与受众的快感狂欢的内在统一。

  戏说理论征用新历史主义的思想资源来阐释自身对历史的理解。最为重要的是,戏说理论解构了旧历史主义的一元历史观。在文化转型的语境下,给个体提供了阐释历史、言说历史的可能性。尽管戏说有很多不符合历史事实本身的地方,但戏说的价值在于它以夸张的方式松动了历史言说的唯一性的理论基础。与此同时,戏说理论一再提示或者印证了历史叙述中主体的不可或缺性,主体的态度对于历史叙述或者历史解释的重要性,以及完全搁置主体,去追求一种科学化或者"历史本事"的不可能性。戏说是对历史人物、事实、思想的反讽游戏,是对正史和历史经典文本的解构,通过改写传统历史文本,建构起新的历史内涵。传统的历史叙述大多在当时的意识形态下对历史事件、人物带有固定的解释,使得众多的历史形象正逐渐走向僵硬化与教条化。这个时候,对它进行"戏说"式的解构和颠覆,可以把这些历史形象从某一种陈旧、腐朽、落后的历史叙述的禁锢中解放出来,使之获得新的阐释空间和想象可能。从文化诗学的角度来看,"'戏说文本'所具有的幽默滑稽、嘲弄一切的文体风格,不过是特定

---

① 季广茂:《笑谈古今也从容——试论"戏说历史"的文化内涵》,《北京师范大学学报》(社会科学版)2005年第4期。

社会群体的搞笑生活态度的写照,并不会对社会的整体道德与文化秩序产生实际的破坏性,并且其轻松调侃的方式有助于当代人缓解生活压力"①。

第二节 面向经典文本的大话理论

"大话"一词来源于由笑星周星驰主演的《大话西游》。这部电影1995年在香港首映,但反响平平,"在放映的头两年,评论界、观众和市场,对这部电影并不看好,它甚至被评为年度最差电影之一"②,直到2001年周星驰受邀出席北京大学百年纪念讲堂,这部片子才迅速在青年学生中产生广泛的影响,并迅速发展成为重要的文化艺术事件。如果说戏说专门以历史人物、历史事件为戏仿对象,强调历史的建构性与被叙述性,通过叙述这一行为表征叙述者的存在和价值。那么"大话"则是以在文学艺术史中处于经典序列中的文学艺术作品为戏仿对象,通过对经典的解构来实现对"中心的合法性"的质疑,以期消弭这种看似"自然的"等级制度所建构的价值差异序列。与此同时,通过对经典文本资源的盗猎构建新的文艺文本来实现自我的表达与价值实现,突显被经典遮蔽的当下性。批评界对大话现象进行系统的学理分析所形成的思想与观点凝聚而成的大话理论则是戏仿理论又一独特的中国形态。

一 着力大话文本特征的解读

大话文艺从《大话西游》开始,其后《Q版语文》《沙僧日记》《悟空传》等大话作品蜂拥而起,刮起了一股强大的大话旋风,引起了批评界的广泛关注,有理论家甚至将其视为20世纪末一股重要的文艺思潮,主张从文艺思想史的角度来对其进行审视。大话现象的出现,如何来理解和把握大话现象,从什么角度来解释大话现象,形成怎样的大话现象分析框架,成为中国新时期理论界必须认真面对的问题。就此而言,如何判定其为大话文本,以及进一步分析大话文本,是当前理论界要解决的首当其冲

---

① 吴泽泉:《快感的诞生》,《中州学刊》2005年第4期。
② 原春琳:《大话西游:青春记忆正在远行之附录:大话十年史》,《中国青年报》2005年10月24日。

的问题。这是大话理论建构的根基。纵观理论界对大话现象的分析与思考,首先是从大话文本与其指向的源文本的关系的角度来思考何为"大话"的。

第一,大话文本在背景文本的参照中成为可能。大话之所以成为大话,是建立在一个可供参照的熟知的背景文本中,它才被感受为大话文本。如果失去了这个背景文本作为参照,它就不能被感受为大话文本。这其中有两层意思:其一,是它必须要有参照;其二,这个参照一定要被受众感受到。这两者缺一不可,缺少其中之一,就不可能被视为大话文本来看待。通过大量的被视为大话文本的个案发现,大话文本指向的背景文本一般都是广为熟知的文学艺术经典。大话文本将自己的背景文本指向文艺经典,但又不同于文艺经典来突显自己。诸如,《大话西游》指向《西游记》,《Q版语文》中相应的文本指向现行中学语文教材中的各经典篇章,封面宣传语"全国重点幼稚园小班优秀教材、全球神经康复医院推荐读物"就以模式化的教材审定话语为参照,《沙僧日记》《悟空传》的背景文本同样指向《西游记》,《水煮三国》则指向施耐庵的《三国演义》,《大话红楼梦》将其背景文本明显地指向了曹雪芹的《红楼梦》。正是因为有了这种背景文本以及被受众感受到,因此,《大话西游》《Q版语文》《沙僧日记》《悟空传》《水煮三国》《大话红楼梦》才被作为大话文本来看待。这里需要特别指出的是,中国理论界在分析和讨论大话文本的时候,尤为重要地强调了受众的主体性问题,因为,只有这些文本"被感受到"与它者文本的关系,它才被视为大话文本,这是大话理论建构的奠基性工作。从这个维度来看,大话理论对大话文本的判定的理论依据是对西方戏仿理论核心思想结合中国经验的话语平移。

第二,大话文本对经典文本的符号进行蓄意盗猎。大话文本以经典文本为戏仿对象。在文艺史视域中,经典基本代表着某种特殊的规则、规范,是经过时间的洗涤、大浪淘沙后的结果,成为文学艺术中的典范和权威,处于文学艺术序列的中心地位。美国学者费斯克所描述的大众文化中人们对待经典文本的态度,与大话文艺语境中大话文本对待经典文本的态度十分契合,"文本不是由一个高高在上的生产者——艺术家所创造的高高在上的东西(比如中产阶级的文本),而是一种可以被偷袭或被盗取的文化资源。文本的价值在于它可以被使用,在于它可以提供的相关性,而非它的本质或美学价值。大众文本所提供的不仅是一种意义的多元性,更在于阅读方式以及消费方式的多元性"①。费斯克的理论观点成为当前理论界解释大话文本与经典文本关系的一种十分重要的思想资源。陶东风先生在分析大话文艺的代表性文本《Q版语文》时指出:"《Q版语文》就是通过对经典资源的偷猎和盗用,再用拼贴、戏拟和混杂的方式制作成的'大众文本'。经典文本在这里只是作者制作自己的大众文本(即《Q版语文》)的原材料,它们不能限制作者的创造力。《Q版语文》选择的是由文化传统所限定的经典结构和意义,以及在漫长的时间中被权威化了的阐释符码,而作者林长治的创造力则表现在对这些结构、意义与阐释符码的颠覆。"② 大话文本对经典文本进行肆意偷袭和盗猎,将经典文本中的那些经典的符号意象、人物形象、故事场景和叙事桥段盗猎过来融入自身的文本之中,将经典文本作为自己取之不尽用之不竭的素材采集地和符号资源库。这一点,为中国理论界在研究、分析和解读大话文艺时所共识。

第三,大话文本对经典文本的符号进行再语境化。历史地看,在文艺史的视域中每一个经典文本的符号、人物、语段在长期的阐释和阅读中,都形成了一种较为固定的理解和相对稳固的意义。人们在与这些符号接触时,会形成一种程式化的理解,哪怕我们将其从文本语境中独立出来,都不会影响我们对这些符号意义的理解。诸如《西游记》中的孙悟空、猪八戒、唐僧,《水浒传》中的宋江、鲁智深、时迁,《三国演义》中的刘备、关羽、张飞、诸葛亮,《红楼梦》中的贾宝玉、林黛玉、薛宝钗等。但在大话中,理论界注意到了大话文本对经典文本的符号与意象通过语境重构,对其固化的意义进行强力撕裂,通过重构语境的压力剥离了其原初的意义,实现其能指与所指的强制分离。其后通过大话的方式建构这些语言符号的新的含义。大话使经典作品中已经程式化的语言符号失去原来固化的所指来表现语言符号本身强烈的游戏特质。也许是创作者们为了吸引眼球故意为之,也许是创作者们创作过程中瞬间感受的自由释放而已,但这种大话却导致了原作的终极意义在语言无限的能指游戏中解构了。

---

① [美]约翰·费斯克:《理解大众文化》,王晓珏、宋伟杰译,中央编译出版社2001年版,第171页。

② 陶东风等:《关于〈Q版语文〉与大话文化现象的讨论》,《当代文坛》2005年第3期。

第四，大话文本对经典文本的符号进行混搭化处置。传统艺术家们对艺术语言符号有着连续性、逻辑性与风格统一性的要求，但大话的创作者们在戏仿经典作品时，通过把一些没什么关联的语言符号生搬硬套的组合在一起，如在连续的叙述中无端插入广告语、英语、方言、解说词，甚至是一段音乐片段等，使语言呈现出随意性与零散化，实现语言符号的混搭化。这种混搭"就是将传统上由于地理条件、文化背景、风格、质地等不同而不相组合的元素进行搭配，组成有个性特征的新组合体"①。也许，这种语言符号的混搭所产生的断裂有时让受众们很难理解创作者们的意图。但在影视中插入一些不相干的语言表述，却表达了大话创作者们对当下生活的某些理念和价值观：生活的本原就充满了各种不定数与偶然性，这些表面上看似毫无逻辑的符号组合也许就是生活的真相。在大话作品中，大话创作者们打破了时空与文化身份的限制，以混搭的方式在作品中穿插日常生活的流行词汇，建立起影视作品与当下生活、日常语言的相关性，使受众们感到亲切，增加了受众的在场感。

二 聚焦大话的精神指向

大话文艺在20世纪90年代的兴起，并迅速地发展成一股强大的文艺思潮，一方面有其外来戏仿实践的刺激和推动；另一方面也有中国自身文艺发展的需求，尤其是中国青年一代走出传统的禁锢、表达自我的需求。大话文艺在某种意义上表征着中国晚近以来的社会思想、审美趣味和价值观念。基于此，大话理论在分析大话文艺的外在形式、文本特征和内在结构同时，主要聚焦于外部的社会环境和价值观念的嬗变来揭示大话文艺的发展。

第一，对文艺经典承载的价值观念的祛魅。经典（canon）是被后世遴选和追认的，艾略特指出："他们（指文艺创作者）唯独不能指望自己写一部经典作品，或者知道自己正在做的就是写一部经典作品。经典作品只是在事后从历史的视角才被看作是经典作品的。"② 一部文艺作品成为经典，牵涉众多的因素，是多种力量联合作用的结果。既有作品本身稳定的

---

① http：//baike.baidu.com/view/195381.htm
② ［英］艾略特：《艾略特诗学文集》，王恩衷编译，国际文化出版公司1989年版，第189—190页。

美学特质，也有外部文化政治、意识形态和经济因素的推动。历史来看，经典在某种意义上说是众多文艺作品竞争的结果，通过这种竞争，一些作品被淘汰或者遮蔽了，另一些作品被突显出来，走向了接受的中心舞台，于是被塑造成为经典。就文学而言，经典"表现在具体的历史语境与文化语境中就是那些在该语境中处于中心地位，具有权威性、神圣性、根本性、典范性的文学文本"[①]。在文本被经典化的过程中，人们给这些文本赋予了一些稳定的、崇高的、积极的符合意识形态需要相应的价值观念。这些经典作品经过各种文艺体制的作用，成为读者顶礼膜拜的对象，在经典化的过程中被赋予了神圣性和权威性，让人尊重和敬畏。国内著名文艺理论学者陶东风先生指出："大话文艺的基本文体特征，是用戏拟、拼贴、混杂等方式，对传统或现存的经典话语秩序以及这种话语秩序背后支撑的美学秩序、道德秩序、文化秩序等进行戏弄和颠覆。"[②] 就此而言，大话文艺将经典作为戏仿的对象，恰恰表现出一种完全不同于此前人们面对经典的态度，通过对经典文本的调侃化、戏谑化，将那些所谓的经典文本中承载的正统的、崇高的、积极的价值观念进行祛魅，让人看见这些价值观念的虚伪性和可笑性。

第二，重建基于文本本身的接受快感。在大话理论看来，中国传统文艺承载着不可割舍的政治文化诉求和人生价值理想，从"诗言志""文以载道"到"文学革命""革命文学"以及中国当代文学中的"伤痕文学""改革文学""反思文学"等，无不如此。文学艺术承载着大量的来自文学艺术之外的神圣使命和责任担当。因此，中国传统的文艺从来就是沉重的，读完之后带给人的是生命不能承受之重，而少有真正沉浸在对文本阅读的快感体验之中。新时期以来，中国的意识形态环境渐渐宽松。从20世纪90年代开始，西方的后现代文化思潮、消费文化价值观念纷纷涌进来，人们逐渐认识到，除了文艺的思想政治功能和道德承担之外，从文本中获得阅读快感，也应该是文艺接受不可或缺的一部分，甚至要成为文学艺术的主体部分。在西方后现代文艺思潮的影响下，人们消解深度模式、

---

① 刘晗：《文学经典的建构及其在当下的命运》，《吉首大学学报》（社会科学版）2003年第6期。

② 陶东风：《大话文学与消费文化语境中经典的命运》，《天津社会科学》2005年第3期。

反对阐释,拒绝对文本进行微言大义的深度解读。经典与对经典的改写逐渐成为大众日常生活的文化消费品,通过"戏拟、拼贴与改写,以富有感官刺激与气息的空洞能指(如平面图像或搞笑故事),消解经典文本的深度意义与艺术灵韵,撤除经典的神圣光环,使之成为大众消费文化的构件与装饰"①。大话作品《终极三国》是对《三国演义》的戏仿,故事展开的背景从三国鼎立的宏大历史背景置换为一所被称为"东吴书院"的中学里,三国群雄被一群不学无术的高中学生取代。《三国演义》中的"刮骨疗伤""温酒斩华雄""赵云救主"等经典情节,在这里被改编和重写,刮骨变刮痧,"温酒斩华雄"的豪迈变成了关羽最后拎回的竟然是华雄的内裤,一代英雄关羽被降格为偷内裤的变态。除了篡改情节,人物关系也被完全重构:关羽和曹操成了生死之交、关羽和吕布争起了貂蝉。这个大话文本显然放弃了此前的道德意义,除了读者欣赏大话作者的奇思妙想而获得哄堂大笑之外,可能什么也不会剩下。

第三,缓解当代紧张生活压力的需要。新时期以来,中国社会转型发展的速度都较历史上的任何时期更为迅猛。人们生活的静止性被流动性取代,文化生活的凝神观照被急速浏览取代。各种技术手段不断加快我们生活的节奏,高速公路、高速铁路、喷气式飞机使我们的出行变得更加方面快捷,电视、互联网、手机、移动终端使我们能在瞬间完成讯息交换。快餐、快递、速成强化我们对速度的理解和认知。时间就是金钱、速度就是效率的观念深入人心。就此而言,当下的中国人每天都被这种高节奏生活所绑架和裹挟。你想慢下来、停下来,但这个速度至上的文化形态不断推着我们奋勇向前,让我们根本停不下来。我们每一天都生活在现代生活的紧张、压力和焦虑中,让我们疲惫不堪、困顿无力。大话文艺的兴起,在大话理论看来,就是为了抵抗这种紧张、压力和焦虑,让我们从速度的绑架中,脱身而出,获得一种忙中偷闲、苦中偷乐。大话文本《Q版语文》的创作者林长治就明确表示:"《Q版语文》本来就是写给那些压力大的人看的,想让他们在紧张工作、学习之余身心能得到放松。"② 人们通过对大

---

① 陶东风:《"大话文化"与文学经典的命运》,《中州学刊》2005年第4期。
② 张志颖:《访搞笑高手〈Q版语文〉、〈沙僧日记〉作者林长治》,《郑州晚报》2004年12月22日。

话文本本身的消费,乐一乐、笑一笑、讽刺一下、幽他一默,成为新时期大话文艺作品的新的期待和诉求。这是推动20世纪90年代以来大话文艺在中国内地迅猛发展的重要社会文化心理,同时也表征着大话文艺十分重要的精神价值指向。

三 深描大话的价值悖论

大话文本不断推陈出新,甚至一些大话文本在短短的时间内迅速被经典化,走向当代文艺的舞台中央,成为这类文本的典范,并成为后来大话文本的戏仿对象。2005年,曾经拍摄经典大话文本《大话西游》的刘镇伟续拍了以唐僧爱情故事为主线的《情癫大圣》。这部作品戏仿了《大话西游》众多经典片段,对读者心目中的《西游记》《大话西游》进行了双重解构和颠覆。当前,大话已经成为文艺生产和文艺创新的重要方式和手段,丰富了中国受众的文艺生活和审美体验。大话作为一种以戏仿为内核的文艺形式,正如我们在第一章中分析形式与意识形态的关系一样,这种独特的大话形式也与一定的意识形态与价值观念联系在一起,深描大话中蕴含的价值观念及其内在的矛盾与冲动就成为大话理论不可回避的应有之义了。

第一,对中心主义价值观念的消解。理论界众多研究大话文本的成果无不显示,在中国语境中,大话已经成为一种解构力量,代表着一种不同的文化价值观念。大话文本以经典为戏仿对象,尤其是对于经典文本中那些正襟危坐、严肃认真、义正词严、正面崇高的人生意义、道德规范、责任担当和价值理想进行调侃和戏仿。在大话中,将这些曾经被奉为人生圭臬和成长指南的准则与信条进行颠覆,尤其是通过大话这种新语境的建构,在这种新语境中让那些我们曾经膜拜的价值观念和人生信念显得如此荒唐可笑。同时也让人明白,那些所谓的人生的永恒和普世价值其实是一种话语意识形态的塑造和建构,是在一种特殊的具体的历史语境中的产物,一旦离开了这种相对的语境,它将变得失去依托而虚无化。《大话西游》对《西游记》中唐僧师徒四人历经九九八十一难去西天取经中那种压制个体性的责任、使命和担当就表达了质疑,这种失去或者牺牲个体性的价值理念其意义何在,我们无从知晓,这正是《大话西游》发出的疑问。大话文艺在某种意义上说,与西方20世纪60年代以降的后现代主义文艺思潮与价值观念内在一致,对中心的解构、对边界的跨越、对自律的质疑、对深度的消解、对权威的不信任、对霸权的抵抗等等无不表征在其身上。经典在某种意义上代表着权威、规范和一定的意识形态和价值规范。与此同时,经典也是某种价值观念和意识形态的载体和实现这种价值观念的工具。大话文艺对经典的戏仿,或者大话经典就是对这种禁锢人的中心和权威的颠覆和消解。

第二,陷入价值虚无主义的泥淖。大话文艺对经典进行戏仿,其基本思路是一种后现代主义的解构策略,主要用一种二元对立思维来面对经典。在某种意义上说,凡是经典中所倡导和主张的,在大话中基本上都是反对的。传统经典作品强调作品内在结果的完整性、一致性和协同性,在大话作品中往往就是碎片化、矛盾性和混搭化,我们无法用传统美学的原则和标准来对大话作品进行言说。传统经典作品中提倡的英雄、正义、民族家国等宏大叙事,在大话中往往被庸人、猥琐、家长里短、一地鸡毛等凡人琐事所替代。大话文艺对经典的解构性很强,经典蕴含的价值观念全部被击碎、碾平,任人嘲笑、戏弄,对一切价值都怀疑和抵抗,这样大话文艺在某种意义上就陷入了一种价值虚无主义的泥淖之中。就当前的大话文艺来看,大话作品有解构的快感,却没有建构的冲动。解构之后怎么办?我们要走向何处?我们在对传统的经典以及承载的价值观念的不信任之后,当代人的人生何处安顿,精神归宿何处。支撑人们新的理想和信念是什么,显然在大话文艺的解构快感中,我们都不得而知。陶东风先生在分析这种大话文艺的价值悖论后指出:"这种叛逆精神或怀疑精神由于采取了后现代式的自我解构方式,由于没有正面的价值与理想的支撑,因而很容易转向批判与颠覆的反面。"①

第三,滑向犬儒主义的人生态度。陶东风先生在指出大话文艺的价值虚无主义倾向之后,紧接着将这种大话文艺与当代社会思想批判关联起来,指出大话文艺表征着"大话一代"的文化心理与文化姿态。这种文化心理与文化姿态就是犬儒主义。大话文艺在某种意义上是后现代主义的具体表征。历史地看,"后现代主义或后现代性是对现代性所鼓噪的理性、崇高和善的反叛,它反对理性主义的宏大叙事,追求叙事的碎片化和边缘

---

① 陶东风:《大话文学与消费文化语境中经典的命运》,《天津社会科学》2005年第3期。

化,这一点与犬儒主义对文明社会的反对不谋而合"①。犬儒主义是人类历史上一种有着悠久传统的社会思想和意识形态,起源于公元前 5 世纪的古希腊,代表人物有两位:其一,为苏格拉底的学生安提斯泰尼,其二,是被称为"住在木桶里的人"——第欧根尼。古典犬儒主义是指对统治阶级和主流社会价值观念看得清楚,有着清醒的头脑,但又不愿意与其同流合污的一类人,因此他们采取一种批判、抵抗、玩世不恭、特立独行的生活方式与主流社会保持着距离。但现代的犬儒主义与古典的犬儒主义相比,发生了重要的变化,"现代犬儒主义最重要的特征就是它已经蜕变为一种将道德原则和良心抛到一边的虚无主义和无为主义。它看穿、看透,同时却无所作为和不相信有任何可以作为的希望。它在任何一种高尚、崇高、理想的表象下面都急于洞察贪婪、权欲、私利、伪善和欺骗,在任何一种公共理想、社会理念、道德价值后面都能发现骗局、诡计、危险和阴谋"②。从这个维度上看,大话文艺和"大话一代"的文化姿态与文化心理与现代犬儒主义极其一致。因为,大话文本的创作者们能够清晰地洞察到自身生存的社会的诸多的不合理、缺陷和有待改良的地方,但他们又不敢直接触碰这些敏感的地方。他们将调侃和戏谑的对象引向经典文本,而且还特别注意这些经典文本与当下社会保持着合理的距离,"虽然犬儒性主体对于意识形态面具与社会现实之间的距离心知肚明,但他依然坚守着面具"③。

大话文本在面对经典文本时可以娱乐至死,可以玩得心跳。但在娱乐至死、玩得心跳之后还得面对无奈的现实和无可逃离的日常。大话文艺与犬儒主义一样在言行方面从此前的一致性转变为分裂性,变成了思想上的巨人,行动上的矮子,面对无法改变的社会往往采取一种明哲保身和难得糊涂的策略,放弃了理性主义的批判,蜕变为一种不认同的接受。虽在思想上、情感上觉得不科学、不合理,但在现实的利益和自身生存上面却又不得不按照现实的规则出牌,甚至还对这些自身鄙视的东西趋之若鹜。从这个意义上讲,大话文艺与大话一代同犬儒主义一样"是一种得过且过、

---

① 孔明安:《犬儒主义为什么是一种意识形态?》,《现代哲学》2012 年第 4 期。
② 徐贲:《当代犬儒主义的良心与希望》,《读书》2014 年第 7 期。
③ [斯洛文尼亚]斯拉沃热·齐泽克:《意识形态的崇高客体》,季广茂译,中央编译出版社 2002 年版,第 40 页。

随遇而安的无目的生活方式，它否定希望的价值，也毒杀了希望本身"①。就此而言，大话文艺表征着当下大话文艺创作者的人格分裂与内在的价值悖论。这无不折射出我们在游戏调侃之后向现实投降的无奈，这也正是对大话进行深入分析和研究的批评家和公共知识分子的隐忧所在。

第三节 面向热门话题的"恶搞"理论

作为戏仿现实形态之一的"恶搞"，虽然历史也比较悠久，但其产生重要的思想影响，引起学术界的深度关注，给其以命名，应该是晚近的事情。从这个维度上看，"恶搞"的兴起在技术层面上与个人计算机的普及、互联网技术的发展以及私人 DV 的出现有深刻的联系，在社会背景层面上与当前的阅读文化向视觉文化转型有着深刻的影响，在文化价值维度上与青年亚文化的风起云涌有不可分割的联系。如果说戏说、大话是一种专业化的知识精英的文艺生产的话，那么"恶搞"则更多是一种业余性的普通大众的诉求表达。如果说戏说在颠覆历史，大话在解构经典的同时，还在守护和建构一种微弱的价值和理想的话，那么恶搞在挑战权威，摧毁偶像的同时则陷入了一种价值虚无的泥淖之中。就此而言，恶搞更主要地表现为一种个体的情绪宣泄，这在众多的理论研究中都揭示了这一点。

一 "恶搞"意涵及兴起条件的探讨

根据徐福坤的考察，"'恶搞'一词源于日语 KUSO，KUSO 在日文中是'くそ'，其原始意义勉强接近中文里的'烂'，较早出现在网络游戏和动漫中，有搞笑、讽刺和恶作剧的涵义，是专门用来发泄不爽情绪时的口头语。后来由日本电玩界传入港台地区，成为网络常用语，音译为'酷索'或'库索'，主要指称那些对动漫、游戏、影视节目进行幽默式搞怪的行为"②。对于"恶搞"，有学者将它作了进一步的总结，认为所谓"恶搞"指的是"对公众熟悉的人物或事物根据自己个人的意愿进行大胆、夸张、具有讽刺意味的重新定义和打破传统理解的没有明确因果关系的重新

---

① 徐贲：《当代犬儒主义的良心与希望》，《读书》2014 年第 7 期。
② 徐福坤：《新词语"恶搞"》，《语言建设》2006 年第 8 期。

诠释；这种诠释具有强烈的感官刺激，个人主观色彩和感情色彩强烈，对被'恶搞'的对象在一定程度上构成正面或侧面的讽刺与嘲弄"[1]。显然，"恶搞"中的"恶"并不是传统字典解释中的意思，"恶搞"的代表人物之一胡戈是这样解释的："恶搞"的"'恶'，并不是坏的意思，也不是恶意，而是表示程度很夸张，搞得比较过分"[2]。青年学者胡疆锋"从词源学意义上分析，'恶'的意思接近于'很夸张，超出常规'，类似的词语还有'恶补'、'恶战'等"[3]。2006年初，KUSO 在中国开始流行，被意译为"恶搞"，其意涵也发生了中国化的变异，不仅包括对热门影视作品、著名动漫游戏的改编与改写，还包括运用各种反讽、调侃、戏谑等手段对名人或热点事件的颠覆性改造与解构性阐释等。

正如文前所述，我们讨论的"恶搞"主要是指新时期引起学界广泛关注的"恶搞事件"和"恶搞文化"，因此具体指向与当前文化和接受语境相契合的图像和影像戏仿，尤其是影像。针对当前学界存在对恶搞的泛化现象，将所有的戏仿现象都纳入恶搞的囊中，对此，我们持一种不一样的立场和态度。我们考察最近学界对恶搞的理论建构，也主要基于我们所界定的狭义的"恶搞"。尽管我们这种做法会遭受诟病，认为分析缺乏穷尽性，但我们不得不承认，恶搞引起理论界的注意和理论阐释，确实与此前的文字表达或者阅读时代的"恶搞"关联不是十分紧密。这种基于视觉文化背景下产生的戏仿形态，与戏说有着较大的区别。如果按照追寻戏说的历史的思路勉为其难地去发掘恶搞的历史，这显然不符合我们在本研究中强调的历史与逻辑相一致的研究方法和思考路径。根据"恶搞"的存在方式和价值取向，结合理论界的相关阐释，我们认为"恶搞"是一种新时期以来中国语境中的戏仿，有极强的文化个性，而针对"恶搞"进行研究和阐释的"恶搞理论"，在我们看来是戏仿理论的又一形态。"恶搞"理论为推进和发展戏仿理论作出了探索，丰富了戏仿理论本身。在面对恶搞现象的风起云涌，理论界首当其冲就是探讨和分析其兴起的文化逻辑和历史原因。

---

[1] 李欣：《网络"恶搞"的文化解析》，《新闻爱好者》2007年第8期。
[2] 李径宇：《胡戈：我的内心充满搞笑的念头》，《中国新闻周刊》2006年第3期。
[3] 胡疆锋：《恶搞与青年亚文化》，《中国青年研究》2008年第6期。

第一,技术发展的民主化推动。"恶搞"与技术的发展,尤其是文艺的生产技术和传播技术的发展有着深刻的关联。倘若没有这种技术民主化的发展,我们今天谈论的"恶搞"话题可能不成其为问题。这一点为理论界所共识。历史来看,技术的发展有两种路径,一种是走向专业化和精深化。这种技术的发展路径会导致技术与普罗大众隔离,技术成为技术掌握者的专利,进而导致技术垄断和技术霸权。这种现象得到了中西理论界的深入批判。法兰克福学派的第三代掌门人哈贝马斯在《技术和作为意识形态的科学》、北美媒介环境学派的核心理论家波兹曼在《技术垄断：文化向技术投降》中进行了深入的分析。因为技术就是一种价值观念,就是一种意识形态,能够规训每一个表达的主体,决定着哪些能表达,哪些不能表达,表达的意义以何种形式存在等。西方理论界的技术哲学和媒介哲学的大规模的引进,使中国理论界认识到了这一点。这不能不说是技术认知的一种新突破和新建构。技术蕴含意识形态,这一点不可否定,但技术的发展并不必然会导致技术垄断和技术霸权。其一,技术发展可能导致人们接触艺术的机会更多,打破有钱阶层和有闲阶层的垄断,使艺术走向大众。这一方面,法兰克福学派的本雅明在《机械复制时代的艺术作品》中以一种不同于阿多诺的悲观主义论调对技术的发展表示欢迎。其二,对技术本身的把握会越来越容易,越来越接近人掌握技术的规律和特点,使技术本身走向普罗大众。诸如,当前的技术"傻瓜化",就是其中最为突出的表征。北美媒介环境学派的另一位媒介理论家被誉为"数字麦克卢汉"的保罗·莱文森在《思想无羁：技术时代的认识论》中就提出了"媒介发展的人性化"趋势,他认为："对信息传播效率的追求,无论它叠压在商业、艺术、科学的动机下也好,抑或它没有附加的动机也好,都非常合乎逻辑地（尽管可能是无意识地）走向了合乎人性的动机。"[①]他的论述从一个侧面印证了技术发展的"人性化"的可能。通过大量的"恶搞"文本和恶搞事件,我们不难发现,正是有了技术的民主化发展,技术才从专业化、精英化走向大众化、平民化或者草根化。有论者指出："Photoshop、Premiere 等图片

---

① ［美］保罗·莱文森：《思想无羁：技术时代的认识论》,何道宽译,南京大学出版社 2003 年版,第 177 页。

和视频编辑软件的操作简单方便，便于普及，促进了恶搞的大众化，使得恶搞作品的创作不再局限于专业人员。"①

具体而言，跟"恶搞"关联特别紧密的技术或者媒介技术，主要包括两个维度：一是网络传播技术，二是图片与视频制作技术。20世纪90年代以后，互联网从军用转为民用，促进了人类传播技术的迅猛发展。与此同时，随着互联网的崛起而快速发展起来的各种软件技术更是日新月异。随着私人DV、数码相机的普及，以及各种易学易用的图像、视频、音频编辑软件的出现，原来由专门的技术人员所操控的各种影像拍摄技术、视频编辑技术、配音处理技术已经被广大的网民所掌握和熟练地运用。在传播过程中，影像与受众是相互交流和互动的结果，受众既是影像的接受者，也可以是影像的制作者、加工者。随着DVD数字压缩技术的出现，影片或节目内容可以多向互动。只要懂一些技术，就可以任意编排和整合DVD影碟中的片段，创作出全新的内容。"恶搞视频"《一个馒头引发的血案》就是胡戈看了影视大片《无极》后，深有感触，从而激起灵感创作了这段视频。如此一来，"恶搞"一族可以充分利用图像和影像来表达自己的观点，展现自己的个性，彰显自己的想象力、创造力、幽默感与人生趣味等。这种简单、便捷的传播媒介与传播技术使"恶搞"制作变得轻松和可能。只要不违法，这些"恶搞视频"都可以在这种开放式的网络平台上自由地展示和传播。从这个意义上说，作为影像表达的"恶搞视频"与网络媒体、视频制作技术的发展是分不开的。

第二，当前文艺的视觉化转向。黑格尔曾经指出，人类认识和了解世界主要通过两种感观通道来实现，一是听觉，二是视觉。它们分别对应的符号形式是语言和图像。在人类的历史上，通过听觉获得的信息要比眼睛看到的更真实。因为我们要能听到对方的表达，前提条件是交流双方必须在场，这种主体的在场性对表意的稳定性、本真性和完整性给予了保障。在这种观念下，逐步发展出西方的语音中心主义。而相对口语词来说，文字符号则由于主体的缺席而很难保障我们理解的意义就是说话者要真正表达的。图像则更居于其次，美国学者尼古拉·米尔佐夫在《什么是视觉文化？》一文中指出：在整个西方文化中，"一直把口语词看作智性活动的最

---

① 胡疆锋：《恶搞与青年亚文化》，《中国青年研究》2008年第6期。

戏仿理论的嬗变轨迹与历史形态研究

高形式,而把视觉表象看做观念阐释的次等形式"①。基于这种理解,西方文艺曾长期处于听游吟诗人吟唱、听说故事的人讲述故事等以听觉为主导地位的状态中,其后出现的作为口语词附属产品的文字符号慢慢摆脱了边缘化状态,进入文化表征的一种中心位置,这从交流符号的维度推动了文化的变化与发展。这时候,我们交往的主要媒介是文字。在此背景下,形成了依靠视觉获取文字符号的能指,然后通过大脑的理解转化为相应的所指,实现意义的交流与传达。在文化史上,我们一般将其命名为印刷文化或者阅读文化。这种印刷文化或者阅读文化有其与生俱来的弊病,那就是要求阅读者能识字,接受过较好的文化教育,才能够通过文字符号进行传达和理解相应的意义。客观上导致了文化的精英化和集权化,表达话语权为少数人所掌控。现代以来,随着技术的发展,人类对世界的理解和认知,又慢慢从文字表述中脱离出来,主要依靠具象化的图像与影像来表情达意。视觉已经成为我们获得生活体验和人生经验占绝对主导地位的感官通道。这种转向,学界一般将之称为"视觉文化转向"。依靠视觉来获得信息,实现交流、理解和认知自古就有,但今天的视觉文化转向,与其有本质区别,用尼古拉·米尔佐夫的话来说:"新的视觉文化的最显著特点之一是把本身非视觉性的东西视像化。"②

人类文化的这种变化发展,天才预言家和媒介理论家麦克卢汉早就作出了判断,他认为,人类的文化发展要经过"部落化""非部落化"到"再部落化",这跟我们描述的听觉文化、印刷或者阅读文化、视觉文化的文化史分期一致。当前文化发展进入视觉文化阶段,人们理解世界、认知自我、了解他者主要依靠媒介制造的各种视觉图像和影像。文化的视觉转向或者视觉文化的兴起,促进了主要依靠图像和影像来表情达意的"恶搞"现象的疾速发展,诸如,"恶搞"小胖主要依靠各种图片编辑软件对小胖图像的各种嫁接和拼贴,而影像中的《一个馒头引发的血案》,这个引发国内理论界"恶搞"大讨论的短剧更是如此。就此而言,"恶搞"的兴起与当今文化的"视觉转向"有着深刻的关联。在今天的视觉文化时

---

① [美]尼古拉·米尔佐夫:《什么是视觉文化?》,载陶东风主编《文化研究》(第3辑),天津社会科学院出版社2002年版,第3页。

② Miroeff, Nicholas, *An Introduction to Visual Culture*, London: Routeldge, 1999, pp. 3 – 4.

代，影像已经成为文字之外的一种重要的，且占据主导地位的传播方式。以文字为基础的层级化文化共同体在视觉文化语境中发生了新的变化，曾经由于没有掌握文字使用能力而被排斥在表达之外的普罗大众又因影像意义表征的直观性重新回到了应有的位置。如果说以文字为主导的文化是一种排斥性的文化，那么以影像为主导的文化则是一种兼容性的文化。如果说以文字为主导的文化将表达进行了垄断化的话，那么以影像为主导的视觉文化则将表达进行了一场重返大众化的反向运动。从阅读文化向视觉文化转型，这正是当下"恶搞"兴起的文化语境。

第三，青年亚文化的迅猛发展。青年亚文化是近年来文化研究领域中重点关注的话题。新时期以来，中国社会改革开放加速，意识形态环境日益宽松。长期以来父辈文化严格规训人的思想、情感和行为的状态有所松弛。在这种语境下，青年人不同于父辈文化的各种价值观念和思想认识需要合适的表达场所和表达平台。这些曾经被压制的文化思想观念，它们渴望从边缘走向中心，得到更多的注视和关注，能够在社会文化中占据一席之地。不再作为一种被规训的对象和沉默的听众。这种"亚文化是与身处的阶级语境相联系的，青年亚文化产生于社会结构和文化之间的一个特别紧张点。它们可能反对或抵制主导的价值和文化"[1]。青年亚文化要求能够发表自身的理解和看法。在青年亚文化语境中，这种表达、阐释的话语权比其他任何时候都变得重要。德赛都指出："在日常生活的舞台上，既存在着支配性的力量，又存在着对这种支配力量的反制。压制者和被压制者以及反压制者都在这个场所中出现。日常生活在很大程度上就是一场持续的、变动的，围绕权力对比的实践运作。"[2] 从历史的角度看，回顾世纪初出现的"恶搞"浪潮，我们会发现"恶搞"的主体大多为"70后"与"80后"的青年人或者被压制者。在那个年代，这批"70后"与"80后"的年龄上大多在20—30岁之间，他们的成长经验和知识背景不同于父辈，与板着面孔说话的形象也格格不入。这种青年亚文化突显青年一代表达自我与众不同的理解和认知，通过表达自我确证自我存在的价值与意义的内

---

[1] [英] 阿雷恩·鲍尔德温等：《文化研究导论》，陶东风等译，高等教育出版社2004年版，第330页。

[2] Michel De. Certeau, *The Practice of Everyday Life*: Volum 2, Berkeley: University of Carlifornia Press, 1988, p. 3.

在冲动，与新时期的"恶搞"一拍即合。有论者通过分析发现，"恶搞生产者多是边缘和弱势群体，因此也可以把恶搞看成是草根文化的代表，体现了草根体验"①。这个判断，无不印证了边缘化、草根化的青年一代争取表达权、理解权和话语权的真实面貌与当下状态。

二 "恶搞"的策略与手段分析

从目前网络上流行的"恶搞"现象来看，"恶搞"基本上是创作者按照自己的情感意愿，用各种不同的修辞方式重新加工源文本，破坏源文本原有的能指和所指的关系，建构一个新的仿文本，赋予仿文本以新的反讽性内涵，从而达到"恶搞"的效果。"恶搞"的形态多种多样，有文字的、音乐的、图像的，但对当下影响最大的主导型形态主要为图像和影像形态。"恶搞"作为一种中国化的戏仿形式，同所有的戏仿一样，必须建立在与历史文本或者源文本的参照中才能成为可能。但"恶搞"在源文本选择上或者表达意图上，跟其他的戏仿形式有所差别，那就是"恶搞"要么选择当前的热门文本作为"恶搞"的对象，要么就是通过一些距我们有一定时间距离的历史文本来表达对当下"热门话题"的关注、理解和意见。在中国文化语境中，"恶搞"显然已经与西方文化语境中通过戏仿表达对经典的崇敬和膜拜完全不一样了。"恶搞"更多是颠覆和表达、确证自我，是在一种被压制状态下，渴望得到关注、认同和尊重的表征。正因为如此，"恶搞"要选择在一个时间段里成为公共话题的热门事件或者热门文本来进行恶搞的原因。这是恶搞者实现自我意见表达和价值诉求的一种十分重要的策略。

作为图像或者影像表达的"恶搞"，从历史的角度来看，滥觞于21世纪初，在中国已有近二十年的历史了。黄云霞在《中国大陆网络恶搞视频十年发展史》中考证，揭开中国大陆"恶搞"序幕的是制作于2001年的《大史记》。②而2005年岁末，由胡戈根据电影《无极》制作的《一个馒头引发的血案》则将"恶搞"推向了高潮。"恶搞"从此进入公众视野，其后效仿者、追随者甚多，此后网上的各种"恶搞"图像和影像风起云

---

① 胡疆锋：《恶搞与青年亚文化》，《中国青年研究》2008年第6期。
② 黄云霞：《中国大陆网络恶搞视频十年发展史》，硕士学位论文，湖南大学，2010年。

余论 戏仿理论的中国形态

涌、俯拾皆是。经过十余年的沉淀，作为图像或者影像表达的"恶搞"也是大浪淘沙，有些从受众的眼前一闪而过，就永远消失在大家的视野中，也有些由于其独特性而被受众永远铭记。《小胖系列》《大史记》《分家在十月》《一个馒头引发的血案》《乌龙山剿匪记》《潘冬子参赛记》《春运帝国》《后舍男生系列》《007系列》《我为祖国喝茅台》为"恶搞"图像和影像的代表性作品。此情此景，中国理论界必须对"恶搞"现象进行阐释和研究，构建自身对"恶搞"现象的解释框架和解释模型，形成自身的理论判断，在众多"恶搞"的理论研究中，对"恶搞"的常用手段与方式的解读或者分析是当前恶搞理论研究中无法回避的话题。

第一，使用受众耳熟能详的能指符号。"恶搞"不是内心独白，也不是无序的情绪冲动，而是一种有序的情绪宣泄与自我表达。这种情绪的宣泄和表达必须借助一定的符号形式来实现。也就是说，恶搞者的内在情感必须借助一定的能指来实现。但在"恶搞"中，恶搞者基本上不是另创一套崭新的话语与符号，而是对历史已经存在的符号的征用，而且这些历史符号要么已经被经典化，要么就是影响力广泛。也就是说，这些符号能指一定能唤起受众对历史文本的记忆。纵观当下影响较大的这些"恶搞影像"，其使用的主要策略就是利用大量在我们的文化中具有较大影响、积淀了较为固定的含义、传播面较为广泛的视频或者音频材料来进行表情达意。诸如《大史记1》所使用的视频材料主要来自《骆驼祥子》《林海雪原》《东邪西毒》《鬼子来了》等数部影片，而《分家在十月》所使用的影像则全部来自苏联经典电影《列宁在十月》与《列宁在1918年》，《一个馒头引发的血案》的画面是从陈凯歌执导的《无极》和中央电视台社会与法频道栏目《中国法治报道》剪辑而来，《潘冬子参赛记》所使用的材料全部是电影《闪闪的红星》的画面，《春运帝国》则由《少林足球》、《破坏之王》与《英雄》等14部国内外影响较大的影片的经典桥段拼贴而成。最近在网络上热播、点击率居高不下的《我为祖国喝茅台》使用了由秦咏诚根据薛柱国的歌词于1964年创作的《我为祖国献石油》的全部音乐。

第二，强制隔断能指与所指的原有关联。"恶搞"文本是对已有历史符号或者热门符号的征用。这些符号能指在历史社会发展的过程中，在文学艺术发展的历程中，一般都与一定的特定的内涵关联起来了，有其专门的意义指向。在文本的传播与接受中，人们一看到这种特殊的文本符号，立马就会与相应的历史、文化、事件等所指关联起来。当然，从语言学的角度来看，瑞士语言学家索绪尔早就阐明，能指与所指结合具有偶然性。但要在一定的社会文化空间表情达意，实现交流，这种偶然结合在一起的能指与所指的关系在一定的社会文化时空里被约定俗成地捆绑在一起。索绪尔指出了这种偶然性向约定俗成性转变的必要性，但没有解释这种约定俗成性的力量来自何方。"恶搞"等戏仿理论就看到这种约定俗成性背后的权力、欲望、控制与霸权等关系。而且在某些文化中，甚至还将能指与所指的结合神秘化，让人相信这种能指与所指结合的必然性，以遮蔽这种意识形态霸权和权力控制的暴力性。然而，恶搞就是要将那些已经定型化、仪式化、经典化的各种符号将其能指与所指结合的"天然性"面纱撕开，通过自身的符号实践，隔断它们之间的原有联系。还原符号的能指与所指结合的偶然性状态。这不能不说，是恶搞者通过对经典文本的"恶搞"选择的一种至关重要的策略与方式。同时也显示了恶搞者的智慧与勇气，在传统话语实施霸权和暴力的逻辑起点上给其致命一击，以解构和颠覆这种话语霸权的合法性。"恶搞者一面嘲笑原作，一面又利用原作制造新的语义，并在这种智力博弈的过程中，将个性张扬到极致。"[①]

第三，通过语境压力重建符号的新所指。由于这些"恶搞"影像虽然使用我们耳熟能详的视频、音频材料来构建一种自我的影像表达。但在这种"恶搞"中，所有那些曾经被经典影视赋予了特殊意义的视频与音频符号其固化的意义都被彻底剥离了，留下的只是这些视频与音频纯粹的能指。通过将这些视频、音频等能指进行重新编排，建构新的语境，使这些旧符号产生新的意义。《大史记》这个约18分钟的恶搞视频，是将《林海雪原》等经典电影片断经过重新剪辑、配音而成，极具搞笑色彩地讲述了一个全新的当下故事。影像在王家卫的电影《东邪西毒》的大漠风光中开始讲述。虽然各种人物、场景、道具依然是原来电影中的人物、场景与道具，但通过重新配音之后的对话却与原来电影中的对话天壤之别，所讲述的故事也面目全非……

从某种意义上说，"恶搞"图像或者影像是"将所有的文本符号拼贴

---

① 蔡骐：《对网络恶搞文化的反思》，《国际新闻界》2007年第1期。

到一起，在表层文本的意义系统中，所有的符号都被去历史化和去语境化，实现时间的空间化。这些符号在一个共时性的文本空间里重新缔结成为一种新型的语境关系，建立一种新的意义和价值指向，并与原初意义形成反讽关系"①。就此而言，恶搞图像或者影像是一种典型的"旧瓶装新酒"的游戏。这个"旧瓶"就是那些我们熟悉的并有固化了的意义的视频与音频符号，"新酒"就是恶搞者通过这些不相关联或者关联不够紧密的视频或者音频符号将之重新组合，建立的新的能指链而产生新的意义。在审美社会学层面上，"恶搞的意义体现在它不仅在意识形态方面破坏传统、破坏常规、破坏原则的精神，同时还在产生'笑'的方式上，打破了原来的制'笑'模式，产生出迥异于以往的内容和方式的'笑'的机趣"②。

三 "恶搞"的价值叩问与学理反思

恶搞"具有张扬个性、反讽社会、颠覆经典、解构传统的特点"③，是媒介技术民主化发展催生出来的一种既娱人又娱己的戏仿形态，体现了当下青年亚文化反对压制、挑战权威、嘲笑强势，崇尚个性解放、宣泄个人情感的社会文化心理，是当前社会情绪的一种典型的表征方式。在网络空间，"特别是网民，不再需要一本正经的东西，只需要乐一乐、闹一闹，这些作品表达了平民的态度，构成了对权威的嘲讽"④。从这种意义上说，"恶搞"已经成为当代青年网民以娱乐的态度，用图像或者影像表达的形式来进行自我情绪宣泄的重要方式。"恶搞"究竟有何文化社会学价值与意义，这是理论界在深入分析"恶搞"现象后所无法回避和必须回答的学理问题。

第一，"恶搞"实现了话语表达与分权。长期以来，中国社会的话语权被少数精英分子所掌控，青年亚文化、草根阶层缺少自己的话语权。21世纪以来，随着经济的快速发展，意识形态的宽松，社会价值观念的转向，思想的开放，尤其是网络社会的崛起，平民大众尤其是青年一代开始

---

① 刘晗：《"恶搞"的符号政治学阐释》，《学术论坛》2007年第5期。
② 詹册：《论恶搞行为在中国当代大众文化中的生存形态》，《福建师范大学学报》（哲学社会科学版）2007年第1期。
③ 胡疆锋：《恶搞与青年亚文化》，《中国青年研究》2008年第6期。
④ 梁艳：《恶搞：解构、娱乐与搞笑》，《中国社会导刊》2006年第19期。

提出了话语权问题，他们要求对各种公共事物发表自己的理解和看法，表明自己的立场与态度，希望自己的声音能够有表达的平台，能够被他者所倾听。恶搞的"这种文化姿态是要想象性地解决所处的社会中不公平和不合理的积习与弊病，在冲撞公共空间中的保守迂腐、霸权文化中体验快感"①。"恶搞"在某种意义上说，就是这种话语分权要求的具体表征。诸如《一个馒头引发的血案》，在某种意义上说，就是胡戈对陈凯歌在《无极》中建构的那些价值观念和文化想象提出了不一样的见解、发表了不同的声音而已，"《馒头》嘲弄了导演的艺术追求，嘲笑了导演通过影片进行和试图表达的关于人类命运的思考"②。

第二，"恶搞"实现了个体情感的宣泄。来自社会、家庭、个人的压力，使大众已经身心疲惫，放松、娱乐、游戏和消遣才是他们的迫切需要。正如席勒所说："只有当人在充分意义上是人的时候，他才游戏，只有当人在游戏的时候，他才是人。"③ 影像的简单、直接、通俗易懂能够让人们很轻松地消费它，从而得到前所未有的快感。"恶搞"中的很多东西都是对大众日常生活经验的直接反映，与精英创作的高雅文化相比，它们没有疏离感，更能贴近老百姓的生活，更能触动老百姓心中那根情感之弦。随着媒介技术的普及，人人都可利用新的媒介手段，进行情绪宣泄。这对于为工作、生活所迫的普罗大众来说，"恶搞"无疑是这种宣泄、放松、表达自我的有效方式。"恶搞视频"的制作者们起初仅仅是为了自娱自乐，自我发泄。如"恶搞视频"代表人物胡戈在专访中曾说："我骨子里是有娱乐精神的。"④ 胡戈原来是一个普通的电台主持人，他制作这个"恶搞视频"不是为了出名、拿奖，只是看了《无极》后有感而发，《一个馒头引发的血案》制完后，他没有故意传到网上供人浏览，只是传给几个朋友供他们娱乐一番，有个朋友觉得挺搞笑的，就放在网络上，一炮走红。胡戈的个人博客上也有这样一段声明："本人做视频纯属爱好。目的仅仅是满足我

---

① 杨柳：《消解与恶搞的狂欢——国产小成本喜剧电影与青年亚文化》，《北京电影学院学报》2010年第2期。
② 苏力：《戏仿的法律保护和限制——从〈一个馒头引发的血案〉切入》，《中国法学》2006年第3期。
③ ［德］席勒：《美育书简》，徐恒醇译，中国文联出版社1984年版，第90页。
④ 梁艳：《恶搞：解构、娱乐与搞笑》，《中国社会导刊》2006年第19期。

个人的爱好，以及供我的朋友娱乐消遣。玩视频、搞影视是我从小的爱好，只不过那时候无法实现而已。"① 还有通过给"后街男孩"的歌曲配上搞笑视频而出名的后舍男生，他们起先也只是美术学院雕塑系的普通学生，也是在课余时，闲着没事，通过制作"恶搞视频"娱乐一下而已。

第三，"恶搞"常陷入价值虚无的泥淖之中。在"恶搞"中，经典可以用来嘲笑，权威是可以被颠覆的。青年网民、草根群众通过"恶搞"表达了对权威的不屑和嘲讽，甚至引起了文化权威们的恐慌。譬如，《春运帝国》就反讽了铁路职能部门效率低、官僚作风的问题，还讥讽了黄牛党倒卖车票损害群众利益的卑鄙行径。网络中"恶搞视频"通过拼贴、复制、反讽，破坏了源文本的能指和所指的关系，使能指和所指不再关联，甚至自相矛盾，使源文本符号的所指被彻底解构，支离破碎，在新的符号语境中产生新的所指，形成了对源文本强烈的反讽。在某种意义上说，网民正是通过这种强拆原来那些经典符号中能指与所指的关系，以建构一种新的能指与所指关系，用旧符号表达新意义来获得快乐，用恶搞的形式来表达自己对社会、人生的不满，来宣泄个人压抑与激动的情绪。因此，"恶搞视频"在更大意义上讲，它是一种宣泄性的、解构性的影像表达行为，但在宣泄与解构之后，却很少能看到那种建构性的冲动和努力。就此而言，"恶搞"与"戏说"与"大话"一样常常会陷入价值虚无的泥淖之中。它们在嘲笑完了、解构完了、颠覆完了，往往会一脸茫然，不知道何去何从，在短暂的快感之后，剩下的更多是无尽的虚无。基于此，有学者提出，恶搞"它是草根们发泄社会压力和情绪情感的重要渠道，一味地批评与讨伐，并非解决问题的根本，探寻其实质和机制，从而加以正确的引导和疏通，不失为有效应对问题的策略。"②

第四，"恶搞"的堕落与商业收编。"恶搞"最初是作为一种抵抗、颠覆和解构的力量出现的。在中国新时期的文艺史和文化史上确实产生了令人耳目一新的感觉，有着十分重要的文化、政治与美学影响。"恶搞"或暗示，或影射，或嘲弄，或批判，它让众多虚伪原形毕露，让众多伪崇高脱下面纱，吸引了大众的眼球，得到了前所未有的关注，有些"恶搞"甚

---

① 胡戈博客首页声明［EB/OL］. http：//blog.sina.com.cn/huge，2013 年 12 月 16 日。
② 覃晓燕：《后现代语境下的恶搞文化特征探析》，《现代传播》2008 年第 1 期。

至还产生了极强的轰动效应,将众多此前极其普通的草根群众打造成为文化英雄。在网络空间中,有些恶搞者还因此成为声名鹊起的"网红"。"恶搞"的这种强大的影响力和传播力,引起众多的商家的注意。很多商家就是利用"恶搞"这种形式来包装、推销、传播自己的产品,以迅速提高产品的知名度,得到消费者的了解和认知。为此,众多商家还专门组织或者征集一批在网络上有重要影响的恶搞者,对自己的产品进行有针对性的"恶搞"创意和"恶搞"开发,不断生产出各种"恶搞"文本。在这种背景下,"恶搞者与商业网站将遵照经济利益最大化、政治风险最小化的原则来生产恶搞文本"[①]。与此同时,他们通过各种媒体机构的推送,捧红或者炒热某些"恶搞"文本,达到其推销产品,传达商业价值,构建企业形象的目的。这是当前"恶搞"发展过程中的一个重要的趋势,"恶搞"被商业收编了,按照商业的逻辑和原则来进行自我构建和表达。在这种语境下,恶搞此前的那种内在的精神与文化要求就慢慢被商业逻辑吞噬了,"当恶搞从一种仪式抵抗变成了某种营销手段,原有的反叛与个性逐渐丧失,最初的文化意义也就荡然无存"[②]。从这个意义上讲,当"恶搞"被商业收编或者"恶搞"与商业合谋的时候,也就意味着"恶搞"的堕落或者"恶搞"精神的终结。

历史地看,戏仿与戏仿理论均来自西方,并对中国的文艺实践和理论建设产生了重要的影响。从中国新时期的文艺实践与理论阐释来看,与戏仿相对的文艺实践形式主要有戏说、大话与恶搞,与之相应的理论建构则是戏说理论、大话理论与恶搞理论。我们在此将戏说理论、大话理论与恶搞理论视为戏仿理论的中国形态,并结合中国语境中的戏说、大话与恶搞实践经验对戏说理论、大话理论与恶搞理论分别进行了评介与阐释。尽管这种区分的逻辑边界还存在不够明晰,内涵论述还存在挂一漏万的可能,但这确实有助于学界理解当前中国文艺实践与理论建构中存在的具有中国特色的戏仿实践形态与理论形态,对我们分析当前众多聚讼纷纭的戏仿现象具有一定的参考价值与意义,有利于我们进一步把握好戏仿现象与戏仿理论。此外,中西方的戏仿实践与戏仿理论还在不断的建构与发展中,尤

---

① 蔡骐:《对网络恶搞文化的反思》,《国际新闻界》2007年第1期。
② 胡疆锋:《恶搞与青年亚文化》,《中国青年研究》2008年第6期。

余论 戏仿理论的中国形态

其是中国,戏说理论、大话理论与恶搞理论研究还有待深入,更为重要的是,与之对应的三种中国化的戏仿实践形态之外,随着经济社会的发展,结合中国文艺尤其是戏仿文艺发展的实际,生长和发展出更多的中国戏仿实践形态也完全是可能的。就此而言,中国戏仿理论的建构与探索还依然在路上。面对中国戏仿实践的日新月异,戏仿理论的建设将进一步与时俱进,我们期待能结出更多新的理论果实,焕发出新的理论生机与色彩。

参考文献

一 著作部分

［加］阿德里娜·S.尚邦、阿兰·欧文、［美］拉·爱泼斯坦：《话语、权力和主体性：福柯与社会工作的对话》，郭伟和等译，中国人民大学出版社2016年版。

［法］阿图塞：《列宁和哲学》，杜章智译，台北：远流出版事业股份有限公司1990年版。

［美］A.P.欣奇列夫、菲利普·汤姆森、约翰·D.江普：《荒诞·怪诞·滑稽》，杜争鸣等译，陕西人民出版社1989年版。

［美］艾布拉姆斯：《镜与灯——浪漫主义文论及批评传统》，郦稚牛等译，北京大学出版社1989年版。

［奥］爱德华·汉斯立克：《论音乐的美——音乐美学的修改刍议》，杨业治译，人民音乐出版社1982年版。

［英］艾略特：《艾略特诗学文集》，王恩衷编译，国际文化出版公司1989年版。

［英］安迪·班尼特、基思·哈恩-哈里斯：《亚文化之后：对于当代青年文化的批判研究》，青年文化译介小组译，中国青年出版社2012年版。

［英］安德鲁·本尼特、尼古拉·罗伊尔：《关键词：文学、批评与理论导论》，汪正龙、李永新译，广西师范大学出版社2007年版。

［英］安东尼·吉登斯：《现代性与自我认同：晚期现代中的自我与社会》，夏璐译，中国人民大学出版社2016年版。

［俄］巴赫金：《巴赫金文论选》，佟景韩译，中国社会科学出版社1996年版。

［俄］巴赫金：《拉伯雷研究》，李兆林、夏忠宪译，河北教育出版社1998

年版。

［俄］巴赫金：《诗学与访谈》，白春仁等译，河北教育出版社 1998 年版。

［俄］巴赫金：《陀思妥耶夫斯基诗学问题》，生活·读书·新知三联书店 1988 年版。

［俄］巴赫金：《小说理论》，白春仁、晓河译，河北教育出版社 1998 年版。

［俄］巴赫金：《周边集》，李辉凡等译，河北教育出版社 1998 年版。

包亚明：《权力的眼睛——福柯访谈录》，严锋译，上海人民出版社 1997 年版。

［法］保尔·利科：《虚构叙事中时间的塑形》，王文融译，生活·读书·新知三联书店 2003 年版。

［俄］车尔尼雪夫斯基：《车尔尼雪夫斯基论文学》，上海译文出版社 1979 年版。

陈世丹：《美国后现代主义小说艺术论》，辽宁师范大学出版社 2002 年版。

陈思：《文本催眠术：历史·主体·形式》，北京大学出版社 2017 年版。

陈望道：《修辞学发凡》，上海教育出版社 1997 年版。

程波：《天才/疯子：达利画传》，华东师范大学出版社 2006 年版。

［意］达·芬奇：《芬奇论绘画》，戴勉译，人民美术出版 1979 年版。

［英］达米特·弗雷格：《语言哲学》，黄敏译，商务印书馆 2017 年版。

［美］戴维·赫尔曼、詹姆斯·费伦、彼得·拉比诺维奇：《叙事理论：核心概念与批评性辨析》，谭君强、绛红燕、王浩译，北京师范大学出版社 2016 年版。

［美］道格拉斯·凯尔纳等：《后现代理论——批判性的质疑》，张志斌译，中央编译出版社 1999 年版。

［美］迪克·赫伯迪格：《亚文化：风格的意义》，陆道夫、胡疆锋译，北京大学出版社 2009 年版。

［法］蒂费纳·萨莫瓦约：《互文性研究》，邵炜译，天津人民出版社 2003 年版。

杜明业：《文本形式的政治阐释：詹姆逊文学批评思想研究》，世界图书出版广东有限公司 2014 年版。

杜声锋：《拉康结构主义精神分析学》，生活·读书·新知三联书店（香港）1988 年版。

［美］厄利希：《俄国形式主义：历史与学说》，张冰译，商务印书馆 2017 年版。

佴荣本：《文艺美学范畴研究——论悲剧与喜剧》，南京大学出版社 2002 年版。

［美］费斯克：《理解大众文化》，中央编译出版社 2001 年版。

［英］福勒：《现代西方文学批评术语词典》，袁德成译，四川人民出版社 1987 年版。

［美］弗雷德里克·詹姆逊：《后现代主义与文化理论》，唐小兵译，陕西师范大学出版社 1987 年版。

［德］弗·施莱格尔：《雅典娜神殿断片集》，李伯杰译，生活·读书·新知三联书店 1996 年版。

［美］弗·詹姆逊：《文化转向》，胡亚敏等，中国社会科学出版社 2000 年版。

郭德俊：《动机心理学：理论与实践》，人民教育出版社 2005 年版。

郭沫若：《郭沫若论创作》，上海文艺出版社 1983 年版。

［德］哈贝马斯：《后民族结构》，曹卫东译，上海人民出版社 2002 年版。

［德］哈贝马斯：《现代性的哲学话语》，曹卫东译，译林出版社 2004 年版。

［美］海登·怀特：《后现代历史叙事学》，陈永国、张万娟译，中国社会科学出版社 2003 年版。

［德］汉斯·罗伯特·耀斯：《审美经验与文学解释学》，顾建光等译，上海译文出版社 1997 年版。

［美］赫伯特·马尔库塞：《审美之维》，李小兵译，广西师范大学出版社 2001 年版。

［德］黑格尔：《美学》（第 3 卷），朱光潜译，商务印书馆 1981 年版。

［德］黑格尔：《哲学史讲演录》，商务印书馆 1997 年版。

［法］亨利·柏格森：《笑与滑稽》，乐爱国译，广东人民出版社 2000 年版。

［美］亨利·詹金斯：《文本盗猎者：电视粉丝与参与式文化》，郑熙青译，北京大学出版社 2016 年版。

胡全生：《英美后现代主义小说叙述结构研究》，复旦大学出版社 2002 年版。

［美］华莱士·马丁：《当代叙事学》，伍晓明译，北京大学出版社 2005 年版。

黄华：《权力，身体与自我——福柯与女性主义文学批评》，北京大学出版社 2005 年版。

黄颂明：《20 世纪哲学经典文本》（欧洲大陆卷），复旦大学出版社 1999 年版。

［英］霍尔：《表征》，许亮等译，商务印书馆 2003 年版。

［德］霍斯特·布雷德坎普：《图像行为理论》，宁瑛、钟长盛译，译林出版社 2016 年版。

［意］基阿尼·瓦蒂莫：《现代性的终结》，杨恒达译，河南大学出版社 2015 年版。

［美］吉尔伯特·哈特：《讽刺论》，万书元、江宁康译，广西人民出版社 1990 年版。

季水河：《阅读与阐释：中国美学与文艺批评比较研究》，中国社会科学出版社 2004 年版。

［德］卡尔·曼海姆：《意识形态与乌托邦》，黎鸣、李书崇译，译林出版社 2016 年版。

［美］卡斯比特：《艺术的终结》，吴啸雷译，北京大学出版社 2009 年版。

［苏］卡冈：《卡冈美学教程》，凌继尧等译，北京大学出版社 1990 年版。

［英］克莱夫·贝尔：《艺术》，薛华译，江苏教育出版社 2005 年版。

［美］劳伦斯·格罗斯伯格：《文化研究的未来》，庄鹏涛、王林生、刘林德译，中国人民大学出版社 2017 年版。

［法］勒内·基拉尔：《浪漫的谎言与小说的真实》，罗凡译，生活·读书·新知三联书店 1998 年版。

黎风：《图像文化时代的影像诗学》，清华大学出版社 2017 年版。

李玉平：《互文性：文学理论研究的新视野》，商务印书馆 2014 年版。

李泽厚：《中国现代思想史论》，东方出版社 1997 年版。

［加］琳达·哈琴：《反讽之锋芒：反讽的理论与政见》，徐晓雯译，河南大学出版社 2010 年版。

［加］琳达·哈琴：《后现代主义诗学：历史·理论·小说》，李杨、李锋译，南京大学出版社2009年版。

［加］莲达·赫哲仁：《后现代主义的政治学》，刘自荃译，台北：骆驼出版社1996年版。

刘北成：《福柯思想肖像》，上海人民出版社2001年版。

刘海龙：《大众传播理论：范式与流派》，中国人民大学出版社2008年版。

刘晗：《从巴赫金到哈贝马斯——20世纪西方话语理论研究》，西南交通大学出版社2017年版。

刘康：《对话的喧声——巴赫金的对话转型理论》，中国人民大学出版社1995年版。

鲁迅：《鲁迅全集》，人民文学出版社1973年版。

［英］罗宾·乔治·科林伍德：《艺术原理》，王至元、陈华中译，中国社会科学出版社1985年版。

［美］罗伯特·斯科尔斯、詹姆斯·费伦、罗伯特·凯洛格：《叙事的本质》，于雷译，南京大学出版社2015年版。

罗钢、刘象愚主编：《文化研究读本》，中国社会科学出版社2000年版。

［英］罗吉·福勒：《现代西方文学批评术语词典》，袁德成译，四川人民出版社1987年版。

［以色列］马德琳·谢赫特：《符号学与艺术理论：在自律论和语境论之间》，余红兵译，四川大学出版社2015年版。

［英］玛格丽特·罗斯：《戏仿：古代、现代与后现代》，王海萌译，南京大学出版社2013年版。

［美］马泰·卡林内斯库：《现代性的五副面孔》，顾爱彬等译，商务印书馆2004年版。

［荷］米克·巴尔：《叙述学——叙事理论导论》，谭君强译，中国社会科学出版社1995年版。

［捷］米兰·昆德拉：《小说的艺术》，作家出版社1992年版。

南帆：《边缘先锋作家的位置》，海峡文艺出版社2002年版。

南帆：《夜晚的语言》，社会科学文献出版社2000年版。

［美］尼古拉斯·米尔佐夫：《视觉文化导论》，倪伟译，江苏人民出版社2006年版。

彭刚：《叙事的转向：当代西方史学理论的考察》，北京大学出版社 2017 年版。

［法］皮埃尔·卡巴纳：《杜尚访谈录》，广西师范大学出版社 2001 年版。

［苏］普洛普：《滑稽与笑的问题》，杜书瀛译，辽宁教育出版社 1998 年版。

［美］赛恩斯伯里：《虚构与虚构主义》，万美文译，华夏出版社 2015 年版。

沈语冰：《图像与意义：英美现代艺术史论》，商务印书馆 2017 年版。

［俄］什克洛夫斯基：《散文的理论》，刘宗次译，百花洲文艺出版社 1997 年版。

［俄］什克洛夫斯基：《俄国形式主义文论选》，方珊等译，生活·读书·新知三联书店 1989 年版。

［斯］斯拉沃热·齐泽克：《意识形态的崇高客体》，季广茂译，中央编译出版社 2002 年版。

［美］苏珊·朗格：《情感与形式》，刘大基、傅志强、周发祥译，中国社会科学出版社 1986 年版。

［美］苏珊·朗格：《艺术问题》，滕守尧、朱疆源译，中国社会科学出版社 1983 年版。

［瑞士］索绪尔：《普通语言学教程》，高名凯译，商务印书馆 2003 年版。

［美］S. 贝斯特、D. 凯尔纳：《后现代转向》，陈刚等译，南京大学出版社 2002 年版。

陶东风：《文化研究与政治批评的重建》，中国社会科学出版社 2014 年版。

［英］特伦斯·霍克斯：《结构主义与符号学》，瞿铁鹏译，上海译文出版社 1997 年版。

王程辉：《英美文学戏仿研究》，苏州大学出版社 2014 年版。

王岳川、赵一凡：《西方文论关键词》，外语教学与研究出版社 1992 年版。

汪民安：《文化研究关键词》，江苏人民出版社 2007 年版。

［美］韦恩·C. 布斯：《修辞的复兴：韦恩·布斯精粹》，穆雷等译，译林出版社 2009 年版。

［德］沃尔夫冈·伊瑟尔：《虚构与想象：文学人类学疆界》，陈定家、汪正龙译，吉林人民出版社 2011 年版。

[美]乌尔利希·韦斯坦因：《比较文学与文学理论》，刘象愚译，辽宁人民出版社1987年版。

伍蠡甫：《现代西方文论选》，上海译文出版社1983年版。

吴礼权：《现代汉语修辞学》，复旦大学出版社2006年版。

吴琼：《走向一种辩证批评：詹姆逊文化政治诗学研究》，上海三联书店2007年版。

吴士文：《修辞格论析》，上海教育出版社1986年版。

[新西兰]西蒙·杜林：《文化研究：批评导论》，李炳慧译，河南大学出版社2016年版。

[德]席勒：《美育书简》，徐恒醇译，中国文联出版社1984年版。

夏忠宪：《巴赫金狂欢化诗学研究》，北京师范大学出版社2000年版。

肖伟胜：《视觉文化与当代文化批评》，人民出版社2015年版。

[美]亚伯拉罕·马斯洛：《动机与人格》，许金声等译，中国人民大学出版社2013年版。

[古希腊]亚里士多德：《诗学》，陈中梅译，商务印书馆1996年版。

[古希腊]亚里士多德：《修辞学》，罗念生译，生活·读书·新知三联书店1991年版。

[法]雅克·德里达：《多重立场》，佘碧平译，生活·读书·新知三联书店2006年版。

[法]雅克·德里达：《解构与思想的未来》，杜小真等译，吉林人民出版社2011年版。

[法]雅克·朗西埃：《图像的命运》，张新木、陆洵译，南京大学出版社2014年版。

姚文放：《从形式主义到历史主义：晚近文学理论"向外转"的深层机理探究》，北京大学出版社2017年版。

[美]伊哈布·哈桑：《后现代转向：后现代理论与文化论文集》，刘象愚译，上海人民出版社2015年版。

[德]伊曼纽尔·康德：《实用人类学》，邓晓芒译，上海人民出版社2005年版。

殷企平：《英国小说批评史》，上海外语出版社2001年版。

[美]约翰·邓普：《论滑稽模仿》，项龙译，昆仑出版社1992年版。

［澳］约翰·多克：《后现代主义与大众文化》，吴松江等译，辽宁教育出版社2001年版。

［美］约翰·费斯克：《解读大众文化》，杨全强译，南京大学出版社2001年版。

［美］约翰·P. 霍斯顿：《动机心理学》，孟继群等译，辽宁人民出版社1990年版。

［英］约翰·B. 汤普森：《意识形态理论研究》，郭世平等译，社会科学文献出版社2013年版。

［美］詹姆逊：《晚期资本主义的文化逻辑》，陈清侨等译，生活·读书·新知三联书店1997年版。

［美］詹姆逊：《语言的牢笼·马克思主义与形式》，钱佼汝、李自修译，百花洲文艺出版社1995年版。

张京媛：《新历史主义与文学批评》，北京大学出版社1993年版。

张颖：《意义与视觉：梅洛—庞蒂美学及其他》，北京时代华文书局2017年版。

赵宪章：《文体与图像》，人民文学出版社2014年版。

赵毅衡：《反讽时代：形式论与文化批评》，复旦大学出版社2011年版。

赵毅衡：《新批评文集》，百花文艺出版社2001年版。

郑家建：《历史向自由的诗意敞开——〈故事新编〉诗学研究》，上海三联书店2005年版。

周平远：《维纳斯艺术史》，上海三联书店2006年版。

周宪：《20世纪西方美学》，高等教育出版社2004年版。

周宪：《审美现代性批判》，商务印书馆2005年版。

周宪：《文化表征与文化研究》，北京大学出版社2007年版。

周宪：《从文学规训到文化批判》，译林出版社2014年版。

朱光潜：《朱光潜全集》，安徽教育出版社1987年版。

朱立元：《当代西方文艺理论》，华东师范大学出版社1997年版。

朱立元等主编：《二十世纪西方文论选》（下卷），高等教育出版社2002年版。

［法］朱莉娅·克里斯蒂娃：《符号学：符义分析探索集》，史忠义等译，复旦大学出版社2015年版。

［法］朱莉娅·克里斯蒂娃：《克里斯蒂娃自选集》，赵英晖译，复旦大学出版社2015年版。

［法］朱莉娅·克里斯蒂娃：《诗性语言的革命》，张颖、王小姣译，四川大学出版社2016年版。

［法］朱莉娅·克里斯蒂娃：《主体·互文·精神分析：克里斯蒂娃复旦大学演讲集》，祝克懿、黄蓓译，生活·读书·新知三联书店2016年版。

［法］朱莉娅·克里斯蒂娃：《语言，这个未知的世界》，马新民译，复旦大学出版社2015年版。

Alain, Badiou, *On Beckett*, trans. Alberto Toscano and Nina Power, Manchester: Clinamen Press, 2003.

Alan. Wilde, *Horizons of Assent: Modernism, Postmodernism, and the Irony Imagination*, Baldimore, Md: Johns Hopkins University Press, 1981.

Allen Thiher, *Words in Reflection: Modern Language Theory and Postmodern Fiction*, Chicago: University of Chicago Press, 1984.

Andrew Gibson, *Beckett and Badiou: The Pathos of Intermittency*, Oxford: Oxford University Press, 2006.

Anna A. Berman, *Siblings in Tolstoy and Dostoevsky: The Path to Universal Brotherhood*, Evanston, Illinois: Northwestern University Press, 2015.

Armen Avanessian, *Irony and the Logic of Modernity*, translated by Nils F. Schott, Berlin and Boston: De Gruyter, 2015.

Arthur Kroker and David Cook, *The Postmodern Scene: Excremental Culture and Hyper-Aesthetics*, New York: St. Martin's Press, 1986.

Astradur Eysteinsson, *The Concept of Modernism*, New York: Cornell University Press, 1990.

Brian McHale, *Constructing Postmodernism*, London: Routledge, 1992.

C. Colebrook, *Irony*, London and New York: Routledge, 2004.

Chambers Iain, *Popular Culture: The Metropolitan Experience*, London: Methuen, 1986.

Charles Newman, *The Postmodern Aura: The Act of Fiction in an Age of Inflation*, Evanston, Illinois: Northwestern University Press, 1985.

Christopher Stone, *Parody*, London: Martin Secker, 2015.

David Lodge, *The Art of Fiction*, London: Secker & Warburg, 1992.

D. H. Green, *Irony in the Medieval Romance*, Cambridge: Cambridge University Press, 1979.

Dollimore Jonathan, *Political Shakespeare: Essays in Culture Materialism*, Manchester: Manchester University Press, 1994.

Eagleton, Terry, *The Illusions of Postmodernism*, Oxford UK: Black Well, 1996.

Eduardo Cadavaand and Peter Connor and Jean-Luc Nancy. *Who Comes after the Subject?* London: Routledge, 1991.

Edward Hallett Carr, *What is History?* New York: Random House, 1961.

E. L. Doctorow, *Jack London, Hemingway, and the Constitution: Selected Essays (1977 - 1992)*, New York: Random House, 1993.

Ethan Thompson, *Parody and Taste in Postwar American Television Culture*, New York: Routledge, 2011.

Fredric Jameson, *Postmodernism, or the Culture Logic of Late Capitalism*, Durham, NC: Duke University Press, 1991.

Fredric Jameson, *The Cultural Turn: Selected Writings on the Postmodern*, London & New York: Verso, 1998.

Fredric Jameson, *The Political Unconsciousness: Narrative as a Socially Symbolic Act*, London and New York: Routledge, 2002.

G. Graff, *Literature Against Itself: Literary Ideasin Modern Society*, Chicago: University of Chicago Press, 1979.

Gilles Deleuze, *Different and Repetition*, trans. Paul Patton, New York: Columbia University Press, 1994.

Hazard Adams and Leroy Searle, *Critical Theory Since 1965*, Tallahassee: Florida State University Press, 1986.

Henk Aertsen and Alasdair A. MacDonald, *Companion to Middle English Romance*, Amsterdam: Vu University Press, 1990.

Henry Jenkins, *Convergence Culture: Where Old and New Media Collide*, New York: New York University Press, 2006.

Henry Jenkins, *Textual Poachers: Television Fansand Participatory Culture*, New York: Routledge, 1992.

H. White, *Metahistory: The Historical Imagination in Nineteenth-Century Europe*, Baltimore & London: The Johns Hopkins University Press, 1973.

Hywel Dix, *Postmodern Fiction and the Break-up of Britain*, London and New York: Continuum, 2010.

Ihab Hassan, *The Postmodern Turn: Essays in Postmodern Theory and Culture*, Columbus: Ohio State University Press, 1987.

Israel Davidson, *Parody in Jewish Literature*, Whitefish: Kessinger Publishing, 2010.

J. A. Cuddon, *Literary Terms and Literary Theory*, London: The Penguin Group, 2000.

J. Culler, *Farming the Sign: Criticism and its Institutions*, Norman & London: University of Oklahoma Press, 1988.

Jean-Francois Lyotard, *The Different: Phrases in Dispute*, trans. Van Den Abbeele. Minneapolis: University of Minnesota Press, 1983.

John Branniga, *New Historicism and Cultural Materialism*, New York: St. Martin's Press, 1998.

John Butt, eds., *The Poems of Alexander Pope*, New Haven: Yale Univresity Press, 1963.

Jonathan Culler, *On Deconstruction: Theory and Criticism after Structuralism*, Ithaca: Cornell University Press, 2007.

J. William, *Lyotard and the Political*, London and New York: Routledge, 2000.

J. Y. T. Greig, *The Psychology of Language and Comedy*, New York: Cooper Square Publisher, 1969.

Kenneth Allan, *The Meaning of Culture: Moving the Postmodern Critique Forward Westport*, Conn: Praeger, 1998.

Larry McCaffery, *The Metafictional Muse*, Pittsburgh: University of Pittsburgh Press, 1982.

Larry McCaffery, *Postmodern Fiction: A Bio-Bibliographical Guide*, New York: Greenwood Press, 1986.

Linda Hutcheon, *A Poetics of Postmodernism: History, Theory, Fiction*, New York & London: Routelege, 1988.

Linda Hutcheon, *A Theory of Adaptation*, New York: Routledge, 2006.

Linda Hutcheon, *A Theory of Parody: The Teachings of Twentieth-century Art Forms*, New York: Methuen, 1985.

Linda Hutcheon and M. Hutcheon, *Bodily Charm: Living Opera*, Lincoln: University of Nebraska Press, 2000.

Linda Hutcheon, *Irony's Edge: The Theory and Politics of Irony*, London: Routledge, 1994.

Linda Hutcheon, *Narcissistic Narrative: The Metafictional Paradox*, London and New York: Routledge, 1984.

Linda Hutcheon, and M. Hutcheon, *Opera: Desire, Disease, Death*, Lincoln: Nebraska Press, 1996.

Linda Hutcheon, *Parody and Romantic Ideology*, London: Associated University Press, 1992.

Linda Hutcheon and M. J. Valdés, *Rethinking Literary History: A Dialogue on Theory*, Oxford: Oxford University Press, 2002.

Linda Hutcheon, *Splitting Images: Contemporary Canadian Ironies*, Don Mills: Oxford University Press, 1991.

Linda Hutcheon, *The Politics of Postmodernism*, London: Routledge, 1994.

Linda Hutcheon, *The Canadian Postmodern: A Study of Contemporary English Canadian Fiction*, Oxford: Oxford University Press, 1989.

Margaret A. Rose, *Parody/Meta-Fiction*, London: Croom Helm, 1979.

Margaret A. Rose, *Parody: Ancient, Modern and Post-modern*, Cambridge: Cambridge University Press, 1993.

Martha Bayless, *Parody in the Middle Ages: The Latin Tradition*. Ann Arbor: University of Michigan Press, 1996.

M. H. Abrams, *A Glossary of Literary Term*, New York: Holt, Rinehart, and Winston, 1988.

Michael Riffaterre, *Semiotics of Poetry*, Bloomington: Indiana University Press, 1978.

Michel De Certeau, *The Practice of Everyday Life*, Berkeley: University of California Press, 1984.

M. Poster, *Cultural History and Postmodern: Disciplinary Readings and challen-*

ges, New York: Columbia University Press, 1997.

Müler Beate, ed. , *Parody: Dimensions and Perspectives*, Amsterdam and Atlanta: Rodopi, 1997.

Nancy Jean-Luc, *The sense of the world*, trans. Jeffrey S. Librett. Minneapolis: University of Minnesota Press, 1997.

Nil Korkut, *Kinds of parody from the medieval to the postmodern*, Frankfurt am Main: Lang, 2009.

Patricia Waugh, *Metafiction: The theory and practice of self-conscious fiction*, London and New York: Methuen, 1984.

Robert P. Falk, *American Literature in Parody: A Collection of Parody, Satire, and Literary Burlesque of American Writers Past and Present*, New York: Greenwood Press, 1977.

Robert Phiddian, *Swift's parody*, Cambridge and New York: Cambridge University Press, 1995.

S. Best and D. Kellner. *Postmodern Theory-Critical Interrogations*, London: The Macmilam Press Ltd, 1991.

Scott Lash, *Sociology of Postmodernism*, London: Routledge, 1990.

Simon Dentith, *Parody*, London and New York: Routledge, 2000.

S. Sontag, *On Photography*, New York: Farrar, Straus and Giroux, 1977.

Tanner Tony, *City of Words: American Fiction 1950 – 1970*, New York: Harper & Row, 1971.

Terry Eagleton, *The Rape of Clarissa: Writing, Sexuality and Class in Samuel Richardson*, Oxford: Blackwell, 1982.

T. M. Green, *The Lightin Troy: Imitation and Discovery in Renaissance Poetry*, New Haven: Yale University Press, 1982.

Wälter Jerrold and Robert M. Leonard . *A Century of Parody and Imitation*, Oxford: Oxford University Press, 1913.

Wenche Ommundsen, *Metafictions? Reflexivity in Contemporary Texts*, Melbourne: Melbourne University Press, 1993.

Zygmunt Bauman, *Modernity and Ambivalence*, Cambridge: Polity Press, 1991.

二　论文部分

[美]芭贝特·巴比奇：《尼采的查拉图斯特拉和戏仿风格：论琉善的"超级人种"与尼采的"超人"》，俞丽霞译，《第欧根尼》2012年第2期。

步雅芸：《解构"戏仿"：从仿史诗到后现代戏仿》，《北京第二外国语学院学报》2008年第2期。

蔡曙山：《论技术行为、科学理性与人文精神——哈贝马斯的意识形态理论批判》，《中国社会科学》2002年第2期。

曹丹红：《文本的可能与批评的双重维度——评法国"可能性文本理论"》，《当代外国文学》2017年第1期。

常立、卢寿荣：《李渔小说的仿拟（戏仿）修辞》，《修辞学习》2004年第4期。

陈后亮：《后现代视野下的戏仿研究——兼谈琳达·哈琴的后现代戏仿观》，《武汉科技大学学报》（社会科学版）2010年第4期。

程财：《保护作品完整权与言论自由的边界及冲突——以"戏仿"为主线》，《太原大学学报》2013年第2期。

程军：《"翻了个的世界"——戏仿的倒置机制分析》，《青海师范大学学报》（哲学社会科学版）2016年第4期。

程军：《什克洛夫斯基论"戏仿"》，《理论界》2009年第5期。

程军：《西方文艺批评领域"戏仿"概念的界定》，《南通大学学报》2013年第6期。

程军：《戏仿：一种特殊的讽刺体裁》，《北京工业大学学报》（社会科学版）2014年第3期。

程正民：《文化诗学：钟敬文和巴赫金的对话》，《文学评论》2002年第2期。

傅俊、韩媛媛：《论女性话语权的丧失与复得》，《当代外国文学》2006年第3期。

崔柯：《文本与主体革命——克里斯特娃的文本理论》，《文艺理论与批评》2012年第1期。

崔莉：《论〈暗恋桃花源〉中"间离"的运用》，《戏剧创作》2002年第

3 期。

邓和清：《模仿说与灵感说——谈西方艺术学院派与反学院派之间的矛盾和冲突》，《文艺争鸣》2011 年第 4 期。

董希文：《现代性视域中的 20 世纪上半叶西方文学文本理论》，《天津社会科学》2012 年第 2 期。

杜娟：《滑稽模仿与自然道德——论拜伦〈唐璜〉的伦理结构及伦理理想》，《华中学术》2015 年第 1 期。

高旭东：《格林布拉特及其新历史主义》，《读书》2016 年第 3 期。

韩巍：《雅柯布逊和里法代尔——形式主义文本理论和语境主义读者理论的交锋》，《外语学刊》2014 年第 6 期。

黄玮杰：《语言哲学的激进潜能——当代左派哲学语境下的维特根斯坦》，《哲学研究》2017 年第 12 期。

霍永寿：《从指称到表义：论索绪尔语言哲学的本质特征》，《外语学刊》2014 年第 2 期。

姜申：《戏仿、仿拟与怀旧——当代视觉文化传播的后现代蜕变》，《贵州社会科学》2016 年第 11 期。

江逐浪：《历史戏说剧之喜与历史正剧之悲》，《当代电影》2006 年第 3 期。

蒋洪生：《雅克·朗西埃的艺术体制和当代政治艺术观》，《文艺理论研究》2012 年第 2 期。

蒋花、杜平：《"他者"和戏仿——对抗"文化殖民主义"的策略探讨》，《当代文坛》2007 年第 5 期。

季广茂：《笑谈古今也从容——试论"戏说历史"的文化内涵》，《北京师范大学学报》（社会科学版）2005 年第 4 期。

季水河、沈丽琴：《消费景观与文化工业：时尚广告的速度崇拜批判》，《湖南师范大学社会科学学报》2017 年第 4 期。

季水河：《从过程思维看马克思主义文论范畴的当代扩展》，《文学评论》2010 年第 5 期。

季卫东：《网络化社会的戏仿与公平竞争——关于著作权制度设计的比较分析》，《中国法学》2006 年第 3 期。

［韩］金泰万：《讽刺理论初探》，《国外社会科学》1997 年第 6 期。

金雅：《革新与复归："模仿说"及其在西方文论中的发展》，《浙江社会科学》1998年第4期。

荆曼、刘汉波：《新历史主义视角下的挪用策略及其表现形式》，《江西社会科学》2016年第11期。

［德］科尔滕：《主体性哲学——近代哲学的本质规定》，余瑞先译，《国外社科信息》1991年第15期。

孔明安：《犬儒主义为什么是一种意识形态?》，《现代哲学》2012年第4期。

匡骁：《文化社会学视角下的艺术体制理论》，《文艺理论研究》2012年第6期。

李杰：《海勒小说中戏仿的后现代性》，《山西师大学报》（社会科学版）2009年第1期。

李永东：《论林希小说的革命戏仿叙事与互文性写作》，《中国现代文学研究丛刊》2015年第8期。

李雨峰：《企业商标权与言论自由的界限——以美国商标法上的戏仿为视角》，《环球法律评论》2011年第4期。

凌晨光：《历史与文学——论新历史主义文学批评》，《江海学刊》2001年第1期。

刘桂茹：《后现代"戏仿"的美学阐释》，《学术论坛》2012年第6期。

刘晗：《"恶搞"的符号政治学阐述》，《文艺评论》2007年第4期。

刘晗：《文学经典的建构及其在当下的命运》，《吉首大学学报》（社会科学版）2003年第6期。

刘锟：《洛谢夫与巴赫金：两种语言哲学的对话》，《外语学刊》2016年第5期。

刘龙根：《语力概念与意义表征》，《东北师大学报》（哲学社会科学版）2005年第3期。

刘森林：《生活方式与语言意义：后期维特根斯坦语言哲学探讨》，《江西社会科学》2013年第11期。

路文彬：《游戏历史的恶作剧——从反讽与戏仿看"新历史主义"小说的后现代性写作》，《中国文化研究》2001年第2期。

马淑伟：《德彪西滑稽模仿对文化内涵的拓展》，《天津音乐学院学报（天籁）》2006 年第 1 期。

马弦：《〈夺发记〉对古典英雄史诗的"戏仿"》，《外国文学研究》2008 年第 2 期。

［美］莫伊什·波斯顿：《批判理论与 20 世纪》，孙海洋译，《学术研究》2016 年第 4 期。

欧阳友权：《媒介文艺学的数字化探寻》，《文艺理论研究》2016 年第 5 期。

欧阳友权：《网络文学批评的困境与选择》，《学术界》2017 年第 2 期。

庞好农：《从〈芒博琼博〉探析里德笔下的戏仿》，《国外文学》2017 年第 1 期。

庞敏：《商标戏仿的界定及其保护》，《中华商标》2013 年第 4 期。

秦勇：《狂欢与笑话——巴赫金与冯梦龙的反抗话语比较》，《扬州大学学报》2000 年第 4 期。

苏力：《戏仿的法律保护和限制——从〈一个馒头引发的血案〉切入》，《中国法学》2006 年第 3 期。

苏琪：《论德里达语言哲学的解构性》，《外语学刊》2015 年第 2 期。

孙廷华：《对"社会角色"的哲学思考》，《社会科学》1991 年第 4 期。

孙烨：《蒂尼亚诺夫的戏仿理论初探》，《中国社会科学院研究生院学报》2017 年第 1 期。

宋明炜：《后殖民理论：谁是"他者"》，《中国比较文学》2002 年第 4 期。

陶东风：《大话文学与消费文化语境中经典的命运》，《天津社会科学》2005 年第 3 期。

陶东风：《关于〈Q 版语文〉与大话文化现象的讨论》，《当代文坛》2005 年第 3 期。

王爱松：《重写与戏仿：九十年代小说创作的新趋势》，《首都师范大学学报》（社会科学版）2001 年第 1 期。

王洪岳：《论当代文学对传统文本的戏仿》，《浙江社会科学》2009 年第 4 期。

王佳：《知识的遮蔽与伦理的追求——论柏拉图模仿说》，《社会科学家》2012 年第 4 期。

王玉华：《语言、实践与主体——勒赛克尔的马克思主义语言哲学建构》，

《马克思主义与现实》2015年第5期。

王岳川：《20世纪西方心理学美学的演进》，《广东社会科学》2013年第1期。

王治河：《论后现代主义的三种形态》，《国外社会科学》1995年第1期。

吴保和：《"戏说"类电视剧辨析》，《戏剧艺术：上海戏剧学院学报》2007年第3期。

吴高臣：《论戏仿作品的法律保护》，《法学杂志》2010年第10期。

吴泽泉：《快感的诞生》，《中州学刊》2005年第4期。

徐贲：《当代犬儒主义的良心与希望》，《读书》2014年第7期。

徐福坤：《新词语"恶搞"》，《语言建设》2006年第8期。

姚文放：《法兰克福学派大众文化批判的"症候解读"》，《清华大学学报》（哲学社会科学版）2016年第4期。

杨春时：《反主体性美学批判与主体间性美学建构》，《厦门大学学报》（哲学社会科学版）2017年第2期。

尹树广：《语言哲学：马克思与本雅明》，《哲学动态》2016年第2期。

殷曼楟：《论现代艺术体制中的乌托邦构想》，《天津社会科学》2010年第4期。

查鸣：《戏仿在西方文学理论中的概念及其流变》，《山东社会科学》2012年第5期。

张冰：《〈马克思主义与语言哲学〉是马克思主义的吗？》，《中国人民大学学报》2013年第6期。

张磊、燕碧天：《戏仿之"仿"》，《读书》2016年第1期。

张俪萍：《互文性文类视角下的戏仿研究》，《东北师大学报》（哲学社会科学版）2015年第5期。

张世英：《"后现代主义"对"现代性"的批判与超越》，《北京大学学报》（哲学社会科学版）2007年第1期。

张心全：《商标戏仿的法律思考——通过LV案重新予以审视》，《知识产权》2008年第1期。

章安祺：《试论雪莱的文艺思想》，《中国人民大学学报》1991年第4期。

赵宪章：《超文性戏仿文体解读》，《湖南师范大学社会科学学报》2004年第3期。

赵宪章：《诗歌的图像修辞及其符号表征》，《中国社会科学》2016年第1期。

赵宪章：《文学成像的起源与可能》，《文艺研究》2014年第9期。

赵宪章：《语图符号的实指和虚指——文学与图像关系新论》，《文学评论》2012年第2期。

赵炎秋：《强制阐释的多重层面及其涵义》，《学术研究》2016年第12期。

赵炎秋：《作者意图和文学作品》，《社会科学战线》2017年第4期。

周启超：《克里斯特瓦的"文本间性"理论及其生成语境》，《陕西师范大学学报》（哲学社会科学版）2013年第5期。

周启超：《文学学·文学地理学·文学文本分析学》，《中国图书评论》2015年第9期。

周启超：《"作品理论"／"文本理论"与当代文论的话语革命》，《中国社会科学院研究生院学报》2015年第4期。

周泉：《戏剧互文性的文本重影：戏仿与组合》，《外国文学》2014年第3期。

周宪：《从文本意义到文学意义》，《求是学刊》2015年第5期。

周宪：《文化的分化与"去分化"》，《文艺研究》1997年第5期。

周宪：《文学的对话性与文学研究的对话性》，《学术月刊》2015年第5期。

Alvin Plantinga, "An Existentialist's Ethics", *Review of Metaphysics*, No.2, 1958.

Charles Jencks, "Postmodern and Late Modern: The Essential Definitions", *Chicago Review*, Vol.35, No.4, 1987.

Dew Harrison, "Hypermedia as Art System", *Art Journal*, No.9, 1997.

Fredric Jameson, "The Politics of Utopia", *New Left Review*, Vol.25, No.3, 2004.

Fred W. Householder, "Parody", *Journal of Classical Philology*, Vol.39, No.1, 1944.

G. Kirenigjian, "The Aesthetics of Parody", *The Joural of Aesthetics and Art Criticism*, Vol.28, No.2, 1969.

Linda Hutcheon, "Historiographic Metafiction: Parody and the Intertextuality of History", In *Intertextuality and Contemporary American Fiction*, Ed. P. O'Donell and Robert Con Davis Baltimore: Johns Hopkins University

Press, 1989.

Linda Hutcheon, "Historiographic Metanarrative: Negotiating Postmodernism and Feminisms", *Tessera*, No. 7, 1989.

Linda Hutcheon and M. Hutcheon, "Interdisciplinary Opera", *Journal of the Royal Musical Association*, Vol. 134, No. 1, 2002.

Linda Hutcheon, "Postcolonial Witnessing and Beyond: Rethinking Literary History Today", *Neohelicon*, Vol. 30, No. 1, 2003.

Linda Hutcheon, "Postmodern After Thoughts", *Wascana Review of Contemporary Poetry and Short Fiction*, Vol. 37, No. 1, 2002.

Linda Hutcheon, "The Post Always Rings Twice: The Postmodern and the Postcolonial", *Material History Review*, Vol. 41, No. 2, 1995.

Linda Hutcheon, "The Postmodern Problematizing of History", *English Studies in Canada*, Vol. 14, No. 4, 1988.

M. Brian, "History Itself, or The Romance of Postmodernism", *Contemporary Literature*, Vol. 14, No. 1, 2003.

Michele Hannoosh, "The Reflexive Function of Parody", *Comparative Literature*, Vol. 41, No. 2, 1989.

R. Phiddian, "Are Parody and Deconstruction Secretly the Same Thing?", *New Literary History*, Vol. 28, No. 4, 1997.

S. Attardo, "Irony as Relevant Inappropriateness", *Journal of Pragmatics*, Vol. 32, No. 6, 2000.

S. Auster, "Travels in the Scriptorium", *English Studies*, Vol. 89, No. 2, 2008.

T. Caesar, "Impervious to Criticism: Contemporary Parody and Trash", *Substance*, Vol. 20, No. 1, 1991.

Terry Eagleton, "Capitalism, Modernism and Postmodernism", *New Left Review*, Vol. 152, No. 4, 1985.

后　　记

　　这本书的背后有很多故事,从2009年夏天到2020年夏天,跨越十年。如果说,它还有前传的话,似乎还要追溯到更远。还是从2009年的夏天说起,当时吉首大学文学院、中南大学文学院、首都师范大学文学院、中国社科院文学所四家单位联合在美丽的湘西小城凤凰举办"网络•网络文学•公共空间"全国学术研讨会。这个会的主题,在当时甚是时髦,开放性很强,参会的人也很多,既有传统的学院派学者,也有新锐的先锋派批评家,还有知名度甚高的"网红级"写手。当然,如我之流的"青椒"和小研究生也不在少数。小城凤凰有其独特的魅力和令人着迷的魔力。它把那些曾经如雷贯耳、顶礼膜拜、梦中神会的学界名流和知识界大腕一一汇聚到你的面前,拉近了你与他们之间的距离,让你觉得他们也很普通、很平凡、很真实、很亲切、很生动,瞬间改变了他们在你心目中那种刻板、严肃、正襟危坐,甚至有点老朽的形象。作为一个在学术资源相对短缺的边地学府工作和学习的青年教师和在读研究生,我们平时参加学术会议,聆听大家名流谈经论道的机会本来就不多,自然更不愿错过这次难得的学习机会。尽管当时我已身怀六甲,小生命在会后的三个月就呱呱坠地来到这个世界,但我还是顶着让人难以忍受的酷热全程参与了这个会议。

　　吉首大学文学院是这次会议的承办方之一。学院的青年教师和全体研究生都在参与会务工作。我因怀有身孕,享有特权,没有要求我去承担具体的会务工作。这就使我拥有了更多自由的时间去聆听大会的报告,参与小组的专题讨论,拜会自己仰慕的学术"偶像"。这次会议让我获得了海量的学术信息,了解了最前沿的学术思想,得到了很多专家学者的指导,结识了很多学术朋友,自己受益匪浅。十年前的网络世界,各种管制性的因素并不多,规范性也不强,更像一种民间化的狂欢话语场,说与不说,

后　记

用什么方式说，似乎都可以随心所欲。正是在这样的文化空间里，那种拆解经典、肆意涂鸦、我注六经、调侃权威、任性越轨的现象十分普遍。也正是在这次会议上，我了解了此后持续关注了十年的"戏仿"问题，并将网络空间的文化精神与戏仿这个概念关联起来，才会用"戏仿"去命名网络空间中那些形形色色的"离经叛道"的文化现象与文艺行为。从这个意义上说，这次会议直接将我带进了戏仿这个全新的学术领地，了解了戏仿这个学术命题，触发了我对戏仿现象的持续关注。

　　2010 年寒假，那时，大宝刘凌睿出生才三个多月，有父母专心帮忙照看，初为人母的我倒没有像别的年轻妈妈那样手足无措，忙成一团，"兵来将挡，水来土掩"之余，竟感觉前所未有地闲了起来。除了喂养小孩，当时，还真想找点事情做做，好让自己过得充实些，以免产后抑郁。作为一名在本院文艺学专业攻读硕士学位，同时还从事学生辅导员工作的青年教师，生儿育女之后，还得要谋划一下自己的工作与未来。平日的忙碌让自己鲜有闲暇来认真思考，寒假无疑是考虑人生"顶层设计"的最佳档期。我的个性与性格似乎决定了我在高校的行政管理工作中难以有更大的"作为"和发展空间。我喜欢安静，不喜欢去做那些"高显示度"的工作，更不会处心积虑地去策划所从事工作的"轰动效应"，也不愿意去做那些言不由衷、违背"初心"的事情。在高校，除了行政管理工作外，你只能专心做好教学科研，除此之外，似乎别无选择。相较前者而言，后者似乎更适合自己。做好一名高校教师，"站稳讲台"是最基本的，但科研更为重要，这牵涉到你的发展舞台有多宽、发展后劲有多足。提升科研能力，似乎是每一位"青椒"破茧成蝶的"人生必修课"。我来到高校工作，管理工作与学术研究工作几乎是同时开启的。要实现从学生管理工作到专任教师的转型，提升自己的学术研究能力与水平，似乎是一个绕不过去的问题。能不能结合自己的研究生学业，规划一个研究领域，设计一个研究课题来逐步提升自己，甚至选定一个选题，论证成课题，尝试申报下最高级别的国家社科基金项目？这种初生牛犊不怕虎的想法很快得到了我的导师简德彬教授和我的先生刘晗博士的肯定和支持。于是，我就像打了鸡血一样，整个寒假为了研究选题查找文献、研读文献、咨询专家，忙得不亦乐乎。但兜兜转转一圈之后，却一直没有找到一个让自己心仪的选题。"题好文一半"，没有找到一个合适的选题，下一步的论证似乎无从下手。为此，我十分困惑与苦恼。

一个深冬的傍晚，我一边哄着孩子入睡，一边漫不经心、毫无目标地用遥控器调换着电视频道。当时，有一个频道正在播放陈凯歌导演的《无极》。《无极》中那些熟悉的画面和画风突然触发我联想到早年在网络上红极一时的《一个馒头引发的血案》，那些同样的画面和情节被赋予不同的理解和意义，让人感觉高明和睿智。突然间，潜意识在不断地提醒我，这不是上半年参加学术会议中讨论得比较多的戏仿吗？这些生动的戏仿现象摆在我们面前，但戏仿究竟是怎么回事？我们为什么要戏仿？戏仿是如何发生的？其中的奥秘又是什么？它与源文本到底是什么关系？诸如此类问题，其实我们还没有充分地了解和讨论，也没有形成共识和答案。戏仿现象是今天才有的吗？此前有没有？如果有，在其出现的时代，人们是如何理解和解释这种现象的？不同的历史时代和文化语境，对于戏仿的解释都是一样的还是存在差异？如果是一样，他们何以如此恒定？如果不一样，他们为什么要这样演变？这些问题难道不值得作深入的研究和透彻的分析吗？答案自然是肯定的。

聚焦戏仿，以这些基本问题为构架设计成一个国家社科基金课题，自然就成了我在选题困境中的不二选择。那一年的寒假，除了带孩子，就是查找资料、咨询专家、论证课题。加之，当时学院的科研或者说课题申报氛围特别浓厚，2008年、2009年接连两年，学院在国家社科基金申报立项方面满载而归，这让包括我在内的每一个老师在申报时都信心满满。学院的领导层对国家课题的申报也特别重视，将它作为学院建设发展中一件十分重要的工作来抓。发动发动再发动，组织组织再组织。同时，还为申报课题的老师们组建了专门的咨询团队，囊括了学校的科研项目管理专家、获得过国家课题的主持人以及部分校外专家。这些专家现身说法，为老师们的课题选题、论证和完善提供了大量的指导和帮助。像我这样的课题申报"小白"，经过专家们的手把手的指导，也逐渐学会了课题申报、论证的一些基本规范、思路和方法。回想起来，学院的这种科研帮扶机制确实有助于我们这些"青椒"的成长，让我们这些在困惑中徘徊的青年学人心存感动。忙碌了近两个月，经过多位专家指导、经过多轮修改，已被我改得面目全非，但依然还存在很多瑕疵的国家社科基金申报书在最后的截止时间里"被迫"上交了。

后 记

"谋事在人，成事在天。"课题上交之后，我前所未有的轻松。日子照旧，继续着研究生的学业和日常的学生管理工作。由于完全是一种"试试水"和"熟悉下套路"的心态，所以也就没有太多的期待，后期也没有太多地关注这个课题的命运。直到2010年夏天，国家社科基金课题会议评审在北京结束后，有人告诉我，我的课题入围会评并立项了。当时，对于我这样的"青椒"来说，确实有一种天上掉馅饼的感觉。我将信将疑，心中有了一种期待，但又担心这些信息不够准确。6月中旬，2010年课题立项结果正式公布。中间还有一个小插曲，公布的结果中，有一个课题主持人是我，但课题的名称却与我申报的课题名称完全不一样，是我所在学院的另一个青年教师主持申报的一个课题的名称。张冠李戴的立项结果信息，让我瞬间蒙圈。当时各种害怕、各种担心立马汇集而来，是不是真的弄错了？但我还是斗着胆子打了国家社科规划办的电话，反映了立项结果中的张冠李戴问题。工作人员答应去核实，但没说多久告诉核实结果。那天下午，我就一直对着电脑刷屏，看公布结果是否核实更改了。那种焦虑的心情可想而知。后来实在忍不住了，又打电话去询问，工作人员告知已经核对了原始材料，是他们在汇总的时候弄错了，确定我申报的项目立项了，正在更新网站。这时，自己忐忑不安的心才平静下来。这种过山车般的心路历程，如你不在其中，自然难以体会。课题在意想不到和跌宕起伏中获得了立项。自此，在这种学术支持体制下，我围绕戏仿相关问题进行着研究与讨论。不料，竟一路跌跌撞撞地走过了十年。

硕士毕业后，我继续留在学院工作。为适应学院中国语言文学、新闻传播学两个一级学科同步协调发展的战略要求，我积极响应学院号召，在学科归队上主动调整到新闻传播学科。在中国语言文学学科获得一级学科硕士学位授予权的背景下，学院将重点发展新闻传播学学科，以推动新闻传播学尽快获得硕士学位授予权。就我个人而言，支持学院的发展战略，就是将自己的科学研究和学历学位提升调整到新闻传播学科上来。为此，我将自己考博的专业坚定不移地锁定在新闻传播学上，并于2012年考取了武汉大学的传播学博士研究生。我本科学的是汉语言文学，硕士学的是文艺学，博士的专业则是传播学。尽管这些学科比较相近，尽管它们都是文学门类下的学科专业，尽管它们在研究方法和研究范式上相通，但它们还是有着诸多不同的地方，有其不可逾越的边界。这一点，直到我到武汉大学新闻与传播学院跟随石义彬教授攻读传播学博士学位时，这种体会才愈发深刻。迫于学科转型的需要，迫于完成博士学业的需要，攻读博士学位期间，我不得不暂时将围绕戏仿问题的国家社科基金项目的研究工作放一放，专门心思来完成自己的博士学业和艰难的学术转型。

　　国家社科基金课题有其一套严格的管理规定和要求，尤其是在研究期限上，有很多刚性原则。肩负学校社科课题管理工作的社科处会时常通过电话或者各种检查表格来了解项目主持人组织项目研究的相关情况，并督促大家要加快推进，提高质量，及时结项，否则会影响学校的声誉和各类社科课题的立项。客观地说，国家社科基金课题立项后，其研究工作其实才真正开始，也更为艰难。有社科处的督促和指导自然是件好事，但也特别害怕社科处关于各种检查和结项的电话，尤其对于我这种从原有学科转型到其他学科的青年教师来说，更是如此。2016年下半年，当时正在博士论文的冲刺阶段，但这边课题又要催着结题。11月下旬，我怀着7个月的二宝，独自一人到武汉大学准备博士论文答辩的相关工作，这时的武汉已经冬风凛冽、寒气逼人。在武汉的一个深夜，我全身起着风团，痒得极为难受，只得独自打车到武汉大学中南医院就诊，但这种身体上的折磨远不及即将到期的国家社科基金课题但又不能如期完成的折磨来得深刻。这里要特别感谢社科处的吴晓处长和杨帆老师，是他们指导我如何一步一步地推进这个课题的研究，一项一项地完成相应的检查和申请手续。

　　客观地说，没有这个课题就没有这本书。这本书是国家社科基金项目支持机制下的产物，雏形完成于2017年底，沉睡在电脑里不知不觉又过了两年多。在书稿出版之际，我又对其进行了一次全面的修订和完善，以尽可能减少不必要的错误。我的先生刘晗博士是这本书产生的见证者。他参与了我申报国家社科基金课题的讨论与论证，参与了这个课题研究的实施环节，参与了本书写作框架的讨论，认真阅读了本书中的每一个字，并提出了很多真知灼见的修改意见。同时，在我懈怠和想放弃的时候，他给予了我极大的鼓励与支持。没有他的一再鼓励，可能就没有这本书的问世。要感谢我曾经的同事，现湖南财政经济学院人文与艺术学院执行院长林铁博士，他是这个课题从申报到研究过程的积极参与者，承担了本书第二章戏仿方法论初稿的写作，并参与了其他章节的讨论，为本书的写作提供了大量的资料和建议。吉首大学中国语言文学硕士研究生刚毅、杨青

后　记

青、王娅璇为课题的研究和本书的写作查找了大量的资料，翻译了部分外文文献，并对相关文稿做了认真的校对工作。安徽财经大学人文与艺术学院的程军博士是国内戏仿理论研究的翘楚，也是刘晗博士在南京大学文艺学的同门师弟，本课题的研究和书稿的写作，得到了他的大力支持。同时，他的研究成果对本书的写作提供了很多有益的启示，在此一并感谢。

这本书的完成，还要感谢我的硕士生导师简德彬教授，是他将我引进了学术研究的殿堂，教会了我学术研究的基本思路、基本方法和基本规范，获得了学术研究的初步能力。同时，要感谢他对本书依托的国家社科基金课题在申报和研究工作中提供的指导和帮助，感谢他百忙之中拨冗为这本依然还相当不成熟的书所作的序言。感谢他作为文学院曾经的"掌门人"给每一位年轻教师成长发展提供的宽松环境与和谐氛围。要感谢我的博士生导师石义彬教授，尽管他不是从事这方面的研究，但是他对传播学理论研究的思维与方法，对本课题的研究和本书的写作具有十分重要的启示意义，在瓶颈问题和关键节点上给我提供了高屋建瓴的点拨。他爱生如子，在我最为艰难的时候，他的关怀给予了我强大的精神动力，使我完成了不可能完成的任务。要感谢我所在学院新闻学专业主任李端生教授。他是我们新闻传播学科的"领头羊"，也是为这个学科专业奉献最多的"老黄牛"，还是我作为湖南省青年骨干教师培养对象的指导教师。李老师待人真诚，为人厚道，乐于提携后学，甘当人梯，给我们这些青年学人在教学科研方面的成长成才提供了很多关心、支持与帮助。他遇事沉稳、乐观通达、不计得失的精神深深地影响了我。

最后，要感谢我的家人。在我攻读硕士、博士学位，从事学术研究工作期间，我的父亲母亲给予了我极大的帮助和支持。为了给我腾出更多的时间和精力来从事学习与工作，父亲母亲帮我承担了抚育两个孩子的全部任务，即便有病痛在身，也从来没有推辞过。我的两个孩子都是在医院剖腹生产，每次都是父亲母亲全程陪护。在自己最难熬、最疼痛、最无助的时候，是他们给予我源源不断的力量。如今，大儿子刘凌睿快十一岁了，下半年就上小学六年级了；二儿子龚楚轩也三岁半了，开始上幼儿园了。这些年，父亲母亲对我的支持，从物质、精神、再到精力，付出了太多太多。他们用这些默默的行动来表达对女儿的爱，无怨无悔，让人动容，没齿难忘。大儿子冷静睿智，在他三岁的时候，我离开他到武汉大学求学，无数次离别时，他那依依不舍的眼神，至今还在刺痛我的心。小儿子热情勇敢，善于表达沟通，努力要做"这条街最靓的崽"。尽管在我完成了博士学业后，小儿子降临到这个世界，但为了不影响我们的工作，外公外婆还是长期将他带在张家界抚养。两个孩子，我抚育和陪伴的时间都不多，内心里面满是亏欠，但让我欣慰的是，这两个孩子还比较黏我，没有因为陪伴太少而疏远我。从这方面看，我是幸福的。

2020年，是注定让人难以忘怀的一年。这一年，因为新冠肺炎疫情，让我们都蜷缩在家。出门戴口罩，上课在网上，相见靠视频，开会家里蹲成为了一种新常态。虽然恐慌、焦虑与无助一再在我们的心灵底里来回荡漾，此起彼伏，挥之不去，但我们依然坚定地相信总会云开雾散，总会雨过天晴，太阳还会照样升起。新冠肺炎，让我们感受到了人类的脆弱与渺小，同时也见证了人类的坚韧与强大。2020年，随着这本书的出版，也许我对戏仿问题的学术关注，要做一个暂时的告别。但告别不是终点，而是为了更好的开始。重整行囊再出发，十年来关于戏仿问题研究的苦与乐、成功与失败、经验与教训都将沉淀在我的生命记忆里，淬炼了自己生命的成色，成为我个人生命中不可或缺的一部分。这段难得的经历也将构筑成为理解自我、关照他者、认识世界的新的期待视野，绽放出柔和的光芒映照在自己未来的人生征途上。

生命璀璨，未来可期，我们有理由相信下一个十年会更美好。

龚芳敏

2020年8月15日

于吉首大学